오규원 시의
아이러니 수사학

오규원 시의
아이러니 수사학

박동억 지음

보고사
BOGOSA

　오규원 시인의 10주기를 추모하는 전시전을 방문한 것은 2017년 2월의 일이다. 갤러리 류가헌에서 오규원 시인이 말년에 남긴 사진 작품과 유품을 확인할 수 있었다. 그중에서 시선을 사로잡은 사진이 한 장 있었다. 그것은 눈으로 뒤덮인 풍경 가운데 앙상한 나뭇가지 하나가 놓인 사진이었다. 설원에 작은 나뭇가지 하나. 참으로 소박하기 이를데 없는, 그래서 어쩌면 전시품으로 적당하지 않은 사진처럼 보였다. 생전에 시인을 뵌 적 없는 나는 다만 이러한 물음을 간직할 뿐이었다. 왜 오규원 시인은 그 풍경에 눈길을 두었던 것일까.

　오규원 시인의 생애를 조사하면서 그 사진이 1993년 여름부터 1996년 봄 사이 강원도 영월에서 촬영된 것임을 알았다. 이 무렵은 그가 투병을 시작한 시기이기도 했다. 1991년부터 시인은 폐기종을 앓게 된다. 이것은 호흡을 조절하는 폐가 제 기능을 하지 못하는 질환을 뜻한다. 시인의 호흡 능력은 평범한 사람의 절반에 그쳤다. 이는 그가 평지를 걸을 때도 마치 해발 2,000m 이상의 고산지대를 오르는 것과 같았다는 사실을 뜻한다.

　그는 언어의 투명성을 탐구한 시인으로 잘 알려져 있다. 이는 언어가 곧 인간 사고의 산물이라는 자명한 사실을 시인이 극복해보고자 했음을 뜻한다. 사실 오규원 시인이 그러한 목표를 공개적으로 발표한 것은 사진을 촬영하던 즈음의 일이다. 그의 시론이 발표된 이후 많은 오규원 연구자는 그의 시가 어떻게 언어의 순수성을 실현해갔는지, 혹은 그 과정에서 어떠한 한계와 실패를 직면했는지 물었다. 그런데 나는 오규원 시인의 정신이 아니라 몸을 떠올리곤 했다. 시인에게 산보조차 버거웠던 시간, 그리고 사진 촬영에 몰두할 수밖에 없었던 시간을 상상했다. 어쩌면 모든 것을 투명하게 재현하는 언어처럼, 시인은 더 이상 거추장스럽지 않은 투명한 몸을 상상했던 것이 아닐까.

이 책의 목적은 오규원 시의 해설이다. 먼저 그것은 그의 시를 의미화하고 명료화한다는 것을 뜻한다. 그리하여 오규원 시인이 남긴 글을 꼼꼼히 읽고, 그에 관한 연구를 살피어 주해를 덧붙이는 작업이 뒤따르게 된다. 그러나 한편으로 오규원 시를 연구한다는 것은 그저 시인과 그의 시에 깊은 관심을 가진다는 사실 또한 의미한다. 그가 말했던 것, 소중하게 생각했던 것, 의문스러워 했던 것을 깊이 심려해보려 한다는 바를 뜻한다. 이 책의 서술방식은 이 두 가지 의미의 '해설'에 걸쳐져 있다.

여기서 문학 연구가 지닌 본질적인 모순이 두드러진다. 왜냐하면 문학 연구는 한 문학 작품을 명료한 의미로 해설하는 것을 목표로 삼지만, 문학 작품의 언어는 제도권의 언어와 달리 단순히 '뜻하는' 데 그치는 것이 아니기 때문이다. 그것은 오히려 무엇인가를 향해 우리의 마음을 '향하게' 만드는 데 중요한 가치가 있다. 문학 작품은 다만 다른 사람을 알고 싶고, 다른 사람에게 닿고 싶으며, 무엇인가를 전하고 싶다는 욕망의 표현인 것이다.

그래서 나는 지금도 오규원 시인이 촬영한 사진을, 그가 바라보았던 풍경을 그의 눈으로 보고 싶다. 설원에 작은 나뭇가지 하나. 이 무렵의 저술을 살피면 '눈'에 관한 기록을 찾을 수 있다. 1996년에 간행된 산문집 『가슴이 붉은 딱새』에서 그는 다음과 같이 쓴다. "그 '백색의 존재'는 언제나 우리가 의미며 색깔을 채워야 하는 막막함을 동반한다. 이 막막함이 '하얀 실체'의 눈 앞에서 우리를 관념적으로 어지럽게 하는 것이다. 그래서 눈은 감각적으로도 하얗게 흩날리고 관념적으로도 하얗게 쌓이는 것이다." 이처럼 그에게 백색은 그 자체로 백지였다. 하얀 눈조차 시인의 손을 매혹하는 가장 풍부하고, 동시에 '막막함을 동반하는' 스타일이었다.

어쩌면 그에게 언어의 순수성을 탐구한다는 것은 언어를 백지로, 백색으로 되돌린다는 의미에 가까운 것이었을지도 모른다. 그것은 내게 그의 가쁜 가슴으로도 자유롭게 누빌 수 있는, 물질적 저항이 존재하지 않는 세계를 꿈꾸었다는 의미처럼 들린다. 설원의 작은 나뭇가지를 바라보며 오규원 시인은 무엇을 떠올렸을까. 나는 그가 나뭇가지 하나를 백지에 쓰인 하나의 글씨로 여겼을 것이라고 생각한다. 그렇게 세상 모든 것을 '언어로써' 만질 때 시인은 비로소 시인의 세계에 닿는다. 그것은 세상의 모든 존재와 '나'를 끊어내는 동시에 연결하는 방식이기도 하다. 오규원 시에서 우리가 마주 하게 되는 것은 언어에 침잠하여 세상과 절연하는 한 사람의 엄격한 자세인 한편, 세상 모든 것을 언어 안에 순수하게 담아내려는 아이러니한 시도이다.

살펴보아야 할 것은 오규원 시의 아이러니 정신이라는 전제로부터

이 글은 시작한다. 아이러니란 무엇인가. 소박하게 그것은 표면적으로 드러난 말과 감춰진 의미가 다르다는 사실을 뜻한다. 하지만 더 근본적으로 우리는 아이러니가 우리에게 무엇을 '향해' 눈 돌리게 하는지 되물을 필요가 있다. 아이러니한 예술의 전형인 기원전 5세기 소포클레스의 〈오이디푸스 왕〉을 떠올려보자. 이 비극은 벗어날 수 없는 운명을 주제로 한다. 오이디푸스는 어린 시절 아폴론 신의 사제로부터 '너는 네 아버지를 죽이고, 네 어머니를 범하게 되리라'는 저주에 가까운 예언을 듣게 되고, 그 때문에 '발(pous)'이 '붓도록(oidos)' 자신의 고향 코린토스에서 달아나듯 여행을 떠난다. 이 비극적 이야기가 아이러니한 이유는 독자가 오이디푸스의 운명을 두 가지 관점에서 감상하게 되기 때문이다. 오이디푸스에게 코린토스를 떠나 테베로 향하는 여정은 '운명을 벗어나는' 것처럼 보이지만, 관객은 그것이 '운명으로 향해가는' 정반대의 의미임을 안다. 이처럼 아이러니는 하나의 삶을 그 안에서 살아가는 몸과 바깥에서 바라보는 응시 사이의 분열에서 발생한다.

그리고 오규원의 문학에서도 반복하는 것은 바로 이러한 삶과 응시 사이의 분열이다. 실은 말년에 그가 창작한 시에서 그는 한번도 자신의 병든 몸에 대해서 고백한 적이 없다. 그는 마치 자신의 몸이 존재하지 않는 것처럼, 세상을 차분히 관조하는 사람인 것처럼 증언했다. 떠올려 보아야 할 것은 몸의 고통을 '넘어서려는' 치열한 의식이다. 그것은 단숨에 이루어진 것이 아니라 그가 오랫동안 견지한 아이러니 정신으로부터 얻어진 시적 의식이라고 할 수 있다.

아이러니한 시선으로 세상을 바라본 탁월한 시인 중 하나는 오규원이다. 그는 자기 존재와 그가 놓인 현실, 그리고 문학 작품에 대해

서 여실히 이해하고자 한 아이러니스트였다. 여실히 이해한다는 것
은 삶의 자명성을 빠져나온다는 것, 삶을 영문 모를 것으로 여기기
시작한다는 의미이기도 하다. 아이러니스트는 타인이 당연하게 여기
는 것들을 의심하는 자다. 오규원의 시에서 아이러니한 이채를 지니
는 것은 '나'라는 존재부터, 가족, 국가, 민족부터 심지어 그것을 전
달하는 시 작품 자체까지 아우른다.

　시 장르에서 아이러니는 여러 가지 수사학적 형식의 전환을 통해
실현된다. 그것은 삶의 진실을 드러내기 위한 관점 전환이기도 하다.
사람은 신처럼 세상 혹은 자신의 진실을 단번에 들여다볼 수 없기 때
문에, 아이러니스트는 하나의 시야를 또 다른 시야로 갱신하는 노력
을 반복할 뿐이다. 오규원 시인은 1970년대부터 2000년대에 이르기
까지 평생 자신의 시 쓰기를 갱신했다. 이러한 과정에서 그는 인간
존재와 세상을 이해하는 방식을 다층화하기 위해 노력했다.

　이 책의 서두는 아이러니 이론을 통해 문학을 이해하는 관점을 세
우는 데 할애된다. 이어서 2장에서는 오규원 시인이 소년 시절 어머
니를 잃고 아버지로부터 버려지다시피 한 트라우마 체험에 중점을 두
고, 그의 시에서 자아와 가족에 관련된 표상이 아이러니한 의미를 지
니는 양상을 분석하며, 아이러니 의식이 형성되는 과정에 대해서 논
의한다. 3장에서는 자본주의, 국가, 민족과 같은 사회적 주제를 다루
는 오규원 시의 기술방식을 분석한다. 여기서 숙고할 것은 사회를 다
원적으로 인식하는 시인의 태도뿐만 아니라 그의 시가 독자를 아이러
니한 대화 방식으로 유도한다는 사실이다. 4장에서 오규원 시인이 목
표로 삼았던 '날 것 그대로' 현실을 드러내는 시를 아이러니의 관점에
서 어떻게 이해할 수 있는지 논의한다. 그러한 진술은 언뜻 세상에

대한 단 하나의 진실을 드러내고자 하는 것처럼 보이지만, 실천적으로는 도리어 모든 '고착된' 사회적 담론과의 영구적 투쟁이 될 수밖에 없다.

오규원의 시는 아이러니한 양식이 소멸해가는 우리 시대에 중요한 의의를 지닌다. 현대에 들어 아이러니 정신은 광채를 잃어가고 있다. 민족·정치·젠더와 같은 분할선을 넘어서 자신과 다른 방식으로 사고하는 타자를 이해하려는 의지는 약화하고 그저 타인을 이해할 수 없는 괴물로 여기는 의식만이 팽배해지는 것처럼 보인다. 민주사회는 곧 수많은 목소리가 어우러진 광장이어야 함에도 불구하고 많은 이들은 이편의 따스한 목소리에 기대어 저편의 목소리를 불쾌한 소음으로 취급해버린다. 결국 오규원 시에서 재고해볼 것은 우리 시대에 대한 엄밀한 탐구정신이다. 그것은 최후에 마주한 자신의 운명 앞에서 두 눈을 찌르는 자기 징벌을 행한 오이디푸스처럼, 때로는 자신의 주관을 배반하는 철저한 아이러니 정신의 입안에까지 도달한다.

이 책은 오규원 시인의 아이러니 정신을 기리는 마음으로 쓰일 수 있었다. 무엇보다 엄경희 교수님의 인도가 아니었다면 문학이 지닌 광채를 이해하는 것조차 어려웠을 것이다. 또한 이 책을 완성할 수 있도록 조언을 아끼지 않아주신 유성호 교수님, 김인섭 교수님, 고봉준 교수님, 이경재 교수님께도 못 다한 감사를 드릴 뿐이다. 문학을 향한 마음을 함께 나누는 동료들의 응원 덕분에 이 책은 완성될 수 있었다. 마지막으로 사랑하는 아내와 아들에게 이 책을 바친다.

차례

제 1 장

서 론

1. 선행연구 검토 및 연구 목적

1) 오규원 시 연구의 경향과 아이러니 연구의 필요성

이 글의 목표는 시인 오규원(吳圭原, 본명: 吳圭沃, 1941.2.14.~2007. 2.2.)의 시 작품을 이해하는 하나의 관점을 모색하는 것이며, 그러한 과정은 그의 시에 나타난 아이러니 표현과 형식을 탐구하는 방법으로 귀결될 것이다. 이 말이 곧 단지 오규원 시에 나타난 아이러니 수사법의 취합과 분류를 최종 과제로 삼는다는 뜻은 아니다. 이 연구는 언뜻 소박해 보일 수 있는 '아이러니 표현'의 분석으로부터 출발하여 조금씩 시 전반에서 반복하는 '아이러니 구조'를 규명하고 마침내 오규원 시에 함축된 '아이러니 정신'이 현대 사회에 지니는 의의를 논의하는 데 도달하고자 한다. 이러한 연구가 가능한 것은 아이러니 개념이 소박하게는 반어에 대응하는 수사적 표현으로 이해되지만, 근대 문학을 이루는 근본적인 형식으로 이해되거나[1] 인간 정신의 탁월한 한 양

상[2] 또는 근대성을 비판하기 위한 '미적 모더니티'[3]의 일환으로 이해
되기도 하기 때문이다. 다시 말해 아이러니는 수사적 표현, 문학의
구조, 역사적 이념이라는 세 층위를 아우르는 개념인 것이다.

이러한 연구 관점은 두 가지 의의를 지닐 것으로 기대된다. 그 첫

---

1 I. A. 리처즈는 탁월한 현대문학 작품은 자연스럽게 그 언어가 '이중 의미'를 갖추
게 된다고 주장한다. 왜냐하면 현대사회는 급속도로 발전하면서 다양한 신조어를
만들어낼 뿐만 아니라 언어 전반의 의미 또한 갱신하기 때문이다. 여기서 이중
의미는 과거의 비유나 은유보다도 이질성이 강화된 아이러니한 표현을 뜻한다.
리처즈는 이러한 이중 의미를 현대 언어의 근본적인 특성으로 간주한다. "옛날의
수사학이 이중 의미를 언어의 결함으로 취급했고 그것을 제한하거나 제거하려고
원했던 점에 반해서, 새로운 수사학은 이것을 언어의 힘의 필연적인 결과이며,
특히 시와 종교와 같은 우리들의 가장 중요한 대부분의 발화에 있어서 필요 불가결
한 수단으로 간주합니다."(I. A. 리처즈, 박우수 역, 『수사학의 철학』, 고려대학교
출판부, 2001, 39쪽) 마찬가지로 클리언스 브룩스 또한 탁월한 현대시는 역설
(paradox)의 형식으로 이루어졌다고 주장한다. 클리언스 브룩스, 이경수 역, 『잘
빚어진 항아리』, 문예출판사, 1997 참조.
2 서구 역사상 가장 탁월한 아이러니스트로 논의되어온 인물 중 하나는 소크라테스일
것이다. 키르케고어는 1841년에 제출한 학위논문에서 소크라테스의 철학적 방식이
자 삶의 태도로서 아이러니를 논의했다. 키르케고어는 일관되게 아이러니를 하나
의 태도로 간주했는데, 그에게 "아이러니는 하나의 상황을 염두에 두는 것 이상이
며, 무엇보다 어떤 정신의 상태를 드러"내는 것이라고 볼 수 있다(샤를 르 블랑,
이창실 역, 『키에르케고르』, 동문선, 2004, 23쪽. 이 밖에도 슐레겔의 낭만주의에
기초한 아이러니 사상과 그것을 계승한 폴 드 만의 아이러니 개념에서도 아이러니
는 실존적 차원에서 삶의 모든 조건을 회의하는 태도로 간주된다. Paul de Man,
Aesthetic Ideology, University of Minnesota Press, 1996, pp.163~184 참조.
3 마테이 칼리니스쿠는 19세기 전반의 한 시점에 "과학과 기술의 진보, 산업혁명,
그리고 자본주의에 의해 야기된 광범위한 사회 경제적 변화의 산물인" '부르주아
모더니티'와 그러한 전반적인 사회 경제적 산물들에 적개심을 표출하는 예술적
표현물인 '미적 모더니티'가 격렬하게 대립하기 시작했다고 설명한다(M. 칼리니스
쿠, 이영욱 외 역, 『모더니티의 다섯 얼굴』, 시각과언어, 1994, 53쪽). 이 글은
오규원 시가 부르주아 모더니티에 대한 미적 저항 의식과 비판 의식을 내포한다는
선행연구의 관점을 받아들이고 있다(이연승, 『오규원 시의 현대성』, 푸른사상,
2004, 37쪽 참조).

번째는 오규원 시 전체를 종합적으로 이해할 수 있는 수사학적 틀로
서 아이러니를 재고하는 것이다. 익히 오규원 시의 수사법과 창작의
식의 중핵을 아이러니라고 규정한 연구자는 많았다. 그런데 이러한
연구 중 상당수는 시 정신으로서의 아이러니와 수사법으로서의 아이
러니 사이의 연관성을 엄밀하게 논증하지 않은 경우가 많다. 혹은 아
이러니라는 개념으로 한정된 시기의 작품만을 다루고 있다. 본 연구
는 오규원 시 전체를 아이러니라는 수사학적 개념으로 분석하여 오규
원 시의 의미론적·구조적 양상을 뚜렷이 하는 것을 목적으로 삼는다.
본 연구의 또 다른 의의는 아이러니 정신사 혹은 아이러니 시사(詩史)
안에서 오규원 시를 이해하려고 노력하는 데서 획득된다. 이것은 한
국시사의 탁월한 작가를 아이러니라는 관점에서 이해하려 했던 연구
안에 이 저서가 위치한다는 사실을 가리킨다.[4] 기존의 아이러니 문학
연구의 일환으로서 이 글은 오규원 시인의 시를 아이러니 정신사 내

---

4 예컨대 이상과 김수영은 아이러니스트로 일컬어져온 대표적인 작가들이다. 이상
  에 대해 함돈균은 "아이러니는 근본적으로 세계의 결여, 충만한 의미의 상실에 대
  한 주체의 인식론"이라고 정의한다(함돈균, 「이상 시의 아이러니와 미적 주체의
  윤리학」, 고려대학교 박사학위논문, 2010, 221쪽). 이것은 아이러니가 실질적인
  결여 때문에 발생한 징후라기보다 결여된 주체가 결여된 대상의 이미지를 반복하
  려는 어떤 징후적이면서도 능동적인 '인식론'임을 암시한다. 이러한 논의를 통해
  함돈균은 한 사람이 건강한 사회적 주체가 되어야 한다는 상식적 논법을 뒤집어
  병적인 상태를 '미적으로' 향유하는 이상 시인의 정신을 정신분석학적 의미에서
  탁월한 '윤리적' 주체라고 평가하고 있다. 한편 김수영에 대해 황혜경은 "기법적인
  면에서 김수영 시의 아이러니는 이미지의 결합 방식, 어조의 설정, 진술의 방법,
  이야기 요소를 지닌 시의 구성, 그리고 역설의 언어에 의해 다양한 형태로 나타"나
  며(황혜경, 「김수영 시의 아이러니 연구」, 이화여자대학교 박사학위논문, 1998,
  145쪽), 소설이나 연극에서 두드러지는 '극적 아이러니'가 반복될 뿐만 아니라,
  "통일된 태도를 가지고 그가 바라본 세계와 바른 관계를 가질 수 없다는" 정신적
  태도를 가리킨다(같은 글, 147쪽)라고 설명한다.

에 위치시키고 그러한 맥락 안에서 오규원 시 해석의 엄밀성과 정치
함을 확보하는 데 목적을 둔다.

　선행연구의 경향을 되돌아보자. 사실 오규원 시를 이해하는 핵심
적인 개념으로서 아이러니를 인용하는 것은 1970년대부터 두드러진
경향이었다. 즉 오규원 시 연구의 초기에는 아이러니가 중요한 관점
을 제시하였다. 그런데 이러한 흐름은 1990년대 무렵부터 쇠퇴하기
시작한다. 현재 두드러지는 오규원 시의 연구 경향은 불교에 기초한
연구,[5] 현상학에 기초한 연구, 생태주의적 관점의 연구, 상호텍스트
성에 대한 연구 등이라고 볼 수 있다. 이외에도 산발적으로 오규원
시의 시점 연구, 오규원 시를 사진 이론이나 영화 이론에 기대어 이해
하는 연구, 어휘 수준의 분석 등이 행해져 왔다.

　한편 이 글이 수행하는 아이러니 연구는 넓은 의미에서 오규원 시
의 수사학 연구[6]에 포함된다고 할 수 있다. 이때 다시 한 번 점검해볼

5　오규원 시가 지닌 불교적 성격을 최초로 지적한 이는 김현이다. 김현은 시집『가끔
　은 주목받는 生이고 싶다』의 해설에서 그는 오규원의 시가 텅 비어 있는 부정적
　상태를 긍정하는 '空' 사상에 기초한다고 설명한 바 있다. 하지만 본격적인 연구가
　시작된 것은 최근의 일이다.

6　아이러니에 관련한 논문은 뒤에서 더 자세히 논의하고자 한다. 한편 구모룡의 두
　권의 저서『제유의 시학』(좋은날, 2000)과『제유』(모악, 2016)는 그 제목 그대로
　'제유(提喻; synecdoche)'에 기초하여 현대시를 재조명하는 이론서다. 그는 현대
　시인들이 근대 문명을 비판하는 동시에 시적 근대성을 비판하고 있으며, 문명화된
　현실과 시의 이중구속을 벗어나기 위한 방편으로 생태주의적이고 탈주관주의적
　성격이 두드러지는 '제유' 수사학에 천착하고 있다고 주장한다. 그는 오규원 시의
　의의를 "(1)시선의 재구성, (2)자연 원근법에 의한 묘사, (3)제유적 사유"라고 지적
　하고 있는데, (1)과 (2)가 화자의 시점 구성 연구에 의해 규명된 바라면, (3)은 구모
　룡의 고유한 지적이라고 볼 수 있다(구모룡,『제유』, 모악, 2016, 73쪽). 제유적
　사유란 "인간과 자연을 생명의 그물로 이해하는 것"(같은 책, 78쪽), 요컨대 개체와
　전체가 서로 감응하는 관계에 놓인다고 믿는 방식으로 설명된다.

것은 어떻게 오규원 시 연구의 초기부터 아이러니 개념이 어떻게 유
의미한 논점을 제시했느냐는 물음과 어째서 그러한 연구 경향이 줄어
들게 되었느냐는 물음일 것이다. 이로부터 오규원 시의 성취를 정치
하게 평가하는 잣대로서 아이러니 이론이 여전히 유용성을 지니는지
확인하고자 한다.

　우선 큰 틀에서 아이러니가 한국시사에서 어떠한 개념으로 이해되
어왔는지 이해할 필요가 있다. 기본적으로 아이러니(Irony)의 어원인
그리스어 에이로네이아(eirōneia)는 속내를 감추고 남을 추궁하고 다
니는 인간의 한 전형이자 태도를 가리키는 말이며, 수사학적으로 아
이러니란 "한 가지 일을 말하면서 그 반대의 뜻을 나타내는" 표현을
말한다.[7] 더 나아가 문학 연구에서 아이러니는 한 표현이 상반된 의미
를 내포하는 경우뿐만 아니라, 한 작품이 모순된 내용이나 형식으로
구성된 경우까지 지칭하는 용어로 자리매김해왔다. 이때 시인들이
사용하는 아이러니 표현은 그들의 정신을 이해하는 중요한 단서로 이
해되었지만, 실상 '아이러니스트'라는 규정이 일관된 의미를 지녔던
것은 아니다. 예컨대 이상·조향·김수영 등의 시인이 사용하는 아이
러니 표현을 분석하는 것은 그들이 모든 의미화·총체화를 거부하는
초현실주의자 혹은 히스테리적 주체임을 논증하는 근거가 되기도 했
다.[8] 이와 달리 윤동주·김현승·황동규 시인을 논할 때 아이러니는

---

7 D. C. Muecke, 문상득 역, 『아이러니』, 서울대학교 출판부, 1980, 20쪽.
8 고명수, 「한국에 있어서의 초현실주의 문학고찰」, 『동악어문논집』 22, 동악어문
　학회, 1987, 247~298쪽; 고명수, 「한 아방가르디스트의 모험과 실패-조향론」,
　『한국문학연구』 14, 한국문학연구학회, 1992, 309~338쪽; 황혜경, 위의 글,
　1997; 함돈균, 위의 글, 2010; 송기섭, 「이상의 소설과 아이러니」, 『韓國文學論叢』

곧 현실과 자기 존재의 양가적 모순을 극복하여 좀 더 '신성한' 방향
으로 자아를 성숙시켜나가는 계기로 간주하기도 했다.[9] 이때 우리는
기본적으로 아이러니한 이중성이 작가의 정신 내에서 실현된다면 '주
체의 아이러니'라고 부르고, 작품의 형식 내에서 실현된다면 '구조적
아이러니'라고 부르며 구분할 수 있다. 그리고 많은 아이러니 연구에
서 공통된 경향은 '주체의 아이러니', 즉 아이러니를 내면화하고 실현
하는 시인 자신의 특수성을 강조한다는 점이다. 또한 이러한 연구들
에서 아이러니는 자신이 속한 공동체를 회의하고, 공동체의 이데올
로기·독사(doxa)·통념을 반어적으로 뒤집어보며, 자신만의 고유한
신념과 가치를 시 쓰기라는 형식으로 정립하는 방식으로 묘사된다.

그리고 본 연구는 선행연구와 다음과 같은 관점을 공유한다. D.
C. 무케, 이승훈, 정끝별 등을 비롯한 동서양의 연구자들은 '아이러
니'라는 큰 개념 안에서 기존의 수사학적 의미의 아이러니, 반어, 역
설 등의 용어를 포함하고 있다.[10] 왜냐하면 의미의 이항대립이나 다

64, 한국문학회, 2013, 235~263쪽.

9 유성호, 「황동규 시에 나타난 실존적 고독과 신성한 것의 지향」, 『현대문학이론연
   구』 73, 현대문학이론학회, 2018, 156쪽; 유성호, 『한국 시의 과잉과 결핍』, 역락,
   2005, 제1~2장; 김인섭, 「한국현대시에 나타난 기독교의 구원의식」, 『문학과 종
   교』 9(1), 2004, 42쪽.

10 이승훈은 아이러니 개념 하에 역설을 종속시키는 방편을 제안하는 데, 그 이유는
    아이러니와 역설이 모두 모순을 표현하는 양식을 가리키는데 혼용된다는 점에서
    유사하고 아이러니가 좀 더 폭넓은 상황에 적용될 수 있기 때문이다. 마찬가지로
    『작시법』에서도 그는 아이러니를 야유, 역설, 축소법, 언어유희, 수수께끼 등 다양
    한 수사법을 하위에 놓는 큰 범주로 설정함으로써, 아이러니에 대한 구조적·범주
    적 이해의 초석을 마련했다고 볼 수 있다. 권혁웅 또한 역설과 반어 모두 이항대립
    적인 자질을 이용하지만 "역설을 반어에 포함하여 읽는 것은 반어가 더 크게 범주
    화하는 작용이기 때문이다."라고 지적하고 있다(권혁웅, 『시론』, 문학동네, 2010,

의성을 수사학적으로 체계화한다는 측면에서 이러한 수사법들의 근본적인 형성 원리는 모두 아이러니 개념을 통해 설명할 수 있는 것이기 때문이다. 한편 본 연구는 대다수의 선행연구처럼 아이러니의 사회 또는 사회성에 대한 비판의식·저항의식이라는 측면만을 강조하지만, 그뿐만 아니라 아이러니는 시인 자신의 신념까지도 부정하고 의심하는 원칙에 기초한다는 의미 또한 상기하고자 했다. 요컨대 아이러니는 사회에 대한 비판일 뿐만 아니라 자기 존재에 대한 부정이거나 의심일 때 아이러니일 수 있으며, 오규원은 그러한 아이러니 정신을 실천한 시인의 전형으로 받아들일 수 있다. 또한 아이러니에서 해체의 측면을 강조하던 선행연구의 논의를 설득력 있는 것으로 받아들이면서도, 뒤집어서 생각한다면 아이러니란 오히려 언어가 지닌 근본적인 불확정성을 의미의 '이중성(이항대립)' 혹은 '다중성'으로 제한하고 체계화하는 언어 행위라고 고려하게 되었다. 이는 아이러니 표현의 실례를 분석하면 실상 그것이 의미를 해체한다기보다 오히려 명확히 하는 경우가 상당수라는 것을 뜻한다. 이러한 현상들을 설명하기 위해 여러 아이러니 이론과 더불어 특히 롤랑 바르트가 제안한 아이러니의 개념을 참조점으로 삼을 텐데, 이는 연구방법에서 본격적으로 정리될 것이다.

최초로 제기해볼 질문은 다음과 같다. 그렇다면 오규원은 어떠한 아이러니스트인가. 사실 이 질문은 이미 많은 선행연구에서 행해진

198쪽). 정끝별 역시 기존의 역설 개념과 아이러니 개념을 함께 '아이러니'로 범주화한다(정끝별, 『시론』, 문학동네, 2021, 212~254쪽 참조). 이것이 가능한 근거는 역설과 아이러니가 똑같이 이중성·다중성이라는 의미작용을 따르기 때문이다.

것이다. 기본적으로 선행연구로 참조할 수 있는 유형에는 첫째로 오규원 자신의 시론과 인터뷰, 둘째로 시집과 시선집의 해설, 셋째로 그의 작품에 대한 단편적 비평들, 마지막으로 본격적인 학술지논문과 학위논문 등이 있으며, 이러한 선행연구 전반에서 오규원 시의 본질을 아이러니로 해명하는 경우를 찾을 수 있다.

일찍이 김주연은 오규원을 '낭만주의적 아이러니스트'로 규정하면서 오규원 시의 중핵을 "계몽적 합리성을 거부함으로써 보다 자유로운 정신에 도달하는 아이러니" 혹은 "이 시대 현실의 한 핵심을 찌르는 무기"로서의 아이러니라고 설명했다.[11] 또한 그는 오규원을 기리는 추모글 「아이러니 속의 화평」에서도 오규원의 후기시에서도 "그의 시를 일관되게 지켜온 근본적인 생각"으로서 "아이러니의 즐김"을 발견할 수 있다고 지적한다.[12] 김병익의 경우 이에 반박하는 논조로 "김주연은 오규원의 시에 대한 분석에서 그것을 낭만주의의 유산으로서의 아이러니로 지적하고 있는데 아마 오규원의 시는 보다 현대적인 풍조인, 시법의 파괴로서의 아이러니란 방법을 택하고 있다. 그의 아이러니는 자신의 성장을 위한 끝없는 반성의 반복이라기보다 주체와 객체의 질서를 혼란시킴으로써 시점과 시어의 균형을 깨뜨리고 원래의 형태를 이지러뜨리는 데서 얻어지는 효과다"라고 설명한다.[13]

---

11 김주연, 김태환 엮음, 「시와 아이러니」, 『예감의 실현』, 문학과지성사, 2016, 624쪽.

12 이 추모글은 2007년에 창작된 것으로 부기되어있다. 김주연, 「아이러니 속의 화평
    —세밀한 허무주의자 오규원」, 『그리운 문학들 그리운 이름들』, 문학과지성사,
    2020, 283쪽.

13 김병익, 「物神時代의 詩와 現實」, 『왕자가 아닌 한 아이에게』, 문학과지성사,
    1978, 112쪽.

이처럼 김주연과 김병익은 오규원 시의 뿌리가 낭만주의적인 자아의
추구인가 좀 더 현대적인 형식 파괴인가에 대한 판단에는 차이가 있
지만, 서구 아이러니 사상과 오규원 시 정신을 비교하며 그 사이의
유사성을 연역해내었다는 논법 면에서는 닮았다.

한편 김현은 오규원의 시 세계에 대하여 '유머'라는 표현을 사용하
면서 작품을 분석한 바 있는데, 그의 내재비평을 꼼꼼히 읽어나가면
우리는 그것이 아이러니 형식에 대한 분석에 가깝다는 인상을 받게
된다. 이를테면 오규원 시에서 사물을 인식하는 방식이 환상적이고
동화적인 시공간을 '상식적인' 태도로 서술하는 방식이나[14] 시적 화자
의 시선이 이중적이라는 사실을 그는 지적했다.[15] 이러한 서술 방식
들은 즉각적인 반어 표현보다 더 강력한 것으로서 아이러니한 의미를
지속해서 산출하는 '구조적 아이러니'로 이해된다.[16] 실은 아이러니

---

14 김현은 "吳圭原의 시적 재질은 유우머에 있다"라고 단언하며 "吳圭原에 있어서의
    유우머는 대상과 시인 사이의 거리를 평범하고 상식적으로 유지하려고 하는 태도
    에서 나온다."라고 설명한다. 이때 유우머가 발생하는 이유는 오규원 시의 시적
    화자는 태연한 척하지만, 시적 화자는 비상식적인 상황과 사건 속에 놓여 있기
    때문이다. 김현, 「오규원의 변모」, 『상상력과 인간』, 일지사, 1973, 297쪽.

15 김현은 오규원의 시집 『왕자가 아닌 한 아이에게』(문학과지성사, 1978)에 수록된
    두 편의 시를 분석하면서 "관능으로 축축이 젖은 몸과 말똥말똥한 눈을 뜨고 있는
    의식의 대립!"을 강조한다. 또한 '관능'과 '의식'의 이항대립에 대한 분석은 이 책의
    제2장에서 논의하게 될 오규원 시의 '관능적 아이러니 구조'의 요지를 선취하는
    표현이기도 하다. 인용은 김현, 「깨어 있음의 의미」, 『문학과 유토피아』, 문학과지
    성사, 1992, 175쪽.

16 널리 알려진 구조적 아이러니의 개념을 우리는 간단히 사전에서도 확인해볼 수
    있다. 에이브람스에 따르면 "작가는 일시적인 언어적 반어를 사용하는 대신에, 이
    중적인 의미를 계속 지속시켜 주는 데 기여하는 어떤 구조적 특질을 도입한다."(M.
    H. Abrams, 최동호 역, 『문학비평용어사전』, 새문사, 1985, 105쪽) 이러한 구조
    적 아이러니는 "청중은 알고 있지만 그 화자는 모르고 있는 작가의 반어적 의도에

개념으로부터 출발하지 않는다는 사실 때문에, 오히려 김현의 비평은 오규원 시의 아이러니 형식과 작품 자체의 고유성에 눈을 돌리도록 만들어준다. 김주연·김병익·김현의 논의는 비록 오규원 시의 일부만을 다루었지만 오규원 시 전반에 함축된 아이러니 정신을 연구하기 위한 실마리를 마련했다고 판단된다.

이러한 연구에 기대어 오규원 시인의 정신 혹은 오규원 시의 형식을 아이러니로 이해하려는 경향은 지속한다. 우리는 엄경희·이광호·이연승·박선영·김지선·지주현 등의 연구자에게서 이를 확인할 수 있다. 특히 엄경희·이광호의 경우 시인의 탁월함을 설명하는 한 방식으로 아이러니를 활용하고 있다. 엄경희는 "오규원 시를 이끄는 가장 큰 동력은 '각성'이라 할 수 있다"[17]라고 설명하는데, 여기서 '각성'이란 시인이 부조리한 시대에 맞서 각성하며 자기 실존에 대한 채찍질을 멈추지 않는다는 사실을 뜻한다. 그리고 그는 무엇보다 각성하기 위해서는 "삶의 아이러니를 받아들이는 일"[18]이 필수조건임을 강조한다. 이때 엄경희에게 아이러니 개념은 이중의 용법을 지니는데, 아이러니란 부조리한 현실의 양면성을 뜻하는 한편 그 부조리를 실존적으로 견뎌낼 수 있는 시인의 역량을 뜻하기도 한다. 마찬가지로 이광호에게도 오규원의 '아이러니'란 세계의 불확실성을 직시할 수 있

대한 인식"(같은 쪽) 때문에 발생한다. 마찬가지로 오규원 시인의 시에서 '유머'는 좀처럼 이해하기 어려운 동화적·환상적 공간을 '상식적인' 태도로 이해하고자 하는 화자를 내세우기 때문에 발생한다고 김현은 주장한다. 혹은 화자가 놓인 분열적 상태를 독자가 인식할 수 있도록 만들기 때문에 아이러니는 발생한다.

17 엄경희, 「회의주의자의 푸른 안광」, 『현대시의 발견과 성찰』, 보고사, 2005, 171쪽.
18 엄경희, 같은 쪽.

는 "냉철한 의식"을 뜻한다.[19] 심지어 그의 글에서 오규원은 "시간을 사건화하고, 그 시간을 틈에서 다른 원초적인 시간을 재구성하는 주체"로까지 설명된다.[20] 이광호의 '아이러니스트'란 어떤 의미로는 진리를 꿰뚫어 볼 수 있을뿐더러, 그러한 진리를 재구성하는 능력을 지닌 형이상학적 주체로 격상되어 있다.

　이연승은 이러한 맥락을 좀 더 사회적 변화와 밀접한 연관을 지었다. 그리고 오규원 시의 아이러니를 근대성에 대한 비판적 표현의 한 양상으로 간주했다. 이연승은 오규원 시의 아이러니를 "형식적 안정을 거부하려는 충동과 부정의 정신을 체화시키는 시로써 자기 동일성의 관념에 균열을 일으키는 수사적 형식"으로 간주하며,[21] 특히 아도르노적인 '부정의 변증법'에 가까운 것으로 판단한다. 이는 앞서 오규원의 시가 현대적이고 해체적인 아이러니 사상에 영향을 받았다는 김병익의 논의를 떠올리게 한다. 한편 이연승은 한국 사회의 변화에 대한 '부정의 변증법'으로서 오규원이 단계적으로 초기시의 데페이즈망·존재론적 은유, 중기시의 아이러니·혼성모방, 후기시의 환유 등을 발전시켜나간다고 판단한다. 여기서 아이러니는 오규원의 중기시를 이루는 중심 형식으로 설명된다. 이와 비슷한 맥락에서 박선영은 오규원의 중기시를 논의하며 아이러니는 자본주의의 상업논리를 풍자하는 수단으로 이해하고 있다.[22] 마찬가지로 김지선[23]과 지주현[24]의 연

19　이광호, 「에이런의 정신과 시 쓰기」, 『작가세계』 23, 1994, 97쪽.
20　이광호, 「오규원 시에 나타난 도시 공간의 이미지」, 『문학과환경』 8(2), 문학과환경학회, 2009, 190쪽.
21　이연승, 위의 책, 34쪽.
22　박선영, 「오규원 시의 아이러니와 실존성의 상관관계 연구」, 『국제어문』 32, 국제

구에서도 아이러니는 시대에 대한 비판 의식으로 해명되고 있다.

선행연구들을 되돌아보며 우리는 오규원의 아이러니에 대해 간단
하면서도 지나칠 수 없는 하나의 논점에 도달한다. 오규원의 아이러
니는 그의 시 전체를 해명할 수 있는 관점인가, 아니면 그의 시적 도
정의 일부이자 한 단계에 그치는가. 예컨대 이연승이나 김지선 등은
아이러니가 1970년대~1980년대에 발표된 오규원 시에 한정된 창작
원리라고 간주하지만,[25] 지주현은 아이러니를 오규원의 "전 시세계의
가장 주요한 성격을 규정하는 원리"라고 표현한다.[26] 무엇보다 이러
한 논점은 오규원 시인이 말년에 추구한 날이미지 시론의 성격을 두
고 논쟁의 성격까지 띠게 된다. 말년에 오규원은 선불교의 불이 사상
과 서구의 현상학에 영향을 받으며 진리와 현상, 외양과 내면을 구분
하지 않거나 대립적인 것으로 파악하지 않는 일원론적 세계관을 추구
했다. 이 때문에 오규원 시인의 시적 여정은 아이러니 관념에 내포한
갈등상태를 극복하며 마무리되는 것처럼 보인다. 무엇보다 아이러니
는 세계에 대한 총제적이고 안정된 종합이 불가능하다는 인식론에 기
대고 있기 때문이다.[27] 이러한 맥락에서 이연승과 김지선은 오규원의

어문학회, 2004, 143~174쪽.
23 지주현, 「오규원 시에 나타난 아이러니의 양상」, 『현대문학의 연구』 49, 현대문학
    연구학회, 2013, 438쪽.
24 지주현, 위의 글, 417~446쪽.
25 김지선, 「장르 해체적 서술과 자아 반영성 — 오규원, 김춘수 시를 중심으로」, 『인
    문학연구』 34(3), 충남대학교 인문과학연구소, 2007, 105~132쪽; 김지선, 「오규
    원 시에 나타난 주체의식의 변모 양상」, 『한국어문학연구』 50, 동악어문학회,
    2008, 311~336쪽; 김지선, 「한국 모더니즘 시의 서술기법과 주체인식 연구」, 한
    양대학교 박사학위논문, 2009.
26 지주현, 위의 글, 438쪽.

아이러니를 중기시의 표현 방식으로 제한하고 있다.

이와 관련하여 우리는 오규원 시를 아이러니 이론으로 해명하려는 연구 경향이 1990년대 무렵부터 쇠퇴하기 시작했다는 사실을 검토해볼 필요가 있다. 왜 이러한 경향이 나타났는가. 그 이유는 이 무렵부터 날이미지 시론을 중심에 놓고 그의 시를 해석하려는 경향이 대두되기 때문이다. 1980년대 말부터 세상을 떠나기 직전까지 오규원 시인은 날이미지 시론을 주창했으며, 그 핵심은 "인간 중심의 사고에서 벗어나야겠다"[28]라는 내용으로 요약될 수 있다. 요컨대 창작 과정에서 관념적인 조작을 최소화하면서 현실을 날 것 그대로 드러내는 데 도달하는 시 작품이 곧 날이미지 시라고 할 수 있다. 어떤 면에서 인위를 배제한 시라는 것이 실현 불가능한 목표임에도 불구하고, 많은 비평과 연구는 오규원의 이러한 시론을 타당한 것으로 받아들였고 그의 시를 이해하는 중요한 지침으로 삼아왔다. 그리고 이러한 연구의 상당수는 오규원이 시론에서 자주 인용했던 현상학 이론을 방법론으로 삼고 있다. 중요한 것은 만약 오규원의 시가 날 것 그대로 현실을 재현하는 데 근접했다면, 그것은 다르게 말해서 그의 시가 현실이나 인간의 아이러니한 복잡성을 넘어설 수 있었다는 전제 또한 함축한다는 사실이다.

오규원 시에 대한 현상학적 연구가 일원론적 통합을 강조하는 데 반해 아이러니 연구가 이중의미와 다원성을 강조한다는 점에서 두 연구 경향은 타협하기 어려운 전제들을 지닌 것처럼 보인다. 그리고 최

---

27 이연승, 위의 책, 143~145쪽 참조.
28 오규원, 위의 책, 2005, 7쪽.

근까지 오규원 시를 이해하는 데 중심이 되는 것은 현상학적 관점의
연구이다. 현상학적 관점의 상당수는 오규원 시가 현실을 '투명하게'
드러내려고 했다는 의도에 초점을 맞추고, 그러한 노력이 거두는 성
취에 대해서 논의하고 있다. 이를테면 현상학에 기초한 연구는 오규
원 시인을 현상학적 의미의 존재를 사유하는 탁월한 주체인 '현존재'
로 가정한다. 그리고 그의 시는 시공간이나 존재를 드러내는 탁월한
실례로 설명된다.[29] 무엇보다 오규원 자신이 하이데거나 메를로-퐁
티의 사상을 주요하게 인용하고 있기 때문에 이러한 관점은 시인의
지향과 밀접한 연관이 있다. 현상학적 연구는 정과리와 문혜원에 의
해 본격적으로 논의되었다고 볼 수 있다. 정과리는 후설 현상학의 '직
관(intuition)'이라는 개념에 기대어 오규원의 날이미지 시에 관하여
"날이미지는 주관에게 번개처럼 닥치는 방식으로 주관에 의해 구성
된 사건이다"라고 규정한다.[30] 또한 '시간은 존재의 관계'라는 『지각

---

[29] '현존재'와 '현상학적 환원'이라는 두 개념을 이해하는 것이 현상학적 연구 경향을
    파악하는 데 도움이 된다. 하이데거는 현실에 대한 어떤 질문을 던지기 이전에
    그러한 질문을 던지고 있는 우리 자신의 존재, 즉 '현존재'에 대한 물음을 수행해야
    한다고 생각한다. 하이데거에 따르면 모든 학문에서 가장 앞서야 하는 것은 '존재
    물음'이고 "존재물음의 정리작업이란, 한 존재자——즉 묻고 있는 자——를 그
    존재에서 투명하게 만드는 것"이다. 그리고 현존재란 "이러한 존재자, 즉 우리들
    자신이 각기 그것이며 여러 다른 것들 중 물음이라는 존재가능성을 가지고 있는
    그런 존재자를 우리는 현존재(現存在)라는 용어로 파악하기로 하자"라고 정의된다
    (마르틴 하이데거, 위의 책, 1998, 22쪽). 이러한 하이데거의 현존재 개념은 후설
    의 현상학적 환원이라는 탐구 방법에 기초한 것이다. 후설에 따르면 현상학적 환원
    이란 "우리가 직면하고 있는 그 세계로부터, 심리학적 경험 속에서 나타나는 그
    의식으로부터 시작"하며 "이 의식에서 본질적인 전제들을 드러내 밝힐" 것을 전제
    하는 현상학의 탐구 방법이다. 에드문트 후설, 이종훈 역, 『순수현상학과 현상학적
    철학의 이념들 1』, 한길사, 2009, 50쪽.
[30] 정과리, 「'어느새'와 '다시' 사이, 존재의 원환적 이행을 위한」, 『새와 나무와 새똥

의 현상학』의 명제에 기대어 순간과 지속이라는 두 가지 존재론적 시간 인식에 기초하여 오규원의 시가 전개되고 있다고 주장한다.[31] 한편 문혜원은 현상학적 관점을 오규원 시 전체에 관한 논의로 정교하게 확장하였다는 점에서 의의가 크다. 이연승이 단계적으로 오규원 시가 변모해간다고 본 것과 달리, 문혜원은 제2시집부터 제10시집(유고시집)에 이르기까지 일관되게 존재 이해의 지향이 드러난다고 판단한다.[32] 문혜원은 2004년의 연구에서는 오규원 시의 시간 인식에 대해서 주목한 데 비해,[33] 2016년 이후의 연구에서는 공간성이나 회화성에 초점을 두고 있다.[34] 그에 따르면 오규원은 사물을 도구로 재현하는 것이 아니라 그것과 연관하는 존재나 세계를 드러내 보이는 방식으로 묘사하고 있기 때문에 하이데거의 '손안에 있음'(용재성) 개념과 밀접한 연관이 있다. 또한 오규원 시에서 '허공'과 같은 부재의 시어를 반복하는 이유는 기존의 해석된 존재자를 탈 은폐하려는 현상학적 탐구, 즉 하이데거의 '무(Nichts)' 개념에 비추어 이해될 수 있다.[35]

그리고 돌멩이』, 문학과지성사, 2005, 103쪽.

31 정과리, 위의 글, 116~117쪽 참조.

32 문혜원, 「오규원 시에 나타나는 공간에 대한 이해 연구 – 하이데거의 '공간' 개념을 중심으로」, 『한국시학연구』 59, 한국시학회, 2019, 397쪽 참조.

33 문혜원, 「오규원의 시론 연구」, 『한국문학이론과 비평』 25, 한국문학이론과 비평학회, 2004, 265~282쪽 참조.

34 문혜원, 「오규원 후기 시와 시론의 현상학적 특징 연구」, 『국어국문학』 175, 국어국문학회, 2016, 147~174쪽; 문혜원, 「오규원의 시와 세잔 회화의 연관성 연구」, 『국어국문학』 185, 국어국문학회, 2018, 255~283쪽. 문혜원, 「오규원 시에 나타나는 공간에 대한 이해 연구」, 『한국시학연구』 59, 한국시학회, 2019, 387~407쪽; 문혜원, 「오규원 시론에 나타나는 인지시학적 특징 연구」, 『국어국문학』 192, 국어국문학회, 2020, 393~423쪽.

35 문혜원, 「오규원 시에 나타나는 공간에 대한 이해 연구」, 『한국시학연구』 59, 한국

마찬가지로 석성환은 김춘수와 오규원 시를 일컬어 '현상시(現象詩)' 라고 명명하는데, 그 또한 현상학적 관점에 따라서 그들의 시를 존재 이해의 방식으로 간주하고 있다.[36] 이러한 논의는 2010년대 이후에도 지속하고 있다. "감응관계와 제유적 방식으로 제시되는 오규원 시의 사물은 시적 자아의 주관적 관념을 넘어서 사물의 실제를 나타낸다" 라는 장동석의 논의나[37] 들뢰즈의 시간 – 이미지 개념에 기초하여 오규원의 시가 "인과관계와 같은 인간 중심의 이성적인 원리로부터 벗어난 순수 상태의 시간"을 재현한다는 박한라의 논의에서도 우리는 형이상학에 가까운 논리를 확인할 수 있다.[38]

그런데 이들의 지적처럼 오규원의 후기시는 아이러니를 극복했는

시학회, 2019, 387~407쪽 참조.

36 석성환, 위의 글, 2010.

37 장동석, 「오규원 시의 사물 제시 방법 연구」, 『한국현대문학연구』 35, 한국현대문학회, 2011, 339쪽.

38 박한라, 「날이미지시에 나타난 '사실'과 '시간' 연구」, 『한민족어문학』 84, 한민족어문학회, 2019, 167쪽. 더 구체적으로 살펴보자면 박한라는 다음과 같은 예를 들고 있다. "거짓의 역량을 강화하는 날이미지의 서술은 '서사'를 만드는 대신 '차이화의 방식'으로 구성된다. '강과 산', '산과 절벽', '물총새와 절벽', '망개나무와 하늘' 등의 이미지는 '연합'하는 방식이 아니라 '차이화의 방식'을 통해 나열될 뿐이다. "차이화의 방식이란 하나의 항이 있고 또 다른 항이 선택될 때, 두 항 사이에 차이가 생겨 그 차이가 제3의 새로운 것을 생산하는 식"이다. "강"과 "산"이 만나 "절벽"이 생기고, "절벽"과 "물"이 만나 "붉은 황토"가 생기며, "붉은 황토"와 "물총새"가 만나 "가볍게 해를 들고/있"는 현상이 생성된다. 이처럼 날이미지시의 사실은 "'그리고'로 연결되면서 '둘 사이'에서 폭발적인 생성의 역량을 실현"하는 시간–이미지를 구현하는 작업이며, 결국 직접적인 시간의 출현을 통한 '살아있는 이미지'다."(같은 글, 173쪽) 이처럼 박한라는 '~와/과' 등의 접속사를 이용한 단어의 '나열'을 강조한다. 하지만 그의 주장처럼 '강'과 '산'의 이미지가 결합하여 '절벽' 이미지가 생성된다거나 '절벽'과 '물'의 이미지가 결합하여 '붉은 황토' 이미지가 생성된다는 생각은 자의적인 유추일 뿐이다.

가. 이러한 질문 자체가 연구사에서 수행된 바는 없다. 하지만 날이
미지 시의 성취에 대한 비판은 제기되어왔다. 강웅식은 2002년의 연
구에서 "세계와 사물의 관상학을 복원하려는 오규원의 시도는 작품
자체에서는 자신의 의도와 다르게 굴절되는 경향이 있다"라고 지적
한 바 있는데, 그는 '날이미지 시'의 전복성을 높게 평가하면서도 세
계를 날 것 그대로 재현하려는 목표의 실현 가능성에 대해서는 의문
을 드러낸다.[39] 이남호 역시 "날이미지는 순수 객관이나 사물의 진짜
맨얼굴이 아니다. 그것은 인식 주체의 프리즘과 언어라는 프리즘을
통과해서 만들어진 이미지이기 때문에 두 번의 굴절을 거친 것이다"
라고 지적한다.[40] '두 번의 굴절'이란 시인에 의한 주관적 굴절과 언어
공동체에 의한 객관적 굴절을 뜻한다고 볼 수 있다. 더 나아가 일찍
오규원에 대한 현상학적 연구를 제시한 정과리 또한 전적으로 오규원
의 시를 '현상학적'이라고 말하지는 않았다. 정과리는 오규원 시에 대
해 "다시 말해 어떤 것과도 닮지 않았으며 타자의 사건을 '재현'하는
것도, 혹은 외부의 진리를 현시하는 것도 아닌 주체의 유일무이한 경
험으로서의 언어"라고 결론 내림으로써 특히 시간 인식에 기초한 '주
관적 경험'의 반영물로 단언하고 있다.[41] 마찬가지로 조연정은 "태생
적으로 언어는 의미화를 지향하는 인간적 욕망의 산물이기 때문에,

39 강웅식, 「문화산업 시대의 글쓰기와 '날 이미지'의 시 ─ 오규원의 시를 중심으로」,
『돈암어문학』 15, 돈암어문학회, 2002, 37쪽.

40 이남호, 「날이미지의 의미와 무의미」, 『오규원 깊이 읽기』, 문학과지성사, 2002,
279쪽.

41 정과리, 「'어느새'와 '다시' 사이, 존재의 원환적 이행을 위한」, 『새와 나무와 새똥
그리고 돌멩이』, 문학과지성사, 2005, 88쪽.

언어를 경유하는 한에서는 어떠한 '사실'도 인간과 독립적으로 존재하기는 힘들"다는 비판을 제기했다.[42]

   최근까지도 비판은 제기되고 있다. 권혁웅의 평론 「날이미지 시는 날이미지로 쓴 시가 아니다」는 그 제목만큼이나 본격적으로 오규원 시론의 전제를 공박하는 내용으로 이루어져 있다.[43] 그의 비판은 세 가지 내용으로 요약될 수 있다. 먼저 이론의 측면에서 오규원은 야콥슨의 정신분석학적 언어학에 기초하여 인간의 언어 행위를 '은유'(단어 선택/계열체)와 '환유'(문장 배열/통합체)로 구분하는데, 실은 이러한 야콥슨의 이분법 자체가 지나친 단순화라는 것이다. 그다음 창작의 측면에서 오규원은 시론집 『날이미지와 시』의 서문에서 자신의 시가 "은유적 언어체계를 주변부로 돌리고 환유적 언어체계를 중심부에 놓았다"라고 밝히는데,[44] 그러한 주장과 달리 그의 시는 은유법의 일종인 활유를 적극 활용하고 있다.[45] 결론적으로 날이미지 시는 수사법이라기보다 '시인의 오랜 투병'이라는 심리적·육체적 위기의 소산이며 강인한 자의식을 지니려는 태도로 이해되어야 한다. 이처럼 권혁웅은 오규원의 시를 실존적 투쟁으로 이해할 것을 제안한다. 마찬가지로 조연정 역시 "태생적으로 언어는 의미화를 지향하는 인간적

42 조연정, 「풍경을 그리는 시인의 허무, 그리고 최소한의 자기 증명」, 『쓺』 2017년 상반기호, 379쪽.
43 권혁웅, 위의 책, 2012, 197~217쪽.
44 오규원, 위의 책, 2005, 7쪽.
45 예컨대 유고시집 『두두』(문학과지성사, 2008)의 대부분은 활유로 이루어진다. "어젯밤 어둠이 울타리 밑에/ 제비꽃 하나 더 만들어/ 매달아놓았네"(시 「봄과 밤」)라는 시구나 "나무에서 생년월일이 같은 잎들이/ 와르르 태어나/ 잠시 서로 어리둥절해하네"(시 「4월과 아침」)라는 시구를 확인할 수 있다.

욕망의 산물이기 때문에, 언어를 경유하는 한에서는 어떠한 '사실'도 인간과 독립적으로 존재하기는 힘들"다는 자명한 비판을 제기한다.[46]

오규원의 후기시를 중심으로 한 이러한 논의를 '날이미지 시 논쟁'이라고 명명해본다면, 이 논쟁은 언뜻 보기에 시가 현실을 '그대로' 드러낸다는 전제를 어느 수준까지 동의하느냐에 달린 것처럼 보인다. 하지만 '날이미지 시 논쟁'은 어떤 의미로 오규원 자신의 시론과도 이미 멀어진 채, 연구자들에 의해서 입증되고 논박되기를 반복되는 어떤 허상이 아닐까. 무엇보다 날이미지 시가 현실을 그대로 드러낸다고 오규원이 말했을 때, 그는 그것을 보편적인 진리라고 주장했던 적이 없기 때문이다. 우리는 오규원의 시론에서 그가 '날이미지 시'를 주창하면서 제기했던 두 가지 전제를 확인할 필요가 있다. 첫째로 오규원은 『날이미지와 시』의 머리말에서 '은유' 전통의 시학을 극복하기 위해서 '환유'에 기초한 날이미지 시를 창안한다고 주장한다. 요컨대 오규원이 날이미지 시를 제시한 이유는 기존의 시 전통을 새로운 시 전통을 제시하는 역사적 관점에 기초한다. 그것은 새로운 시적 전통의 창안을 제안하는 한편, 그것이 또 다른 전통에 의해 대체될 수 있다는 역사적 관점을 암시한다. 둘째로 오규원이 '환유'라는 수사법을 제안하는 이유를 "인간 중심적 사고의 횡포를 최소화할 수 있으리라는 내 나름의 믿음"이라고 표현했던 것처럼, 오규원에게 날이미지 시란 '내 나름의 믿음'이었을 뿐이다.[47]

---

46 조연정, 「풍경을 그리는 시인의 허무, 그리고 최소한의 자기 증명」, 『쓺』 2017년 상반기호, 379쪽.

47 오규원, 「날이미지의 시」, 위의 책, 2005, 107쪽.

결국 오규원의 후기시에 대한 비판은 오규원 시가 여전히 도달 불
가능한 목적을 지향하는 여정 속에서 아이러니한 문제 제기와 갈등을
지속하고 있었다는 사실을 깨닫게 한다. 이경재가 지적하듯 오규원
의 후기시는 여전히 "자아와 세계 사이, 언어와 대상 사이에서 발생
하는 분열과 파국에 대해서" 노래하고 있으며, "미완성이라는 느낌"
을 자아내는 형식으로 이루어져 있다.[48] 그의 표현을 그대로 빌리자
면 오규원 시의 근본적인 정서는 "무심함"이고 그 형식은 "파편으로
존재하는 총체성"이라는 역설적 관점에 기대어 이해해볼 수 있다.[49]
이 점에서 오규원의 작품은 그 후기시까지도 아이러니라는 개념적 틀
로 다시 한 번 사유할 필요가 있다. 즉 그의 시가 어떤 평온한 화평과
일원론적 안식에 도달했다는 결론이 아니라, 그러한 목적지로 향하
는 과정에서 여전히 첨예한 모순과 긴장을 내포하고 있다는 사실을
미리 유추해볼 수 있겠다.

따라서 가장 중요한 질문은 오규원 시가 형이상학적이냐 아니냐가
아니다. 핵심은 오규원 시인이 사적 진리를 시로 재현하거나 이론으
로 승격시키고자 투쟁하는 아이러니스트였다는 점이다. 로티에 따르
면 현대 사회에서 지식인의 전형은 아이러니스트이며, 아이러니스트
란 모든 사람이 각자의 특수한 신념과 이론을 견지하고 있음을 자각
하면서도, 자신의 신념을 숭고화하고 보편타당한 것으로 주장하려는
지향을 품고 있는 자다.[50] 무엇보다 우리가 주목해야 할 것은 오규원

---

48 이경재, 「한국 현대시와 말년성(lateness)의 양상」, 『현장에서 바라본 문학의 의미』,
    소명출판, 2013, 354쪽.
49 이경재, 위의 책, 356쪽.
50 리처드 로티, 김동식·이유선 역, 『우연성, 아이러니, 연대』, 사월의책, 2020, 222~224

은 언제나 수사법을 버리지 않았다는 점이다. 항상 그는 '언어를 통해' 현실을 재현하고자 했다. 사실 세계를 날 것 그대로 인식하는 것이 날이미지 시론의 목표라면 언어 행위를 지속할 이유는 없다. 언어 행위는 세계와의 직접 대면을 차단하는 불순한 매개에 지나지 않기 때문이다. 더욱이 언어 행위는 타인에게 말을 건넨다는 것, 즉 '나'와 다른 생각과 삶의 방식을 소유한 타자와 소통한다는 의미이다. 결국 이것은 오규원의 시가 아이러니의 영역을 떠난 적이 없다는 사실을 암시한다.

오규원 자신이 날이미지 시론을 통해 추구한 '투명성'이나 '현상' 등은 그 자신에게 타당한 하나의 믿음을 관철한 결과였을 뿐이다. 이와 달리 오규원의 날이미지 시론을 보편적 이론으로 승격시킨 것은 오히려 연구자들의 오인이라고 판단된다. 우리에게 중요한 것은 오규원 시가 마치 어떤 선입견도 지니지 않은 '순수한' 입장에 위치한다고 평가하기보다 그를 정확한 위치에 자리매김하는 것이다. 오규원의 시를 '순수한' 의미 지평이나 입장에 놓으려는 선행연구들은 그의 시를 신비화했을뿐더러, 더 나아가 그의 시가 일종의 진리를 드러낸다고 주장하면서도 필연적으로 그 진리의 실체가 무엇인지 해설하는 것까지는 완수하지 못하면서 결국 오규원 시를 모호한 관념으로 만들어버리고 말았다.

따라서 오규원 시를 연구하기 위해 우리는 환원을 피하는 것이 아니라 정확하게 환원해야 한다. 다시 말해서 오규원 시 연구란 오규원의 시가 어떤 지평에서 전개되고 어떤 방식으로 재현하는지 정확하게

쪽 참조.

위치 짓는 것이다. 지금까지 우리는 현상학에 기댄 오규원 시 연구들이 '현상학적'이거나 '형이상학적인' 논법에 기초하여 오규원의 시를 신비화하는 경향이 두드러진다는 사실을 확인했다. 이러한 경향의 연구와 그것을 비판하는 연구를 차치하고 나면, 우리의 시야에 들어오는 연구들은 오규원 시를 특정한 이론이나 수사법으로 환원하는 경향이라고 볼 수 있다. 여기에는 현상학·불교·생태주의 사상 혹은 아이러니 혹은 알레고리 등의 수사법에 기초한 연구들이 있다. 이 글이 따르고자 하는 것은 바로 후자 쪽이며, 이 글은 무엇보다 가장 많은 연구자들이 동의해왔던 아이러니 개념을 치밀하게 발전시켜서 오규원 시를 살펴보고자 한다.

본 연구는 다시금 아이러니 관점에 기초한 연구를 수행해볼 필요가 있다는 판단에 기초한다. 이러한 연구가 필요한 첫 번째 이유는 기존의 연구에서 오규원 시 전체에 대한 아이러니 표현과 형식에 대한 분석이 수행된 바가 없기 때문이다. 오규원 시에 대한 비평적 논의는 그의 시적 특질과 시인의 시 정신으로서 아이러니를 강조하고 있지만, 그러한 결론을 오규원 시 전체에 근거하여 도출하는 것은 아니다. 이 점에서 아이러니가 오규원 시 전체를 이해할 수 있는 관점이라는 판단은 선행했어도 그에 대한 논증은 뒤따르지 못했다. 또한 본 연구의 두 번째 필요성은 앞서 강조했듯 최근 오규원의 시를 현상학이나 선불교적 관점에서 이해하려는 경향이 두드러진다는 데서 도출해낼 수 있다. 이들의 연구는 오규원 시인이 총체적 현실 인식, 아니면 적어도 안정된 존재 이해에 도달했다는 해석에 근거한다.[51] 반면

---

[51] 현상학적 관점의 대표적인 연구자인 문혜원은 오규원의 첫 시집을 제외한 제2시집

본 연구는 이러한 연구 흐름과 거리를 두고 오규원 후기시에 내포된 아이러니한 갈등과 해체적 성격을 강조하고자 한다. 본 연구는 앞선 아이러니 관점에 기초한 연구를 계승하여, 다시 말해 오규원 시 전체에 대한 분석과 이해에 기초하여 그의 시에서 일관되게 드러나는 고유한 아이러니 구조와 그것의 정신사적 의의를 탐구하고자 한다.

2) 오규원의 삶과 아이러니 의식

오규원의 시를 아이러니로 탐구하는 것이 가능한 또 다른 근거는 시인이 자신의 전기를 표현하는 방식이다. 오규원은 줄곧 자신의 자아를 이중적인 것, 관찰자적인 것으로 표현해왔고 마찬가지로 그의 언어관 역시 다의미적인 것을 중심에 놓고 있다고 설명해왔다. 흔히 자아의 아이러니가 대개 행동하는 주체로서의 '나'와 그것을 인식하는 자아로서의 '나' 사이의 갈등으로 설명된다는 점에서 오규원의 자기 서술에는 아이러니가 전제되고 있다고 판단된다. 한편으로 그러한 서술은 곧 그가 세상을 아이러니하게 인식하게 만드는 전기적 체험들이 있었음을 암시한다. 이를테면 초등학교 6학년 무렵 어머니를 잃었던 것, 이후에 그러한 상처를 극복하기 위해서 문학에 탐닉하면서 언어에 대한 감수성을 키우고 이상의 문학을 접했던 것, 또한 동아대 법학과에 입학하여 법률언어의 다의성을 체험했던 것 등이 결정적

부터 제10시집까지, 대부분의 작품을 현상학적 관점에서 이해할 수 있다고 해석한다. 그에 따르면 오규원은 일관되게 '세계-내-존재'로서 자기 존재와 세계를 해석하는 관점을 지속하고 있다는 것이다. 문혜원, 「오규원 시에 나타나는 공간에 대한 이해 연구 - 하이데거의 '공간' 개념을 중심으로」, 『한국시학연구』 59, 한국시학회, 2019, 387~407쪽 참조.

인 계기가 되어 그의 의식을 아이러니스트에 가깝게 바꾸어 나갔던 것으로 보인다.

본래 오규원의 본명은 오규옥이며, 그는 음력 1941년 12월 29일(양력 1942년 2월 14일) 경상남도 밀양군 삼랑진읍 용전리에서 아버지 오인호(吳仁鎬) 씨와 어머니 고계준(高癸俊) 씨 슬하의 여섯 남매 중 막내로 태어났다.[52] 부모는 농지와 더불어 정미소·과수원을 소유하고 있었기 때문에 오규원의 유년기는 비교적 유복했을 것으로 추측된다.[53] 그러나 이러한 행복은 지속하지 않았다. 6·25전쟁 시기에는 가족 모두가 부산으로 잠시 피난하는 일을 겪고, 초등학교 육학년 때 잘못된 극약 처방으로 인한 어머니를 상실하게 되기 때문이다. 6·25 전쟁은 시인에게 큰 상처를 남기진 않았던 것으로 보인다. 다만 피난 와중에 전학을 가서 낯선 친구들과 교제한다는 사실에 불편을 느꼈다.[54] 오규원의 생애에 결정적인 트라우마를 남긴 것은 친어머니의

---

52 호적상으로는 1944년생으로 등록되어있다. 등단하면서 그가 필명을 사용한 이유는 여성으로 오인되지 않기 위해서였다. "본명을 그대로 적어 놓으면 여자로 오인되는 수가 가끔 있었어요. 그 불편을 피하기 위해 부친과 의논해 고쳤어요. 돌림자가 규(圭)라서 옥(沃)이 원(原)으로 바뀌어졌습니다. 오래 사용해서 그런지, 이젠, 가끔, 본명이 낯설 때도 있습니다." 오규원·김동원·박혜경 대담, 「타락한 말, 혹은 시대를 헤쳐나가는 해방의 이미지」, 『문학정신』 1991년 3월호, 14쪽.

53 산문집 『아름다운 것은 地上에 잠시만 머문다』(문학사상사, 1987)에서 유년기를 행복하게 회상하는 글들을 찾을 수 있다. 막내였던 그는 유년 시절 호박꽃을 따고 벌을 잡으며 놀거나 밭일을 하는 어머니를 따라나서며 시간을 보냈다(오규원, 「종일 한 알 모래처럼 머물며」, 산문집 『아름다운 것은 지상에 잠시만 머문다』, 문학사상사, 1987, 46쪽; 오규원, 「내 어린 날의 장날」, 같은 책, 142~143쪽).

54 낙동강 전투가 진행되던 1950년 8~9월 무렵을 전후로 그의 일가족은 부산 서구 충무동 피난촌에 잠시 머문다. 박형준에 따르면 6·25전쟁 동안 학도병으로 끌려갔던 큰형이 부상을 입었고, 작은형은 공비들에게 끌려갔다가 너무 어리다고 되돌려 보내졌으며, 철도파괴작업에 나섰다가 실패한 공비 50여 명 중 일부가 그의 집에

상실이었던 것으로 보인다.[55] 이 무렵 가세가 기울면서 아버지 또한
오규원을 돌볼 여력이 없었다. 따라서 그를 돌보아줄 사람이 없었던
탓에 오규원은 어린 시절 누나·형·숙부의 집을 전전하면서 "기숙과
기식의 삶으로 일관"[56]하게 된다.

　시인으로서의 토대가 되는 독서 체험과 감수성은 바로 이러한 '기
숙과 기식의 삶'으로부터 비롯한다. 회상에 따르면 시인은 부모와 동
떨어진 마음을 달래기 위해서 대본소를 드나들거나 숙부님 서재를 살
피는 데 몰두한다. 중학생 시절 이광수의 소설이나 『삼국지』 『수호
지』 등으로 시작한 그의 독서는 사범대학 3학년 무렵에는 문예지 『현

들이닥쳐 가족을 위협하는 사건을 겪는다. 이 때문에 그들 부산으로 이사를 했고
어린 오규옥 또한 삼랑진초등학교에서 토성초등학교로 전학을 해야 했다. 하지만
그는 새 학교의 급우들과 마음이 맞지 않아서 가방을 멘 채 시장바닥과 길거리를
돌아다니다가 형제들에게 붙잡혀 학교 또는 집으로 끌려오기 일쑤였다(박형준,
「시인 오규원의 생애와 문학적 연대기」, 『석당논총』 68, 동아대학교 석당학술원,
2017, 79쪽 참조.)

55 시 「한 나라 또는 한 여자의 길―양평동 3」에서 오규원은 다음과 같이 쓴다. "나에
게는 어머니가 셋. 아버지는 女子는 가르쳐 주었어도 사랑은 가르쳐 주지 않았다./
사랑이란 말을 모르고 자란 아버지와 사랑이란 말을 모르고 죽은 아버지의 아버지
의 나라.// 그 나라에 적당하게 자리잡은 女子가 셋. 둘은 무덤 속에. 그리고 사라
져 버린 한 女子." '세 어머니'에 관해서 박형준은 다음과 같이 해설한다. "그의
생모는 앞에서 살펴본 바와 같이 초등학교 6학년 때, 서모는 몇 년 전(산문집 『볼펜
을 발꾸락에 끼고』에 언급된 1981년을 기준으로 하여)에 각각 타계하여 고향의
뒷산에 따로따로 잠들어 있다고 한다. 그리고 또 하나의 여자는 생모가 타계한
얼마 후에 고향 집에 와서 석 달 정도를 살다가 사라져 버렸는데, 그녀에 대한
인상은 그에게 그 후에 와서 오랫동안 살다가 죽은 서모보다 훨씬 더 생생한 기억으
로 남아 있다."(박형준, 위의 글, 2017, 81쪽.) 정리하면 오규원의 '세 어머니'란
열두 살 때 잃은 '생모', 어머니를 잃은 어린 오규원을 석 달 정도 돌보아준 '사라져
버린 한 女子', 그리고 '새어머니'를 뜻한다.

56 오규원, 『날이미지와 시』, 문학과지성사, 2005, 133쪽.

대문학』이나 김수영·김춘수·전봉건의 시집 등으로 대상이 옮아간
다.[57] 더불어 중학생 3학년 때 처음 시 쓰기를 하면서 그는 막연하게
나마 시인이 되고자 하는 목표를 가지게 된다.[58] 한편 오규원의 청소
년기를 이해하는 데에는 이상 시인에 관한 오규원의 평론 또한 흥미
로운 참조가 된다. 백부에게 키워진 이상의 삶을 거울삼아 오규원 자
신의 어린 시절을 비추는 것처럼 보이기 때문이다.

> 어린아이들에게 있어서 부모란 낯선 사물과 세계를 늘 아이들 편에 서
> 서 사랑으로 이해시켜 주고 화해시켜 주는 귀중한 존재이다. 그러므로
> 부모를 떠난 삶이란 곧 낯선 사물과 세계에의 직접 부딪침과 갈등을 의미
> 한다.
>
> ··· (중략) ···
>
> 그의 조부나 백부가 그를 부모로부터 데려와 따로 키우는 이유를 이해
> 할 만큼 그는 충분한 나이가 아니었으므로, 그는 그저 어른들이 시키는
> 대로 백부집에서 먹고 자고 했을 뿐이다. 그러나 먹고 자고 했을 뿐 자기의
> 부모가 아닌 다른 사람의 집에서 살고 있다는 본능적인 두려움과 경계심
> 이 그로 하여금 소심하고도 섬세한 감수성을 일찍부터 일깨우는 결과를
> 낳은 것이다. 이상의 남달리 뛰어난 섬세한 감수성은 이러한 먼 어린 시절
> 부터 낯선 세계로부터 안전하고자 하는 본능적인 자기 방어의 끊임없는
> 노력이 펼친 관찰과 연구와 주의, 이런 사고의 결과이다.[59]

---

57 오규원, 위의 책, 133~134쪽 참조.
58 오규원, 「눈을 떴을 때와 감았을 때」, 『볼펜을 발꾸락에 끼고』, 문예출판사, 1981,
    233쪽.
59 오규원, 「李箱論」, 『언어와 삶』, 문학과지성사, 1983, 208쪽.

평론 「李箱論」의 전반부는 이상의 삶을 재현하는 데 할애된다. 그 이유는 이 글의 서두에서 밝히듯 오규원은 이상의 시를 읽는 가장 타당한 방법은 전기에 비추어서 읽는 것이라고 믿었기 때문이다. 또한 그는 1991년의 인터뷰에서도 이상의 시를 "개인사적 접근방법"으로 읽어야 한다고 일관되게 역설한 바 있다.[60] 그리하여 위 인용구는 이상의 삶을 핍진하게 묘사하는 글의 일부이다. 그런데 흥미롭게도 여기서 오규원은 단순한 생애의 서술을 넘어서 심리 묘사까지 시도하고 있다. 이러한 심리 묘사는 그의 추론에 따른 것이다. 즉 이상이 "자기의 부모가 아닌 다른 사람의 집에서 살고 있다는 본능적인 두려움과 경계심"으로 인해서 "남달리 뛰어난 섬세한 감수성"을 갖게 되었다는 설명을 뒷받침할만한 근거는 인용되지 않는다. 그렇다면 위 인용구는 이상의 삶에 관한 논증이라기보다 오히려 친척집을 전전할 수밖에 없었던 오규원 자신의 체험을 반영하는 서술이라고 간주하는 것이 오히려 타당할 수 있다.

오규원은 이상 시인에 관한 저서 『날자, 한번만 더 날자꾸나』(문장, 1980)를 간행할 정도로 그를 애호했는데, 그 이유 중 하나는 이상이 오규원과 마찬가지로 어린 시절 부모에게서 떨어져 친척에게 맡겨진 시인이기 때문인지도 모른다. 따라서 이상에 대한 오규원의 서술을 오규원에게 되돌려본다면, '낯선 세계'에 내던져진 채 '자기 방어'를 위해서 '섬세한 감수성'을 기를 수밖에 없었다는 사실은 오규원 자신에게도 적용되는 셈이다. "낯선 세계로부터 안전하고자 하는 본능적인 자기 방어의 끊임없는 노력이 펼친 관찰과 연구와 주의"를 가질

---

60 오규원·김동원·박혜경 대담, 위의 글, 26쪽.

수밖에 없었던 시인의 처지를 우리는 '이방인'으로 비유해볼 수도 있다. 예컨대 유학이나 여행이 익숙한 언어·문화·정치 공동체로부터 자신을 떼어내는 실천인 것처럼, 세상을 이방인처럼 대하는 태도는 세계를 생경한 시선으로 인식할 수 있는 계기가 된다. 하지만 소년 이상과 오규원에게 이러한 분리는 강제적이었다. 그들에게는 근본적으로 익숙한 공동체가 존재할 수 없는데, 이미 어린 시절에 그들은 평온한 거처로서의 집이나 가족을 상실했기 때문이다. 바로 이러한 상실을 탁월한 시 쓰기의 재능으로 전환할 수 있었던 이상은 오규원에게 탁월한 시인의 전형이었다.

한편 오규원은 이러한 유년 체험이 자아의 이중화 또한 초래하게 되었다고 고백한다. 한 인터뷰에서 오규원 시인은 "자기가 지금 하고 있는 것하고 그걸 관찰하는 아주 투명한 두 개의 의식이 함께 움직일 때가 있습니다"라고 말한 바 있다.[61] 세상을 거북하게 느끼고 조심스럽게 대하는 태도가 심화함으로써 '행위자'와 '관찰자'로서 자아가 이중화되는 현상을 야기하게 되었다는 것이다. 이어서 그는 "방종뿐만 아니라 방종을 방임하는 정신 자체가 사실은 풍자지요. 왜냐하면 자기가 스스로 방종하고 있다는 것을 알면서 그것을 방임하기 때문이죠."라고 말하기도 한다. 이때 '풍자'라고 표현하듯, 이중화된 자아는 극복할 수 없는 자신의 삶을 방임하면서 생겨난 습관으로도 이해된다.[62] 거처가 없어서 친척 집을 전전하고 충분한 학비가 없어서 사범대학에 진학할 수밖에 없는 삶을 살아가는 '나'와 그것을 냉소할 수밖

---

61 오규원·김동원·박혜경 대담, 위의 글, 29쪽.
62 오규원·김동원·박혜경 대담, 위의 글, 30쪽.

에 없는 '나' 사이에서 놓인다는 것, 이 두 자아 사이의 균열이 자아의
아이러니를 형성한 셈이다.

> 고등학교, 다시 말해서 사범학교 때 교지를 보니까 「두 개의 나」라는
> 에세이가 있습디다. 시를 인용해 가면서 쓴 30~40매 정도 되는 글인데,
> 자아분리 현상은 아마 그 이전부터 느꼈던 모양입니다. 그게 어디서부터
> 시작된 것인지 청년기 이전을 다시 더듬어서 정리해 본 적은 없지만, 그
> 글을 보면 세계에 대해서 절대적 의미, 다시 말해서 하나의 기호가 하나를
> 가리키지 않는다라는 정도는 어떤 형태로건 경험이 됐던 모양입니다. 그
> 이후 사회생활을 해 가면서 사회나 인간이나 혹은 언어가 가지고 있는
> 바의 다의미(多意味), 즉 의미가 하나로 통일되지 않는다는 것이 거의 믿
> 음처럼 작용하고 있습니다.[63]

흥미롭게도 그의 술회에 따르면, 사춘기에 형성된 자아의 아이러
니는 차츰 사회나 언어를 인식하는 잣대로 이행해간다. 사회·인간·
언어는 하나의 의미로 통일될 수 없으며 '다의미'를 지닌다고 확신하
게 되었다는 것이다. 바로 여기서 우리는 '다의미'에 대응하는 아이러
니의 개념을 떠올릴 수 있다. 아이러니에 대한 가장 오래되고 간단한
정의를 빌리자면, 아이러니란 이해되는 바와는 다른 것을 발화하는
수사법이다.[64] 즉 그것은 드러난 표현과 의미 이면에 감춰진 여러 겹

---

63 오규원·김동원·박혜경 대담, 위의 글, 18쪽.

64 이는 고대 로마의 수사학자 퀸틸리아누스(Marcus Fabius Quintilianus, 35~100
   추정)의 정의이다. Roland Greene·Stephen Cushman·Clare Cavanagh·
   Jahan Ramazani·Paul Rouzer, *The Princeton Encyclopedia of Poetry and
   Poetics Fourth Edition*, Princeton University press, 2012, p.731.

의 의미를 읽어내도록 청중을 유도하는 기술이다. 물론 이러한 수사
학적 정의와 달리, 오규원의 아이러니는 실존적 성격을 띤다. 그의
아이러니는 불행한 유년과 자신이 꿈꾸는 삶 사이의 극심한 균열로
인해 발생한 실존적 위기였다고 볼 수 있다. 그런데 이 실존적 관점이
하나의 인식적 틀로 형성되면서, 그는 한 공동체를 통합하는 보편적
이거나 안정된 진실이 존재한다는 믿음을 의심하는 세계관을 가지게
되었다고 볼 수 있다. 이처럼 아이러니는 오규원에게 언어나 타자를
인식하는 데 섬세한 감수성을 길러주는 성찰적 계기가 된다.

　여기서 우리는 '절대적 의미'와 '다의미'를 구분하는 오규원의 문제
제기를 세밀하게 읽어내야 한다. "의미가 하나로 통일되지 않는다는"
그의 테제는 표면적으로 단순해 보이지만, 실은 우리의 상식을 벗어
난 지적을 하고 있기 때문이다. 하나의 예를 덧붙이자면 오규원은 사
범대학을 다니던 시절 법률 용어를 공부하면서 하나의 언어 기호(기
표)가 상황에 따라서 그 의미가 달라지는 현상을 고민하게 되었다고
말한 바 있다. 예컨대 'A가 B에게 1천만 원을 주었다'라는 문장은 상
황에 따라서 각각 선물·변제·갈취·경조·차용 등을 뜻하게 된다.[65]
그런데 이렇게 한 단어가 여러 가지 의미를 지니는 상황에 오규원이
문제를 제기하는 것은 엉뚱해 보인다. 왜냐하면 다의어의 존재는 우
리의 일상적 체험에 비추어볼 때 놀라운 사실이 아니기 때문이다.

　따라서 여기서 오규원의 생각이 정확하게 이해되기 위해서는, '절
대적 의미'가 존재하고 그것의 대타항으로서 '다의미'가 존재한다는
이 특수한 이항대립을 전제하지 않으면 안 된다. 여기서 우리는 언어

65　오규원, 「언어 탐구의 궤적」, 위의 책, 2005, 138쪽.

철학자들이 제기했던 언어의 '사용(use)'에 대한 문제를 고찰할 필요
가 있다. 왜 언어의 다의성은 발생하는가. 언어철학의 관점에 따르면
그것은 한 문장이나 발화가 다양한 의미를 포함하기 때문이 아니라,
상황마다 언어가 상이한 방식으로 사용되기 때문이다. 사범대학 법
학과 시절 오규원이 법률 용어에 기초하여 사고하고 있는 만큼 여기
서는 법학적 사고에 큰 영향을 미친 오스틴의 언어 이론와 비교해볼
수도 있겠다. 오스틴은『말과 행위』에서 오랫동안 사람들은 '의미한
다'라는 언어의 사용법을 절대적인 것으로 특권화해왔다고 주장한다.
즉 사람들은 관습적으로 "어떤 것을 말한다"라는 행위를 "어떤 것을
진술하다"라는 표현 혹은 '어떤 것을 의미한다'라는 상황과 동일시한
다. 그러나 그에 따르면 언어가 무엇을 '의미한다'는 것은 언어를 사
용하는 관습적 절차 중 하나일 뿐이다. 언어는 명령하거나 동의하는
데 사용될 수도 있다. '저걸 해'라는 문장이나 '나도 그래'라는 문장은
그 자체로는 중요한 의미를 내포하지 않지만, 범죄나 결혼 등 수많은
상황에서 가장 중요한 발화가 될 수 있다. 오스틴은 전통적으로 특권
화된 언어의 사용방식, 즉 '의미'의 참과 거짓에 기초한 문장을 진위
문(眞僞文, constative)이라고 부르고, 그 외의 발화방식에 기초한 문
장을 수행문(performative)이라고 부른다.[66]

마찬가지로 오규원의 '절대적 의미'와 '다의미'의 구분은 바로 이
러한 진위문과 수행문의 구분에 비추어 독해할 때 유의미한 문제 제
기가 된다. 오규원이 '절대적 의미'라고 명명한 것은 실은 한 문장이
나 발화에 대응하는 정확한 진위문이 존재한다는 믿음에 가깝다. 그

---

[66] J. L. 오스틴, 김영진 역, 『말과 행위』, 서광사, 1992, 21~45쪽 참조.

리고 오규원은 고정된 의미가 존재한다는 생각을 부정하면서 실은 우리가 사용하는 문장들이 수행적이라는 사실을 '다의미'라는 표현으로 드러냈던 것이다. 이에 따라서 우리는 아이러니의 오래된 정의 또한 20세기 언어철학적 관점으로 갱신할 수 있다. 즉 아이러니란 드러난 표현·의미와 감춰진 의미 사이의 대립 때문에 유발되는 것이 아니라, '의미하기'라는 언어의 특권화 된 사용과 여러 가지 수행적 사용 사이의 대립 때문에 발생하는 것이다.[67] 요컨대 '절대적 의미'가 존재하지 않는다는 오규원의 믿음은 언어의 특권화 된 사용이 존재하지 않는다는 믿음인 셈이다.

지금까지 우리는 시인의 생애, 특히 독서와 창작을 시작한 청년기를 살펴보았다. 강조해야 할 것은 아이러니가 단지 세상을 이해하는 지식인의 객관화된 시선일 뿐만 아니라[68] 그의 시 쓰기에 뿌리 깊게

---

[67] 오스틴의 이론을 적용해본다면 아이러니는 '진위문'(의미하기)과 '수행문'(사용하기) 사이의 갈등으로 정의해볼 수도 있다. 더 정확히 말해서 단일한 진위문이 지니는 권위를 전복시키고 진위문을 수행문에 가깝게 만드는 것이다. 앞으로 우리는 다양한 언어철학적 관점을 비교하며 차용하게 될 것이다. 오스틴은 언어의 사용방식을 모델화하고 분류하는 데 집중한다. 반면 비트겐슈타인이나 데리다는 그러한 접근 방식과 거리를 두거나 비판한다. 비트겐슈타인은 『철학적 탐구』에서 수많은 언어의 사용방식을 서열화할 수 없는 수많은 '언어게임들'로 간주한다. 더 나아가 데리다는 오스틴의 이론을 비판하며 우리가 '진위문'과 '수행문'을 구분하고 체계화할 수 있다는 전제를 부정한다. 데리다에 따르면 오히려 일상적인 소통 과정은 문장을 잘못 전달하고 잘못 이해하는 상황이다(김욱동, 『은유와 환유』, 민음사, 1999 참조).

[68] 고봉준이 논의하였듯 "세계 인식의 한 방법으로서 아이러니에서 가장 중요한 것은 객관적 거리의 확보"일 수 있다(고봉준, 『모더니티의 이면』, 소명출판, 2007, 109쪽). 그러나 우리가 염두에 둬야 할 것은 아이러니가 현대 지식인의 능동적인 입장일 뿐만 아니라는 점이다. 어떤 사람은 아이러니스트일 수밖에 없는 실존적 체험 안에 놓일 수 있다. 이 가능성을 우리는 오규원의 삶을 이해하며 고려해보아야

영향을 준 실존적 트라우마이자 태도로 간주할 수 있다는 점이다. 위에서 인용한 것처럼 1980년대부터 2000년대까지 발표된 여러 평론과 인터뷰에서 시인은 세상을 이중적으로 혹은 다의적으로 바라보는 것이 자신이 시를 쓰는 중요한 원칙이라는 사실을 거듭 밝힌다. 프로이트는 「쾌락원칙을 넘어서」라는 글에서 인간은 외상적 상처를 무의식적인 놀이로 재현함으로써 능동적으로 다룰 수 있는 대상으로 전환해간다는 가설을 세운 바 있다.[69] 이러한 프로이트 정신분석학의 전제를 받아들인다면, 오규원의 시 쓰기란 '기숙과 기식의 삶'으로 인해 이중화된 자아로 살아갈 수밖에 없었던 트라우마를 '이방인으로서' 세계를 바라보는 능동적 창작으로 승화시켜가는 과정이라고도 가정할 수 있다. 하지만 우리는 모든 행위를 증상으로 환원하는 정신분석학의 논리를 우회할 수도 있다. 오규원은 자아·타자·세계를 이방인처럼 대함으로써 하나의 인식론적 가능성을 발견하는데, 그것은 어떤 사건이나 어떤 대상을 하나의 관점으로 환원하지 않고 그 양가성까지 핍진하게 이해하려는 끈질긴 심려로 이어진다. 그리고 근본적으로 그의 시는 이러한 심려에 기초하여 현실의 다의성과 다면성을 재현하려는 노력을 반영하기 때문에 아이러니 수사학과 밀접한 관련을 지니게 된다.

한다.

69 프로이트는 자신의 두 살배기 손자를 관찰하면서 그와 같은 생각을 내비친다. 손자는 실타래를 보이지 않는 곳으로 던졌다가 다시 당기는 'fort-da' 놀이를 반복하는데, 프로이트에 따르면 그 행위는 어머니와 떨어진 상처를 아이가 능동적인 놀이로 전환하여 견디는 방식인 셈이다. 지그문트 프로이트, 윤희기·박찬부 역, 「쾌락원칙을 넘어서」, 『정신분석학의 근본개념』, 열린책들, 1997, 278~283쪽 참조.

그의 시에서 줄곧 타자와 세계는 아이러니에 기초하여 묘사된다. 이를테면 오규원의 시 「그는 아직도 팔굽혀펴기를 하고 있다」와 그 작품의 모티프가 된 미국 영화 〈뮤직박스〉(1989)에는 나치 특수부대원으로서 살인과 고문을 저지른 전적을 숨기면서 '훌륭한 시민'과 '아주 착한 아버지'로 자처하는 인물이 등장하는데, 오규원은 그 양면성을 "즐거운 모순"이라고 부르며 인간의 자연스러운 본성으로 이해한다고 밝힌다.[70] 시인은 한 인간 안에서 선악이 공존한다는 사실뿐만 아니라 한 인간을 사회적 담론의 층위와 가정생활의 층위에서 불연속적으로 서술하는 이중적 관점 또한 긍정하는 셈이다. 덧붙여 그는 현실을 선한 세계와 악한 세계로 구분 짓는 황지우의 「화엄광주」나 「산경」과 같은 작품의 한계 또한 지적하기도 한다.[71] 이렇듯 그는 세계와 인간 안에 서로 화해할 수 없는 이중적 측면이 병존하는 상황을 '즐거운 모순'으로 향유하는 아이러니한 태도를 견지한다.

이제 우리는 아이러니 수사학을 통해 오규원의 시를 연구해야 하는 타당성을 조금이나마 해명할 수 있다. 그렇다면 아이러니 수사학의 관점으로 살필 때 그의 저작들은 어떻게 해명될 수 있는가. 물론 우리는 이러한 질문을 더 구체화해야 한다. 우리는 모든 문학 연구가 필연적으로 응답해야 하는 질문, 요컨대 '문학은 왜 가치 있는가' 혹은 '문학은 실존적·윤리적·사회적 가치를 지니는가'라는 질문에 대해 오규원의 아이러니 시학이 어떤 응답과 비전을 제시하는지 확인할

---

70 이 영화가 한국에서 개봉한 것은 1990년 2월의 일이다. 오규원·김동원·박혜경 대담, 위의 글, 19쪽.

71 오규원·김동원·박혜경 대담, 위의 글, 21쪽.

필요가 있다. 그것은 이 글이 최종적으로 도달해야 하는 목표다.

마지막으로 간략히 연구 대상이 될 그의 저작들을 정리해보도록
하자. 오규원은 1965년 7월호『현대문학』에서 「겨울 나그네」로 초회
추천, 1967년 「우계의 시」로 이회 추천, 1968년 10월 「몇개의 현상」
으로 삼회 추천을 받음으로써 최종 등단하게 된다. 이후 그는 사십여
년에 걸쳐 시 쓰기를 지속하며 총 아홉 권의 시집과 한 권의 유고시
집, 그리고 두 권의 동시집을 남겼다. 더불어 네 권의 시론집과 더불
어 만화비평집·산문집·창작이론서 등을 간행하였다.

기본적으로 그의 저술은 세 부류로 범주화할 수 있다. 가장 많은
비중을 차지하는 것은 물론 그가 시인으로서 간행한 열두 권의 시집
과 네 권의 시론집이다. 이 저작들은 오규원 시의 미학적 성취를 논의
할 수 있는 자료로서 중요한 문학적 연구 가치를 지닌다. 덧붙여 여러
저작에 산포된 그의 산문들 또한 시인의 목소리가 직접 드러난다는
점에서 오규원의 문학적 가치관을 파악하는 데 중요한 자료가 된다.
한편 교육자로서 오규원은 1980년대 동안 문예창작학을 대학 전공과
목으로 체계화하는 방안을 모색한 연구자이기도 하다.『현대시작법』
(문학과지성사, 1990)은 시인이 정립한 문예창작학의 정수이며 중요한
연구 가치가 있는 교육서임에도 불구하고 윤지영의 연구와 세스 챈들
러의 석사학위논문을 제외하면 이를 교육학적으로 연구한 예를 찾기
가 어렵다.[72] 마지막으로 발행인이자 편집자로서 오규원이 간행한『날

---

72 윤지영, 「현대시 창작 방법론의 이데올로기 검토 – 시창작법 텍스트에 나타난 시
    관(詩觀) 및 언어관을 중심으로」,『語文硏究』36(1), 한국어문교육연구회, 353~
    377쪽; 세스 챈들러, 「오규원 문학과 문예창작교육 시스템의 연관성 연구」, 서울
    대학교 석사학위논문, 2019.

자, 한번만 더 날자꾸나』(문장, 1980)나 『예술의 이해』(서울예대출판부, 1989) 등은 오규원이 어떤 저자나 저술에 관심을 두고 있었는지 파악할 수 있게끔 해준다. 이는 상호텍스트성에 근거하여 간접적으로 그의 문학적 지향을 살필 수 있게끔 해준다.

우리가 오규원의 아이러니 수사학을 탐구하기 위해 주요하게 살펴볼 것은 바로 시인으로서 간행한 저작들, 특히 그중에서도 시집과 시론집이다. 오규원 시인은 일생동안 총 열두 권의 시집을 간행했는데, 그중에서 등단하기 이전에 교사 시절 다른 교사들과 공동으로 간행한 동시집 『소꿉동무』(신구문화사, 1963)와 이후 홀로 간행한 동시집 『나무 속의 자동차』(민음사, 1995)를 제외한다면, 정식 시집은 총 10권이라고 할 수 있다. 이 10권의 시집이 본 연구의 주요한 연구 대상이며, 동시집·시론집·산문집 등은 본 연구의 주요한 참조 대상으로 삼고자 한다.

시집
제1시집 『분명한 事件』, 한림출판사, 1971.
제2시집 『巡禮』, 민음사, 1973.
제3시집 『王子가 아닌 한 아이에게』, 문학과지성사, 1978.
제4시집 『이 땅에 씌어지는 抒情詩』, 문학과지성사, 1981.
제5시집 『가끔은 주목받는 生이고 싶다』, 문학과지성사, 1987.
제6시집 『사랑의 감옥』, 문학과지성사, 1991.
제7시집 『길, 골목, 호텔 그리고 강물소리』, 문학과지성사, 1995.
제8시집 『토마토는 붉다 아니 달콤하다』, 문학과지성사, 1999.
제9시집 『새와 나무와 새똥 그리고 돌멩이』, 문학과지성사, 2005.
유고시집 『두두』, 문학과지성사, 2008.

동시집

공동시집 『소꿉동무』, 신구문화사, 1963.

동시집 『나무 속의 자동차』, 민음사, 1995.

시론집과 산문집

제1시론집 『현실과 극기』, 문학과지성사, 1976.

산문집 『볼펜을 발꾸락에 끼고』, 문예출판사, 1981.

만화 비평집 『한국만화의 현실』, 열화당, 1982.

제2시론집 『언어와 삶』, 문학과지성사, 1983.

산문집 『아름다운 것은 지상에 잠시만 머문다』, 문학사상사, 1987.

창작이론서 『현대시작법』, 문학과지성사, 1990.

제3시론집 『가슴이 붉은 딱새』, 문학동네, 1996.

제4시론집 『날이미지와 시』, 문학과지성사, 2005.

시선집

시선집 『사랑의 기교』, 민음사, 1975.

시선집 『희망 만들며 살기』, 지식산업사, 1985.

시선집 『한 잎의 여자』, 문학과지성사, 1998.

흔히 선행연구에서 1970년대 초에 간행한 『분명한 事件』과 『巡禮』는 초기시집으로, 1970년대 말부터 1980년대까지 간행한 『王子가 아닌 한 아이에게』『이 땅에 씌어지는 抒情詩』『가끔은 주목받는 生이고 싶다』는 중기시집으로, 날이미지 시론을 주창하면서 1990년대 이후에 간행한 『사랑의 감옥』『길, 골목, 호텔 그리고 강물소리』『토마토는 붉다 아니 달콤하다』『새와 나무와 새똥 그리도 돌멩이』유고시집 『두두』는 후기시집으로 분류한다. 이 중에서 오규원 연구의 원전에 대한 논의를 미리 해두어야 할 것 같다. 제2시집 『巡禮』의 개작

과정을 유의하지 않은 연구들이 상당수 존재하기 때문이다. 많은 연구자는 『오규원 시 전집』(문학과지성사, 2002)을 원전이나 참고문헌으로 사용하는데, 적어도 『오규원 시 전집』은 오규원의 제2시집 『巡禮』를 논의할 때는 섬세한 식별이 필요하다. 왜냐하면 다른 시집들과 달리 제2시집 『巡禮』가 1987년 무렵 크게 개작되었기 때문이다.

『巡禮』의 개작은 점진적으로 행해졌다. 1973년 민음사에서 출간된 시집 『巡禮』에 수록된 시는 총 43편이다. 이 시집은 문학평론가 김현이 발문을 쓰고, 소설가 김승옥이 장정을 했으며, 약 500권 정도만이 발간된 것으로 알려져 있다. 이후 시선집 『사랑의 기교』(민음사, 1975)가 간행되었을 때 『巡禮』의 작품 중 18편이 재수록 되었는데,[73] 이때는 크게 개작이 행해지지 않았다. 다만 「薔薇」라는 작품의 제목을 「개봉동과 장미」로 바꾸었다는 차이만이 있다. 한편 시선집 『길밖의 세상』(나남, 1987)을 간행했을 때 큰 개작이 일어났다. 여기서 오규원은 순례 연작에 해당하는 21편의 작품 중 대다수를 개작했다. 순례 연작 전반에서 단어와 문장 수준에서 변화나 삭제가 있었으며, 「巡禮의 書」의 제목은 「巡禮 序」로 변경되었다. 또한 본래 '巡禮 연작' 10편과 '續·巡禮 연작' 10편을 나누어 구분했던 것을 '巡禮 연작' 20편으로 통합하게 된다. 이후 개정판 『순례』(문학동네, 1997)가 간행될 때 이 변화는 유지되었고, 3편의 시에서 어투와 행갈이의 추가적인 변화가 있었다. 『오규원 시 전집』(문학과지성사, 2002)의 경우 이 개정판 『순례』와 동일하다. 따라서 본 연구의 연구대상은 앞서 언급한 자료들을 기초로 한다. 다만 제2시집 『巡禮』의 경우 청년기 오규원의 창

---

73 「別章3篇—續 巡禮」의 경우 작품의 일부만 재수록 되었다.

작의도에 근접한 맥락을 다룰 경우 초판본을, 1980년대 후반 오규원
의 창작의도에 근접한 맥락을 다룰 경우 개작본을 원전으로 삼고자
한다. 또한 시 해석을 행할 때 이러한 차이를 유념하며 서술을 보충하
고자 한다.

2. 연구방법

아이러니를 한 존재의 태도이자 실존의 방식으로 간주한다면, 아
이러니 연구는 그 자체로 아이러니한 표현이다. 왜냐하면 폴 드 만이
*Concept of Irony*라는 제목의 글에서 지적했듯, 실존적 차원에서 아
이러니는 삶의 모든 조건을 근본적으로 회의하는 태도를 가리키며,
이러한 회의가 중단되거나 어떤 수준으로 환원될 때만 아이러니가 개
념화될 수 있기 때문이다.[74] 이것은 아이러니 연구가 실천적으로는
아이러니로서 유효하지 않은 개념들을 생산하는 작업이 될 수 있음을
뜻한다. 아이러니 연구란 라캉이 대학 담론 혹은 과학적 담론이라고
불렸던 것처럼 인간과 사회를 변화시킬 수 없는 아카데믹한 이론화의

---

[74] Paul de Man, *Aesthetic Ideology*, University of Minnesota Press, 1996,
pp.163~184 참조. 이 글의 제목은 키르케고어에게서 빌린 것으로, 아이러니를
탐구하는 폴 드 만의 관점 역시 키르케고어의 실존주의를 참조하고 있다. 도입부에
서 폴 드 만은 다음과 같이 밝히고 있다. "The title of this lecture is "The
Concept of Irony," which is a title taken from Kierkegaard, who wrote the
best book on irony that's available, called *The Concept of Irony*. It's an
ironic title, because irony is not a concept — and that's partly the thesis
which I'm going to develop."(인용은 p.163.)

작업이 될지도 모른다.[75] 그런데도 이러한 한계를 명시하면서 시작하는 연구와 그렇지 않은 연구 사이에는 차이가 없는 것인가. 또한 문학이라는 연구 대상 자체가 지닌 고유한 형식과 열린 해석 가능성은 연구자가 다시금 아이러니한 의식에 동참할 수 있을지도 모른다는 믿음을 간직하게 한다.

간단히 말해 아이러니가 발생하는 가장 큰 이유는 '나'와 타인이 다른 방식으로 언어를 사용하기 때문이다. 모든 사람이 '말할 권리'를 대등하게 소유하는 민주사회일수록 아이러니가 발생할 가능성은 커진다. 또한 아이러니는 어떤 단어와 문장을 의미화하는 방식뿐만 아니라 그 언어를 특정한 방식으로 느끼게 하는 삶의 토대에 차이가 있음을 뜻한다. 아이러니에 대한 가장 느슨하고 넓은 정의는 영국의 문헌학자 그레이엄 던스턴 마틴(Graham Dunstan Martin, 1932~2021)에게서 찾을 수 있다. 그에 따르면 "언어는 본래 아이러니한 양식"이다.[76] 다시 말해 모든 언어가 아이러니다. 왜냐하면 어떤 대화 상황에서 주고받는 언어에 대하여 말하는 사람이 부여한 의미, 듣는 사람이 부여한 의미, 언어와 세계 사이의 관계라는 세 항은 일치할 수 없기

---

75 라캉은 진정한 사유는 '설명하는 것'이 아니라 '경험하는' 것으로만 존재한다고 주장한다. 이러한 맥락에서 그는 다소 수사적인 톤으로 진리는 사랑의 문자로 쓰인다고 말해보기도 한다. "그것은 설명되지 않고 설명할 수도 없이 그저 경험할 수밖에 없는 여성의 '희열'이며 진리 그 자체이다. 그래서 사유는 '희열'이다. 그리고 사랑의 편지(Love Letter)는 진리가 허구임을 보이는 분석담론이요, 과학적 담론으로는 설명될 수 없는 사랑의 문자, 즉 사랑의 기표이다."(자크 라캉, 권택영·이미선·민승기 역, 『욕망 이론』, 문예출판사, 1994, 23쪽)

76 Graham Dunstan Martin, *The Ironic Discourse 2 – The Bridge and the River Or the Ironies of Communication*, 『Poetics Today』 4, 3, 1983, p.415.

때문이다. 언어 자체를 아이러니한 양식으로 이해하려는 전통은 '사적 언어'의 문제를 제기한 비트겐슈타인의 언어철학부터[77] 스키너의 언어 행동주의 이론과 발화의 기본형을 수행문으로 간주한 에밀 벵브니스트와 J. L. 오스틴에 이르기까지 넓게 발견될 정도로 20세기 사상의 중요한 조류라고 볼 수 있다. 그리고 이는 탈근대적 관점에서 문학 언어를 이해하는 데도 중요한 영향을 미쳤다.[78]

따라서 의사소통이란 본래 '아이러니한' 언어를 비교적 명확한 것으로 일치시키거나 합의해나가는 과정이며, 여기에는 물론 시 쓰기도 포함된다. 말라르메가 시 쓰기를 "'언어적 결함을 보완하기 위한' 시도"라고 말했듯[79] 시 쓰기는 사전 언어와 마찬가지로 '언어의 아이러니'를 극복하려는 시도이며, 다만 각각의 언어 행위는 어느 정도로 어떤 방식으로 명확함을 추구하느냐에 따라서 학문의 고유성을 갖게 되는 셈이다. 간단히 말해 아이러니가 '연구 가능하다는 것'은 그것이

---

77 비트겐슈타인은 "'사적 언어'란 다른 사람은 아무도 이해 못하지만 나는 '이해하는 듯 보이는' 소리들이라고 일컬어질 수 있을 것이다."(루트비히 비트겐슈타인, 이영철 역, 『철학적 탐구』, 책세상, 2006, 173쪽)라고 정의하고 있다. 이를테면 '고통'은 대표적인 사적 언어이다. 왜냐하면 타인의 고통은 '나'에게 직접적으로 느껴지지 않는 것이지만 나는 그것을 공감할 수 있다고 믿기 때문이다. 비트겐슈타인의 언어철학은 사적 언어를 '언어'로 취급하는 의식의 자연스러움을 의심하는 데서 시작한다. 비트겐슈타인의 사적 언어에 대한 논의는 같은 책, 164~180쪽을 참조할 것.

78 짐 콜린스에 따르면 이는 포스트모던한 관점에서 문학을 이해하는 데 중요한 문화적 기원이 되었다. 전통적인 문학적 의미론은 언어의 아이러니한 특성을 도외시한 채 성립되어왔지만, 문학과 별개로 형성된 '경쟁 담론'인 철학자와 언어학의 성취가 다시금 문학에 영향을 주면서 포스트모던한 언어관이 형성되었다는 것이다. Jim Collins, *Uncommon Cultures — Popular Culture and Postmodernism*, Routledge, 1989, pp.78~82 참조.

79 Graham Dunstan Martin, Ibid, p.421.

'해석이 가능한' 의미 체계로 환원되어 있음을 뜻하는 셈이다.

따라서 아이러니 연구는 엄격한 방식으로 아이러니를 공통의 규범으로 환원해나가는 과정이라고 이해해야 할 것이다. 아이러니에 대한 가장 아카데믹한 환원은 정의하기와 분류하기라는 두 방식을 통해서 행해진다고 볼 수 있다. 사전적으로 아이러니란 "표면적 진술과 다른 암시적 의미를 가지는 진술, 대사, 제스처 등을 통해 등장인물을 조롱하거나 대립"을 드러내는 '언어적 아이러니', "이중적 의미가 보다 지속적으로 작품의 구조에 반영되는" '구조적 아이러니', "관객이나 독자는 이미 알고 있는 사실을 등장인물은 모르는 채 사건이 진행되는" '극적 아이러니' 등으로 분류하고 정의하곤 한다.[80] 간단히 말해 이러한 정의는 해석자가 하나의 대상이나 사건에서 두 가지 이상의 해석을 추출해낼 수 있을 때 아이러니라는 개념을 떠올리게 된다는 사실을 말해줄 뿐이다.

이 때문에 정끝별은 좀 더 섬세하게 '아이러니'와 '병치은유'를 비교하며, "전자의 이중성이 거부(repudiation)하고 뒤집기(reversal) 위

---

80 한국문학평론가협회, 『인문학용어대사전』, 새미, 2018, 1095쪽. 이외에도 다음과 같은 사전들이 이 글의 참조점이 되었다. 김윤식, 『문학비평용어사전』, 일지사, 1988; 조셉 칠더즈·게리 헨치, 황종연 역, 『현대문학 문화비평 용어사전』, 문학동네, 1999; M. H. Abrams, 신희준·조성준 편저, 『문학용어사전』, 청어, 2001; 이상섭, 『문학비평용어사전』, 민음사, 2001; 제레미 M. 호손, 『현대 문학이론 용어사전』, 동인, 2003. 아이러니 후속 연구자를 위해 간략히 정리하자면, M. H. Abrams의 신비평에 입각한 사전은 한국문학 연구자들에게 아이러니 개념을 이해하는 데 초석이 되었으며, 김윤식과 이상섭의 사전에서는 서구 전래의 아이러니 개념을 한국문학사에 유효한 방식으로 변용하고자 노력한 흔적을 확인할 수 있다. 한편 조셉 칠더즈·게리 헨치의 사전과 제레미 M. 호손의 사전은 아이러니 혹은 신비평 이론의 수용사적 맥락을 잘 정리한 사전으로 판단된다.

해 결합하는 반면, 후자의 이중성은 동일성의 차원에서 감각과 감각, 원관념과 보조관념을 전이시키는 데 중점을 둔다"라고 구분한 바 있다.[81] 그런데 아이러니에 부여된 '이중성'은 느슨한 개념이다. 왜냐하면 이 '이중성'이란 작품을 이루는 객관적 요소라기보다 해석자의 주관적 판단에 근거하는 속성일뿐더러, 대부분의 현대문학과 문학적 표현에서 이중적인 해석 가능성을 찾아내기란 손쉬운 일이기 때문이다. 그런데도 이중성이라는 간명한 개념은 그로부터 연상할 수 있는 양가감정, 이항대립, 변증법 등의 풍부한 함의까지 사색하게 해준다는 이점이 있다.

한편 앞서 제시한 폴 드 만의 논의는 다음과 같은 사실 또한 고려하게 한다. 정끝별이 규정한 '이중성'이란 실존적 맥락에서는 체험해야 하는 것이지 의미화하는 것이 아니다. 요컨대 아이러니스트는 자신의 존재, 자신의 목소리가 세계 안에서 이중화되고, 거부되며, 역전되는 것을 '느낀다'. 반면 평온히 문학을 감상하는 독자에 지나지 않은 연구자는 근본적으론 아이러니 체험과는 거리가 먼 것이다.[82] 아이러니를 실존의 차원에서 이해한 키르케고어는 아이러니를 '절대

---

81 정끝별, 「현대시 아이러니 교육에 관한 시학적 연구」, 『한국문학이론과 비평』 79, 한국문학이론과 비평학회, 2018, 36쪽.

82 간단히 말해 아이러니스트와 아이러니 연구자, 혹은 실존적 아이러니와 구조적 아이러니라는 이중의 입장이 있다. 아이러니스트가 끝없는 의심 속에서 자신이 말하는 바조차 부정하는 체험을 하는 동안, 아이러니 연구자는 그것을 학문적 틀 안에서 의미화한다. 이 간극은 크다. 따라서 아이러니를 진정 이해한다는 것은 아이러니라는 체험과 아이러니 이론이라는 양립할 수 없는 두 목적지를 함께 탐구한다는 의미와 같다. '정확한 아이러니 연구'란 아이러니스트의 의식과 아이러니 연구자의 의식이라는 두 방향을 한꺼번에 탐험하는 일이다.

적이고 무한한 부정성(absolute infinite negativity)'이라고 정의했지만, 연구자의 입장에서 이해한 웨인 부스는 아이러니를 정확히 이해하려면 그것에 대한 이해를 '어디서 멈추는지 배워야(learning where to stop)' 한다고 생각했다.[83]

  따라서 우리는 문학사의 전통이 나무를 가지치기하듯 아이러니 체험을 배제하는 방식으로 성립할 수밖에 없음을 인지해야 한다. 노트르담 대학의 대중문화 연구자 짐 콜린스가 비판적으로 지적하듯 "문학적 의미론은 전통적으로 주어진 시간에 '문화'를 구성하는 언어의 얽히고설킨 교차점을 무시하는 문제에 집중되어 왔다."[84] 짐 콜린스의 논의가 암시하는 바는 그렇게 고정된 관념 체계로서 '언어'를 상정하는 논법이야말로 문학 제도 '안에서' 기원한 의미론이라는 것이다. 또한 그의 서술은 문학 분야에서 언어를 이해하는 방식이 문화 내에서 언어가 유통되는 실상과는 거리가 멀었다는 사실을 암시한다. 고봉준이 논의했듯 서구 사회에서 '시 언어'에 대한 명확한 이해를 형성하려는 노력은 이미 19세기부터 행해졌으며,[85] 이는 20세기까지 시어와 일상어, 시와 산문의 언어를 비교하려는 낭만주의적·형식주의적 언어관으로 이어졌다.[86] 요컨대 현대의 문학 연구자들은 중립적이고

83 Paul de Man, *Aesthetic Ideology*, University of Minnesota Press, 1996, p.166.
84 Jim Collins, Ibid, p.78.
85 워즈워스(William Wordsworth)가 재판본 『서정민요집』(1800)에서 "인간의 정서를 충실하게 전달하는 언어"를 모두 시로 이해할 수 있다는 이른바 '자연적 언어론'을 펼쳤다면, 코울리지(S. T. Coleridge)는 『문학전기』(1817)에서 시는 일상어와 다른 방식으로 성립한다고 주장하는 '낭만적 언어론'을 펼쳤다. 고봉준, 「김춘수 시론에서 '무의미'와 '언어'의 관계」, 『한국시학연구』 51, 한국시학회, 2017, 65쪽.
86 고봉준, 위의 글, 64~71쪽 참조.

안정된 언어의 체계가 존재한다고 미리 가정하고, 문학은 그러한 안정된 언어의 체계로부터 의도적인 일탈을 만들어낸다는 식의 서술을 선호해왔다. 더 나아가 고봉준이 지적했듯 시인들은 시가 단지 '기호'나 '정보'로 환원될 수 없는 위상을 지니고 있음을 믿어왔으며, 이는 한국의 경우도 마찬가지였다.[87]

예컨대 김준오는 "현대시사에서 오규원 시는 누구나 공감하듯이 아이러니시로 대표된다"라고 지적하면서 "시의 기존관념을 해체하고 새로운 방법론을 모색하는 오규원 시는 그러므로 전형적인 '메타시'(이런 용어를 허용한다면)다"라고 규정한다.[88] 더 나아가 김준오는 오규원의 후기시를 설명하며 "오규원의 현상주의는 김춘수의 무의미시론처럼 철저한 관념의 거부다"[89]라고 말하기까지 한다. 그런데 여기서 '관념'이란 무엇인가. 관념이 있다면, '관념이 있다'라는 관념은 어디에서 기원하는가. 문학에 '해체'라는 의의를 부여할 수 있게 만들어주는 것은 안정된 의미 체계가 존재한다는 믿음이다. 이 믿음이야말로 구성물일 수 있다는 사실을 우리는 숙고해야 할 것이다.

역사적으로 아이러니 개념은 어떻게 '구성되어' 왔는가. 그것은 아이러니가 중립적인 용어가 아닌 그 사회의 정치적·경제적 존속 방식에 따라서 변화해온 개념임을 암시한다. 유래를 따져보더라도 본래 아이러니는 하나의 단어라기보다 삶의 태도에 가까웠다. 아이러니의

---

87 고봉준, 위의 글, 71쪽 참조.

88 김준오, 「현대시의 자기반영성과 환유원리 — 오규원의 근작시」, 『현대시의 환유성과 메타성』, 살림, 1997, 190~191쪽.

89 김준오, 위의 글, 1997, 204쪽.

기원은 고대 그리스어 '에이로네이아(eirōneia)'이며,[90] 고대 그리스
희극에 등장하는 인물의 전형인 '에이론(eirōn)'처럼 속내를 감추고
남을 추궁하는 질문을 계속 던지는 유형의 사람을 뜻했다. 고대 그리
스 사회에서 에이로네이아는 때론 상대방을 비하하기 위해 사용되는
말이었지만, 철학적인 논의를 거치며 에이론은 우스꽝스러운 인물이
라는 희극적 맥락에서 벗어나 대화의 방식이라는 좀 더 세련된 의미
를 얻게 된다. 에이로네이아(아이러니)라는 말의 가장 오래된 용례는
플라톤의 『국가』에 나타난다. 『국가』는 디카이오수네(dikaiosunē),
즉 정의로움에 관한 철학자들의 논쟁을 제재로 삼는다. 이 대화편의
한 대목에서 철학자 트라쉬마코스는 소크라테스가 대답을 회피하기
위해 무식한 체 시치미를 뗀다고 조롱한다.[91] 여기서 아이러니는 타
인에게 속내를 감추는 비열한 기술이라는 의미를 지니는 셈이다.[92]
한편 이보다는 누그러진 톤으로 아리스토텔레스는 『니코마스코스 윤
리학』에서 '에이론'을 '허풍선이(알라존)'보다는 훌륭하지만 '중용을
지키는 사람'에 비추어본다면 비난받을만한 흠결이 있는 사람이라고

---

[90] "에이론의 어원에 대해서는 두 가지 설이 있다. 랑엔샤이트 고대 그리스어 독일어
사전에 따르면 에이론은 '말하다'는 뜻을 지닌 동사 에이로(εἴρω)에서 유래하여
그저 말만 할 뿐 말 속에 진심이 담겨 있지 않은 사람이라는 뜻을 지니게 되었거나,
'묻다, 질문하다'는 뜻을 지닌 에레오(ἐρέω)에서 유래하여 자신의 의견을 밝히지
않고 계속해서 묻기만 하는 사람을 뜻하게 되었다." 김동훈, 「총체성에 저항하는
수단으로서의 아이러니와 웃음 1」, 『美學』 82(1), 2016, 43쪽.

[91] "맙소사! 소크라테스 선생이 또 무식한 체 시치미를 떼시는군. 내 그럴 줄 알았소.
그래서 내 잠시 전에 여기 이분들에게 예언했소. 누가 무슨 질문을 하면 그대는
대답은 하지 않고 대답을 회피하기 위해 무식한 척 무슨 짓이든 할 것이라고 말이
오."(플라톤, 천병희 역, 『국가』(제2판), 도서출판 숲, 2017, 48쪽)

[92] D. C. Muecke, 위의 책, 29쪽 참조.

설명한다.[93] 더 나아가 아리스토텔레스는 『관상학』에서는 아이러니스트를 나이가 많고 눈가에 비판적 판단력을 반영하듯 눈가에 주름이 진 사람이라고 묘사하고, 『동물사』에서는 관자놀이 쪽으로 올라간 눈썹을 아이러니스트의 특징이라고 말한 바 있다.[94] 이때 희극에서도 그러했듯, 우리는 고대 그리스의 철학서에서도 아이러니가 인물의 전형을 가리키며, 심지어 그 용어 속에 외양 묘사까지도 동반한다는 것을 확인할 수 있다. 그리고 에이론은 상대를 속이거나 부도덕한 흠결을 지닌 사람이라는 다소 부정적인 어의를 지닌다.[95]

고대 그리스 사회에서 아이러니는 논쟁적 개념이었다고 볼 수 있다. 아리스토파네스는 몇 번이고 그의 희극에서 극중인물들의 입을 빌려 소크라테스의 궤변을 비판하도록 했고, 더 나아가 극중인물이 직접 관객에게 말을 거는 희극 형식인 파라바시스[96]를 통해 시민들에

---

[93] "허풍선이란 자신이 전혀 갖고 있지 않거나 자신이 주장하는 것보다 덜 갖고 있으면서 탁월한 자질들을 갖고 있다고 주장하는 사람인 것 같다. 반면 자기를 비하하는 사람은 자기가 갖고 있는 자질들을 갖고 있지 않다고 부인하거나 과소평가하는 것 같다. 그러나 중용을 지키는 사람은 솔직하고 말과 행동이 진실하며 자기가 가진 자질들을 인정하고 과장하지도 비하하지도 않는다. / 이런 일들은 각각 다른 속셈 없이, 또는 다른 속셈에서 행해질 수 있다. 그리고 각자는 다른 속셈이 없을 경우 자기 성격에 따라 말하고 행동하며 살아간다. 허위는 그 자체가 나쁘고 비난받아 마땅하며, 진리는 고매하고 칭찬받아 마땅하다. 따라서 중용을 지키는 진실한 사람은 칭찬받아 마땅하지만 남을 속이는 사람은 두 가지 부류 모두 비난받아 마땅한데 허풍선이가 특히 그렇다."(아리스토텔레스, 천병희 역, 『니코마코스 윤리학』(제2판), 도서출판 숲, 2018, 162~163쪽)

[94] 에른스트 벨러, 이경훈·신주철 역, 『아이러니와 모더니티 담론』, 동문선, 2005, 94쪽 참조.

[95] "원래 에이로네이아(eirōneia)와 에이론(eirōn)이라는 말은 욕설로까지 확대될 수 있는 천한 의미를 가지고 있었다."(에른스트 벨러, 이경훈·신주철 역, 『아이러니와 모더니티 담론』, 동문선, 2005, 92쪽.)

게 바람직한 공동체에 대한 자신의 견해를 밝히고자 했다. 플라톤·
아리스토텔레스의 저서에서도 아이러니는 약간의 부정적 함의를 지
닐지라도 변증법적 깨달음의 가능성을 지니는 대화법으로 고려된다.
그런데 이러한 아이러니의 개념은 제정로마시대를 거치며 차츰 잊히
고 근대 이전까지 중요성을 상실하게 된다. 중세에 아이러니는 7개의
교양 수업인 수사학이나 논리학의 일부가 되어 글쓰기 방식으로만 존
속하게 된다.

어째서 아이러니는 급격히 쇠퇴했는가. 아이러니의 풍부한 함의가
소실되어가는 현상은 실은 고대 그리스의 민주정이 쇠락해가는 시대
적 배경과 연관성이 있다. 고대 사회에서 아이러니 개념이 발전했던
시기는 수사학(rhetoric)이 융성했던 시기와 맞물린다. 기원전 485년
시칠리아섬 동쪽 해안에 위치한 도시 시라쿠사에는 민족주의 정책에
의한 강제 이주로 다양한 민족이 머물고 있었다. 이후 시민의 봉기에
의해 귀족이 사라졌고 다양한 민족들은 토지 소유권을 놓고 갈등하기
시작했다. 소송이 빈번해졌고 시민은 재판정에서 스스로 검사나 변
호사의 역할을 맡아서 배심원을 설득해야 했다. 이에 따라 설득의 기

---

96 류재국에 따르면 "아곤과 파라바시스는 연극이 법정이 될 만큼 정치적 발언의 자유
  가 보장되었던 고대 그리스 민주주의의 산물이자 축제 속 공연예술의 소산이다."
  (류재국, 「아리스토파네스 희극에 나타난 현실비판의 철학적 의미에 관한 연구
  ―아곤과 파라바시스를 중심으로」, 중앙대학교 박사학위논문, 2018, 58쪽) 아리
  스토파네스의 희극 5막으로 구성되었는데, 플롯을 미리 소개하는 '프롤로고스
  (prologos)', 코로스가 노래하는 '파로도스(parodos)', 주인공과 적대자가 논쟁을
  벌이는 '아곤(agon)', 배우들이 퇴장한 이후 코로스가 관객에게 직접 말을 거는
  '파라바시스(parabasis)', 잔치 분위기로 이야기를 끝맺는 '엑소도스(exodos)'가
  그것이다(아리스토파네스, 천병희 역, 『아리스토파네스 희극 전집 1』, 도서출판
  숲, 2010, 9쪽 참조).

술, 즉 수사학을 가르치는 선생인 소피스트와 그들이 집필한 수사학
교본이 나타나기 시작한다. 따라서 "수사학은 설득의 기술을 통해 자
신의 재산을 되찾고자 하는 생존투쟁으로부터 생겨난 것"으로 이해
할 수 있다.[97] 하지만 차츰 제정로마시대와 중세 시대를 거치면서 이
러한 대등한 논쟁은 차츰 쇠퇴하고, 가르치고 – 배우는 아카데믹한
관계만이 남게 된다.

　이러한 역사적 이행이 암시하는 것은 민주적 평등의 실현과 아이러
니의 융성이 동궤에 놓일 수 있다는 사실이다. 물론 극단적인 평등의
실현은 혼란을 야기할 수도 있다. 고대 그리스 사회에서 아이러니와
역설은 이기추구의 수단으로 사용되곤 했다.[98] 그러나 달리 생각해보
면 이것은 고대 그리스 사회가 누구나 평등하게 말할 권리를 나누어
가지는 시대였다는 증거일 수 있다. 양태종의 흥미로운 해석에 따르
면 궤변의 형식은 어느 주장도 승리하여 권위를 갖지 않도록 만드는
기능을 한다. 그는 이를 수사학이 보증하는 '이세고리아(isēgoria)', 즉
"자유롭고 평등한 연설의 권리"와 연결한다.[99] 츠베탕 토도로프 역시

---

97 엄경희, 『은유』, 모악, 2016, 12쪽.
98 아이러니가 궤변적임을 꼬집기 위해 인용되는 대표적인 예시가 코락스의 딜레마이
　다. 수사학이라는 분야가 최초로 등장한 시공간은 5세기 시칠리아섬이었는데, 그
　중에서도 가장 뛰어난 수사학자는 코락스로 일컬어졌다. 그런데 그의 제자인 티시
　아스가 스승 코락스를 상대로 소송을 건다. 티시아스는 자신이 판관을 설득하지
　못하여 재판에서 패소한다면, 그것은 코락스가 자신을 제대로 가르치지 못했기
　때문이니 수업료를 지불하지 않아도 된다고 주장했다. 반대로 판관을 설득하면,
　재판을 이겼으니 이때도 수업료를 지불하지 않아도 된다고 주장했다. 이 딜레마는
　역설을 적극적으로 사용한 궤변처럼 보인다.
99 양태종, 「다시 생각하는 수사학의 탄생 배경」, 『수사학』 17, 한국수사학회, 2009,
　133~158쪽 참조.

제정로마시대부터 차츰 변론이 쇠퇴하는 이유는 곧 자유의 결여 때문이라고 지적한 바 있다. 반면 강력한 주권정치가 도래하자 "자유와 민주주의는 개인의 평화와 안정을 위협"하는 것으로 간주된다.[100] 이와 함께 아이러니는 교양수업인 수사학의 일부로만 존속하게 된다. 다시 말해 대등한 논쟁이 아닌 가르치고-배우는 관계만이 남았을 때, 자연스럽게 아이러니 또한 교양수업의 일환, 그것도 글쓰기 표현의 한 방식 정도로 축소되어버렸던 것이다. I. A. 리처즈는 이러한 메커니즘이 현대에도 반복되고 있음을 지적한 바 있다. 그는 언어의 이중 의미를 억압하고 언어의 용법과 의미를 단일한 것으로 제약하려는 의도는 결국 "본질적으로 그것은 언어의 집행을 습속에, 그것도 특별한 부류의 사람들의 습속에 종속되게 만들어 버"리게 하는 방식이라고 비판했다.[101]

그렇다면 동양 전통에서 서구의 아이러니에 대응하는 말은 없었는가. 동양 전통에서 서구의 아이러니에 대응하는 말은 반어(反語)일 테지만 서구 사회처럼 반어적 인물이나 반어적 표현에 함의된 논쟁적 맥락이 중요하게 부각되지는 않았다. 다만 반어는 진리를 매개하는 표현방식의 일부로 간주되었다. 『도덕경』의 제78장에는 "正言若反", 즉 바른말은 반어와 같다는 표현이 제시된다. 이를테면 부드러운 물이 견고한 것을 물리친다는 비유처럼, 가장 순수하고 선한 이치를 담은 말은 역설로 표현된다는 것이다. 여기서 반어(反語)는 서구 사회의 에이로네이아처럼 부정적 함의를 지니지 않는다. 오히려 올바른 진

---

100 츠베탕 토도로프, 이기우 역, 『상징의 이론』, 한국문화사, 1995, 71쪽.
101 I. A. 리처즈, 박우수 역, 『수사학의 철학』, 고려대학교 출판부, 2001, 72쪽.

리의 한 측면을 표현하는 변증법적 역설을 가리키고 있다. 『장자』는
역설과 반어를 폭넓게 활용하는 저서인데, 반어는 "이목과 마음을 버
리고, 기운의 성질이 자득하는 바에 부합하여 허로써 만물에 응하는
것", 다시 말해서 자신의 감각·감정·이성을 부정하여 도(道)에 합류
하기 위한 반성의 형식이다.[102] 이는 서구 사회의 에이로네이아가 사
회적 통념을 반영하는 인간 유형을 가리키는 데 반해, 동양 사회의
반어는 진리로 통하는 하나의 표현 방식으로 이해되었다는 사실을 뜻
한다.

한편 동양 고전에서 가장 아이러니한 사유를 표현한 저서로 흔히
『공손룡자』가 꼽히기도 한다.[103] 중국 전국시대의 사상가인 공손룡은
견백동이(堅白同異) 혹은 견백론(堅白論)이라고 불리는 독특한 궤변을
제시했다. 견백이란 단단한 돌과 흰 돌을 가리키는 말이다. 공손룡은
"돌은 하나인 것 같으나, 성질이 단단한 돌과 빛깔이 흰 돌은 각각
다른 돌이다. 그것은 촉각으로 아는 돌과 시각으로 보는 돌이 따로
있음이다."라는 독특한 논리를 고집한다. 다시 말해 견백론은 한 존

---

102 이종성, 「장자철학에 있어서 마음 닦음의 해체적 성격」, 『철학논총』 21, 새한철학
회, 2000, 29쪽. "장자는 역설적이고 반어적인 표현들을 동원하여 향내적인 환원
과 복귀의 논리를 전개한다. 분별지의 향외적인 성향을 반성적으로 수렴하는 것
이야말로 일상적인 마음의 부정적 기능을 탈각하고 긍정적 마음의 기능을 회복하
는 길이라고 할 수 있다."(같은 쪽)

103 열네 편 중 여섯 편만이 전승되는 『공손룡자』의 대화편들에는 각각 '白馬非馬'와
'堅白石二'가 제시된다. 백마론의 핵심인 '白馬非馬'는 "흰 말은 말이 아니다"라는
구절로 풀이된다. 이는 '흰색'과 '말'은 다른 유(類)에 속하는 속성이고, 따라서
하나에 속할 수 없음을 의미한다. 이러한 맥락에서 공손룡은 '말'이라는 단어는
노란 말과 검은 말을 모두 가리킬 수 있지만, '하얀 말'이라는 단어는 그렇지 않다고
말한다(曰, 求馬, 黃黑馬皆可致. 求白馬, 黃黑馬不可致). 손영식, 『『공손룡자』「백
마론」 연구」, 『철학논집』 43, 서강대학교 철학연구소, 2015, 167~194쪽 참조.

재를 이루는 속성을 사람은 한꺼번에 관찰할 수 없기 때문에, 돌의
속성은 사람이 관찰하는 방식에 따라서 그 수가 결정된다는 주장이
다. 이러한 공손룡의 사상은 줄곧 조롱의 대상이 되곤 했다. 장자는
궤변에 빠진 사람을 "견백 타령이나 하고" 있다고 비난했고,[104] 『열자』
제4편 중니(仲尼)에서는 공손룡을 옹호하는 자와 비판하는 자가 논쟁
을 벌이는데, 공손룡의 추종자는 공손룡의 글이 궤변처럼 보이지만
실은 합당한 진리를 감추고 있다고 주장하고, 공손룡의 비판자는 추
종자가 어떤 궤변이든 의미 있는 것으로 합리화했을 뿐이라고 비난한
다.[105] 여기서도 공손룡의 옹호자는 공손룡의 궤변 자체를 옹호하는
것은 아니다. 대신 그의 궤변이 진리와 통하고 있다고 주장하는 셈이
다. 마찬가지로 현대에도 공손룡에 대해서 "백마비마식의 사유방식
은 서로 다른 것들이나 類들이 각자 자기의 자리를 지킬 것을 강조"하
여 상대적 인식론을 타파하려는 사상으로 평가하려는 지향이 지속한
다.[106] 지금까지 살펴본 바에 기초한다면 동양에서 서구의 수사학 전
통처럼 아이러니를 설득의 기술로 간주하고, 그것을 실용적 체계로
정리하려는 경향을 찾아보기는 어렵다. 오히려 동양 전통에서 반어
는 진리의 복잡성을 드러내는 매개가 되거나 진리와 통하기 위해서

---

104 주량즈, 신원봉 역, 『미학으로 동양인문학을 꿰뚫다』, 알마, 2013, 42쪽.

105 공손룡을 옹호하는 자는 공손룡의 역설적 표현을 합당한 진리로 해석한다. 그러
자 공손룡을 비판하는 자가 "당신은 공손룡의 말이라면 다 조리가 있다고 생각하
니, 가령 공손룡이 입으로 말하지 않고, 동구멍으로 말한 소리라도 당신은 역시
그 말을 이어받을 것입니다."라고 비난한다.

106 이에 따르면 명가철학은 인식론을 언어로 엄격하게 형식화하는 논리학에 가깝다.
김철신, 「중국 고대철학사의 맥락에서 재조명한 『공손룡자』의 사유방식과 세계
이해」, 『東洋哲學』 33, 한국동양철학회, 2010, 85쪽.

자기를 반성하기 위한 태도로 이해되었다. 이 점에서 동양 전통의 반어는 서구의 희극적·수사학적 맥락과는 거리가 먼 대신, 변증법적 대화를 통해 진리로 나아가는 소크라테스적 아이러니에 가까운 의미를 지니고 있다고 볼 수 있다.

현대 사회에서 아이러니는 어떠한 의미를 지니는가. 아이러니는 낭만주의 시대에 이르러 근대 사상의 한 불씨로 되살아난다. 중세의 형이상학적 전통에 대한 거부로서 계몽주의의 역사철학이 성립했다면, 낭만주의의 아이러니 개념은 그러한 계몽주의와 역사철학에 대한 비판적 사상의 준거점으로 제시되었다. 역사철학적 사유는 세계를 순행적 시간이라는 도식 속에서 체계화하고 서사화하는 동시에, 인류를 하나의 역사로 묶어서 서술하려는 지향이었다.[107] 반면 낭만주의자들은 하나의 인류로 묶일 수 없는 '자아'에 대해 논의했다. 피히테·노발리스·슐레겔 등이 낭만주의를 대표하는 사상가들이었다.

아이러니는 자아를 절대화하는 하나의 방식이었으며, 특히 슐레겔의 사상에서 강조된 개념이었다. 슐레겔은 '위트(Witz)'의 하위범주로서 '아이러니'와 '패러디'가 존재한다고 설명했는데, 위트란 의식적인 것(역사철학적인 것)을 전복하는 무의식적이면서 돌발적인 상상력을 의미했다.[108] 또한 슐레겔에게 아이러니란 자아를 창조하는 과정과 파괴하는 과정을 항구적으로 반복하는 것, 따라서 "의식과 무의식, 성찰과 도취를 동시에 취하는 분열된 상태"[109]를 의미했다. 이것은 낭

---

107 최문규, 『독일 낭만주의』, 연세대학교 대학출판문화원, 2005, 21쪽.
108 최문규, 위의 책, 138쪽.

만적 자아를 "자아는 자기 스스로를 규정한다"[110]라고 규정한 피히테의 창조적 자아의식과 "내가 나 자신을 규정하는 경우가 아니라 나 자신을 지양할 경우에만 나는 존재한다"[111]라고 생각한 노발리스의 자아 부정의 철학을 가로지르는 것이었다. 즉 슐레겔의 아이러니는 자아의 창조와 자아의 지양이라는 이중의 운동을 변증한다.

이러한 슐레겔의 사상은 그의 유일한 소설 『루친데』(1799)에서 매 장마다 새로운 실험적 형식을 도입하며 장르를 해체하는 서술 방식으로 실현되었다. 슐레겔은 자신의 아이러니 형식에 대해 '영구적인 파라바시스(permanent parabasis)'[112]라고 표현한 바 있는데, 폴 드 만은 여기에 덧붙여 "만약 슐레겔이 아이러니가 영구적인 파라바시스라고 말했다면, 우리는 아이러니가 전의적 알레고리의 영구적인 파라바시스라고 말할 것이다."라고 정의한 바 있다.[113] 이 정의는 슐레겔의 아이러니가 멈추지 않는 의미의 이동이라는 사실을 가리키며, 따라서 아이러니 형식이란 어떠한 중심 의미로도 확정되지 않는 끝없는 변화와 해체의 운동임을 암시한다.

고대 그리스·로마의 아이러니가 타인과의 대등한 말의 권리를 주고받을 권리, 즉 이세고리아에 의해 성립될 수 있었다면, 낭만주의

---

109 최문규, 위의 책, 166쪽.
110 최문규, 위의 책, 108쪽.
111 최문규, 위의 책, 125쪽.
112 파라바시스는 희극의 한 형식이다. 파라바시스에 관한 주석 107번을 참조할 것.
113 원문은 다음과 같다. "if Schlegel said irony is permanent parabasis, we would say that irony is the permanent parabasis of the allegory of tropes."(Paul de Man, *Aesthetic Ideology*, University of Minnesota Press, 1996, p.179)

시대의 아이러니는 주권에 의해 계몽당하지 않을 '자아'의 고유성을
지키기 위해 기능했다고 볼 수 있다. 그런데 영국의 산업혁명 이후
급격하게 자본화하고 있었던 유럽 사회에서 새롭게 등장한 주권의 표
상은 부르주아지와 물신이었다. 차츰 자본주의 체제는 계몽주의가
지향했던 진보적 역사관에 기대어 과학적 사고와 물질문명의 발전을
곧 인류의 발전과 동일시하도록 만들었다. 마테이 칼리니스쿠는 이
러한 사상과 체제 전반을 아울러 '부르주아지 모더니티'라고 명명한
다. 덧붙여 그는 이러한 부르주아지 모더니티에 저항했던 흔적을 아
방가르드 예술가들로부터 발견하면서(또한 그들의 뿌리인 낭만주의를 거
론하면서), 예술가의 실천을 '미적 모더니티'로 구분하고 있다.[114]

앙리 르페브르는 『모더니티 입문』(1962)에서 이러한 이분법은 우
주적 유비(아날로지)에 대한 이상을 버리지 못하는 '낭만적 아이러니'
와 고대 그리스 사회에 대한 비판자를 자처했던 소크라테스의 '아이
러니'에 대한 구분으로 계승된다. 그리고 앙리 르페브르가 소크라테
스적 아이러니야말로 현대사회를 변혁하는 데 필요한 지적 태도임을
강조할 때, 그 주장은 미적 모더니티에 대한 마테이 칼리니스쿠의 주
장과 닮아 있다. 이러한 연역이 가능한 이유는 르페브르가 아이러니
라는 단어에 부여하는 용법의 범위는 지나치게 넓기 때문이다. 그 어
떤 질서나 제도에도 필연적인 것은 없으며, 다만 우연히 우리가 세계
에 내던져져 있다는 그 '총체성(totality)의 부재' 상태가 곧 현대의 아
이러니한 역사관이라고 그는 말한다. 그러면서도 그는 그러한 아이
러니한 역사를 예민하게 통찰하는 주체의 정신성 또한 아이러니라고

---

114 M. 칼리니스쿠, 위의 책, 1994, 53~54쪽 참조.

명명하고 있다.[115] 김병익은 이와 유사한 맥락에서 오규원 시가 총체
성을 부인하거나 주체의 성숙을 거부하는 태도를 취하고 있다고 해명
하고 있다.

그런데 근대성을 '부르주아지 모더니티'와 '미적 모더니티'로 이분
할 수 있을 만큼 두 모더니티의 위상은 대등한 것인가. 또한 근대 '안
에' 거주하는 예술가의 의식이 과연 부르주아지 모더니티 '바깥'에 놓
이는 것이 가능한가. 이러한 의문에 답하기 위해 살펴보아야 할 것은
예술 자체에 내재한 이율배반이자 복잡성이다. 옥타비오 파스는 현
대시에 국한하여 논의를 전개하면서, 근대성의 문제를 아날로지와
아이러니의 대립으로 표현하였다. 이 두 개념은 현대시인을 사로잡
는 두 가지 의식적 지향을 일컫는다. 아날로지가 "개별성이 총체성을
꿈꾸고, 차별성이 통일성을 지향하는 은유"에 대한 '역사적' 의식이라
면,[116] 반대로 아이러니는 그러한 총체성을 깨트리고 의사소통을 중
단하려는 충동이다. 파스에 따르면 현대시인은 이 두 가지 의식 속에
서 번뇌하는 자이며, 그 대표자는 보들레르다. 칼리니스쿠와 파스의
논의를 결합해본다면, 현대시인은 두 가지 방식으로 부르주아지 모
더니티에 맞서는 셈이다. 하나는 부르주아지 역사를 대신하는 시적
인 역사를 구축하는 방식이고(아날로지), 다른 하나는 부르주아지 역
사 자체를 해체하는 방식이다(아이러니). 이 두 가지 지향은 양립할
수 없는 것이기 때문에, 현대시인은 이 둘 사이에서 고뇌하는 운명에

---

115 앙리 르페브르, 이종민 역, 『모더니티 입문』, 동문선, 1999, 17~76쪽 참조.
116 인용은 옥타비오 파스, 김은중 역, 『흙의 자식들 외』, 솔, 1999, 95쪽. 이외에
     78~100쪽 참조.

놓인다.

이것은 아이러니 역시 두 가지 관점으로 다뤄질 수 있다는 사실을
뜻한다. 본래 슐레겔의 낭만주의적 아이러니는 끝없이 자아의 생성과
파괴를 반복하는 해체 운동을 의미한다. 하지만 아이러니의 개념 또
한 아날로지의 관점에서 재창안할 수 있다. 아이러니를 그저 절대적
동일성을 소유한 주체의 성격으로 규정하고, 아이러니에는 아름다움
이나 윤리성이나 역사성이 결핍되어 있다는 헤겔의 비판은 이러한 관
점의 효시이다.[117] 반면 어떤 이들은 아이러니 개념을 역사화함으로써
이를 극복한다. 이를테면 케네스 버크의 *A Grammar of Motives*(1945)
에서 아이러니는 인간 의식이 발전해가는 역사적 단계 중 마지막 국
면으로 이해된다. 최초에는 대상을 인식하는 비유를 만들어내고(은
유), 그러한 표현이 관습화하며(환유), 하나의 세계관으로 정립하다가
(제유), 최종적으로 세계관의 다양성을 인식하는 데 이른다(아이러니).[118]
케네스 버크의 진보적 역사관과 달리, 노드롭 프라이는 『비평의 해부』
(1957)에서 순환론적 역사관을 제시하면서 인간 정신이 사계절이 순
환하듯 희극, 로맨스, 비극, 아이러니의 세계관이 순환한다고 설명했

---

117 최문규, 위의 책, 2005, 159~161쪽 참조.
118 케네스 버크는 은유·환유·제유를 비유의 한 원리로 설명하고, 반어는 그러한
비유들로 만들어내는 대립항(counterpart)이라고 설명한다. 또한 은유·환유·제
유·아이러니는 인간 문화의 서술방식이 발전해나가는 단계이기도 하다. 은유가
어떤 현상을 최초로 지각하여 형성된 관점(perspective)이라면, 환유는 그러한
관점이 관습화되어 고착된 이미지로 환원(reduction)된 결과이고, 누적된 환유가
세계 전체를 설명하는 하나의 형이상학적 교리를 재현한다면(representation)
제유가 된다. 아이러니는 단수의 교리가 아닌 다수의 교리를 사유하며 그것을
변증하는(dialectic) 정신을 뜻한다. (Keneth Burke, *A Grammer of Motives*,
Prentice-Hall, 1945, pp.503~517 참조)

다. 여기서 아이러니는 자유의지와 운명이 갈등하는 '비극적' 세계관을 끌어내려 인간적 질서와 화합이 이루어지는 '희극적' 세계관으로 매개하는 위치에 놓인다.[119] 한편 헤이든 화이트의 『메타역사』(1979)에서는 역사를 서술하는 형식주의(은유)·기계론(환유)·유기체론(제유)·맥락론(아이러니) 중 네 가지 관점 중 하나로 이해된다.[120] 이러한 '아날로지화된 아이러니'의 계보에서 속하는 대표적인 동시대 사상가는 리처드 로티이다. 그는 『우연성, 아이러니, 연대』(1989)에서 현대는 각자 자신의 세계관 속에서 살아가고 있기 때문에 되도록 타인을 존중하고 타인의 세계관을 모욕하지 않는 자유주의적 아이러니스트의 시대라고 명명했다.[121] 이렇듯 '아날로지화된 아이러니'의 특징은 다시금 역사철학의 일부로 종속되는 동시에 인간 정신의 한 유형으로 환원되어있다는 점이다. 이것은 부르주아지 모더니티에 대안이 될 수 있는 세계관을 제시하려는 미적 모더니티의 '아날로지화된' 한 양상으로 읽힌다.

　반면 슐레겔이 제시했던 낭만주의적 아이러니를 적극적으로 실현하려고 한 '아이러니의 아이러니'[122]의 계보가 또 다른 미적 모더니티

119　노스럽 프라이, 임철규 역, 『비평의 해부』, 한길사, 2000 참조.

120　헤이든 화이트, 천형균 역, 『메타 역사 2』, 지식을만드는지식, 2011, 915쪽.

121　리처드 로티, 위의 책, 2020 참조.

122　슐레겔은 실제로 자신의 정신을 「불가해성에 대하여」라는 글에서 "아이러니의 아이러니(Ironie der Ironie)"라고 명명한 바 있다. 그것은 어떤 형식을 만들어내는 동시에 그 형식을 만들어내는 작가 자신에 대한 서술을 포함함으로써, 다시금 형식을 깨트리는 '영구적인 파라바시스'의 해체 운동을 뜻한다(최문규, 위의 책, 2005, 172쪽). 그것은 롤랑 바르트가 '소설적인 것'이라고 규정했던 자기반영적 서술의 개념과도 맞닿는다.

의 양상으로 확인된다. 유념할 것은 '아날로지화된 아이러니'의 계보가 여러 개념에 대한 통시적 종합에 의해 정립된다면, '아이러니의 아이러니'의 계보는 개념적 사고를 거부하거나 그것에 의구심을 품는다는 점이다. 이러한 맥락에서 니체의 사유에는 애초에 아이러니라는 개념이 필요하지 않았다. 대신 『선악의 저편』에서는 모든 심오한 정신은 '가면'을 써야한다고 선언하면서 가면의 비유를 사용하고, 「비도덕적 의미에서의 진리와 거짓에 관하여」에서는 동시대의 진리는 그것이 본래 누군가에 의해 만들어진, 그러나 너무나도 많이 사용되어서 닳아빠진 동전과 다름없다고 표현하면서 동전의 비유를 활용한다.[123] 중요한 것은 단지 진리가 위선적이라고 주장하는 내용만은 아니다. 덧붙여 비유로서 말하려는 니체의 태도 자체가 개념적·역사철학적 사고를 거부하는 아이러니한 의식 그 자체로 우리를 인도한다는 점이다. 연구방법의 도입부에서 언급한 폴 드 만 역시 자신의 사상 중핵을 아이러니로 명명하는 한편, 아이러니스트의 의식과 역사철학적 체계를 대립하는 것으로 간주하고 있다.[124]

좀 더 넓게 사유한다면, '아이러니의 아이러니'는 현대 사회 전반이 지니는 성격이다. 실제로 클레어 콜브룩은 리처드 로티, 폴 드 만, 질 들뢰즈를 비롯한 현대 사상가 전반을 '포스트모던 아이러니'라는

---

123 에른스트 벨러, 위의 책, 112~116쪽 참조.

124 "Any attempt to construct—that is, to narrate—on no matter how advanced a level, is suspended, interrupted, disrupted, by a passage like this. As a result, it also makes it very difficult to conceive of a historiography, a system of history, that would be sheltered from irony."(Paul de Man, *Aesthetic Ideology*, University of Minnesota Press, 1996, p.184.)

이름의 계보 안에 용해한 바 있다.[125] 또한 정끝별은 콜브룩의 이론에
기대어 포스트모던 아이러니의 성격을 "기의보다는 기표, 이중성보
다는 다중성, 의미보다는 불확실성, 중심보다는 바깥, 가능성보다는
불가능성으로" 기울어 있다고 설명한 바 있다.[126] 이러한 설명은 물론
아카데믹한 도식화 작업이다. 왜냐하면 정끝별은 아이러니는 이중의
미를 지니고 포스트모던 아이러니는 다의성을 지닌다고 설명하지만,
이러한 구분이 무용할 만큼 아이러니가 지닌 다의적 성격은 슐레겔의
낭만주의적 아이러니, 특히 그의 '영구적인 파라바시스'나 '아이러니
의 아이러니'와 같은 선언 속에서 이미 성취된 것이기 때문이다.

그렇다면 이들은 어떻게 '포스트모던한 아이러니' 사상가로 구분
될 수 있는 것일까. 핵심은 아이러니 사상가들이 동시대의 아이러니
사상가, 특히 '아날로지화된 아이러니' 사상에 대해 불만을 품고 있었
다는 점이다. 다시 말해 바르트나 아도르노와 같은 사상가들은 자칫
아이러니라는 개념이 총체적 역사관이나 순환적 역사관으로의 변증
을 지향하게 만든다는 사실을 비판했다. 예컨대 롤랑 바르트는 후기
저서인 『S/Z』(1970)에서 "아이러니는 어떤 공공연한 표명(게시)의 역
할을 하며 이로 인해 인용적 담론으로부터 기대될 수 있었던 다가성
(多價性)을 파괴한다."라고 주장한다.[127] 아도르노 또한 "아이러니는
해석적인 말을 덧붙이려 들 경우 스스로를 지양한다. 이런 점에서 아
이러니는 자명성의 이념, 근원적으로는 사회적 공명(共鳴)의 이념을

---

125 Claire Colebrook, *Irony*, The New Critical, 2004 참조.

126 정끝별, 「한국 현대시의 포스트모더니즘 아이러니의 양상」, 『한국시학연구』 55,
    2018, 303쪽.

127 롤랑 바르트, 김웅권 역, 『S/Z』, 연암서가, 2015, 131쪽.

전제한다."라고 지적한 바 있다.[128] 이렇듯 아이러니가 이중성을 지닌다는 인식은 현대 사상가들이 자신의 사상적 위치를 정립하기 위한 대타항으로 호명하면서 형성된 것이지 실제와는 거리가 멀다.

오히려 현대사상 전반이 지닌 아이러니한 성격을 확인하는 것은 어렵지 않은 일이다. 아이러니가 내적 양심과 외적 도덕을 일탈하는 양상이 될 수 있다는 것은 사회적 규범과 신뢰를 일탈한다는 의미로 볼 수 있다. 대신 자아의 측면에서 아이러니는 마음속의 억압된 것을 해방하기 때문에 우리에게 즐거움을 준다. 마찬가지로 들뢰즈는 아이러니가 "법의 전복을 지향하는"[129] 한 방식이라고 정식화한 바 있다. 이때 아이러니를 농담의 한 사례로서 소박하게 정의하는 프로이트와 달리,[130] 질 들뢰즈는 아이러니와 농담을 대조함으로써 아이러니에 대한 이해를 심화한다. 현대사회에서 법이 초월적 형식으로서 모든 사람과 사건을 구속할 때,[131] 농담은 사소한 사례에도 과도하게 법을 적용함으로써 그 경직성 때문에 웃음을 야기한다면, 아이러니는 법을 초월하는 또 다른 가치를 세움으로써 법을 하찮은 것으로 만드는 방식이라는 것이다. 또한 농담이 과도하게 복종함으로써 타자

---

128 테오도어 아도르노, 김유동 역, 『미니마 모랄리아』, 길, 2005, 276쪽.

129 질 들뢰즈, 이정훈 역, 『매저키즘』(제2판), 인간사랑, 2007, 103쪽.

130 지그문트 프로이트, 박종대 역, 『농담과 무의식의 관계』, 열린책들, 2020, 90쪽 참조.

131 질 들뢰즈는 그리스-기독교 시대의 법과 칸트 이래의 현대적 법을 구분하고 있다. 그리스-기독교 시대에는 법이 선에 종속되어있었으며, 최선이라는 초월적 형식을 좇는 수단으로써 개별 사례를 설명하기 위한 방편이 법이었다. 반면 현대사회의 법은 오히려 선을 법에 종속시킨다. 따라서 현대사회의 법은 과거와 달리 모든 사람과 사건에 적용되는 초월적 형식 자체가 된다. 질 들뢰즈, 위의 책, 97~108쪽 참조.

를 우스꽝스럽게 만드는 마조히즘적 본성에 기초한다면, 아이러니는 눈앞의 사회규범을 전복하고 냉소하는 사디즘적 본성에 기초한다는 것이 그의 결론이다. 바로 여기서 우리는 첫째로 아이러니의 사디즘 적 성격을 유추할 수 있게 된다. 물론 문학의 아이러니는 사디즘적 욕망의 배출이 아니라 그 발현을 모사함으로써, 법과 도덕이라는 구속으로부터 시인의 내적 목소리를 해방하는 형식인 셈이다.

한 가지 유의할 현대 사상의 특징은 아이러니 개념을 형식의 문제로 환원하는 경향이 두드러진다는 것이다. 이른바 형식주의·구조주의 사상가 일부와 신비평가들에게서 형성된 조류를 우리는 아이러니의 세 번째 현대적 계보로 간주해야 할 듯하다. 왜냐하면 그들은 '아날로지화된 아이러니' 계보처럼 아이러니를 역사적 개념으로 환원하는 관점과 거리를 두며, '아이러니의 아이러니'처럼 아이러니를 영구적인 해체 운동으로 간주하려는 경향과도 거리를 두기 때문이다. 이세 번째 아이러니 계보에서 핵심적인 것은 텍스트에 내재하는 형식적 요소와 상호텍스트성이라고 볼 수 있다. 이것은 아이러니를 수사법의 일종으로 축소했던 제정로마시대와 중세의 전통을 떠올리게 하며, 마찬가지로 제라르 쥬네트는 현대 문예이론에서 수사학 전반이 사회학적 의미를 잃어가는 현상을 "'일반화된 줄이기'의 역사"라고 표현한다.[132] 따라서 저자는 이 세 번째 계보를 '수사학적 아이러니'의 계보라고 부르고자 한다.

수사학적 아이러니의 계보는 미적 모더니티라는 저항적 실천의 일

---

132 제라르 쥬네트, 「줄어드는 수사학」, 김현 편역, 『수사학』, 문학과지성사, 1985, 118쪽.

환으로 형성되었다기보다 문학 작품 자체를 '꼼꼼히 읽고자' 하는 아
카데믹한 교육 과정에서 형성된 것으로 판단된다. 신비평의 선구자
인 I. A. 리처즈는 학생들에게 저자, 서지사항, 사회·역사적 맥락을
전혀 제공하지 않은 채 문학 작품을 읽도록 교육했는데, 그 최초 의도
는 문학을 형편없이 이해하는 학생들을 교육하기 위한 것이었다.[133]
한편으로 리처즈는 차츰 현대문학의 이중의미가 현대사회의 복잡성
을 드러내는 탁월한 형식임을 깨닫고 아이러니를 옹호하는 '새로운
수사학'을 주창하기 시작한다.[134] 다시 말해 그는 작품에 내재하는 아
이러니한 형식을 규명할 때 작품의 현대적 탁월함을 논증할 수 있다
고 생각했던 것이다.

　클리언드 브룩스, 해롤드 블룸, 린다 허천 등은 입각점과 용어 사
용에는 다소 차이가 있을지 몰라도, 근본적으로 리처즈의 논지와 궤
를 같이하는 수사학적 아이러니스트이다. 브룩스는 '역설(paradox)'을

---

133 "사실 리차즈의 목표는 교수법에 있었다. 그는 자신이 가르치는 케임브리지의
학생들이 시를 읽고 형편없이 이해하는 것을 보고 충격을 받았고, 이러한 유감스
러운 정황의 증거로서 '미리 본 적이 없는' 텍스트들(즉 학생들은 이전에 이 시
텍스트들을 읽은 적도 없고, 저자, 작업 일시, 출판 역사, 사회-역사적 맥락 등에
대해 어떠한 정보도 제공받은 바 없는 텍스트들)을 읽은 학생들이 제출한 독후감
을 제시했다. 시에 대한 이상적인 독자는 맥락으로부터 자유롭고 텍스트 그 자체
에 근거해서 수행되어야 한다고 하지 않고, 문학 교육은 맥락에 대한 정보가 부족
하더라도 학생들로 하여금 시를 조심스럽고 지적으로 읽을 수 있도록 해야 한다
고 제안하는 것은 리차즈에게는 스트레스 받는 일이었을 것이다."(제레미 M. 호
슨, 정정호 외 역, 『현대 문학이론 용어사전』, 동인, 2003, 470쪽)

134 "옛날의 수사학이 이중 의미를 언어의 결함으로 취급했고 그것을 제한하거나 제
거하려고 원했던 점에 반해서, 새로운 수사학은 이것을 언어의 힘의 필연적인
결과이며, 특히 시와 종교와 같은 우리들의 가장 중요한 대부분의 발화에 있어서
필요 불가결한 수단으로 간주합니다."(I. A. 리처즈, 박우수 역, 『수사학의 철학』,
고려대학교 출판부, 2001, 39쪽)

자기 이론의 중심에 놓아둔다. 그가 "시인은 모순과 의미부여를 가지고 작업해야 하는 것이다"라고 주장할 때,[135] 그 말은 옥타비오 파스가 현대시인의 의식은 아날로지와 아이러니 사이에서 갈등하는 것이라는 표현을 떠올리게 한다. 요컨대 브룩스의 역설이란 현대시인이 동일화하는 유비와 차이화하는 모순 사이의 이중의식 속에 놓인다는 것을 뜻한다. 그런데 파스와의 뚜렷한 차이는 브룩스가 그러한 이중의식을 '작품 안에서' 논증한다는 점이다. 해롤드 블룸과 린다 허천은 상호텍스트성을 문제 삼는다. 해롤드 블룸의 『시적 영향에 대한 불안』(1973)은 그 제목대로 젊은 시인은 기성시인에게 영향 받는 것에 대해서 '불안'을 느끼며, 그 불안을 얼마나 극복하느냐에 따라서 어떠한 시적 성취를 이루게 되는지 설명하는 저서이다.[136] 패러디 이론으로 한국에 잘 알려진 린다 허천은 *Irony's Edge*(1994)에서 현대작가의 입장을 근본적으로 아이러니스트이자 '통역자(the interpreter)'로 규정한다. 왜냐하면 현대작가는 다양한 해석 가능성을 고려하여 언어를 구성하는 자이기 때문이다. 이러한 맥락에서 허천에게 아이러니스트란 한 작품 내의 반어적 표현을 만드는 사람이라기보다 하나의 표현을 여러 작품과의 상대적 차이와 관계시키는 사람으로 규정된다.[137]

---

135 클리언드 브룩스, 위의 책, 1983, 15쪽.

136 해롤드 블룸, 윤호병 역, 『시적 영향에 대한 불안』, 고려원, 1991 참조.

137 "The related linguistic idea of 'disemia' or 'diglossia' used to describe language with double registers (Herzfeld 1982) might also help, if the definition of ironic meaning were opened up. Each of these models is inclusive (in semantic terms) rather than exclusive or restrictive. Each is also premised upon a notion, not of direct contrariety or opposition, but simply of difference." Linda Hutcheon, *Irony's Edge*, Routledge, 1994, p.61.

이들은 모두 작품 내의 형식적 요소, 작품과 작품 사이의 관계, 작품의 다양한 해석 가능성 등을 아이러니의 결정적 요인으로 간주한다.

지금까지 우리는 아이러니에 대한 개념사를 고대부터 현대까지 정리하였다. 또한 현대 아이러니 사상을 칼리니스쿠와 파스의 사유를 빌려 세 흐름으로 계보화하였다. 이를 표로 정리하면 다음과 같다.

[표 1] 고대 아이러니 개념

고대 (아이러니 개념의 기원)	제정로마시대 이후 (아이러니의 쇠퇴)
희극적 인간의 전형 (에이로네이아)	수사법의 하위 요소
철학적 대화의 기술 (변증법, 산파술)	

[표 2] 현대 아이러니 사상의 계보

사상의 성격	사상가들	관점
아날로지화된 아이러니	버크, 프라이, 화이트, 로티	'아이러니'에 대한 역사적 관점
아이러니의 아이러니	니체, 드 만, 데리다, 들뢰즈	'아이러니'에 대한 실존적· 실천적 관점
수사학적 아이러니	리처즈, 브룩스, 블룸, 허천	'아이러니'에 대한 형식적· 구조주의적 관점

현대 아이러니 사상의 세 계보는 차이점보다 공통점이 많으며, 이 때문에 엄밀히 구분될 수 있는 것은 아니지만, 아이러니가 실현되는 층위를 다르게 해명한다는 기준에 따라서 변별해볼 수 있다. '아날로지화된 아이러니'의 계보에 속하는 학자들은 아이러니를 역사적 발전의 한 단계로 이해하며, 따라서 그들에게 아이러니란 현대 사회를 이

해하는 보편적 틀이다. 반면 '아이러니의 아이러니'의 계보에 속하는 학자들은 아이러니를 특수한 개인의 역량으로 간주하며 현대 사회의 총체성을 해체하고 진리를 꿰뚫어 보는 능력으로 해설한다. 마지막으로 '수사학적 아이러니'의 계보에 속하는 학자들은 아이러니를 텍스트 내에서 실현되는 특수한 형식이나 자질로 이해한다. 따라서 이들은 아이러니가 역사적 층위·주체의 층위·텍스트의 층위 중 어디에서 실현되느냐를 다른 방식으로 강조하고 있다.

아이러니 개념의 전통에 비추어볼 때, 바르트의 사유는 구조주의·형식주의의 계보에서 신비평 이론으로 이어지는 수사학적 아이러니의 계보에 가깝다고 볼 수 있지만, 그 차이 또한 섬세하게 인식될 필요가 있다. 우선 롤랑 바르트는 『라신에 관하여』(1963)나 『비평과 진실』(1966)과 같은 저서에서 1960년대의 전통적인 아카데미 비평을 '구비평(l'ancienne critique)'이라고 부르면서 비판했는데, 그에게 구비평은 "상식, 객관성, 좋은 취향, 명확성이라는 부르주아 이데올로기에 의존하고" 있는 대학의 문학 연구 방식을 뜻했다.[138] 작품에 대한 가치평가를 우선하는 아카데미 비평의 조류에서 벗어나기 위해 그는 구조주의적 방법을 수용하였으며, "의미를 가능하게 하는 조건에만 집중할 뿐 작품의 개인적 내용에 대해서는 말하지 않는 문학의 과학"[139]을 연구방법으로 자임하고 '신비평'이라고 주장하였다.

물론 롤랑 바르트의 '신비평' 개념은 영미권에서 형성된 신비평처럼 이전 시대의 문학 연구방식을 비판하기 위해서 제시된 것이지만,

---

138 그레이엄 앨런, 송은영 역, 『문제적 텍스트 롤랑/바르트』, 앨피, 2006, 116쪽.
139 그레이엄 앨런, 위의 책, 2006, 116~117쪽.

그것이 형성된 과정에는 차이가 있으며 그 이론이 전개되는 양상 역시 비교해볼 만하다. 그 차이를 섬세하게 이해하는 방식 중 하나는 바로 아이러니 개념을 정의하는 방식을 비교하는 것이다. 영미의 신비평 이론에서 아이러니는 현대문학에 내재하는 근본적인 형식으로 간주하는 데 반해,[140] 바르트 이론에서 아이러니는 작가의 고유한 '글쓰기(écriture; 에크리튀르)'를 성취하는 과정에서 부차적으로 발생하는 현상으로 이해된다. 요컨대 바르트에게 아이러니는 시적인 언어를 성취하는 과정에서 관습적인 랑그와 자전적인 욕망을 반성할 때 발견되는 것이다. 반면 영미 신비평 이론가들에게 아이러니는 현실이나 언어 자체에 내재한 이중성이나 혼성성으로 간주되었다. 그러나 바르트의 기호학에서 모든 대상은 고립된 상태로 존재하는 것이 아니라 '사회 속에서의 의미작용'에 따르는 것으로 이해된다. 어떤 사건이나 표현이 아이러니한 것처럼 보인다면, 아이러니는 그 실체에 내재한 속성이 아니라 그것을 만들어내고 해석하는 사회적 관계 때문에 발생하는 것이다.[141] 아이러니는 기호 체계의 한 양상이자 관습적인 기호를 의심하는 해석자에게 발견되는 하나의 해석적 관점인 셈이다.

---

140 I. A. 리처즈, 박우수 역, 『수사학의 철학』, 고려대학교 출판부, 2001; 클리언드 브룩스, 위의 책, 1983 참조.

141 "모든 대상은 고립된 상태로 존재하는 것이 아니라, 사회에 속해 있다. 그 대상은 바르트의 관점에서는 파롤의 결과물로서 발화체(énoncé)의 상태로 존재한다. 따라서 바르트의 분석은 일상이라는 실질을 일관성 있게 분절할 수 있다. 풀어 말하면, 신화는 파롤이고, 신화는 기표와 기의의 언어적 결합에서 나아가, 그 결합이 겪는 '사회 속에서의 의미작용' 차원에서 구성되는 이중의 기호학적 체계이다." 김휘택, 「관점으로서의 기호학과 일상에 대한 일고찰」, 『기호학 연구』 63, 한국기호학회, 2020, 44쪽.

한편 롤랑 바르트의 첫 저작인『글쓰기의 영도』(1953)부터 후기 저작인『텍스트의 즐거움』(1973)과『사랑의 단상』(1977)을 관통하는 주제는 작가가 어떻게 자유로운 글쓰기의 형식, 즉 '에크리튀르(écriture)'를 실현하는가에 대한 물음이라고 할 수 있다.『글쓰기의 영도』에서 바르트의 주장은 '글쓰기(에크리튀르)', '언어', '스타일'이라는 세 개념을 구분하는 것에서 시작한다.[142] 바르트가 볼 때 문학 언어는 모든 '안정된' 언어의 관습을 거부하는 데서 성립한다. 그렇다면 작가는 두 가지 언어의 형식에 저항해야 하는데, 그중 하나는 "한 시대 모든 작가들에게 공통적인 규정들 및 습관들의 조직체"인 '랑그'(언어)이고,[143] 다른 하나는 "작가의 개인적이고 은밀한 신화 속에서만" 합당한 것,[144] 요컨대 작가의 개인적 삶에서 형성된 '문체'(스타일)이다. 다시 말해 롤랑 바르트는 한 작가가 자신이 속한 공동체의 언어와 자기 내면에서 솟아나는 무의식적인 언어에 모두 저항할 때, 비로소 문학 언어를 실현한다고 보았다. 그것은 그가 추구했던 것이 바로 "자유로서의 글쓰기"를 실현하는 것, 요컨대 어떤 자연이나 문명이나 본능에도 구속되지 않는 자유로운 글쓰기를 일시적으로나마 실현하는 것을 목표로 삼았기 때문이다.[145]

따라서 우리는 두 가지 저항의 맥락과 그로 인해서 발생하는 두

---

142   그레이엄 앨런, 위의 책, 2006, 42쪽 참조.
143   롤랑 바르트, 김웅권 역,『글쓰기의 영도』, 동문선, 2007, 15쪽.
144   롤랑 바르트, 위의 책, 16쪽. 더 분명하게 바르트는 "엄밀하게 문체는 방어적 성격의 현상이고, 어떤 고유한 기질(Humeur)의 변환이다. 따라서 문체의 암시들은 심층적으로 배분되어 있다."라고 말한다(같은 책, 17쪽).
145   롤랑 바르트, 위의 책, 2007, 21쪽.

가지 아이러니 양상을 유추할 수 있다. 먼저 일반적인 언어(랑그)에 대한 저항이라는 주제를 가장 잘 보여주는 저서는 『신화론』(1957)이다. 여기서 연구 대상으로 삼고 있는 '신화'란 현대 사회의 상식화된 일상과 규범을 형성하는 부르주아 신화를 뜻하며, '신화론'(신화학)의 목적은 사람들이 자명한 것으로 받아들이는 그러한 부르주아 신화를 해체하는 것이다. 바르트는 자본주의·과학적 사고 등이 만들어낸 기호를 이차적인 언어 혹은 메타언어로 간주하고, 부르주아 신화에 의해 "왜곡"된 언어를 정밀히 분석할 때 신화학자는 신화를 해체할 수 있다고 전제한다.[146] 이때 하나의 기호는 마치 하나의 시니피앙 안에 두 개의 의미가 존재하는 것처럼 보이게 된다. 바르트는 이러한 상황을 다음과 같은 도표로 표현한다.[147]

[표 3] 롤랑 바르트의 기호 모델

랑그	······	1. 시니피앙	2. 시니피에	
신화	···	3. 기호 Ⅰ. 시니피앙 (의미sens/형식forme)		Ⅱ. 시니피에 (개념concept)
		Ⅲ. 기호		

---

146 랑그에서 의미를 지우고 개념을 불어넣는 과정을 "왜곡(déformation)"(롤랑 바르트, 정현 역, 『신화론』, 현대미학사, 1995, 37쪽)이라고 한다. "신화의 고유한 속성"은 곧 "의미를 형식으로 변화하는 것"(같은 책, 51쪽)이다. 따라서 신화의 고유한 기능은 왜곡이다.

147 다음의 표는 롤랑 바르트, 정현 역, 『신화론』, 현대미학사, 1995, 26쪽의 도표를 다시 그린 것이다.

바르트는 바로 여기서 사회학적 기호의 아이러니한 성질을 발견한다. 신화에 의해서 '왜곡'된 기호를 마주하게 되면, 우리는 그 기호가 신화적인 '개념(concept)'을 지니는 동시에 그 기호 자체의 '의미(sens)' 또한 나타내는 듯한 인상을 받는다. 예컨대 '프랑스 군인이 프랑스식 경례를 하는 모습'의 사진이 있다면, 그 상황 자체의 의미 외에도 거기에는 프랑스의 군국주의라는 개념이 불어넣어질 수 있다. 이때 신화의 개념은 역사적인 것이므로 만들어졌다가 변경되고 해체되거나 사라질 수 있다. 이는 곧 신화적 기호가 역사적이고 불안정하다는 것을 가리키며, 이 '역사성'이나 '불안정성'이 "종종 아이러니의 근원이 되기 때문에",[148] 이러한 성질이 가장 두드러지는 신조어를 분석하는 것이 좋다고 바르트는 제안하고 있다.

여기서 신화적 기호가 '아이러니한' 대상이 되는 이유는, 그 기호 자체의 특성이 아니라 그 기호를 다루는 자의 태도에 달려 있다는 것이 바르트식의 논변이다. 롤랑 바르트는 신화적 기호를 다루는 세 가지 태도를 구분하고 있다. '신화 제작자'는 신화적 기호의 '개념'에만 집중하기 때문에 그 '의미'는 개념을 논증하기 위한 하나의 실례로 이해한다. 즉 의미를 개념에 종속된 것으로 이해한다. 반면 '신화학자'는 신화를 해체하는 것이 목적이기 때문에 신화적 기호에 부여된 '개념'을 사기로 간주한다. 그는 신화적 기호의 본래 의미만을 남겨 놓으려 한다. 마지막으로 일반적인 '신화의 독자'는 신화의 이중적인 의미 작용을 한꺼번에 받아들인다. 따라서 신화적 기호, 즉 우리의 일상을 둘러싼 모든 언어와 이미지를 아이러니로 이해하는 것은 현대인의 일

---

[148] 롤랑 바르트, 위의 책, 2007, 35쪽.

반화된 관점인 셈이다.[149]

따라서 우리는 바르트의 신화학이 랑그에 대한 비판이자 사회학적 의미의 아이러니에 대한 분석이라고 이해할 수 있다. 그리고 줄곧 그의 관점은 '신화의 독자'보다는 '신화학자'에 가까운 것, 다시 말해 어떤 기호에서도 상위의 개념을 전제하지 않으려는 태도에 가까운 것이 된다. 이러한 지향은 텍스트 분석에도 그대로 계승된다. 『S/Z』(1970)에서 바르트는 발자크의 중편소설 「사라진」을 분석하면서 소설 전체를 종합적으로 이해하는 틀을 제시하지 않는 데 주력한다. 그는 단지 문장들을 각각의 주관적인 "렉시(lexies; 독해단위)"[150]로 분해한 뒤에 각 독해단위가 유발하는 효과를 여섯 가지 유형으로 나누어 분석할 뿐이다.[151] 이것은 그의 박사학위논문이 될 뻔한 『모드의 체계』(1963)

---

149 롤랑 바르트, 위의 책, 1995, 46~47쪽.
150 롤랑 바르트, 위의 책, 2015, 89쪽.
151 "1. **서사적 행동의 코드**(혹은 아리스토텔레스의 수사학에서 빌린 용어를 빌린다면 행동적 코드(code proairétique)). 이것은 우리가 이 중편소설은 하나의 이야기, 곧 계속적인 행동들로 읽게 해준다. 2. **본질적으로 의미론적 코드**. 이것은 다소 성격적·심리적·분위기적 기의들을 결집시킨다. 그것은 통상적인 의미에서 공시들(함축적 의미들)의 세계이다. 예컨대 어떤 인물에 대한 묘사의 목표가 "그는 신경질적이다"라는 메시지를 전달하려는 게 분명하다 해도, '신경과민'이라는 단어는 결코 표명되지 않는다. 신경과민은 이 초상의 기의가 된다. 3. **문화적 코드**. 이것은 매우 폭넓은 의미를 지닌다. 그것은 준거들 전체이고, 담화가 의존하고 있는 한 시대의 전반적 지식을 말한다. 그러니까 심리학적·사회학적·의학적 등의 지식을 나타낸다. 4. **해석학적 코드**. 이것은 수수께끼의 제시와 이 수수께끼가 제시하는 진실의 발견을 은폐한다. 일반적으로 그것은 탐정소설의 모델들을 토대로 구축된 모든 줄거리들을 지배하는 코드이다. 5. **상징적 코드**. 그것의 논리는 우리가 알다시피, 이성적 추론 혹은 실험의 논리와는 철저하게 구분된다. 그것은 꿈의 논리처럼 비시간성·대체성·가역성이란 특징들에 의해 규정된다."(롤랑 바르트, 위의 책, 2015, 390쪽.)

부터『기호의 제국』(1970)과『사랑의 단상』(1977)에 이르기까지 반복
하는 텍스트 분석의 태도이다. 여기서 일관하는 것은 사회학적 기호
에 상징화된 개념을 해체하거나 제거하려는 목적의식이며, 그 결과
발생하는 것은 언어의 의미(sens)만을 남겨놓는 상태라고 볼 수 있다.
이러한 과정을 통해 그는 부르주아 이데올로기나 좌파 이데올로기의
억압으로부터 자유로워질 수 있다고 생각했다. 이러한 바르트의 사
회학적 아이러니 분석이 중요한 참조점이 되는 이유는 오규원 또한
이러한 의식을 지니고 있었기 때문이다. 롤랑 바르트는 현대 사회를
이루는 신화가 자연과 대립하는 것이 아니라 오히려 '자연스럽고' 자
명한 사실처럼 보인다는 측면에서 신화를 "의사자연(pseudo-nature)"
이라고 부르는데,[152] 흥미롭게도 오규원 시인 또한 현대의 자명성을
가장하는 이데올로기적 언어 전반을 가리켜 "의사과학적 사고"라는
표현을 사용하며 비판한 바 있다.[153] 이러한 사유의 유사성은 이 책의
3장에서 논의하도록 한다.

한편 작가가 글쓰기(에크리튀르)를 실현하기 위해서 수행해야 하는
또 다른 과제는 바로 정체성에 대한 형식적 언어에 저항하는 것이다.
다시 말해 작가는 자아로부터도 해방되어야 한다는 역설적 과제를 바
르트는 제시하고 있다. 바르트는 정신분석학을 수용하면서 이러한
논의를 안정된(신경증적) 주체를 해체하는 과정으로도 설명하는데, 이
러한 맥락에서『글쓰기의 영도』와『텍스트의 즐거움』에서 그가 거듭
주장했던 것은 바로 작가가 자신의 개성과 스타일(문체)에 저항해야

---

152 롤랑 바르트, 위의 책, 69쪽.
153 오규원·김동원·박혜경 대담, 위의 글, 30쪽.

한다는 주제였다. 우리는 이러한 의식을 바르트 동시대의 학자인 데리다나 라캉에게서도 확인할 수 있으며, 더 거슬러 올라가면 이것이 낭만주의 시대의 슐레겔에서 선취되었다는 사실 또한 알 수 있다. 슐레겔은 계몽주의적·역사적 주체를 거부하면서 자아를 정립하고 해체하는 과정의 무한한 지속을 주창했으며, 곧 그러한 운동을 아이러니라고 명명했던 것이다.

그런데 섬세하게 구분해야 할 것은 롤랑 바르트가 몇몇 저작에서 자신의 사상을 표현할 때 '아이러니'라는 용어를 사용하지는 않았다는 사실이다. 롤랑 바르트가 여러 저작에서 제시하는 주요한 사상은 '글쓰기(에크리튀르)', '다가적인 텍스트', '텍스트의 즐김'과 같은 용어들로 정리된다. 실상 이 용어들이 함축하는 의미는 글쓰기가 자아를 해방해야 한다는 것이고, 자아의 해방이란 자아를 미결정 상태 혹은 복수적 가능태로 놓아두어야 한다는 것이다. 이러한 주제는 슐레겔이 제시한 낭만주의적 아이러니와 아주 근접한 것이다. 하지만 롤랑 바르트는 자신의 사상을 표현하는 데 아이러니라는 용어를 선호하지 않았다. 오히려 그는 아이러니라는 용어를 자아의 형식화된 언어에 대한 해체를 충분히 수행하지 않은 상태, 여전히 이항대립으로 읽힐 수 있기 때문에 다시 변증법으로 환원될지도 모르는 불충분한 해체의 운동으로 이해했다. 이 점에서 바르트의 사유에서 아이러니란 자유로운 '글쓰기'를 실현해가는 도중에 마주치게 되는 중간 단계이자 기호의 이분화 상태로 설명될 수 있다.

담론 자체에 의해 표명된 반어적 코드는 원칙적으로 타자의 명료한 인용이다. 그러나 아이러니는 어떤 공공연한 표명(게시)의 역할을 하며 이로 인해 인용적 담론으로부터 기대될 수 있었던 다가성(多價性)을 파괴한다. 다가적인 텍스트가 그것의 구성적 이중성을 끝까지 실행시키는 것은 다음과 같은 조건이 충족될 때뿐이다. 즉 이 텍스트가 진실과 허위의 대립을 전복시켜야 하고, 그것의 언표들에(설사 이것들의 신뢰를 떨어뜨리려는 의도에서라 할지라도) 명료한 권위를 부여하지 않아야 하며, 기원·부권(父權)·소유에 대한 어떠한 존중도 좌절시켜야 하고, 텍스트에 (유기적) 통일성을 줄 수 있는 목소리를 파괴해야 한다. …(중략)… 문제는 글쓰기에 도달하기 위해서 목소리의 벽을 통과해야 하는 일이다. 글쓰기의 소유는 어떠한 지시도 거부하며 따라서 결코 반어적(ironique)이 될 수 없다. 아니면 적어도 그것의 아이러니는 결코 확실하지 않다(이 불확실성이 사드·푸리에·플로베르 같은 몇몇 위대한 텍스트들을 특징짓는다).[154]

『S/Z』에서 바르트는 '반어(아이러니)'가 지닌 한계에 대해서 말하고 있다. 그 핵심은 아이러니를 권위를 전복시키기 위해 그것과 대결하는 표현방식이기 때문에, 오히려 역설적으로 그 권위적인 담론을 상기하게 만들 수밖에 없다는 것이다. 결국 아이러니는 텍스트를 '다가적인' 상태로 해방하는 것이 아니라 담론과의 '구성적 이중성' 속에 종속시키고 만다. 따라서 바르트는 어떤 담론을 비판하는 것만으로는 텍스트가 해방될 수 없다고 생각한다. 오히려 "진실과 허위의 대립"에도 사로잡히지 않은 채 어떤 권위나 통일성도 존재하지 않는 양 존재하는 것, 그렇게 '불확실한' 아이러니가 될 때만 아이러니가 의도했던 권위의 전복을 실현할 수 있다고 그는 주장한다.

여기서 바르트가 설정하는 독특한 이항대립은 바로 "목소리"와

---

154 롤랑 바르트, 위의 책, 2015, 131쪽. 강조는 인용자.

"텍스트"의 대립이다. 여기에는 '목소리'가 단일한 권위를 지니는 저자를 떠올리게 하는 개념이라면, '텍스트'는 수많은 상호텍스트의 영향이라는 흐름 속에서 일시적이고 파편적으로 생성되는 중성적 목소리 혹은 저자가 없는 목소리라고 표현할 수 있다. 바르트는 위대한 문학 텍스트는 굳이 어떤 단일한 저자의 삶으로 환원하지 않더라도, 오히려 그 텍스트 자체의 중성적이고 다성적인 구조 자체만으로 탁월함을 획득한다고 주장한다. 이 때문에 그는 "텍스트에 (유기적) 통일성을 줄 수 있는 목소리는 파괴해야 한다"라고 주장하는 것이다.

> 우선 텍스트는 모든 메타언어를 청산함으로써 텍스트가 된다. 텍스트가 말하는 것 뒤에는(en arrière) 어떤 목소리도(과학·대의·명분·제도) 존재하지 않는다. 마음으로 텍스트는 끝까지 설령 그것이 모순된 것이라 할지라도, 그 고유한 담론적 범주나 사회언어학적인 지시를(그 〈장르〉)들을 파괴한다. 그것은 〈웃기지 않는 코미디요〉, **그 누구도 예속시키지 않는 아이러니요,** 영혼도 신비주의적인 것도 없는 환희요(사르투이), 인용부호를 붙이지 않은 인용이다.[155]

> **텍스트의 즐거움**은 **고전·문화**(문화가 풍부하면 풍부할수록 즐거움은 더 크고 더 다양하다)·**지성·아이러니·섬세함·행복감·자제력,** 삶의 기술의 **안정감**이다.[156]

한편 후기의 저서로 갈수록 바르트의 글에서 '아이러니'와 '글쓰기

---

155 롤랑 바르트, 김희영 역, 『텍스트의 즐거움』, 동문선, 1997, 78~79쪽. 강조는 인용자.
156 롤랑 바르트, 위의 책, 1997, 99쪽.

(에크리튀르)'라는 용어가 아주 가까워지거나 동일시되는 것을 알 수 있다. 또한 바르트의 글은 형식 면에서 수사적인 표현과 나열을 활용하는 것이 두드러지는데, 이는 어떤 메타언어로써 그의 글을 포괄하지 않기 위해서 그가 채택한 글쓰기 방식이다. 무엇보다 글쓰기의 기원이 단일한 저자로 환원되어서는 안 된다는 전제에 기초하여, 그의 글에서 글쓰기는 다수의 수사적 표현에 의해서 설명되고 있다. 이때 아이러니는 사회학적 언어를 해체할 뿐만 아니라 "영혼"이나 "신비주의적인 것"처럼 자아를 신비화하는 언어의 작용으로 설명된다. 더욱이 바르트는 그것이 "그 누구도 예속시키지 않는 아이러니", 즉 자유로운 상태이자 "환희"라고 말한다. 『글쓰기의 즐거움』에서 줄곧 그는 텍스트의 '즐거움' 또는 '즐김'이라는 단어를 반복하여 사용하는데, 그것들은 어떤 경우에도 제 자신의 방에서 텍스트를 홀로 읽는 자의 즐거움만은 빼앗아 갈 수 없음을 암시하는 듯하다. 그리고 아이러니는 여기서 다소 수사적인 의미를 지니게 되지만, 텍스트를 향유하는 자에게 발견되는 언어의 특성이자 그러한 향유를 가능하게 만드는 텍스트의 구조를 암시하고 있다.

그렇다면 글쓰기(에크리튀르)란 무엇인가. 아마도 이것이 우리가 롤랑 바르트에 대하여 마지막으로 던져보아야 할 핵심적인 질문일 것이다. 어떤 의미로 롤랑 바르트의 '글쓰기'는 두 번의 소거법에 의해서만 성립하는 것처럼 보인다. 우선 사회학적인 메타언어를 배제해야 한다. 그다음 자아를 안정적인 언어로 설명하는 형식을 배제해야 한다. 그 이후에 남게 되는 불안정하고 중성적이며 다가적인 글쓰기의 형식이 곧 에크리튀르라고 바르트는 설명하고 있다. 따라서 근본적으로 롤랑 바르트의 '글쓰기'는 비평의 형식을 전제하는 듯하다. 바

르트 자신은 자기 사상이 대항담론으로 보이는 것을 거부하고 있지
만, '글쓰기'는 결국 안정된 형식에 대한 반대급부이자 아이러니인 것
처럼 보인다.

> 어떤 대상도 즐거움과 한결같은 관계에 놓인 것은 없다(사드에 관한
> 라캉의 글을 참조할 것).[157] 그렇지만 작가에게서 이런 대상은 존재한다.
> 그것은 언어가 아닌 언어체, 즉 **모국어/어머니의 언어**이다. 작가란 어머
> 니의 육체와 유희하는 자이다(나는 로트레아몽과 마티스에 관한 플래네
> 의 글을 참조한다). 그 육체를 찬미하거나 치장하기 위해, 혹은 그것을
> 조각조각 잘라 육체에 대해 알 수 있는 것의 한계까지 나아가기 위해,
> 나는 언어체의 **훼손**을 즐길 수 있을 때까지 나아갈 것이다. 그러면 일반
> 여론은 〈자연을 훼손시키는 것〉을 원치 않기 때문에 소리를 지르며 반대
> 할 것이다.[158]

'즐거움'에 도달하는 것, 즉 중성적이고 다가적인 언어의 향유에
도달하는 것이 목표라면, 작가는 이중의 대상을 "찬미"하거나 "훼손"
해야 한다고 바르트는 말하고 있다. 그 이중의 대상은 바로 "모국어/
어머니의 언어"이다. 이때 '모국어'는 랑그, 즉 한 공동체의 보편적인
언어를 가리킨다. 작가는 자신이 속한 공동체의 상식과 이데올로기를
거부하며 그의 고유한 글쓰기를 향해 전진해 나가야 한다. 한편 '어머
니의 언어'란 작가의 전기적 삶 속에서 형성된 사적 언어, 그러나 안정
적 형식으로 고착해버린 언어를 뜻한다. 바르트는 작가가 그러한 자

---

157 이는 라캉이 1971년에 출간한 저서 『에크리』에 수록한 「칸트와 사드」를 가리킨다.
158 롤랑 바르트, 위의 책, 1997, 85쪽.

아의 언어에 대해서도 비판을 수행할 때 글쓰기에 도달할 수 있다고
본다. 그리고 끝내 진정한 텍스트가 탄생하는 것은 "훼손"의 순간이며
일반 여론과의 반대를 무릅쓰는 순간임을 바르트는 암시한다.

　　가능한 한 신화에 저항하고 있는 언어가 있다면, 그것은 바로 현대의
시적 언어일 것이다. 현대시는 역행적인 기호학적 체계이다. 신화가 극
단적인 의미작용을, 다시 말해서 일차적 체계의 팽창을 목표로 하는 데
반해, 시는 의미작용 이전의 단계를, 다시 말해서 언어의 전기호학적
(présémiologique)인 단계로 되돌아가려 한다. 요컨대, 시는 기호(signe)
를 의미(sens)로 역변형시키려 한다. 그리고 최종적으로 시의 이상(물론
이것은 경향적인 것이다)은 단어들의 의미가 아니라 사물들 자체의 의미
에 도달하려는 것이라 할 수 있다. 이것이 바로 시가 언어를 혼란스럽게
하며, 개념의 추상성과 기호의 자의성을 최대한으로 증진시키며, 시니피
앙과 시니피에의 연결을 가능한 한 극단적으로 늘어지게 만드는 이유이
다. 개념이 지닌 '부유(浮游)하는' 구조는 여기에서 최대한 이용된다. 산문
과 달리, 시적인 기호는 사물의 초월적인 성질이나 사물의 자연적인 의미
(인간적인 의미가 아니라)와 같은 것에 도달하기를 기대하며, 시니피에의
모든 가능성을 실현하려 한다. 바로 여기에서, 시가 반언어(反言語)가 되
기를 원하는 한, 시의 본질주의적 야심이, 시가 물자체(la chose même)를
포착하려는 신념이 나타난다.[159]

　　그리고 바르트에게 가장 탁월한 텍스트의 양상 중 하나는 바로 시
장르이다. 시는 근본적으로 하나의 페티시즘에 기댄 기획, "시의 본
질주의적 야심"에 의해 성립하는데, 그 야심이란 바로 "시가 물자체

159　롤랑 바르트, 위의 책, 1995, 54~55쪽.

를 포착하려는 신념"이다. 시는 기호에 부여된 메타적 의미, 즉 이데
올로기와 개념을 벗겨낼 뿐만 아니라, 기호의 일차적 의미(sens)까지
도 제거하고자 한다. 마치 시어가 현실 그대로를 드러내는 것처럼 사
물의 '자연적인 의미'에 도달하기를 바란다. 바르트가 여기서 강조하
는 바는 시 장르가 그러한 물자체에 대한 지향을 '이용하고' '기대하
며' '실현하려 한다'는 사실이지, 그것을 실현한다는 사실이 아니다.
바로 순수한 언어에 대한 기획을 통해서 시는 '시적인' 실천이 된다.
이 때문에 시 형식은 현대사회의 주체를 구속하는 이데올로기적 언어
에 대한 '반(反)언어'로 기능할 수 있다. 이렇듯 롤랑 바르트의 사유에
서 시 언어는 '글쓰기'의 탁월한 한 양상으로 이해할 수 있다.

　따라서 본 연구는 오규원의 시를 바르트적 의미의 글쓰기(에크리튀
르)를 실현해나가는 하나의 과정으로 이해하면서, 오규원 시의 아이
러니를 이데올로기적 언어 혹은 관습적인 정체성의 언어에 대해 작가
가 저항할 때 나타나게 되는 현상으로 간주하고자 한다. 관습적인 기
호를 의심스러운 대상으로 여길 때 그것은 아이러니한 의미를 지니는
것처럼 보인다. 이 점에서 오규원 시의 아이러니는 대상 자체에 내재
했던 이중성을 드러내는 것이 아니라, 대상의 드러난 의미를 비판적
으로 인식하여 작가가 부여하는 또 다른 의미로 이동하기 위한 비판
적 인식의 과정, 더 나아가 끝내 자유로운 글쓰기의 형식에 도달하기
위한 성찰의 형식으로 이해되어야 할 것이다. 그렇다면 오규원은 자
신의 자아를 구속하는 전기적 체험과 정체성의 언어를 어떻게 극복하
는가. 이 문제를 우리는 본 연구의 2장에서 논의하게 될 것이다. 한편
오규원은 사회학적 언어를 어떻게 비판하고 성찰하는가. 이 질문에
대한 응답은 본 연구의 3장에서 제시하게 될 것이다. 마지막으로 본

연구의 4장은 오규원 시인이 도달한 글쓰기(에크리튀르)의 형식적 특성을 고찰함으로써, 그의 시가 현대 사회에서 지니는 의의에 대해서 논의하고자 한다.

아이러니의 원천으로서 가족 체험

제2장의 목표는 오규원 시의 아이러니 형식에 내재된 자기반영적 성격과 그와 함께 나타나는 시인의 고유한 언어관을 규명하는 것이다. 제2장에서는 첫 번째로 모성에 관련된 비유와 상징을 중점적으로 살핀다. 특히 모성 또는 어머니 표상과 관련하여 두드러지는 두 가지 구조적 아이러니의 양상을 살피고, 후기로 이행하면서 모성 표성이 어떤 방식으로 변화되어 가는지 논의한다. 두 번째로는 부성 또는 아버지 표상에 관련한 시 작품들을 분석한다. 흥미로운 것은 오규원 시에서 어머니·아버지의 표상은 상당수의 작품에서 언어나 인식의 문제와 항상 결합되어 있다는 점이다. 이에 따라 마지막으로 가족 표상과 언어의 문제가 결합한 시 작품을 구분하여 논의하였다. 이를 통해 오규원 시인의 가족애의 표상과 그의 언어관 사이의 관련성을 중점적으로 살피고자 한다.

1. 대리물로서의 어머니 환상과
성숙의 형식으로서 아이러니

1) 모성 비유와 구조적 아이러니의 양상

오규원에 대한 연구가 상당수 축적되었음에도 불구하고 그의 시와 전기 사이의 관련성을 논의한 선행연구를 찾아보기 어렵다는 사실은 주목을 요한다.[1] 그런데 오규원이 아이러니스트라면, 그리고 우리가 그를 아이러니스트라는 관점으로 이해하고자 한다면, 아이러니한 대립의 종합은 이론을 통하는 것이 아닌 삶 속에서만 가능하다는 로티의 지적을 떠올려보아야 한다.[2] 일찍이 로티는 하이데거를 자신의 사적 체험을 존재 일반에 대한 사유로 확장하고자 한 아이러니스트 이론가로 명명하면서, 하이데거 현상학은 그의 고향인 메스키르히의 체험에서 비롯한다고 분석하기도 했다. 이러한 로티의 논법은 다음과 같은 물음으로 표현할 수 있다. 근본적으로 아이러니스트가 공적 언어에 저항하여 자신의 사적 언어를 만들어내는 한 사람이라면, 그

---

[1] 오규원에 관한 전기적 연구가 도외시된 이유는 두 가지로 추측된다. 첫째로 김현 평론가는 두 번째 시집 『巡禮』의 해설에서 오규원의 초기시가 전기적 삶과 무관한 것이라고 규정한 바 있는데, 이러한 규정이 이후에도 의심 없이 받아들여졌다. 두 번째 원인은 최근 오규원 시에 대한 현상학적 연구가 주류를 이루고 있다는 점이다. 현상학적 관점에 따르면 오규원 시의 본원은 전기적 체험의 무의식적 반영보다 현상학에 대한 의식적 탐구라고 할 수 있다. 다만 오규원 시인의 생애를 정리한 박형준의 글에서 일부나마 오규원 시에 투영된 전기적 흔적을 확인할 수 있다 (박형준, 위의 글, 2017, 73~112쪽 참조). 이에 반해 본 연구는 오규원 시인이 어떻게 '의식적인' 방식으로 모성·부성·가족·가족애의 표상을 재현하는지 논의한다는 점에서 큰 차이가 있다. 이로써 오규원 시인의 전기적 체험이 곧 시 작품에 그대로 '투영되었다고' 전제하는 의도의 오류를 피하고자 한다.

[2] 리처드 로티, 위의 책, 2020, 252쪽.

러한 아이러니를 행할 수 있는 내적 원천은 무엇인가. 이러한 질문을
오규원 시에 적용하고 답해보기 위해서 우리는 서론에서 오규원 시인
의 전기를 되돌아보기도 했다.

다시 정리해보자면, 오규원에게 결정적인 트라우마이자 창작의 계
기가 된 사건은 열두 살 무렵 예기치 못한 사고로 어머니를 잃고 동시
에 가세가 급격하게 기울면서 아버지로부터 제대로 된 양육을 받지
못했다는 사실이었다. 시인에 따르면 어머니의 죽음은 그의 삶과 의
식을 송두리째 바꿔놓았다.[3] 안식처를 잃어버린 마음을 달래기 위해
청소년기의 오규옥(오규원)은 문학 독서에 탐닉하고 시를 쓰기 시작
했다.[4] 이러한 트라우마로 인해서 그는 자아를 이중화하거나 세상을
관조하는 태도를 가질 수밖에 없었다. 어떤 의미로 그것은 그가 어린
시절부터 세상을 아이러니한 시선으로 보는 데 익숙했음을 뜻한다.
오규원 자신에 따르면 그는 소년기의 트라우마 때문에 평생 자아가

---

3 오규원·이재훈 대담, 「날이미지시와 무의미시 그리고 예술」. 『시와세계』 7, 2004,
   91쪽.
4 그는 이런 뿌리 없는 생활에서 오는 허기와 결핍 의식을 풍부한 독서로 메우는
   한편 부산중학교 3학년에 재학할 때 시를 써보기 시작한다. 말대가리라는 별명의
   국어교사가 교과서 속표지의 사진을 보고 작문을 한 시간 동안 하도록 시켰던 것이
   다. "유복했던 가정이 어머니의 죽음과 함께 몰락하면서 중학교 3학년이 되자 학비
   를 내지 못해 정학을 당할 정도에 이르렀다. 어머니와 집이 없다는 뿌리 뽑힌 자의
   의식과 허기는 대본집에서 빌려온 책이 다소간 메꾸어주었다. 그 당시 그의 마구잡
   이 독서목록에는 김래성의 『청춘극장』, 『마인』, 김동인의 『운현궁의 봄』, 이광수
   의 『흙』, 심훈의 『상록수』 등과 같은 책이 들어 있었다. 또한 학교로 가는 중간쯤의
   길목에는 땅바닥에 '레이션 박스'를 풀어 깔고 「밀림의 왕자」 등을 펼쳐놓은 대본소
   도 있었는데, 그는 그곳의 단골 중의 하나였다. 그러다가 그가 처음으로 시라는
   형태의 글을 써본 것은 중학교 3학년 때였는데, '말대가리'란 별명을 가진 국어
   선생님에 의해서였다. 「나목」이란 제목의 시였다."(박형준, 위의 글, 83쪽)

두 개로 나누어진 듯한 느낌을 받게 되었으며,[5] 이것은 그의 시 작품 속에서는 '나'의 행위를 묘사하는 동시에 그 행위를 반성하는 이중화자의 형식으로 나타났다.[6]

사실 오규원 시인은 여러 산문과 대담에서 자신의 삶을 회고하며 자기 정체성에 관한 선언적 진술을 반복해왔다. 이 서술들은 오규원의 생전에 시인 자신이 세운 정체성의 과제로서 기능했을 뿐만 아니라 지금까지 그의 시를 연구하는 학자들에게도 그의 시를 해석하는 데 중요한 참조점이 되어왔다. "자신의 전작품을 거슬러 복기할 수 있는 거의 유일한 시인"[7]이라는 수식처럼, 오규원 시인은 자기 정체성을 지나치게 과장하지도 또한 지나치게 과소평가하지도 않은 채 적확한 언어로 표현해 온 시인으로 평가되어왔다. 따라서 오규원 시인은 자신을 독립 이후 한글로 교육받은 최초의 한글세대이자 4·19혁명을 체험하며 "'나'라는 존재를 대문자로 의식한 최초의 세대"의 일원,[8] 그 이전 세대와는 달리 외래의 영향을 받지 않은 1970년대 한국의 자생적인 모더니스트,[9] 인간중심의 은유 체계가 아닌 탈인간중심의 환유적 수사법을 모색한 시인[10] 등으로 표현했고, 이러한 자기 해

---

5 오규원·김동원·박혜경 대담, 위의 글, 18쪽 참조.
6 김현 평론가는 오규원 시인의 세 번째 시집 『왕자가 아닌 한 아이에게』의 시편들을 해석하며 시선의 이중화를 강조하고 있다. 김현, 「깨어 있음의 의미」, 『문학과 유토피아』, 문학과지성사, 1992, 176~177쪽 참조.
7 황현산, 위의 글, 1995, 112쪽.
8 오규원·이광호 대담, 「언어 탐구의 궤적」, 『오규원 깊이 읽기』, 문학과지성사, 2002, 29쪽.
9 오규원, 「날이미지시와 무의미시의 차이 그리고 예술」, 위의 책, 2005, 190쪽.
10 오규원, 위의 책, 2005, 13~25쪽 참조.

명은 오규원 연구에도 큰 영향을 주었다.

그런데 연구사적으로 소홀하게 다뤄진 시인의 증언이 있다. 말년의 한 대담에서 오규원 시인은 자신의 시 쓰기를 되돌아보며 하나의 여정으로 비유한 바 있다. 그는 자신의 삶을 되돌아본 뒤 "저는 그러한 허상뿐인 아버지와 아버지적 언어를 벗어난, 그리고 자궁 속의 언어를 벗어난 이 현실 위에서 나의 자궁, 나의 자연을 찾고 있었다고 보아집니다."라고 결론 내린 바 있다.[11] 요컨대 오규원은 말년에 자신의 생애를 되돌아보며 '부성적 언어'를 벗어나 새로운 '모성적 언어'를 찾기 위한 과정으로 묘사한다. 이러한 고백은 그의 전기와 밀접한 연관이 있다. 육 남매 중 막내로 태어난 탓에 오규옥[12]은 비교적 어머니의 보살핌을 많이 받으며 자랐다. 그런데 열두 살 무렵 소년 오규옥은 돌연 어머니를 잃게 된다. 반신마비 증상이 찾아온 어머니를 위해 규옥과 아버지가 한약방을 찾았는데, 잘못된 극약이 약재에 섞이는 바람에 복약한 지 하루도 지나지 않아서 어머니가 세상을 떠난 것이다. 이 무렵 정미소와 과수원까지 소유했던 집안의 가세 또한 몰락하기 시작했고, 이 때문에 아버지는 규옥을 전혀 돌보지 못했다. 결국 아버지에게는 버려지다시피 하고 어머니의 보살핌을 받지 못하게 되자, 사춘기 무렵부터 오규옥은 누이와 친척의 집안을 전전하게 된다. 이후 소년 오규옥이 이러한 "기숙과 기식의 시간"[13]을 빠져나올 수 있었던 것은 이십 대에 들어서 오규원이라는 필명에 기대어 시인으로서

---

11 오규원·이광호 대담, 위의 글, 2002, 22쪽.
12 오규원의 본명. 필명에 대해서는 주석 72번을 참조할 것.
13 오규원·이재훈 대담, 위의 글, 2004, 91쪽.

의 정체성을 획득할 무렵의 일이었다.[14] 이 소년기의 트라우마가 그에게는 문학을 탐독하고 시를 창작하는 계기가 되었던 것이다.

한편 이러한 자전적 규정이 시인의 말년에 행해졌다는 사실은 주목을 요한다. 무엇보다 이러한 자전적 규정이 사실 그대로의 것인지 허구의 것인지 구분하는 일은 중요치 않을 수 있다. 롤랑 바르트가 지적했듯 자아 또한 하나의 텍스트이며, 인간은 평생 자기 자신을 다시 써내려가면서 자아를 체계화하는 동시에 차이화하는 존재이기 때문이다. 여기서 주목해야 할 것은 오히려 오규원 시인이 어떠한 방식으로 자신의 체험을 텍스트화하고 있으며, 그가 말년에 시인으로서의 기원을 어떠한 방식으로 묘사하느냐에 있다.[15] 그의 증언은 유년의 체험을 구체적으로 회상하면서 시작하며, 그것은 자기 삶 전체를 조망할 때만 가능한 인식론적 규정에 가깝다. 오규원은 자신의 문학 전체를 '아버지의 언어'와 '어머니(자궁)의 언어'를 벗어나는 것, 그리고 '나의 자연'을 찾는 과정이라는 전기적 독법으로도 해석할 수 있다고 제안하는 셈이다. 따라서 그의 말은 전기적 술회라기보다 시 세계에 대한 자기규정으로 읽는 편이 자연스러워 보인다. 흥미로운 사실은 이러한 대담이 행해졌음에도 불구하고 오규원 시인의 전기와 그의 시 사이의 관계를 연구한 선행연구를 찾기 어렵다는 점이다. 아마도

---

14 1965년 7월 『현대문학』에 「겨울나그네」가 김현승 선생에게 초회 추천된다. 오규옥이라는 이름이 자칫 여성으로 오인될 것이라고 생각하여 필명 오규원으로 활동을 시작한다. 필명은 아버지와 함께 논의하여 결정한 것이다.

15 박령, 「텍스트로서의 자아: 『롤랑 바르트가 쓴 롤랑바르트』에 나타난 자서전적 전략과 자아 성찰」, 『인문학논총』 39, 경성대학교 인문과학연구소, 2015, 1~21쪽 참조.

그것은 첫 시집 『분명한 事件』(한림출판사, 1971)에 대해서 "그의 시는 개인적인 상처나 아픔보다는 초시간적인 대상의 질을 탐구의 대상으로 삼는다"[16]라는 지적이 행해진 것처럼, 오규원 시인의 초기시에는 자전적 반영의 흔적으로 보이는 준거가 부족한 것으로 판단되어왔기 때문일 것이다. 하지만 오규원의 시와 '개인적인 상처나 아픔'이 크게 관련하지 않는다는 지적은 재론의 여지가 존재하는 것처럼 보인다. 이를테면 그는 첫 시집 『분명한 事件』에서 자신의 과거를 '비극'에 비유하고 있다. 동시에 그는 그 비극의 실체에 대해서는 의도적으로 감추고 있는 듯 보인다.

> 언덕 위
> 비극의 내 生家.
> 나의 과거를
> 부르는 놈은
> 숲에서 뛰어나온
> 裸體의 산이다.
> 옆집 창문으로 들어온
> 산돼지다.
> 뜰의 나무 잎 뒤에서
> 방의 壁紙 뒤에서
> 노려보는 놈은
> 꽃이 될 悲劇이다.

---

16 김현, 발문 「아픔 그리고 아픔」, 『巡禮』, 민음사, 1973, 138쪽.

글쎄, 당신은 모른다니까
내가 무슨 노래를 하는지.
글쎄, 이빨 사이에 끼인
죽은 바다는 뺐냈다니까.

－「정든 땅 언덕 위」 부분(『분명한 事件』)[17]

첫 시집에 수록된 「정든 땅 언덕 위」는 술어 그대로 "비극의 내
生家", "나의 과거"를 회상하는 작품이다. 그런데 이 작품에서 시인의
구체적 일화가 회상되는 것은 아니다. 대신 그의 과거를 "부르는 놈"
이라는 자세에 초점을 맞추고 있다. 요컨대 이 시는 과거를 회상하거
나 회상을 요구하는 자를 "裸體의 산"이나 "산돼지"라는 보조관념에
비유하는 작품이다. 주목할 것은 이러한 보조관념들이 "뛰어나온"다
거나 "들어온"다는 동사 표현이 반복된다는 사실이다. 이것은 오규원
시인에게 과거와 마주하는 것이 헐벗은 산이 육박해오거나 산돼지가
창문으로 뛰어들어오는 듯한 감각을 일으킨다는 사실을 암시하는 듯
하다. 다시 말해 자신의 과거를 '호명하는' 자세를 취할 때 과거는 육
박해오는 거대한 산처럼 느껴지는 것이다.

한편 과거를 '호명하는' 자세와 대비되는 또 다른 자세 또한 이 작
품은 형상화한다. 그것은 바로 "뜰의 나무 잎 뒤에서" 혹은 "방의 壁紙
뒤에서" '숨은 채' 비극의 생가를 노려보는 자세이다. 그 "노려보는
놈"은 곧 "꽃이 될 悲劇"이라고 시인은 말한다. 여기서 이 두 자세,

---

17 총 세 장으로 이루어진 작품이다. 인용부는 두 번째 장. 세 번째 장의 첫 행은
"건넛마을의 김씨가 찾아왔다"이며, 여기서 순례에 수록한 장시 「김씨의 마을」과
연관성을 추론할 수 있다.

즉 과거를 '호명하는' 자세와 '숨은 채 노려보는' 자세의 대비는 오규원 시인의 내적 갈등을 보여준다. 과거를 호명하면 그것은 산과 산돼지처럼 육박해온다. 하지만 조금 거리를 두고 마주한다면 과거의 비극조차 '꽃'이 될지도 모른다는 생각이 여기에는 표현되어있다. 따라서 「정든 땅 언덕 위」는 시인이 전기적 '비극'에 대해 이중의 자세를 의식하고 있었음을 보여주는 작품이다. 그리고 이 작품의 모호한 비유를 고려한다면, 그는 트라우마를 직접 마주하기보다 트라우마를 간접적으로 재현하는 편을 택하고 있다고 볼 수 있다.

줄리아 크리스테바가 지적했듯 "멜랑콜리 환자는 자기 모국어에서도 이방인"일 수밖에 없다.[18] 진정으로 자신의 과거를 '비극'으로 느끼는 자라면 그는 자신의 과거를 표현할 수 있는 어떠한 어휘도 소유할 수 없다. 왜냐하면 그에게 그 비극적 과거는 너무나도 고통스러운 트라우마일 것이고, 그 트라우마에 대하여 달아나는 것만이 그의 소망일 수밖에 없기 때문이다. 쉽게 고백할 수도 그렇다고 마음속에서 불현듯 출현하는 것이 내면의 진정한 비극임을 떠올린다면, 「정든 땅 언덕 위」에서 쉽사리 '비극'의 내용이 증언되지 않는다는 징후는 오히려 트라우마에 대한 여실한 표현으로도 이해될 수 있다.

첫 시집에서 어쩌면 오규원은 의도적으로든 무의식적으로든 자신

---

18 줄리아 크리스테바에 따르면 "멜랑콜리 환자는 자기 모국어에서도 이방인이기 때문이다. 자기 어머니를 상실했기 때문에, 그는 자기 모국어의 의미—가치—를 잃어버린 것이다."(줄리아 크리스테바, 김인환 역, 『검은 태양』, 동문선, 2004, 72쪽) 요컨대 애도하는 자는 말을 잃은 채 말을 사용하는 자나 언어를 막 습득하기 시작한 어린아이나 외국인에 비유할 수 있다. 왜냐하면 그는 슬픔에 잠겨 자기 자신의 트라우마를 언어화할 수 있는 능력을 잃어버렸기 때문이다.

의 '비극적인' 과거가 마음속에 뛰어들어오기를 바라기보다 그것과
우회적으로 마주하려고 했었는지도 모른다. 그래서 그는 "비극의 내
生家"라는 상징에 대해서 말할지언정 실제 소년기의 트라우마에 대
해서는 말하지 않는다. 인용부의 마지막 연은 명백히 이 사실을 드러
낸다. 시인은 독자들을 향해 "글쎄, 당신은 모른다니까/ 내가 무슨
노래를 하는지."라고 진술한다. 이 진술은 시인이 의도적으로 독자에
게 자기 생애에 내재한 '비극'의 내용을 감추고 있다는 사실을 명시한
다. 말할 수 없음에 대한 말함이라는 이 이율배반은 우리가 오규원의
전기적 트라우마와 관련하여 고려해야 할 첫 번째 아이러니 형식이라
고 할 수 있다.

이를테면 첫 시집을 간행하기 직전 시인의 아버지가 세상을 떠났
지만 이러한 사실이 창작의 제재가 되는 것은 세 번째 시집『왕자가
아닌 한 아이에게』에 들어서이다. 이 때문에 연구자들은 첫 시집에서
전기적 흔적이 의도적으로 배제되고 있다는 인상을 받곤 했다.[19] 그
리고 선행연구에서 첫 시집의 창작의도는 대개 미학적인 것이나 현상
학적인 것으로 설명되어왔다. 즉 시 형식적인 해체를 시도하기 위해
서, 혹은 존재 이해를 위해서 창작되었다는 것이다. 이 과정에서 작
가의 삶은 부차적인 것이나 배제되어야 할 것으로 간주되었다.[20] 하

---

19 김현, 발문「아픔 그리고 아픔」,『巡禮』, 민음사, 1973, 183쪽; 간호배,「오규원
    시에 나타난 데포르마시옹 시학」,『비평문학』 67, 비평문학회, 2018, 7~35쪽;
    문혜원,「오규원 시에 나타나는 공간에 대한 이해 연구—하이데거의 '공간' 개념을
    중심으로」,『한국시학연구』 59, 한국시학회, 2019, 397쪽 참조.
20 오규원 초기시를 데포르마시옹 시학의 관점에서 다룬 간호배의 연구나 오규원 초
    기시와 김춘수의 시 사이의 연관성을 논증한 송현지의 연구 또한 이러한 결론을
    공유한다. 무엇보다 초기시에 대한 연구가 이러한 해석에 가장 큰 영향을 준 것은

지만 「정든 땅 언덕 위」의 발화 방식을 고려한다면, 우리는 첫 시집에서 시인의 개인적 삶이 차마 말할 수 없는 것은 아니었는지 되물을 필요가 있다. 오규원 시인에게 '비극의 내 生家'는 '숨은 채' '노려보는' 방식으로, 다시 말해 간접적인 방식으로만 회상될 수 있는 대상이었을지도 모른다. 혹은 독자에게는 고백할 수 없는 '죽은 바다'와 같은 것이었을지도 모른다.

하지만 역설적으로 「정든 땅 언덕 위」에서 그는 '말할 수 없다는 사실'만큼은 말하고 있다. 이와 연결해볼 수 있는 특징이 있다. 첫 시집 『분명한 事件』에서 시인은 친어머니에 대한 직접적 회상을 하고 있지는 않지만 여러 시편에서 바로 모성적 비유를 활용하고 있다. 특히 "母音을 분분히 싸고도는/ 認識의 나무들"(「겨울 나그네」)이나 "건강한 言語의/ 아이들은/ 어미의 둥지에서/ 알을 까고"(「몇 개의 現象」)라는 시구처럼 그의 시에서 '인식'과 '언어'와 같은 관념어가 모성을 상기시키거나 어미 새처럼 아이를 돌보는 존재로 자주 비유된다. 어머니가 부재했던 그의 전기를 상기해본다면, 시인은 어머니에 대해서는 말하고 있지 않지만 모성을 대체하는 존재인 양 '언어'를 활유하고 호명해보고 있는 셈이다.

오규원 자신의 해명이다. 오규원은 "『분명한 事件』의 언어는 대상을 객관적으로 드러내는 일에 한해서는 그의 편이었지만, 그 자신의 삶을 표백시키고 있었다는 점에 있어서는 그를 배반하고 있었지요."라고 회상한다(오규원, 『길 밖의 세상』, 나남, 1987, 288쪽). 덧붙여 "관념이 구체적인 사회적 내용을 갖추면서 드러나기 시작한 것은 『왕자가 아닌 한 아이』에게 이후이다"라고 말하기도 했다(오규원, 『길 밖의 세상』, 나남, 1987, 412쪽).

투명한 心象의 바다 속에 사는 낱말은
외로운 몇 사람이 늘 서 있는 그 背景만큼
조용히 사색의 귀를 열고 있다.
나의 家僕이 乳母車를 끌고
한낮의 거리에서 疏外를 밀 동안
낱말은 지친 바람을
가만가만 풀잎 위에 안아 올린다.
幻覺의 땅 위에는 눈 내리는 겨울방학의
포근한 安定感이 쌓이고
비둘기의 날개가 구름처럼 흐르고
가끔 理由도 두근거리고.
투명한 心象의 바다 속에서는
오늘 저녁에라도 깨어날 몇 사람의 인기척.
낱말은 외로운 그 몇 사람처럼
아직 날지 못하는 새를 기르며
단절된 시간을 한 장씩 넘기고 있다.
空間에 의자를 내놓고 책을 읽으며
때때로 어린 새의 質量을 느끼며
아, 떨리지 않는 건강한 손으로
소멸할 하루의 日程을 거두어드린다.

－「現像實驗(別章)」 전문(『분명한 事件』)[21]

　「現像實驗(別章)」은 "낱말"이라는 관념을 마치 살아있는 대상인 양
활유하는 독특한 작품이다. 그런데 낱말의 움직임은 선뜻 연상하기

---

[21] 「現像實驗(別章)」의 본래 제목은 「現像實驗(Ⅲ)」이었다. 즉 현상에 관한 탐구의
세 번째 작품이었다.

어려운 초현실적인 상상력에 따라서 전개되는 듯하다. 맥락을 다소 축약하는 것을 무릅쓰고 이 작품을 정리하자면 낱말은 "투명한 心象의 바다 속에" 머문 채 사색하는 존재이고, "지친 바람을" "가만가만 풀잎 위로 안아"서 올려주는 배려하는 존재이며, "아직 날지 못하는 새를 기르"고 있는 보육하는 존재로 묘사되고 있다. 그리고 우리는 똑같은 보조관념의 활용을 통해 이미지의 느슨한 연상 속에서 '사색하는 자세'와 "어린 새"를 돌보는 과정이 동일시되고 있음을 감지한다. 예컨대 낱말이 "외로운 몇 사람이 늘 서 있는 背景만큼" 사색하고 있고, "낱말은 외로운 그 몇 사람처럼" 아직 날지 못하는 새를 기른다는 표현에서 똑같은 보조관념이 사용된다는 것을 알 수 있다. 즉 시인이 낱말을 고르며 사색하는 과정을 곧 '낱말이' 어린 새를 기르는 모습에 대한 연상으로 이어진다.

　덧붙여 우리가 고려할 것은 이 작품이 시 쓰기에 대한 메타서술일 수 있다는 가능성이다. 어쩌면 '외로운 몇 사람'은 타인들과 동떨어진 방식으로 "낱말"을 운용하는 자, 즉 시인을 암시하는 것이며, "낱말"의 운동성은 곧 사색의 역동성을 표현하는 것은 아닐까. 그렇다면 이 시의 주된 정조인 '외로움'은 그만의 "단절된 시간"을 만들어내는 시인의 고유성을 긍정하는 표현으로도 읽을 수 있지 않을까. 이러한 주제는 작품 내의 공간성을 분석할 때 더욱더 정교하게 드러날 수 있다. 이때 흥미로운 것은 이 작품에서 공간성이 구획되는 방식은 바로 모성의 비교를 통해서 성립한다는 점이다. 이 작품은 '거리'와 '心象의 바다'라는 두 영역을 구분한다. "나의 家僕이 乳母車를 끌고/ 한낮의 거리에서 疏外를 밀 동안" 낱말은 "투명한 心象의 바다"에서 '쌓이고' '흐르고' '두근거리는' 운동을 지속하고 있다. 다시 말해 유모차가 '소외'를 싣는 공간이 곧 '거리'의 공간이라면, "포근한 安定感"으로 가득한 장소가 '심상의 바다'이다. 이러한 상상력의 전개가 모성의 모티프를 중심으로 한다는 것은 흥미롭다. 왜냐하면 이 작품에서 시를 쓴다는 것은 어머니의 품과 같은 "心象의 바다"에 침잠하는 욕망과 동일시되고 있기 때문이다.

하지만 이 작품의 구조적 아이러니[22]는 그러한 해석을 지속하게 하지 않는다. 왜냐하면 꼼꼼히 작품을 읽어 나가면 시의 중간부에서 "幻覺의 땅 위에는 눈 내리는 겨울방학의/ 포근한 安定感이 쌓이고" 있다는 시구를 맞닥뜨리게 되기 때문이다. 주목할 것은 이 모든 몸짓이 "幻覺의 땅" 위에서 행해지고 있다는 암시이다. 이 표현은 곧 "幻覺의 땅"이라는 진술 이후에 전개되는 모든 심상이 '환각'에 지나지 않을지도 모른다는 가능성을 의식하게 된다. 따라서 만약 이 시가 시 쓰기에 대한 메타시로 읽힌다면 그 이유는 단지 "낱말"에 관한 작품이기 때문만은 아니다. 오히려 이 모든 것이 환각일지도 모른다는 의심, 그러한 구조적 아이러니를 통해서 작품을 독해하게끔 독자를 유도하고 있기 때문에 이 시는 메타적인 것이 된다. 이 시는 지친 존재를 떠받드는 '심상의 바다'의 포근함을 초점화하는 동시에 다시 그것을 '환각'으로 명시하는 이중의 시선으로 쓰인 작품인 셈이다.

---

22 단순한 반어적 표현과 달리 '구조적 아이러니'란 하나의 단어나 문장 표현에 그치지 않고, 이중적 의미가 지속해서 작품 구조에 반영되는 경우를 뜻한다. 이승훈과 오세영은 이러한 '구조적 아이러니'라는 용어를 그대로 사용하지만, 정끝별은 구조적 아이러니를 두 가지로 구분하며 이처럼 작품 전체의 사건과 구조를 반전시키는 아이러니의 양상을 '극적 전환의 아이러니'라고 명명한 바 있다(정끝별, 「현대시 아이러니 교육에 관한 시학적 연구」, 『한국문학이론과 비평』 79, 한국문학이론과 비평학회, 2018, 40~41쪽 참조).

정리하자면 「現像實驗(別章)」는 모성에 관한 이미지와 시 쓰기에 대한 관념을 포개어놓는다. 그 이미지는 "乳母車"의 비유와 맞물려 낱말이 살아있는 존재인 양 '지친 바람'과 '아직 날지 못하는 새'들을 돌보는 모성적 행위를 연상케 하는데, 실은 그러한 이미지는 시인이 창작 과정에서 낱말을 선택하는 모습을 연상케 한다. 즉 시인은 시어를 선택하고 시의 의미를 만들어가는 과정을 곧 마치 낱말을 '안아 올리는' 행위로 연상하고 있는 셈이다. 시 쓰기는 곧 돌봄이다. 그런데 이러한 비유 안에서 시인은 '포근한 안정감'을 느끼는 한편, 그 모든 것이 '환각'에 지나지 않다는 이율배반을 자각하고 있다. 이처럼 '시 쓰기-모성-환각'이라는 일련의 연상 과정을 우리는 확인할 수 있다.

이렇게 물을 수 있겠다. 시적 심상 속에서 사색하고 그것으로부터 평온을 얻으면서도, 한편으로 그 모든 것이 환각에 지나지 않음을 인식하는 이율배반 속에서 성립하는 시 쓰기란 무엇일까. 또한 이러한 상상력의 중심에 모성적 비유가 놓이는 이유는 무엇일까. 정신분석학적인 맥락에서 볼 때, 언어의 본질은 은유인데, 이때 은유란 상실한 대상을 대체하기 위한 무의식적 활동이다. 이러한 맥락에서 오규원 초기시의 모성 비유는, 비록 시인이 직접적으로 어머니를 언급하고 있지 않기 때문에 확신할 수 없지만, 부재하는 모성을 곧 '시 쓰기-모성의 비유'로 대체하는 애도의 과정이라는 인상을 남기기도 한다.[23]

---

23 프로이트 이론에서 사랑하는 이의 상실을 극복해낸 상태를 가리키는 Trauer는 '슬픔' 또는 '애도'라고 번역된다. 반면 상실을 극복하지 못하고 비통함에 잠겨 있는 상태인 Melancholie는 '우울증' 또는 '멜랑콜리'라고 번역된다. 이때 우울증 환자(멜랑콜리커)는 자신을 떠나간 이를 원망하는 감정을 갖게 되는 동시에 마치 자기

주디스 버틀러에 따르면 은유는 대체 활동이며, 더 정확히 말해서 은유란 대상의 부재를 형상화하는 동시에 그 부재를 뛰어넘는 애도의 과정이다. 애도를 완수하는 자는 상실한 대상을 은유적 표현으로 대체하게 된다. 다시 말해 상실의 감정을 극복하고 언어적 대상으로 만들어서 간직하게 되는데, 이 과정을 버틀러는 '내투사(Introjection)'라고 부른다. 반면 자신이 만들어낸 은유적 표현과 자기 정체성을 혼동하며 슬픔을 극복하지 못하는 상태를 '합체'라고 부른다.[24] 그렇다면 오규원은 '내투사'의 상태와 '합체'의 상태 중 어느 쪽에 가까운 것일까.

여기서 우리는 모성적 표상을 곧 환상이라고 서술하는 구조적 아이러니를 주목할 필요가 있다. 우선 「現像實驗(別章)」에서 시인은 지친 바람을 안아 올리고 어린 새를 돌보는 부모와 같은 존재로서 "낱말"을 상상한다. 일견 그러한 연상이 시를 쓰는 행위와 '합체된' 듯한 인상을 남긴다는 점에서 오규원 초기시의 모성적 비유들은 징후적이다. 어떤 의미로 자신의 언어 행위에서 모성적 이미지에 대한 연상을 반복한다는 것은 시인의 정신이 이자관계(나-어머니)로 고착되어 있는 것은 아닌지 되묻게 되기 때문이다. 하지만 이 작품의 구조적 아이러니는 시인이 어머니와의 분리를 직시하며 자각하고 있음을 보여준다. 모성적 환상을 만들어내는 언어라는 이자관계는, 그것을 '환각'이라고 명시하고 성찰하는 아이러니한 시선에 의해서 삼자관계로 이

자신의 자아 위치에 떠나간 이가 놓인 것처럼 동일시하기 때문에 자기 파괴적인 행동까지 일삼게 된다고 프로이트는 설명하고 있다(지그문트 프로이트, 윤희기 역, 「슬픔과 우울증」, 『무의식에 관하여』, 239~267쪽 참조).

24 주디스 버틀러, 조현준 역, 『젠더 트러블』, 문학동네, 2008, 215쪽 참조.

행하는 셈이다. 좀 더 섬세하게 표현하자면, 「現像實驗(別章)」의 구조
적 아이러니는 어머니에 대한 환상과 그 환상을 깨트리려는 '내투사'
의 과정 속에서 형성되는 듯하다.[25] 이 점에서 초기시의 모성 비유가
어머니의 결여를 채워나가는 과정이라면, 구조적 아이러니는 어머니
상실의 트라우마를 극복하며 건강성을 회복하려는 의식의 지향을 보
여준다고도 간주할 수 있다. 이러한 모성 비유와 구조적 아이러니는
초기시집인 『분명한 事件』과 『巡禮』에서 두드러지게 나타난다.

> 건강한 言語의
> 아이들은
> 어미의 둥지에서
> 알을 까고,
> 고요한 幻想의
> 出張所

---

25 다음과 같은 질문이 가능하겠다. 오규원이 겪은 상실이 열두 살이라고 할 때 그것은
이미 모성에 대한 상징적 결별을 마무리한 이후가 아닌가. 여기서 우리가 참조할
것은 프로이트·라캉 이론과 클라인 학파 사이의 차이이다. 프로이트·라캉 이론에
서 어머니의 상실로 인한 일시적 퇴행과 성숙의 시기인 '오이디푸스 콤플렉스'로
명명되었으며, 이 시기(남근기)는 생후 세 살 이후에 시작되는 것으로 간주된다.
반면 멜라니 클라인은 이러한 성숙과 퇴행이 아주 이른 시기에도 일어날 수 있고(생
후 4~6개월), 혹은 성숙이 끝난 이후에도 다시 반복될 수 있다고 생각한다. 그래서
그는 사람의 성숙 과정에서 '발달 단계'라는 표현보다 '위치'라는 표현을 선호한다.
클라인에 따르면, 미성숙한 어린아이는 자신을 돌보아주는 어머니(좋은 어머니)와
자신과 떨어져있는 어머니(나쁜 어머니)가 한 사람임을 모른다. 이 상태를 '망상-
분열적 위치'라고 한다. 그리고 좋은 어머니와 나쁜 어머니가 하나임을 받아들일
때, 즉 상실한 어머니를 상징화할 수 있을 때 아이는 '우울적 위치'에 도달한다.
끝내 상징화 과정을 마치면 아이는 신경증적 주체, 즉 정상적 주체로서 완성된다(홍
준기, 『라캉, 클라인, 자아심리학』, 새물결, 2017, 345~358쪽 참조.

뜰에
새가 되어
내려와 쉰다.

　　　　　　　　　－「몇 개의 現象」 부분(『분명한 事件』)

幻想의 마을에서
살해된 낱말이
내장을 들어낸 채
대낮에
光化門 네거리에 누워 있다

　　　　　　　　　　　－「대낮」(『분명한 事件』)

길 위의 길에서는
벌거벗은 어린 꽃들처럼
기저귀를 찬 채
벌떡 벌떡 일어서는 復活의
衝動.
그때마다 벽에 부딪쳐 넘어지는
관념의 女子들.
女子들의 가방에서 쏟아지는 象形文字들.

　　　　　　　　　　－「김씨의 마을」 부분(『巡禮』)

　그대여, 그대의 명령대로 오늘도 한 그루 나무를 키웁니다. 그대가 없는
이 음울의 때, 이 고통, 이 외로움의 때 내 五臟의 피와 밤이면 내 품에
와 안겨 흐느끼는 수많은 언어를 달래다가 나도 함께 울어버린 내 눈물을
모아 한 그루 나무를 키웁니다.

　　　－「序 3 ― 한 그루 나무를 키우는 나의 뜰에는」 부분(『巡禮』)

「몇 개의 現象」은 앞서 분석한 「現像實驗(別章)」에서 전개된 시적 상상력이 변주되는 양상을 보여주는 작품이다. 「現像實驗(別章)」에서 '낱말'을 모성적 존재로 비유한다면, 「몇 개의 現象」에서는 "건강한 언어의/ 아이들"로 비유하고 있다. 중요한 것은 이러한 위상의 변화에도 불구하고 보육하고 보육받는 어머니와 아이의 관계성이 반복하여 강조된다는 점이다. 또한 구조적 아이러니가 두드러진다. 「몇 개의 現象」의 배경은 "고요한 환상"으로 이루어진 "뜰"로 비유된다. 이렇듯 '알을 깨고 나오는' 언어의 생명력을 표현하면서도 그 토대가 환상이라는 반어적 서술이 나타나는 것을 이 작품에서도 볼 수 있다. 언어의 위상에는 변화가 있을지라도, 모성에 대한 환상과 구조적 아이러니가 반복하는 셈이다. 이때 오규원 시인이 '환상'을 언어와 대립적인 것으로 간주했다는 사실을 「대낮」이라는 작품은 선명히 보여준다. 이 작품에서도 "살해된 낱말"이라는 표현은 낱말을 살아있는 존재인 양 활유한다. 그리고 낱말의 육체는 "환상의 마을"에서 버려져 "광화문 네거리"에 방치된다. 환상적 공간에서 일상적 공간으로의 이동은 곧 환상성의 파괴를 암시한다. 첫 시집 『분명한 事件』 전반에서 '환상'은 일상적 공간이나 생활과 대립하는 것으로 자각되고 있다.[26]

---

26 "버스는 붐비고 출근은 서둘러도/ 몇 사람은 좀더 당황하기 위하여/ 걸음을 멈추고/ 환상의 문이 되고, 빗장이 되고……"(「아침」)이라는 시구처럼 출근하던 걸음을 '멈출 때' 환상이 시작한다는 진술에서도 환상과 현실은 대립적인 것으로 드러난다. 그리고 또 다른 작품 「루빈스타인의 초상화」에서 이러한 이항대립은 '백지'와 '생계'의 대립으로 드러난다. "왜 백지 위에서 나의 현실을 멋대로 이저리 굴리는지 습관처럼 명동 뒷골목서 나는 오늘 또한 싸구려로 남들의 생애를 훔치지만 글쎄 넌 모른다니까 그래 70원의 배경을 점검하는 루빈스타인 초상화가 오 내일은 나의 전생활조차 도둑질해가고 남은 나는 빈손으로 앉아 있을 것을"(「루빈스타인의 초상화」)

이러한 논의에 비추어 우리가 획득하는 가설은 다음과 같다. 그것은 오규원의 초기시에서 '언어'란 그 자체로 곧 모성을 대체하는, 그러나 자각적인 반성의식을 동반하는 포근한 환상으로 인식되고 있다는 사실이다.

이후 1973년 민음사에서 간행된 두 번째 시집 『巡禮』에 수록된 작품들에서도 우리는 첫 시집과 연속하는 특징을 발견한다. 이 시집에서도 오규원 시인은 줄곧 언어를 활유하는데, 특히 언어는 '여성적인' 존재로 묘사되는 경향이 두드러진다. 「김씨의 마을」에서 '관념'은 곧 "관념의 여자들"이고, 그들은 벽에 부딪칠 때마다 "상형 문자들"을 가방에서 쏟아내는 존재로 묘사된다. 「序 3」은 "그대가 없는 이 음울의 때"라는 그리움과 외로움의 순간을 묘사하는 작품인데, 여기서도 '언어'는 "내 품에 와 안겨 흐느끼는 수많은 언어", 즉 품에 안고 달래주어야 하는 연인과 같은 존재로 이해되고 있다. 또한 반대로 '나의 눈물'을 받아주는 "나무"는 그를 달래는 또 다른 '품'이기도 하다. 여기까지 살펴본 작품들, 즉 오규원의 초기시집인 『분명한 事件』과 『巡禮』에서 '언어'는 일관적으로 아이를 돌보는 모성이나 여성적 몸짓·삶의 이미지에 연결되고 있다.

지금까지 논의한 것은 충분하지는 않을지라도 선행연구를 보충할 수 있는 논점을 제시한다. 선행연구에서 오규원 시인의 초기시에서는 전기적 반영을 찾을 수 없거나 애초에 현실이 의도적으로 배제된 것으로 이해되어왔다. 대신 미학적이거나 현상학적인 언어 실험의 의도가 주된 것으로 받아들여졌다. 하지만 오히려 그의 소년기 트라우마와 연결해볼 때, 그리고 「정든 땅 언덕 위」에서 비밀로 남겨졌던 '비극의 내 生家'라는 표현을 고려해볼 때 그의 삶은 고백하기에 너무 고통스러운 대상이었던 것은 아닐까. 그리고 시인의 무의식적인 연상 속에서 모성적 표상이나 행위가 반복적으로 표현되었던 것이 아닐까. 모성의 표상들은 오규원 시인이 어머니를 '간접적으로' 호명하기 위한, 동시에 완전한 이름으로 호명하지 않기 위한 아이러니한 표현 방식일지도 모른다. 줄리아 크리스테바가 지적했듯, "만일 내가 엄마를 잃어버린 것에 동의하지 않는다면, 나는 엄마를 상상할 수도, 이름을 부를 수도 없"는 것이다.[27]

더욱더 주목할 것은 지금까지 분석한 바를 토대로 오규원 시인의 언어적 사유를 분석해낼 수 있을지도 모른다는 가능성이다. 앞서 살펴본 대로 그의 초기시에서 모성적·여성적 비유는 매번 '낱말'과 '언어' 등을 원관념으로 취한다. 그것은 이 작품들이 오규원 시인에게 '언어 행위'가 곧 어떤 방식으로 감각되는지 표현한다는 뜻이기도 하다. 오규원 시의 고유한 언어 혹은 언어적 사유란 무엇인가. 초기시에서 두드러지는 오규원 시인의 언어적 사유는 미학적·사회학적 맥락보다 자신이 욕망하는 대상(어쩌면 어머니이거나 어머니를 대신하는 '품'을 지닌 여성)과의 에로틱한 관계 속에서 전개되고 있다. 요컨대 오규원에게 '언어'에 대한 상상은 의미화의 방식이 아니라 사물을 만지고 포옹하는 이미지로 전이되고 있다. 그러한 인식론 속에서 오규원 시인의 시에서 언어를 비롯한 관념어들은 하나의 존재로 활유되는 셈이다. 여기서 우리는 시인의 개인적인 삶과 언어에 대한 개별체적인 인식이 얽혀 있음을 확인한다. 어머니의 상실이라는 개인적 체험은 그의 언어에 대한 구조적 아이러니와 촉각적·관능적 지향이라는 두

---

27 줄리아 크리스테바, 위의 책, 2004, 58쪽.

축으로 전개되어 나가는 것이다.

2) 양가적 상징으로서의 '어머니 – 자궁'

이제 논의를 오규원 시 전체로 확장해나가려 한다. 초기시의 모성 표상을 중점적으로 분석하며 얻은 논점은 다음과 같다. 오규원 시에서 가족 표상을 주목하는 것이 곧 오규원 시의 언어관을 이해하는 단서가 될지도 모른다는 사실이다. 그의 초기시에서 줄곧 '언어'는 부모 대신 세계와 자아를 화해시켜주는 매개이자 일종의 '품'에 가까운 것처럼 묘사되고 있다. 물론 이러한 설명만으로 충분한 분석에 도달한 것은 아니다. 왜냐하면 시인은 그것이 자신이 만들어낸 환상임을 자각하는 진술을 곳곳에 드러내면서, 작품 안에 구조적 아이러니를 만들어내고 있기 때문이다. 그는 자신이 만들어낸 포근한 언어가 환상에 지나지 않음을 명시한다. 이제 우리는 이 구조적 아이러니가 지닌 복합성에 좀 더 초점을 두고 그의 시를 살펴볼 필요가 있다. 다만 여기서는 오규원 시 전체의 모성 표상을 고찰한 뒤, 그 다음으로 아버지 표상을 논의하고 이 장의 마지막에서 오규원 시인의 이러한 가족 표상과 그의 언어관의 관계를 종합적으로 성찰하고자 한다.[28]

앞서 논의한 바를 정리하자면, 오규원 시에서 언어가 활유되거나 관능적 대상으로 비유되는 이유를 어머니에 대한 애도의식에서 찾는 것은 고려해볼만한 가설이다. 뒤집어 설명한다면, 언어와 관념을 주

---

[28] 실은 이후의 시집에서 '언어=여성·모성' 이미지는 더욱더 선명해지는 경향을 보인다. 이 사실은 '성애적 이미지와 아이러니 언어관의 관계'를 다룬 절에서 더 깊이 논의하고자 한다.

제로 삼는 메타시에서 줄곧 모성·여성의 비유를 사용하는 이유가 무엇인지 물을 때, 우리는 자연스럽게 그의 자전적 결핍에 대해 떠올리게 되는 것이다. 익히 알고 있듯 프로이트는 「슬픔과 우울증」에서는 우울증을 단순히 사랑하는 사람을 잃었을 때 겪게 되는 징후라고 설명했지만, 『자아와 이드』에 이르러서는 모든 인간이 겪어야 하는 정체성 형성의 과정이라고 재론하게 된다. 왜냐하면 모든 사람은 부모의 사랑을 받고 부모를 사랑하며 자라나기 마련이고, 필연적으로 부모를 상실하면서 어른이 되기 때문이다.[29] 그러나 소년 오규옥에게는 그러한 상실을 받아들일 수 있는 충분한 시간이 없었고 그렇기 때문에 그가 상실한 모성을 다시금 '언어'에서 찾고자 했을 것이라고 생각해보는 것은 자연스러워 보인다. 다만 문제가 되는 것은 이러한 연결이 오규원 시의 복합성을 축약해버리게 되는 사태이다. 단순히 어머니를 그리워했기 때문에 그가 언어를 모성적인 것으로 연결했다는 생각만으로는 그의 시를 이루는 복잡한 구조적 아이러니를 해명할

---

29 이 해설은 프로이트에 대한 엄밀하지 않은 설명을 동반한다. 왜냐하면 「자아와 이드」에서 프로이트가 제기하는 것은 '오이디푸스 콤플렉스'의 문제이고, 프로이트에 따르면 오이디푸스 콤플렉스는 남근기(세 살부터 여섯 살)라고 하는 한정된 시기에 발생하는 애도의 과정이기 때문이다. 반면 오규원 시인이 어머니를 잃은 것은 열두 살의 일이다. 그렇다고 해서 프로이트 이론으로 오규원 시인의 전기를 분석할 수 없다는 것은 아니다. 프로이트는 성인의 정신병적 징후로서 잃어버렸다는 사실을 '부인하는' 상태를 언급한 바 있고, 크리스테바와 멜라니 클라인에 따르면 이러한 어린아이 같은 퇴행은 삶의 어느 시기에든 일어날 수 있다. "프로이트에 의하면 부인 혹은 취소(Verleugnung)는, 자기가 지각의 차원에 속하는 것으로 간주하던 심적 현실에 적용된다. 이 부인은 어린아이에게 흔한 것이지만, 이것이 외적 현실에 영향을 미치게 때문에 성인에게는 정신병의 시발점이 된다. 그렇지만 나중에 부인은 자기 원형을 거세의 부인에서 찾아내고, 페티시즘을 구성하는 것으로서 정의된다."(줄리아 크리스테바, 위의 책, 61~62쪽).

수 없다.

우리는 앞서 구조적 아이러니의 두 가지 양상을 분석했다. 하나는 자신이 만들어낸 '언어=모성'의 비유를 환상에 지나지 않다고 진술하는 형식이었다. 이것은 초기시 전반에 폭넓게 나타나는 양상으로서 오규원 자신의 내적 갈등과 자기 성찰의식을 복합적으로 드러낸다. 그리고 다른 하나는 「정든 땅 언덕 위」에서 분석했듯 자기 삶의 비극적 사실을 떠올리거나 고백하기 고통스럽기 때문에, 말할 수 없다는 사실만을 말하는 형식이라고 할 수 있다. 우선 이 두 번째 '침묵의 형식'에 대해서 다시금 고찰해보고, 이후 구조적 아이러니가 변모하는 양상을 살피도록 하자.

오규원의 전기와 관련하여 주목할 것은 두 번째 시집 『巡禮』에 '幼年期'라는 별도의 챕터를 두고 「고향 사람들」과 「어느 마을의 이야기 ─ 유년기」라는 두 작품을 수록했다는 사실이다. 이 두 작품은 고향에 대한 그리움을 형상화한다. 「고향 사람들」의 경우 "벽촌 龍田里를 알고 떠난 者는/ 제각기 다른 곳에서 龍田里가 된다."(「고향 사람들」)라는 진술처럼, 고향을 떠났을지라도 그 고향은 여전히 몸속에 체현되어 있으리라는 인식이 곧 '떠난 자'가 '용전리'라는 제유를 통해 드러나고 있다. 한편 「어느 마을의 이야기 ─ 유년기」는 "낮은 하늘이 몰고 온 나직한 평화"로 가득 차 있는 평화롭고 이상적인 고향을 그리는 작품이다. 하지만 이 작품은 "평화의 마룻바닥 위에 구르던 개 짖는 소리는/ 아, 그러나/ 시계 속의 숫자까지는 깨우지 못했다."라는 시구로 끝맺는다. 이 시구는 그가 묘사한 고향이 생생한 삶의 터전이 아니라, 시계가 멈춰있는 상상의 공간임을 암시한다.

평화롭지만 정물이나 다름없는 '고향'의 이미지에는 어떤 역설이 내포되어 있다. 한 인터뷰에서 오규원 시인이 표현한 바를 빌리자면 어머니를 잃은 이후 그의 고향은 '바람이 불지 않는' 풍경이 되었다고 한다. 그의 시에 표현된 '고향'이 평화로운 풍경화에 가까운 이미지로만 나타나는 이유는 실은 근본적으로는 "고향이 존재함에도 불구하고 없는 것으로, 회복될 수 없는 존재로 느껴지"기 때문이며, "현실적인 고향은 내 고향이 아니라고 부정되어 있기 때문"이라는 것이다.[30] 따라서 「고향 사람들」과 「어느 마을의 이야기」는 근본적으로는 고향에 대한 시가 아니다. 그것은 현실의 고향을 잊기 위해 만들어진 가공의 고향이다. 따라서 우리는 '幼年期' 연작의 형식이 침묵하는 방식에 가깝다는 것, 잊기 위한 방식에 가깝다는 것을 깨닫게 된다. 그것은 말하지도 이야기하지도 않는 고향의 이미지이다. 다시금 그가 인터뷰에서 자신이 떠올리는 고향에는 '바람이 불지 않는다고' 표현했던 바를 상기해보자. 그것은 그의 고향이 이야기를 만들어내지 않는 공간임을 뜻한다. 바람이 부는 순간 고향은 생생한 것이 되고 어머니를 상실했다는 기억 또한 되살아나게 되기 때문이다.

이 때문에 「고향 사람들」과 「어느 마을의 이야기 ― 유년기」는 '용전리'라는 어휘 선택을 제외한다면 꼭 오규원의 고향을 구체적으로 반영한 작품이라고 보기 어렵다. 더 정확히 말해서 그것은 고향에 대

---

30 "어머니의 부재는 고향을 관념화시키는 쪽으로 내 의식을 몰고 가게 되었습니다. 즉 어머니의 부재는 현실적으로 엄연히 고향이 존재함에도 불구하고 없는 것으로, 회복될 수 없는 존재로 느껴지게 하는 요인이 되었고 지금까지도 내내 그런 특성을 지니고 있습니다. 고향을 생각하면 지극히 평화로움을 느낍니다. 그런데 내가 생각하는 고향에서는 바람이 안 붑니다. 어머니와 함께 고향이 관념화되어 있어서, 현실적인 고향은 내 고향이 아니라고 부정되어 있기 때문입니다."(오규원·이재훈 대담, 위의 글, 2004, 91쪽)

한 오규원 시인의 내적 갈등과 의식을 정확하게 드러내지 않으며, 오히려 감추기 위한 침묵의 형식이다. 어머니를 상실한 공간으로서의 '고향'을 누구나 가지고 있는 이상적인 안식처나 잃어버린 터전으로서의 고향 이미지로 평면화하는 작품들일 뿐이다. 그런데 두 번째 시집 『巡禮』에는 시인 자신이 '유년기' 연작으로 분류하지 않았지만, 그의 유년기와 관련지을 수 있는 작품이 또 하나 있다. 그것은 바로 「回信」이라는 편지 형식의 시이다.

> 거제도에서 소포로 보낸 그대의 바다를 잘 받았읍니다. 무수리와 노래미의 喊聲, 喊聲이 끝난 뒤의 바다의 목소리가 무척 잘 낡인다는 그대의 바다는 우리집 마당을 南海의 바다와 바다의 목소리를 내게 합니다.
> 그 바다는 胎兒의 바다, 홀로 있는 者가 홀로 본 바다, 홀로 뒤로 물러서서 다시 본 바다의 나무잎입니다. 그대는 무심코 보냈지만 나는 무심코 받지를 못하고 무심코 받지 못한 만큼의 무게를 한 무수리와 노래미입니다.
>
> ─「回信」 전문(『巡禮』)

「回信」은 편지의 형식으로 쓰인 작품이다. 거제도에서 누군가 소포를 보내오자 그것에 대해서 '나'가 답신하는 편지의 내용이 곧 「回信」의 내용이라고 할 수 있다. 그런데 '나'의 목소리는 처음에는 소포를 보낸 사람에게 향하는 것처럼 보였다가 차츰 다른 이야기들을 꺼내기 시작한다. 우선 누군가의 소포를 매개로 시인은 잠시 "그대의 바다"를 떠올린다. 그리고 이어서 "우리집 마당"과 "南海의 바다와 바다의 목소리"라는 자전적 시공간을 향해 눈 돌리게 된다. 이러한 연상 과정은 더욱더 나아가서 "胎兒의 바다"라는 원초적 이미지까지 도달한다. 우리는 이 작품이 '나'가 시간을 거슬러 추억의 풍경을 떠올

리고 있음을 깨닫는다. 그렇다면 이 편지의 진정한 수신자는 소포를
보낸 이가 아니다. 이 작품은 어른인 '나'가 소년이자 태아였던 자기
자신을 향해 쓰고 있는 편지인 셈이다.

　이 작품 또한 앞서 살펴본「고향 사람들」과「어느 마을의 이야기
─유년기」처럼 고향에 대한 구체적 소묘라기보다 추억 속의 흐릿한
이미지라는 점은 분명해 보인다. 그런데 소년기 혹은 유년기를 회상
한다는 것이 오규원 시인에게 어떠한 마음가짐을 필요로 했던 것인지
우리는 이 작품을 통해 유추해볼 수 있다. 손안에 쥘 수 있는 선물을
매개로 "그대의 바다"처럼 추억은 밀려 들어온다. "바다의 목소리"와
"胎兒의 바다"라는 비유가 가리키듯 유년의 파도는 말 건네듯 혹은
태아의 울음처럼 밀려올 것이다. 그런데 이 유년의 추억을 떠올리는
시인의 태도에는 어떤 징후가 있다. "홀로 있는 者가 홀로 본" 것이라
는 표현처럼, 그 '바다'는 홀로 목격해야 하는 어떤 풍경으로 그려진
다. 또한 그는 그것을 "무심코 받지" 못했다고 말한다. 이내 자신을
"무심코 받지 못한 만큼의 무게를 한 무수리와 노래미"라고 비유할
때, 유년의 추억은 어떤 의미로는 존재가 감당해야 하는 '무게'로 암
시된다. 이처럼 유년의 추억은 쉽게 '소유할' 수 없는 것, 그래서 무심
코 받을 수 없는 무게로 묘사된다.

　이 작품에서 우리는 이 장의 가장 앞에서 분석했던 작품인「정든
땅 언덕 위」와의 공통점을 발견한다. 「정든 땅 언덕 위」에서 "비극의
내 生家"에 대해 침묵했던 것처럼, 「回信」에서도 그의 추억은 "무심
코 받지 못한 만큼의 무게를" 지닌 것으로 그려진다. 「정든 땅 언덕
위」에서 육박해오는 '과거'를 거대한 산이나 멧돼지라고 표현했던 것
처럼, 「回信」 또한 '바다처럼' 밀려오는 추억의 무게를 고백한다. 따

라서 이 두 작품은『분명한 事件』과『巡禮』에서 침묵의 형식이라고
할 수 있을 법한 구조적 아이러니가 지속하고 있음을 보여준다. 이
두 작품에 내재된 아이러니 형식은 근본적으로 말할 수 없는 것에 대
한 말함이라고 할 수 있다. 신체에 비유하자면, 그것은 너무나도 고
통스러운 과거 앞에서 굳어버린 혀끝에 가깝다. 앞서 모성 환상을 만
들어내고 반성하는 구조적 아이러니와 더불어 바로 이것이 오규원 시
에서 지속하는 구조적 아이러니의 또 다른 측면인 셈이다.

　그렇다면 이러한 구조적 아이러니들은 이후에 어떤 방식으로 변모
해나가는가. 비로소 세 번째 시집『왕자가 아닌 한 아이에게』의「한
나라 또는 한 여자의 길」에서 오규원 시인은 자신의 생을 구체적으로
회고하기 시작한다. 이것은 그 이전의 시집에 그의 유년기 체험이 드
러나지 않았다는 사실에 비추어볼 때 흥미로운 것이다. 새어머니가
돌아가신 사건을 계기로 1970년대 말 시인은 산문을 남겼으며,[31] 「한
나라 또는 한 여자의 길―楊平洞 3」이라는 제목의 시를 창작했다.
이 무렵에 창작된 작품을 통해 우리는 부모를 잃었다는 사실을 시인
이 어떻게 받아들이고 있는지, 더 나아가 그가 평생 경험했던 부모의
손길이 그의 정체성에 어떤 영향을 주었는지 유추해볼 수 있다.

　　나에게는 어머니가 셋. 아버지는 여자는 가르쳐주었어도 사랑은 가르
　쳐주지 않았다.
　　사랑이란 말을 모르고 자란 아버지와
　　사랑이란 말을 모르고 죽은 아버지의 아버지의 나라.

31　오규원,『볼펜을 발꾸락에 끼고』, 문예출판사, 1981, 94~95쪽.

그 나라에 적당하게 자리 잡은 여자가 셋. 둘은 무덤 속에. 그리고 사라져버린 한 여자.

무덤을 딛고 내가 올라서니
두 개의 길이 보이는구나
사랑을 알기에는 너무 단순한
한 나라의 길과
사라져버린 한 여자가 혼자 걸어간 길.

나에게는 어머니가 셋, 어머니가 많아 행복하다.
어머니, 내 어릴 때부터의 모순의 나무. 그 나무들의 그늘 밑에서 나는 동화책을 읽었다. 왕자는 왕이 죽을 때까지 어릴 필요가 있는 왕의 나라 이야기, 아버지보다 먼저 아버지가 되기 위해서는 술이 담배가 여자가 필요하다는 왕의 나라 이야기.

모순 — 나에게는 그러나 물이 흐르고 바람이 부는 나라. 시장이 큰 중동의 무더운 흙냄새가 바람을 일으키는 나라. 발레리의 안경을 수리해준 나라.
이 나라에서 지금도 나는 동화책을 읽는다. 군신유의, 장유유서, 부자유친, 부부유별, 붕우유신의 동화. 떼를 지어 숲속에 노니는 義·序·親·別·信. 숲의 나무들이 부르는데, 아 어디로 갔나 여기 있어야 할 사랑 愛. 忠·孝는 지금도 있는데, 아 어디로 갔나. 사랑 愛, 미운 오리 새끼.

　　　　　　　　 －「한 나라 또는 한 여자의 길 —楊平洞 3」 중간부
　　　　　　　　　　　　　(『왕자가 아닌 한 아이에게』)[32]

---

32 총 7편의 양평동 연작 중 세 번째 작품이다. 작품에는 연작시의 제목인 '楊平洞'은 '楊坪洞'을 의도적으로 바꾸어놓은 것이라는 시인의 부기가 달려 있다.

오규원은 "양평동 연작을 쓸 때가 정신적으로 가장 자유로웠던 시기"였으며, "시라는 양식이 주는 무거움을 벗어버리고" 썼다고 고백한 바 있다.[33] 이러한 설명처럼 양평동 연작은 솔직한 고백의 투와 자유로운 인유의 형식이 특징적이다. 그중에서 「한 나라 또는 한 여자의 길」은 오규원 시인의 전기적 트라우마를 살핀다면 가장 면밀하게 읽어보아야 할 작품이기도 한데, 일생동안의 가족 관계를 회고하고 정리하는 내용으로 이루어진 작품이기 때문이다. 위 작품은 양평동 연작 중 세 번째 작품이면서, 오규원 시인이 새어머니의 상을 치른 이후의 무렵에 창작된 작품이기도 하다. 그런데 이 작품은 새어머니를 향한 추모시로만 읽히지는 않는다. 오히려 이 작품은 열두 살 때 잃은 친어머니와 첫 시집을 간행할 무렵에 돌아가신 친아버지까지 떠올리며 오규원 시인의 삶 전반을 회고하는 내용으로 이루어져 있다. 또한 전기적으로 오규원과 새어머니는 평생 부모 자식의 인연을 나눌 기회가 거의 없었기 때문에 오규원 시인은 새어머니의 죽음을 계기로 자기 삶 전체를 되돌아보는 작품을 창작했던 것으로 보인다.

언뜻 보기에 복잡성을 지닐지라도 오규원 시인의 전기를 알고 있다면 내용을 파악하는 데 수월한 작품이기도 하다. 일단 "나에게는 어머니가 셋"이라는 진술은 열두 살 때 잃은 친어머니, 친어머니가 돌아가신 직후에 석 달 동안 자신을 돌보아준 여인, 그리고 아버지와 재혼한 새어머니, 이렇게 세 분을 가리킨다. 여기서 친어머니가 돌아

---

33 오규원·이원 대담, 「'분명한 사건'으로서의 '날이미지'를 얻기까지」, 『오규원 깊이 읽기』, 문학과지성사, 2002, 53쪽. '楊平洞'이라는 부제의 경우 본래 양평동(楊坪洞)이라는 지명을 의도적으로 고쳐 쓴 것이다.

가신 직후에 자신을 돌보아준 여인은 오규원의 아버지와 재혼한 것이
아니기 때문에 실제로는 어머니라고 부를 수 없겠지만, 시인은 한 산
문에서 그녀를 그의 정신에 결정적인 영향을 끼친 존재로 묘사하면서
'어머니'라고 호명한 바 있다.[34] 따라서 "둘은 무덤 속에. 그리고 사라
져버린 한 여자"라는 진술에서 두 개의 무덤은 돌아가신 친어머니와
새어머니를 가리키고, "사라져버린 한 여자"는 곧 석 달 동안 자신을
돌보아주다가 떠나간 '어머니'를 가리킨다.

그런데 이 시에서 가장 흥미로운 부분은 오규원 시인이 마음속 깊
이 회고하는 존재가 친어머니나 새어머니가 아니라는 데 있다. 이 작
품은 부모의 일생을 돌아보니 두 개의 '길'을 확인하게 되었다는 사실
을 고백하는 내용으로 이루어진다. 그중 하나는 "사랑을 알기에는 너
무 단순한/ 한 나라의 길", 즉 어린 오규원에게 사랑을 베푼 적 없는
아버지가 살아온 삶의 방식이다. 그런데 '아버지의 길'에 대비되는 것
은 다른 하나는 친어머니나 새어머니가 아닌, "사라져버린 한 여자가
혼자 걸어간 길", 즉 친어머니가 돌아가신 직후 석 달 동안 자신을
돌보아주다가 떠나간 익명의 여인이 선택했던 삶이다. 오규원 시인
의 의식 속에서 세 명의 어머니가 존재한다면, 그중에서 시인이 아버
지의 "한 나라의 길"과 대비시키는 표상은 바로 이 익명의 여인이 "혼
자 걸어간 길"인 셈이다.

오규원은 친어머니도 새어머니도 아닌 자신을 석 달간 돌보아준,
심지어 얼굴조차 기억나지 않는 "사라져 버린 한 여자"를 곧 모성을
대표하는 표상으로 삼고 있는 셈이다. 이 사실을 주목하면서 다시금

---

34 오규원, 『볼펜을 발꾸락에 끼고』, 문예출판사, 1981, 94~95쪽 참조.

시의 다른 부분까지 읽어보도록 하자. "아버지는 여자는 가르쳐주었 어도 사랑은 가르쳐주지 않았다"라는 시구는 어린 오규옥(오규원)에 게 사랑을 표현하는 데 인색했고 심지어 친어머니가 돌아가신 직후에 사춘기에 접어든 오규원을 돌보는 대신 친척집에 맡겨버렸던 아버지 와의 관계를 떠올리게 한다. 이에 대한 원망 역시 묻어나온다는 시구 라고 볼 수 있다. 그리고 "사랑이란 말을 모르고 죽은 아버지의 아버 지의 나라"라는 표현 속에서 우리가 주목할 것은 '아버지의 아버지의 나라'라는 단어이다. '아버지'라는 단어를 힘주어 반복하는 것은 시인 에게 벗어나기 어려운 부성적 억압을 강조하는 것이자 사랑이 결핍된 정도를 표현하기 때문이다. 또한 어머니를 상실한 시인에게 아버지 의 존재는 자기 정체성의 위치를 결정하는 척도처럼 느껴졌을 것이 다. 이러한 사실을 고백하듯 "왕자는 왕이 죽을 때까지 어릴 필요가 있는 왕의 나라"라는 표현에서는 아버지가 돌아가시기 전까지 아들 의 지위가 강요되었다는 사실이 암시되고, "아버지보다 먼저 아버지 가 되기 위해서는"이라는 표현에서는 아버지의 역할을 하지 않는 아 버지 대신 '나'가 먼저 아버지가 되어야했음을 말하고 있다. 요컨대 시인에게 어른이 된다는 것은 '아버지처럼' 된다는 것과 같은 의미였 던 셈이다.

그런데 이렇게 정리하고 나면 우리는 시인이 바라보고 있는 '두 개 의 길'이 실상 다른 것이 아님을 깨닫는다. 언뜻 이 작품은 "두 개의 길이 보이는구나"라고 말하면서 부모에 관한 회상을 계기로 자기 실 존의 방향을 되짚어보고 있는 것처럼 보인다. 이때 앞서 언급했듯 시 인이 떠올린 두 개의 길 중 하나가 '아버지의 삶'이자 "한 나라의 길" 이라면, 다른 하나는 어린 시절 석 달간 어린 오규옥(오규원)을 잠시

돌아보아주다가 떠나가기로 마음먹은 여인의 선택이자 "혼자 걸어간 길"이다.[35] 따라서 두 개의 길은 똑같이 부모의 상실을 가리키고 있다. 따라서 전기적 체험에 비추어볼 때 이 두 개의 길은 '동일한 것'이다. 시인이 돌아가신 어머니가 아니라 자신을 버리고 떠난 여인을 곧 모성의 표상으로 연상한 이유도 그 때문이 아닐까. 결국 이 작품의 주제는 가족애의 결핍으로 요약될 수 있다. 충(忠)과 효(孝)와 같은 부자 관계의 형식만이 남고, 가족애가 결핍되었던 실제 삶을 회고하는 작품이기도 하다.

그렇다면 어떤 이유 때문에 시인은 아버지의 삶과 여인의 삶을 구분하여 표현하게 되었던 것일까. 우리는 오규원의 표현을 통해 유추할 수 있다. 여기서 아버지는 "사랑을 알기에는 너무 단순한" 존재, 즉 애초에 사랑을 결핍한 존재로 간주된다. 반면 "사라져버린 한 여자가 혼자 걸어간 길"은 혼자 걸어가기를 선택한 것처럼 묘사된다. 아버지와 여인은 똑같이 오규원을 보듬어주지 않았지만, 아버지와 달리 여인은 '능동적으로' 그에게 사랑을 베풀지 않은 존재로 표현된 셈이다. 이러한 사실에 비추어볼 때 "어머니, 내 어릴 때부터의 모순의 나무"라는 표현을 정확하게 이해할 수 있다. 오규원의 의식 속에서 '아버지'란 근본적으로 가족애가 결핍된 존재이다. 반면 어머니는 사랑의 능력을 지니고 있음에도 그것을 행사하지 않고 떠나간 존재, 그래서 사랑의 부재를 확인시키는 동시에 사랑을 환기시키는 '모순

---

35 그녀 역시 어린 오규원을 떠나갔다는 점에서는 다른 어머니와 다를 바 없다. 그렇지만 다른 어머니가 수동적으로 받아들일 수밖에 없었던 죽음 때문에 오규원과 결별한 것이라면, '사라져버린 한 여자'는 능동적으로 떠나갈 것을 선택했다는 차이가 있다.

된' 표상인 것이다.

이후 시인은 가족애가 결핍된 상황에서 느낀 성장통을 모순어법으로 드러낸다. 일찍 부모를 잃은 시인에게 자라난다는 것은 아버지가 그랬던 것보다 먼저 아버지가 되어야 하는 과정이었을 것이다. 그런데 시인은 그 과정이 '현실과의 타협'이 아니라 도리어 '동화책을 읽는' 과정이나 다름없었다고 말한다. 어른이 된다는 것이 익히 사회적 주체가 된다는 의미여야 할 텐데, 역으로 자신에게 어른이 되는 과정은 동화적 환상에 침잠하는 것이나 다름없었다는 표현 자체가 모순적이다. 이 모순어법에는 성숙이 강요되는 상황을 부정하고 싶은 마음이 함축되어있다고 판단된다.

이후 시인은 '모순'의 의미를 사회학적 외연을 빌려 확장하고자 하지만, 이러한 확장이 앞서 설명한 전기적 내용만큼 뚜렷한 맥락을 지니는 것처럼 보이지는 않는다. 이를테면 "모순―나에게는 그러나 물이 흐르고 바람이 부는 나라. 시장이 큰 중동의 무더운 흙냄새가 바람을 일으키는 나라. 발레리의 안경을 수리해준 나라"라는 시구에서 우리는 그가 모순을 '나라'에 비유하는 것을 확인한다. 이러한 표현은 세상을 다층적으로 바라볼 수밖에 없는 시인의 실존적 상태를 표현하는 듯하다. 세상을 그는 물 흐르고 바람 부는 '자연'으로 인식하는 동시에, 상품논리로 움직이는 '시장'으로 인식하고, 또한 폴 발레리처럼 시인들이 살아가는 '생활'의 공간으로 이해한다. 다만 우리는 시인이 그중 어떤 층위에도 소속감을 느끼지 않고 있기 때문에 그 공간들을 나열할 뿐이라는 사실을 확인한다.

긴 설명을 정리해보자. 기본적으로 「한 나라 또는 한 여자의 길」은 부모를 향한 회고시로 읽을 수 있다. 여기에 덧붙여 자신의 실존을

성찰하는 진술들이 덧붙여졌다고 할 수 있다. 작품의 근본적인 주제
는 가족애(사랑)의 결핍이다. 이러한 의식은 마지막 연에서 "군신유
의, 장유유서, 부자유친, 부부유별, 붕우유신의 동화"와 같은 관계 이
데올로기는 지속하지만, 그러한 이념과 자신을 화해시켜 줄 "사랑
愛"만은 빠져 있는 세상에 대한 탄식조의 문장으로 드러난다. 그런데
이 시에 언급된 '아버지'의 표상은 친아버지를 가리키지만, 독특하게
도 '어머니'의 표상은 친어머니도 새어머니도 아닌 석 달간 자신을 돌
보아준 뒤 떠나간 여인을 가리키고 있다. 시인은 친아버지와 여인의
'길'을 대조하면서, 아버지의 경우 근본적으로 사랑할 능력을 지니지
못한 존재로 그리지만 어머니의 경우 사랑을 베풀 수 있었음에도 그
것을 행하지 않고 떠나간 존재로 그리고 있다. 그렇기 때문에 시인은
어머니를 곧 "모순"이라고 표현하고 있다. 이러한 시적 맥락에 따른
다면 어머니는 사랑이 존재함을 깨닫게 하는 동시에 현재에는 부재한
존재이기 때문이다.

　세 번째 시집『왕자가 아닌 한 아이에게』에서 시인의 구체적 삶이
회고된다는 것은 중요한 의의를 지닌다. 왜냐하면 상징화는 상실을
재현함으로써 상실로부터 멀어지는 과정, 즉 애도를 완수하기 위해
필연적으로 수행하는 과정이기 마련이다. 앞서 설명했듯 오규원 시
인의 초기시집인『분명한 事件』과『巡禮』에서 두드러졌던 것은 구조
적 아이러니였다. 특히 전기와 관련할 때 구조적 아이러니는 포근한
모성의 환상을 만들어낸 뒤 그것이 환상에 지나지 않음을 반성하는
양상과 자신의 과거를 섣불리 증언하지 못하고 침묵할 수밖에 없음을
진술하는 양상으로 나타나곤 했다. 반면「한 나라 또는 한 여자의 길」
에서 시인은 구체적 회상 속에서 아버지의 '길'과 어머니의 '길'이라

는 두 가지 이미지를 대조하면서, 부모를 상징화하기 시작한다. 긍정적으로 의미화하든 부정적으로 의미화하든 어머니라는 체험을 어머니라는 상징으로 통합하는 것, 상실한 어머니와 아버지에 대한 부정적 감정을 고백한다는 사실 자체가 트라우마를 일정 부분 극복하는 방식일 수 있다.[36] 따라서 「한 나라 또는 한 여자의 길」은 사랑의 결핍을 고백하는 작품이지만, 오규원 시인 삶 전체를 고려한다면 오히려 사랑의 결핍을 '상징화'하고 비로소 극복하기 시작한 작품으로 이해된다.

> 샤하리아르, 당신은 벌거벗은 몸이 아름답다
> 육체는 욕망의 본적지다 본적지에서 보면
> 어둠 속의 별처럼 젖꼭지도 배꼽도 반짝인다
> 나는 당신의 욕망을 내 몸으로 받고
> 당신의 죽음을 내 자궁에 가둔다 나는
> 당신의 언어이므로 당신 속에서 일용할
> 사랑을 얻는다 사랑을 얻고 당신의 발바닥이며
> 혓바닥이며 무엇무엇이며 온몸에 불을 지른다
> 불을 질러 내 우주에 불을 밝힌다
>
> 샤하리아르, 나는 유프라테스 강이다 아니다
> 티그리스 강이다 아르메니아 고원이다 아니다

---

36 맹정현은 트라우마에 관한 한 잊어버리자는 다짐이든 잊어버리지 말자는 다짐이든 똑같이 트라우마로부터 벗어나는 방식임을 강조한 바 있다. "잊지 말자고 외치지만, 그것 역시 마찬가지로 점점 잊어가는 하나의 방법이다. 거대한 언어의 탑을 쌓아 올리면서 우리는 점차 처음의 충격으로부터 벗어나고 있는 중이다."(맹정현, 『트라우마 이후의 삶』, 책담, 2015, 77쪽)

아라비아의 샤하리아르 대왕이다 아니다
네푸드 사막이다 아니다 루브알할리라는
공허 지대이다 아니다 비가 와야 물이 흐르는
누쿠니와디이다 비샤와디이다 세헤라쟈드이다
아니다 아니다 ······················

− 「세헤라쟈드의 말 ─「千─夜話」別曲」 마지막 부분
(『사랑의 감옥』)

『사랑의 감옥』에 수록된 「세헤라쟈드의 말」의 '자궁'은 어머니 표
상의 상징화가 더 풍부해지는 양상을 보여주는 시이다. 앞서 「한 나
라 또는 한 여자의 길 ─楊平洞 3」에서 어머니를 "모순의 나무"라고
불렀던 데에서 더 나아가 「세헤라쟈드의 말」의 '자궁'은 삶과 죽음을
변증하는 상징적 의미를 지닌다. 이 작품은 세헤라쟈드를 화자로 내
세워 연인인 샤하리아르에게 말을 건네는 듯한 방식으로 쓰였다. 이
때 "나는 당신의 욕망을 내 몸으로 받고/ 당신의 죽음을 내 자궁에
가둔다 나는/ 당신의 언어이므로"라는 진술을 주목할 필요가 있다.
오규원의 초기시에서 모성적 비유가 언어와 관련하듯, 여기서도 '자
궁'은 "당신의 언어"와 관련한다. 그런데 이 '언어'는 일반적인 언어를
뜻하지 않는다. 여기서 "당신의 언어"란 말하고 듣는 관계가 아니라
포옹의 대상인 '세헤라쟈드의 육체', 즉 연인의 육체와 동일시되고 있
기 때문이다.

이러한 표현에서 우리는 오규원의 의식 속에서 발화와 포옹이 동
일시되고 있음을 유추할 수 있다. 따라서 오규원에게 '언어'는 "당신
의 욕망"과 "당신의 죽음"이라는 존재의 형식을 모두 투사하는 세헤
라쟈드의 자궁으로 상상되는 셈이다. 연인에게 말의 내용이 아니라

말을 주고받는다는 사실 자체가 중요하듯, 오규원 시인은 말을 통해 두 존재가 완전히 서로와 관계하는 상황을 상상한다. 오규원에게 언어 행위가 어머니 또는 사랑의 결핍을 채운다는 의미를 지닌다면, 이러한 연상 과정은 시인의 전기에 비추어볼 때 충분한 필연성을 지니는 것처럼 보인다. 그리고 좀 더 폭넓게 생각해본다면 그러한 결핍을 원동력으로 삼아서 오규원 시인은 언어에 대한 에로틱한 관점에 도달하고 있다고 평가할 수도 있다. "불을 질러 내 우주에 불을 밝힌다"라는 시구에서 우리는 오규원 시인이 그 에로틱한 언어를 통해 세계를 인식하려 했음을 확인한다.

한편 마지막 연에서 반복되는 아이러니한 진술은 어떻게 이해해야 하는가. 이 작품에는 "샤하리아르, 나는 유프라테스 강이다 아니다/ 티그리스 강이다 아르메니아 고원이다 아니다"라는 식의 아이러니한 진술이 반복한다. 일견 세헤라쟈드의 정체성을 다양한 관념으로 대체하면서 상징으로서의 '자궁'의 의미를 신화적으로 확장하는 것처럼 보이지만, 곧바로 그것을 부정하는 '아니다'라는 진술이 뒤따른다. 이어서 그러한 자문자답의 형식은 말줄임표의 형식으로 옮아가고 침묵으로 끝맺는 듯하다. 이 침묵은 어떠한 은유적 대체도 세하랴자드의 정체성을 규정하는 데 적합하지 않다는 것, 근본적으로 언어의 '의미 작용'에 대한 회의의식이 여기서 드러나고 있다. 결국 말줄임표의 형식은 언어가 존재 자체여야 한다는 시의 주제와도 일맥상통한다. 존재는 의미보다 큰 것이다. 그렇기 때문에 언어는 존재를 담아내기에 불충분한 것이다.

시인 자신은 「세헤라쟈드 말」에 대하여 '은유 구조'의 "재해석, 재구성이 아닌 그 어떤 것을 찾고 있"음을 보여주는 작품이라고 설명한 바 있다.[37] 그렇다면 그 '어떤 것'이란 무엇인가. 「세헤라쟈드의 말」
은 언어의 아포리아 속에서 '언어를 통해' 존재를 규정하는 것 자체
가 지닌 한계를 보여준다. 그리고 이 작품의 에로틱한 언어의 의미지
는 언어의 기표나 기의가 아닌 언어를 주고받는 신체 자체에 눈을 돌
리게 한다. 이 점에서 이 시는 현상학적 언어에 대한 지향을 보이는
작품으로도 이해할 수 있다. 하이데거 현상학에 따르면 문자언어보
다도 근원적인 것은 음성언어, 즉 '말(Rede)'인데, 맥락에서 분리된
추상적인 문자언어와 달리 말은 언제나 세계 - 내 - 존재로서 자기 존
재를 세상을 향해 열어놓는 행위이다.[38] 오규원은 문자 언어를 극복
하여 자기 존재를 세상과 '접촉할 수 있게' 해주는 언어를 꿈꾼 셈이
다. 기존의 연구들은 현상학의 수용을 통해서 오규원이 이러한 전회
에 도달했다고 판단하거나, 아니면 초기부터 오규원 시인이 현상학
적 지향을 보이고 있었던 것으로 해명하고 있다.[39] 하지만 또 다른 관
점에서 이해할 수 있다. 근원적으로 세계와 자아를 화해시켜 줄 존재
가 부재했던 오규원 시인은 어머니에 대한 상상과 아이러니한 성찰

---

37 오규원, 「되돌아 보기 또는 세 개의 인용」, 『현대시사상』 1991년 겨울, 254쪽.
38 현상학적 관점에서 말한다는 것은 서로 존재를 열고 연루된다는 의미에 가깝다.
    이러한 맥락에서 하이데거는 말을 건넨다는 행위에 대해서 한 사람이 다른 사람에
    게 생각과 감정을 '전달하는 것'으로 생각해서는 안 된다고 주장한다. "함께 나눔은
    결코, 예컨대 의견이나 소망과 같은 체험을 한 주체의 내면에서 다른 주체의 내면
    으로 옮겨놓는 것과 같은 것이 아니다. 함께 거기에 있음[공동현존재]은 본질적으
    로 이미 함께 처해 있음과 함께 이해함에서 드러나 있다."는 것이다(마르틴 하이데
    거, 위의 책, 1998, 223쪽).
39 문혜원, 「오규원 후기 시와 시론의 현상학적 특징 연구」, 『국어국문학』 175, 국어국
    문학회, 2016, 147~174쪽; 문혜원, 「오규원 시에 나타나는 공간에 대한 이해 연구」,
    『한국시학연구』 59, 한국시학회, 2019, 387~407쪽; 석성환, 위의 글, 2010.

속에서, '어머니의 언어체'라고 부를 수 있는 언어관을 만들어냈던 것이다.

　　　뱃속의 아이야 너를 뱃속에 넣고
　　　난장의 리어카에 붙어서서 엄마는
　　　털옷을 고르고 있단다 털옷도 사랑만큼
　　　다르단다 바깥 세상은 곧 겨울이란다
　　　엄마는 털옷을 하나씩 골라
　　　손으로 뺨으로 문질러보면서 그것 하나로
　　　추운 세상 안으로 따뜻하게
　　　세상 하나 감추려 한단다 뱃속의 아이야
　　　아직도 엄마는 옷을 골라잡지 못하고
　　　얼굴에는 땀이 배어나오고 있단다 털옷으로
　　　어찌 이 추운 세상을 다 막고
　　　가릴 수 있겠느냐 있다고 엄마가
　　　믿겠느냐 그러나 엄마는
　　　털옷 안의 털옷 안의 집으로
　　　오 그래 그 구멍 숭숭한 사랑의 감옥으로
　　　너를 데리고 가려 한단다 그렇게 한동안
　　　견뎌야 하는 곳에 엄마가 산단다
　　　언젠가는 털옷조차 벗어야 한다는 사실을
　　　뱃속의 아이야 너도 태어나서 알게 되고
　　　이 세상의 부드러운 바람이나 햇볕 하나로 너도
　　　울며 세상의 것을 사랑하게 되리라 되리라만

　　　　　　　　　　　　　－「사랑의 감옥」 전문(『사랑의 감옥』)

　　고향집 뒤뜰은 감나무가 가득했다 어깨와 어깨를 마주 대고 담을 밀어
내고

길게 뻗은 가지와 손바닥만한 잎들이 툇마루까지 와 한철을 보내곤 했다

너무 광대한 하늘을 가려주곤 하던 가지와 잎이 무슨 일을 하는지 모른 채

나는 빨리 익지 않는 감을 기다리다 못해 떫은 풋감을 따서 소금에 찍어 먹었다

감이라고 다를 리 있겠느냐

덜 익은 것은 목구멍에 가기 전에 혓바닥에서부터 들어붙었다

삐걱 삐걱 하는 도르래가 붙은 우물 곁에 단감나무가 딱 한 그루 있었다

떫지 않은 그 한 그루 나무의 감!

그 감나무가 왜 그곳에 하나 있었을까

어머니가 정한 내 방은 그쪽으로 문이 나 있었다

－「房門」 전문(『사랑의 감옥』)

아이러니 표현과는 거리가 있지만 오규원 시인의 모성적 표상이 후기시에서 어떻게 변화하는지 잘 보여주는 작품들을 살피고 본 절의 논의를 마무리하고자 한다. 「사랑의 감옥」과 「房門」은 어머니가 오규원의 창작의식 혹은 삶의 의식에 어떠한 영향을 미치고 있는지 엿볼 수 있게 하는 작품들이다. 또한 그가 유년의 트라우마와 어떻게 화해하고 있는지도 잘 드러나는 작품들이기도 하다. 제6시집의 표제작이기도 한 「사랑의 감옥」이 나타내고 있는 주제는 뚜렷하다. "바깥 세상은 곧 겨울"이지만 시인은 어머니의 마음을 빌려 세상과 화해해 보려 한다. 더욱이 이 작품은 어머니의 말씨를 빌려 진술하고 있다.

시인은 아이를 위해서 털옷을 고르듯, 얼어붙은 뺨을 손바닥으로 감싸서 녹이듯, "이 세상의 부드러운 바람이나 햇볕 하나로 너도/ 울며 세상의 것을 사랑하게 되리라 되리라만"이라고 말을 건넨다. 여기서 삶을 견디게 하는 것이 한순간의 따스함이라면, 우리가 주목할 것은 그러한 삶의 끈기를 얻게 하는 원천이 어머니의 목소리로 전해진다는 사실이다. 여기서 어머니는 상상적인 것으로서 호혜적인 사랑의 표상이자 목소리의 온기 자체인 셈이다.

한편 「房門」에서 시인은 고향과 어머니를 동시에 떠올린다. 과수원을 소유했던 오규원의 유년을 떠올려보았을 때 이 작품의 이미지는 구체적 체험에 영향을 받았을 가능성이 있다. 이 작품이 "고향집 뒤뜰"을 평화로운 자연 정경으로 묘사하고 있다는 사실을 쉽게 알아볼 수 있다. 그리고 이러한 평화로운 고향의 이미지는 "어머니가 정한 내 방은 그쪽으로 문이 나 있었다"라는 진술로 이어진다. 요컨대 감나무가 가득한 그 풍경을 바라볼 수 있도록 어머니는 어린 오규원의 방을 '정했다'. 그것은 오규원 시인 속에서 평화로운 고향의 정경이 곧 어머니의 배려에 의해서 소유되었다는 사실을 뜻한다.

「사랑의 감옥」과 「房門」에서 우리가 주목할 것은 화자의 위치이다. 「사랑의 감옥」에서 '나'는 어머니의 시선으로 세상을 보고 있다. 한편 「房門」에서 나는 '고향' 안에 위치한다. 이것은 초기시와 비교해 볼 때 뚜렷한 차이이다. 『분명한 事件』이나 『巡禮』에서 어머니와 고향은 상실한 대상이거나 환상으로 나타나는 것이었다. 반면 제6시집 『사랑의 감옥』에 이르게 되면, 오규원은 '어머니의 눈으로' 혹은 '어머니 곁에서' 세상을 보듬고 이해하고자 한다. 이것은 그의 시 정신에서 어머니의 존재가 얼마나 간절한 것이었는지, 또한 어머니의 부재가 얼마나 큰 결핍이었는지 깨닫게 한다.

2. 아버지 표상과 '아버지가 될 나'에 대한 이중부정

지금까지 분석 대상으로 삼은 것은 오규원 시에 반영된 어머니 표상과 그에 수반된 아이러니 형식이었다. 오규원 시 전반에서 모성, 고향, 자궁이라는 세 가지 표상은 내밀한 연관성을 보이면서 반복하는데, 특히 모성과 자궁이라는 표상은 초기시부터 후기시까지 일관되게 언어의 문제와 결부되어 있었다. 오규원 시인의 모성 표상은 초기시에서는 보듬어주는 '포근한' 품의 환상에 비유되고, 후기시에서는 존재의 삶 욕동과 죽음 욕동을 모두 내포하는 상징으로 표현된다. 우리의 목적은 이러한 연구 대상을 중심에 놓고 오규원 시의 아이러니 형식과 언어관을 분석하는 데 있었다.

오규원의 전기에 비추어본다면 그의 시에서 모성 표상이 '언어' 혹은 '관념'과 자주 동일시되는 이유는 다음과 같이 이해된다. 전기적으로 어린 시절 부모의 양육을 받지 못했던 시인에게 '언어'는 부모 대신 자아의 갈등을 보듬어주고 현실로 나아가게 해주는 매개였다.[40]

---

40 이는 2장의 도입부에서 제시한 오규원의 인터뷰를 통해 드러난다. 또한 한 가지 논거를 덧붙일 수 있다. 오규원은 평생 이상 시인을 애호했는데, 그는 1981년 간행한 산문집 『볼펜을 발꾸락에 끼고』에서 이상에 관한 산문 「날자, 한번만 더 날자꾸나」에서 "이상의 남달리 뛰어난 섬세한 감수성은 이러한 먼 어린 시절부터 낯선 세계로부터 안전하고자 하는 본능적인 자기 방어의 끊임없는 노력이 펼친 관찰과 연구와 주의, 이런 사고의 결과"라고 주장하고 있다(오규원, 「날자, 한번만 더 날자꾸나―李箱의 생애」, 『볼펜을 발꾸락에 끼고』, 문예출판사, 1981, 113쪽.). 요컨

그런데 그의 작품을 면밀히 살펴보면, 실은 아이러니 형식이야말로 자아와 세계 사이의 안정된 관계를 가능케 하고 있었던 것으로 판단된다. 정신분석학에 따르면 성숙이란 아이와 부모 사이의 '이자관계'로부터 분리되어 자아-부모-타인(혹은 자아-가정-현실)이라는 '삼자관계'로 옮아가 안정된 정체성을 지속할 수 있는 상태를 뜻한다.[41] 오규원 시의 모성 표상은 실상 그를 보듬어주는 어머니에 대한 환상이라는 점에서 그의 정신을 이자관계로 퇴행시킨다. 그런데 그는 초기시에서는 모성 표상이 자신이 만들어내는 환상임을 적시하는 진술을 통해, 즉 구조적 아이러니를 통해 자기 성찰을 행하는 듯 보인다. 그러한 성찰을 통해 그는 모성적 환상으로 퇴행하는 것이 아니라 모성을 상징화하며 내적 성숙을 이룰 수 있었다. 그의 중·후기시에 이르면 모성 표상은 세계의 모순된 양가성이나 인간 존재의 모순된 욕망인, 에로스와 타나토스를 포괄하는 하나의 상징이 된다.

그런데 우리는 또 한 가지 고민하게 된다. 「한 나라 또는 한 여자의 길—楊平洞 3」에서 오규원은 아버지 역시 회상하고 있다. 또한 그는 아버지가 표상하는 삶의 방식을 "한 나라의 길"이라고 부르며, 어머니(들)의 삶과 대조했다. 그것은 다음과 같은 사실을 암시한다. 오규원 시인의 의식 속에서는 그의 존재를 인도하는 두 개의 길이 존

대 이상이 지닌 뛰어난 언어적 감수성은 '본능적인 자기 방어'를 위한 '끊임없는 노력'이었다는 것이다.

41 멜라니 클라인은 이를 "엄마의 부재와 현존의 변증법과 상징화"라고 표현한다(홍준기, 위의 책, 315쪽). 어머니가 보살피는 안락한 세계에서 벗어나 타인과 소통하고 언어를 통해 자신의 욕망을 '상징화하는' 단계까지 나아가야만 사람은 성숙하게 된다는 것이다.

재했다. 하나는 앞서 분석했던 어머니의 상징으로 우리를 인도하는 길이다. 그렇다면 그 반대편에 놓인 아버지 표상과 아버지가 인도하는 길의 목적지는 무엇인가. 이 또한 오규원의 언어관과 관련할 것인가. 이러한 질문을 논증하기 위해서 우리는 오규원 시의 부성 표상 또한 분석의 대상으로 삼아보아야 할 것이다.

오규원 시에서 아버지와 관련한 최초의 표상은 무엇인가. 아버지에 대한 시가 창작된 것은 세 번째 시집인 『왕자가 아닌 한 아이에게』부터이다. 그런데 그 이전에 한 가지 고찰해볼 것은 본래의 이름 오규옥이 아닌, 시인으로서의 필명인 오규원을 아버지와 함께 지었다는 사실이다. 초회추천을 받은 직후 시인은 그의 이름이 여성으로 오인될 수 있다는 생각 때문에 아버지와 논의하여 필명을 정했다. 요컨대 '오규원'이라는 이름을 사용함으로써 시인은 소년 시절의 '오규옥'과 자신의 정체성을 다른 이름으로 부를 수 있게 되었다. 그렇다면 '오규원'이란 아버지와의 관계를 끊는 동시에 연결하는 아이러니한 표상이다. 왜냐하면 오규원이라는 이름은 그가 시인이라는 사회적 정체성을 획득하면서 '오규옥'이라는 이름과 단절했음을 나타내지만, 한편으로 아버지와 함께 만들고 아버지에게 승인받은 이름이기도 하기 때문이다.

> 병풍뒤에 우는애기 젖달라고 깽깽우네
> 냇물같이 흐르는젖 조랑말고 젖주어라
> 아이구답답 서방님아 기어코 갈려거든
> 아이이름 지어주소
> 애기애비 어디가고 내가이름 지어줄고

베개를 고쳐 누워도, 고쳐 누워도 허리가 아픈 바다.
아, 어디로 갔나. 사랑 愛, 미운 오리 새끼.

　　　　　　　　－「한 나라 또는 한 여자의 길―楊平洞 3」 결말부
　　　　　　　　　　　　　　　　（『왕자가 아닌 한 아이에게』）

이러한 사실을 시 작품에 연결해보는 것도 흥미롭다. 아버지와 함
께 오규원이라는 필명을 정했다는 사실에 비추어볼 때, 앞서 다루었
던「한 나라 또는 한 여자의 길―楊平洞 3」을 다시 살펴볼 필요가
있다. 소개했듯 이 작품은 시인이 자신의 삶을 회고하는 내용으로 되
어 있다. 그런데 이 시의 후반부는 그렇지 않다. 이 작품의 후반부는
갓 태어난 아기를 버려두고 아버지가 떠나가는 내용의 민요를 인용하
고 있다.[42] 이 노래에서 버려진 어머니는 "아이구답답 서방님아 기어
코 갈랴거든/ 아이이름 지어주소/ 애기애비 어디가고 내가이름 지어
줄고"라고 한탄한다.[43] 무엇보다 주목해야 할 것은 오규원 시인이 명
명하는 행위를 곧 아버지의 특권으로 간주하는 동시에 아버지가 그러
한 권리를 방임한 존재로 그린다는 사실이다.

---

[42] 오규원은 신경림과의 민요 기행 와중에 〈장가라고 가노라니 첫날밤에 해산했네〉
　라는 희창을 듣게 되었다고 술회한 바 있다. "장가를 간 첫날 해괴한 일이 벌어진
　잔칫집에서 신랑과 신부, 장모, 처남 사이에 오가는 대화 형태로 엮어져 있는 희창
　민요는 나에게는 어쩐지 거제도가 이겨내야 했던 지난날의 역사를 희화(戲畵)해
　들려주는 노래로만 들린다."(오규원, 위의 책, 193쪽)

[43] 시의 후반부는 다음과 같다. "병풍뒤에 우는애기 젖달라고 깽깽우네. / 냇물같이
　흐르는젖 조랑말고 젖주어라/ 아이구답답 서방님아 기어코 갈랴거든/ 아이이름
　지어주소/ 애기애비 어디가고 내가이름 지어줄고// 베개를 고쳐 누워도, 고쳐 누
　워도 허리가 아픈 바다. / 아, 어디로 갔나. 사랑 愛, 미운 오리 새끼."(「한 나라
　또는 한 여자의 길―楊平洞 3」 부분, 『왕자가 아닌 한 아이에게』)

우리가 던져보아야 할 의문은 어머니의 부재와 아버지의 부재가 같은 의미를 지니는 것이냐는 것이다. 오히려 아버지가 이름을 짓지 않고 떠나가는 위 장면은 어머니의 명명이라는 두 번째 사건을 필연적인 것으로 만드는 방식이 아닐까. 앞선 절에서 분석했던 바를 상기해보자. 「한 나라 또는 한 여자의 길—楊平洞 3」에서 아버지는 사랑의 능력이 결핍된 존재이고, 어머니는 사랑의 능력을 행사하지 않은 존재로 그려진다. 시인의 의식 속에서 세계를 한데 묶는 사랑의 능력은 어머니 표상에 속하는 것이다. 그렇다면 애초에 아버지의 표상은 이름을 지을 능력이 없는 존재를 가리키고 있었던 것이 아닐까. 무능하거나 무책임한 아버지라는 주제는 또 다른 작품에서 좀 더 선명히 드러난다.

베드로에게

밤이다. 나의 아버지가 밤이 무섭다고 내 무릎에 와 안긴다. 밤이 무섭다니! 나는 나의 아버지를 품에 안고 어리둥절하다. 어느 나라에 가도 아이들을 어른으로 키우는 밤은 어디에 가도 왕궁처럼 방이 많고 침대가 부드러운데―아, 나의 아버지는 시인이로구나, 부드러운 게 무섭다니!

나의 아버지가 시인, 백의민족의 선비 나라의 시인이라니. 그렇다면 나의 아버지도 대학 선생이 되려고 할 테지. 나는 새삼스럽게 나의 아버지를 쳐다본다. 나와 눈이 마주치자 아버지는 여자처럼 곱게 웃는다. 빌어먹을, 지옥에나 가버려라!

갑자기, 내가 밤이 무서워진다. 사방을 둘러본다. 책상과 걸상이 점잖게 앉아서 나를 본다. 책상 위에서 내 또래 아이들이 보는 소설책이, 한산

도가, 돈표 성냥과 재떨이로 쓰는 접시가 오히려 나를 의아한 눈빛으로 본다. 벽에 걸린 달력이, 가리개가, 커튼이 웬일이냐고 한다. 아직 밤 10시도 되지 않았는데 사물들은 놓인 그 자리에서 완벽하게 보인다. 사물들이 완벽하게 보인다니! 이러다간 내가 나의 아버지를 팔겠구나.

　　　－「네 개의 편지―楊平洞 7」 부분(『왕자가 아닌 한 아이에게』)

「네 개의 편지」는 앞서 살펴본 「한 나라 또는 한 여자의 길」과 마찬가지로 양평동 연작에 속하는 작품이자 연작 중 가장 마지막 작품이기도 하다. 이 작품은 총 네 부분, 즉 제목을 따른다면 네 개의 편지 형식으로 이루어져 있다. 인용부는 그중 "베드로에게"라는 부제가 붙은 첫 번째 편지에 해당한다. 특히 이 첫 번째 편지는 선행연구에서도 거의 다뤄지지 않았던 난해시라고 볼 수 있다. 이 작품의 난해성을 제대로 파악하려면 우리는 적어도 세 층위에서 아버지 표상을 분석해야 한다. 첫 번째는 아버지 표상 자체가 지닌 다의성의 층위이다. 두 번째는 소제목 "베드로에게"와 내용의 불일치가 만드는 구조적 아이러니이다. 세 번째는 "사물들이 완벽하게 보인다니!"라는 진술이 만들어내는 인식론의 맥락이다.

　이 작품에서 아이러니를 자아내는 첫 번째 문맥은 '나'에게 아버지와의 관계가 하나의 위상이나 단 하나의 의미로 환원되지 않는다는 사실이다. 이 작품에서 아버지는 "밤이 무섭다고 내 무릎에 와 안"기는 어린아이 같은 겁쟁이, "백의민족의 선비 나라의 시인"으로서 "대학 선생"이 되려고 하는 속물, "여자처럼 곱게 웃는" 여성화된 남성, 결국은 '나'가 팔아버리고 싶은 사람으로 표현된다. 이는 아버지를 격하시키는 모독의 표현으로 읽어낼 수 있지만, 이러한 표현 자체가 부성 자체에 대한 부정인 것은 아니다. 도리어 이 표현들이 모독으로 읽힌다면, 그 이유는 아버지가 아버지의 역할을 못하고 있기 때문이다. 아버지를 어린아이·속물·여성·상품의 위치로 옮겨놓는 방식이 곧 '아버지답지 못한' 아버지에 대한 모욕이 된다.

두 번째로 주목할 특징은 작품의 소제목인 "베드로에게"이다. 베드로는 자신이 예수의 제자임을 부인함으로써 예수를 배신했던 이를 뜻한다. 그렇다면 이 작품은 어째서 '베드로에게' 편지를 쓰는 듯한 형식을 취하는 것일까. 우리는 우선 이 작품이 일종의 고해성사에 가깝다는 점을 주목하게 된다. 또한 여기서 가장 많이 반복하는 어휘는 '아버지'보다 '나'이다. 시적 화자는 거듭 '나'의 행위 혹은 '나'와 아버지의 관계를 성찰하고 있다. 요컨대 이 시의 어조는 기독교의 고해 형식에 가깝다. '베드로'는 아버지를 모욕하고 배신한 '나'의 고백을 들어주는 가상의 청자인 셈이다. 그런데 여기서 "베드로에게"라는 소제목은 아이러니로 읽힌다. 왜냐하면 "이러다간 내가 나의 아버지를 팔겠구나"라는 마지막 인용구처럼, 시적 화자는 실은 예수의 또 다른 제자인 유다처럼 아버지를 '팔아넘기는' 수준까지 아버지를 모욕하고 있음에도 불구하고, '베드로에게' 자신을 고백하며 은근히 자신을 베드로와 동일시하고 있기 때문이다. 실은 이 시에서 시적 화자가 수행하는 모독의 수준은 '유다적인' 것이다.[44]

---

44 같은 시집에는 「유다의 부동산」이라는 작품이 수록되어 있다. 작품에서 그는 "극적인 것의 허구를 모르는 저 사람들은 영원히 허구를 모를 것이다. 그 사람들을 위해 나는 극적으로 죽어야 한다. 부탁이다. 유다여, 너만이 나를 위해 배반해줄 수 있다."라고 쓴다.

'아버지다운' 아버지의 부재, 따라서 미성숙한 아버지를 모욕하면 서 그렇게 행동하는 자신을 고해하는 듯한 작품이 「네 개의 편지」라 면, 이 작품의 구조적 아이러니는 아버지에 대한 복잡한 심정을 표현 한다고 볼 수 있을 것이다. 미숙한 아버지를 돌보며 자신 또한 어른이 되어야 한다는 각오와 그러한 아버지의 무능함을 모욕하는 표현 자체 가 내용을 이루지만, 작품 저변에 고해의 형식에 수반되는 반성·성 찰의 감각 또한 맴돌고 있다. 모성 표상에 대한 구조적 아이러니가 포근한 품이라는 환상을 깨트리는 성찰의 방식이었다면, 「네 개의 편 지」의 부성 표상에 대한 구조적 아이러니는 아버지에 대한 증오와 죄 의식이라는 양가감정을 드러낸다. 그렇다면 이 작품은 어린 오규원 을 제대로 양육하지 않았던 아버지에 대한 원망을 반영한 작품으로 읽을 수도 있을 것이다.

하지만 「네 개의 편지」는 그러한 전기적 해석에만 그치는 작품이 아니다. 이를테면 "아직 밤 10시도 되지 않았는데 사물들은 놓인 그 자리에서 완벽하게 보인다. 사물들이 완벽하게 보인다니! 이러다간 내가 나의 아버지를 팔겠구나."라는 문장에서 우리는 돌연 시의 내용 이 '사물'에 대한 인식론으로 옮아가는 것을 확인하게 되기 때문이다. '밤'이 되는 순간 사물이 완벽하게 보이고, 사물이 완벽하게 보이는 순간 아버지를 팔게 된다. 언뜻 부자연스러워 보이는 이 진술에는 「네 개의 편지」 안에서만 성립하는 주관적 논리가 감춰져 있다. 여기서 '밤'이란 첫 연에서 "아이들을 어른으로 키우는 밤", 즉 성숙의 의미로 받아들여진다. 따라서 오규원에게 어른(아버지)이 된다는 것은 사물 을 '완벽하게' 인식하는 위치로 이행함을 뜻한다. 그리고 시적 화자인 '나'가 아버지보다 사물을 '완벽하게' 바라본다면, 그를 팔아버려도 좋다는 인식이 전개되고 있는 셈이다. 그런데 과연 '나'는 '완벽한' 수준까지 도달하는가.

진술의 흐름을 면밀히 살피면 우리는 이 작품이 아버지를 비난하기만 하는 작품이 아님을 깨닫게 된다. 왜냐하면 시적 화자는 마지막 연에서 "갑자기, 내가 밤이 무서워진다"라고 말하면서, 똑같이 '밤'의 시공간을 두려워하는 아버지와 동일시를 행하고 있기 때문이다. 무엇보다 이 작품은 아버지를 "시인"으로도 호명하고 있다. 요컨대 우리는 '시인-(미성숙한) 아버지'가 밤을 두려워하듯 '나' 또한 밤을 두려워하고 있음을 확인한다. 따라서 이 작품의 핵심은 '나'가 아버지에게 모욕을 퍼붓는다는 사실이 아니다. 왜냐하면 어떤 의미로 시인이자 미성숙한 아버지는 '나'의 분신이기도 한 셈이기 때문이다. 결말부는 아버지처럼 '나' 또한 미성숙한 상태로 남아있을 것임을 암시한다. 표면적으로 이 시의 주제는 아버지에 대한 모욕과 그에 수반된 죄의식이지만, 이면에서 진술되고 있는 주제는 실패한 성숙의 과정이다.

멜라니 클라인은 성숙의 과정에서 인간이 갖게 되는 원초적 공격성을 '탐욕(greed)' '질투(jealousy)' '선망(envy)'으로 구분하였다. 탐욕이 타인을 도구화하여 소유하려는 욕망이라면, 질투는 오이디푸스 콤플렉스처럼 어떤 대상을 두고 타자와 경쟁하려는 욕망을 뜻한다. 반면 선망은 "자기의 한계와 결여에 사로잡혀 있기 때문에 타자의 존재를 인정하지 않을 뿐만 아니라 타자의 파멸을, 즉 대상관계의 해체를 목적으로 하는 순수한 공격성"을 뜻한다.[45] 여기서 오규원이 아버지 표상을 다루는 방식은 '선망'에 가깝다. 그는 자기의 한계와 결여

45　멜라니 클라인, 위의 책, 43쪽.

를 고백하는 동시에 아버지와의 관계를 끊어내기 위해 아버지 표상에 대한 극단적인 해체를 행하고 있기 때문이다.

따라서 이 작품은 징후적이다. 논점으로 삼아볼 것은 여기 표상된 '아버지'가 오규원 시인의 전기를 '부분적으로만' 반영한다는 사실이다. 아버지의 역할을 제대로 하지 않은 아버지, 그래서 일찍 어른이 될 수밖에 없던 경험으로 인해서 시인이 아버지에 대한 양가감정을 갖게 되었다고 추측해볼 수 있다. 하지만 상당 부분 「네 개의 편지」의 '아버지'는 상상적으로 왜곡되었을뿐더러, 더욱이 아버지의 정체성으로 간주되는 속성이 실은 오규원 시인 자신의 정체성에 속하는 것처럼 보이기까지 한다. 다시 말해 이 작품의 징후는 '나'가 아버지를 모욕한다는 사실에서 기인하는 것이 아니라, '나-아버지'의 정체성이 명확히 구분되지 않는 멜랑콜리적 주체의 증상을 드러낸다는 데 있다. 무엇보다 그러한 혼동은 아버지를 '시인'으로 명명하는 데서 드러난다. 아버지가 시인이 아니었다는 전기적인 사실에 비추어볼 때 이 시구는 전기적 사실의 반영이 아니다. 따라서 자기 자신의 미성숙을 상상적 아버지라는 이미지에 투사적 동일화의 방식으로 이 작품은 쓰인 것이다. 멜라니 클라인이 지적하듯 "투사적 동일화는 공격성과 증오를 동반"하기 마련이다.[46] 다시 말해 상실한 대상에 대한 원망의 감정은, 그 대상을 상실한 자기 자신에 대한 적개심과 증오와 혼동되기 마련이다. 이 때문에 아버지 표상에 대한 적개심의 표출은 자기 존재의 무력감에 대한 표현과 구분되지 않는다.

더욱 흥미로운 것은 오규원이 아버지 표상을 통해 사물을 인식하

---

46 멜라니 클라인, 위의 책, 394쪽.

는 하나의 태도를 형상화하고 있다는 점이다. 다시금 「네 개의 편지」
로 되돌아와 보자. 이 작품은 모호하게 보이는, 그러나 분명히 구분
가능한 두 개의 인식론을 대비하고 있다. 요컨대 '완벽함'과 '부드러
움'은 이 시에 명시된 사물의 속성, 더 정확히 말해 사람이 사물을
인식하는 방식이다. 두 가지 속성은 문맥상 엄밀하게 구분될 수 있는
것은 아니다. 그러나 미학적으로 볼 때 '완벽함'과 '부드러움'은 전혀
다른 범주에 속한다.[47] 특히 '부드러움'이 사물을 촉각하는 방식이라
면, '완벽함'은 사물의 전체성에 대한 판단이다. 시의 흐름을 따르자
면 사물을 '부드러운 것'으로 인식할 때 그것은 주체를 미성숙한 상태
에 머물게 한다. 한편 "사물들이 완벽하게 보인다니! 이러다간 내가
나의 아버지를 팔겠구나"라는 문장처럼, 사물에 대한 종합적 판단에
이를 때 '나'는 아버지를 '팔아버리고' 홀로 서는 주체가 되고자 한다.
이처럼 아버지의 표상은 사물에 대한 근본적 인식, 특히 사물을 촉각
하는 방식과 지각하는 방식 사이의 대비로 이어진다.

> 사람들은 강박관념을 앓는다. 전염병이다. 사물들은 문을 닫아걸고 그
> 들끼리 산다. 말도 그들끼리, 고독도 그들끼리, 사랑도 그들끼리. 나는
> 짓궂은 어린이, 모험을 즐기는 동화 속의 한 아이. 보물섬의 젖꼭지를 누
> 른다. 나의 철없는 사랑. 간지러운 섬의 젖꼭지. 몸을 비틀면 딸기와 포도

---

47 카를 로젠크란츠의 이론을 빌려본다면, '완벽함'은 아름다움의 범주에 속하는 것이
고 '부드러움'은 추의 범주인 조그마함(귀여움)에 속하는 것이다. 절대적으로 아름
다운 형상은 윤리적으로든 지적으로든 형태로든 자율적이고 완벽한 통일성을 지닌
다(카를 로젠크란츠, 조경식 역, 『추의 미학』, 나남, 2008, 79~80쪽 참조). 반면
조그맣고 부드러운 것들은 우리에게 즐거움을 느끼게 하지만 지적·윤리적 고뇌가
결여되어있기 때문에 추한 형상이다(같은 책, 293쪽 참조).

덩굴이 뒤덮인 바위가 보인다. 나는 매일 보물섬으로 가는 배를 탄다. 보물섬의 있음—오, 순수한 모순이여. 나는 아버지를 반역하고 흔들리며 흔들리는 만큼의 쾌락에 잠긴다. 시커먼 동굴이 있는 그것으로 이미 나는 행복한 자. 나는 세상이 모두 길로 이어져 있음을 길에서 보았다.

—「보물섬—환상 수렵 1」 부분(『왕자가 아닌 한 아이에게』)

똑같이 제3시집에 수록된 「보물섬」에서도 세계를 인식하는 방식과 함께 '아버지의 표상'이 나타난다는 것을 알 수 있다. 이 작품은 "아버지를 반역"함으로써 획득하는 "보물섬"의 환상에 대해서 이야기하고 있다. 위 시에서 '현실'은 자신의 강박증에 사로잡힌 "사람들"과 사람과 단절된 "사물들"로 이루어진 징후적 공간으로 표현된다. 시인은 그러한 세계의 자폐적 정조에 물들지 않는다. 대신 시적 화자는 자신을 동화 속의 "짓궂은 어린이"처럼 세계를 모험하고 있다고 표현할뿐더러, "보물섬의 젖꼭지를" 누르듯 "나의 철없는 사랑"의 방식으로 세상과 관계하는 태도를 취하고 있다. 이 시는 어린아이의 순진무구한 태도로 세계를 인식하는 것이 곧 '아버지의 세계'인 현실과 멀어지기 위한 하나의 방편일 수 있다는 사실에 대한 암시처럼 읽힌다.

지금까지 살펴본 시편들에서 반복하는 것은 '어린아이'로 남고자 하는 시인의 자의식이다. 그렇다면 오규원의 의식 속에서 '순진무구함'이라는 속성은 어떤 의미를 지니는 것일까. "보물섬의 있음"이라는 표현을 곧 "모순"이라고 명시하는 진술은 곧 '어린아이처럼' 세상을 인식한다는 것이 현실에서는 불가능하다는 아이러니한 인식을 드러내는 듯하다. 그러나 "나는 아버지를 반역하고 흔들리며 흔들리는 만큼의 쾌락에 잠긴다."라는 진술에서 아버지의 표상이 나타날 때,

우리는 적어도 순진무구함의 추구가 아버지와 단절하고 "행복한 자"
가 될 수 있다고 말하는 듯하다. 요컨대 오규원 시인은 '어린아이처
럼' 순수하게 세상을 대하는 태도 혹은 세상을 인식하는 방식이라는
테제가 '모순'을 자각하고 있었다. 그것은 동화 속에서만 존재하는 것
이지 현실에는 없는 것이다. 하지만 오규원에게 성숙하지 않는다는
것은 적어도 '아버지가 되지 않는다는' 의미를 지니고 있었던 것처럼
보인다.

> 아이들은 나 같은 구닥다리에게는 아무 관심도 없이
> 땅뺏기를 하고 줄넘기를 하고 그러면서도
> 하늘은 결코 바라보지 않고 열심히 놀고 있다
> 바라보는 것이 내 일이라면 그들은
> 나를 바라보지 않는 것이 자기들의 일인 양
> 흙 속에서 뒹굴고 있다
> 마치 적군을 앞에 두고 내일의 공격을 위장하는
> 전선의 하루같이 놀고 있다
>
> 나의 아버지와 나의 아버지의 아버지가
> 나의 적이듯 마땅히 나는 그들의 적이다
> 골목은 내일을 예감하든 못 하든 마찬가지로 고요하고
> 시간이 시간을 안다는 것은 터무니없는
> 보수주의자들의 낙관론이다
>
> 　　　　　　 － 「골목에서」 부분(『이 땅에 씌어지는 抒情詩』)

　오규원은 아버지가 되는 것을 두려워할뿐더러, '아버지로서' 타인
과 관계하는 것을 두려워했다. 이는 『이 땅에 씌어지는 抒情詩』에 수

록한 「골목에서」라는 작품에서 드러난다. 이후의 시집에서도 오규원은 명백히 멜라니 클라인이 말한 '선망(envy)'의 태도로 진술한다. 즉 그는 자기 존재의 결여를 부정하기 위해서 부정적 속성을 '아버지'에 부여하고 아버지를 끊어내려 하고 있다. 이 사실을 명백히 드러내는 표현이 있다. 그는 자신이 '어른이기 때문에' 아이들의 적이라고 쓰는 것이 아니라 '아버지이기 때문에' 마땅히 그들의 적이라고 쓴다. 어린 아이들이 놀이에 전념하는 모습을 바라보며, '나'는 어른이 된 자신이 아이들의 세계로부터 동떨어져 있다고 느낀다. 아이들이 '놀이'의 세계에 속한다면, 시인은 '일'의 세계에 속해 있다. 분명히 '나'는 어른의 관점에서 말하고 있다. 그래서 아이들을 "바라보는 것이 내 일이라면" 아이들은 "나를 바라보는 것이 자기들의 일인 양"이라고 말할 때, 그는 아이들의 놀이를 '일'이라고 표현하는 어른의 시선을 취하고 있다.

'나'가 아이들의 놀이를 전쟁으로 연상할 때, 그것을 '무엇을 향한' 전쟁으로 느끼고 있는지 주목할 필요가 있다. 아이들이 '나'를 적으로 삼는다고 표현하지만 그것은 '나'라는 특정인에게 적개심을 지녔다는 의미가 아니다. 오히려 이 작품은 '나'가 아버지를 적으로 삼았다는 체험에 기대어 모든 아이가 아버지에게 적개심을 품는다는 것이 자연스럽다는 보편론으로 옮아가고 있다. 여기서 적개의 대상으로서 '어른'이라는 단어가 아닌 '아버지'라는 단어를 선택한 것에서 명백한 의식적 편향을 깨닫게 된다. 물론 이러한 표현에서 우리는 단순히 아버지에 대한 적개심만을 읽는 것은 아니다. '나' 또한 아버지가 되리라는 필연성 속에서 '아버지처럼' 되지 않으려는 다짐과 세월이 흘러 '아버지'와 닮아버렸을지도 모른다는 불안이 두드러지는 작품이다. 다만

적개심의 대상으로서 어른을 총칭할 때 '아버지'라는 단어가 전경화
되는 것을 우리는 확인할 수 있다.

둥글둥글

당신이 벌린 입이 둥글고
배꼽이 항문이 내 아버지의
무덤이 둥글다
밥그릇과 국그릇이 둥글고
내일 아침 개나리 위에 맺는
이슬이 둥글다
아버지의 아들답게 나는
내일 아침 목련 위에 맺는
이슬 속에
내 무덤을 만든다

조상을 흉내내어 둥글게
만들지만 곧 마른다
아버지가 죽은 지 몇 년째인지
알쏭달쏭 개나리 대신 내가
지는 꽃잎 위에 은사철 위에
떨어지는 빗방울 위에
끝까지 본능으로
마른 상처로 버틴다

모든 죽음이 둥글게 완성
되지는 않는다 이태리 판테온에
있는 라파엘이 제 무덤을

들고 와서 말한다
그렇다 둥글둥글
우리나라의 모든 무덤이
밥그릇모양 둥글다
나는 밥을 먹을 때마다
본능에 맞추어 입을
동그랗게 한다

입을 동그랗게 한다
신화를 완성하기 위하여
그때마다 쟁반 같은 달이 뜨고
아버지의 무덤이
달 속에 보인다 완성된
본능이 계란 노른자가 보인다

아버지 —
아버지 —

　　　　　－「서울·1984·봄」 부분(『가끔은 주목받는 生이고 싶다』)

　　지금까지 작품들을 살펴보았던 내용들을 종합하면 오규원 시에서
대개 아버지 표상이 부정적 함의를 지닌다는 것을 알 수 있다. 더욱이
이러한 부정성이 지속하는 이유는 오규원 시에서 '아버지'라는 기호
가 특정한 체험이나 의미로 환원될 수 있는 단어라기보다 세계나 사
물의 부정적인 측면만을 총칭할 때 사용하는 '범주' 또는 '위상'에 가
깝기 때문이다. 또한 시인 자신의 불안의식과 반성의식을 진술할 때
아버지에게 투사적 동일시를 행하는 방식으로 자기 성찰을 수행하곤
한다. 그렇기 때문에 그의 시에서 아버지의 표상은 대개 부정적인 의

미와 맥락을 동반하여 나타난다. 이것은 그의 시 전반에서 두드러지는 특징이다.

　『가끔은 주목받는 生이고 싶다』에 수록된 「서울·1984·봄」에서도 우리는 '아버지'가 부정적 기호로서 활용되는 것을 확인한다. 「서울·1984·봄」에서 '아버지의 둥근 무덤'이라는 이미지는 환유적 상상력에 의해서 똑같이 둥근 형태인 "밥그릇과 국그릇", "이슬" 방울, 그리고 "내 무덤"에 대한 연상으로 이어진다. 반대로 말해서 '둥긂'으로 동질화된 이미지는 모두 '아버지의 무덤'이라는 기원을 연상케 하는 셈이다. '둥긂'을 중심으로 한 환유적 연상은 죽음의 장소인 무덤과 생활의 도구인 밥그릇을 동일시한다는 점에서 아이러니한 이미지이다.

　덧붙여 반복되는 '둥긂'의 형상은 벗어날 수 없는 굴레, 특히 시의 제목에서 떠올릴 수 있듯 서울 생활이라는 굴레라는 함의를 지니는 듯하다. 서울을 배경으로 한 이 작품에서 '나'는 "아버지의 아들답게" 그와 똑같은 죽음을 맞이하게 되리라고 예감하고 있다. 견딜 수 없는 고통의 표출은 "마른 상처로 버틴다"라는 시구에 함축되어 있다. 여기서 마른 상처를 '견딘다'라고 쓰는 대신 마른 상처로 '버틴다'라고 썼을 때, 그 이면에 신체적 상처보다도 더욱더 큰 고통을 주는 것이 삶 자체를 견디는 과정일지도 모른다는 생각을 우리는 하게 된다. 무엇보다 "우리나라의 모든 무덤이/ 밥그릇모양 둥글다"라는 진술에서 죽음의 양식도 생활의 양식도 모두 '둥근' 것으로 차이가 없음을 표현하고 있다.

　따라서 "나는 밥을 먹을 때마다/ 본능에 맞추어 입을/ 동그랗게 한다"라고 표현할 때 "본능"은 아이러니하게 읽힌다. 식사한다는 행위는 생존을 위한 것이다. 하지만 이 작품에서 입술을 동그랗게 마는 행위는 '아버지의 무덤'과 신체를 동질화하는 과정으로 받아들일 수 있다. 이 때문에 "본능"이라는 시어는 술어적으로는 '식사'로 읽게 되지만, 아이러니한 연상 과정에 따른다면 죽음에 대한 충동으로 해석하게 된다. 이러한 맥락에서 "입을 동그랗게 한다/ 신화를 완성하기 위하여"라는 진술이나 "완성된/ 본능"이라는 표현 또한 죽음의 '완성'이라는 의미로 읽힌다. 여기서 '아버지의 무덤'이라는 기호는 도피처이자 휴식처로서 지향되는 죽음의 표상인 것이다.

앞서 「세헤라쟈드의 말—「千—夜話」別曲」이라는 시를 분석하며, 우리는 '어머니-자궁'의 이미지는 삶과 죽음을 변증하는 상징적 장소이자 관능적 언어를 생성케 하는 기원으로 상상되는 것을 확인했다. 반면 「서울·1984·봄」에서 아버지의 기호는 오직 죽음욕동의 표상으로만 나타난다. 그리고 서울의 삶을 고통으로 느끼고 그 고통 끝에서 죽음욕동에 사로잡힐 때 '나'는 아버지를 떠올린다. 이 작품에서 "아버지의 아들답게" 행동한다는 것은 세상을 떠난 아버지처럼 평안한 죽음 속으로 침잠하는 것이다.

한편 아버지 기호에 대한 부정적 재현이라는 뚜렷한 경향에 대치되는 예외적인 작품은 없는 것일까. '아버지'를 추상적 기호로 다루는 것이 아니라, 실제 시인 자신이 '아버지로서' 겪은 체험을 묘사할 때는 비교적 누그러진 시선으로 상황을 그려내기도 한다. 『이 땅에 씌어지는 抒情詩』의 작품인 「우리집의 그 무엇엔가」에서는 기관지 협착증을 겪는 아들을 걱정하는 시인의 모습을 확인할 수 있고, 「우리집 아이의 장난」에서는 자식의 놀이하는 모습을 그리는 작품이다. 또한 『가끔은 주목받는 生 이고 싶다』에서는 "우리집 딸놈은 자기 아버지가 잘생기지는 못했지만/ 멋있다고 믿고 있다 딸놈의/ 착각이 재미 있으므로 나는 거울을 보지 않는다"라는 일화가 이야기된다. 오규원 시인 특유의 아이러니하고 사색적인 어조가 두드러지긴 하지만, 이 작품에서는 우리는 자식에 대한 정감을 느낄 수 있다.

따라서 실제 전기적 체험을 묘사하는 작품과 '아버지 기호'를 다루는 작품에는 근본적으로 관계를 묘사하는 방식에 차이가 있다고 볼 수 있다. 앞서 「네 개의 편지 —楊平洞 7」와 「골목에서」에서 분석한 바에 따르면 오규원 시인은 아버지가 된다는 사실에 불안의식을 드러내고 있었다. 매번 그의 시에서 아버지라는 '기호'는 어떤 상실이나 결여를 가리키는 표상으로 활용되곤 한다.

1
서울 영등포구 신길6동
육교 밑
그늘진 좌표에서

뒹구는 돌
내가 구둣발로 차고 가는구나

내 구둣발에 차이는구나
버려진 고향처럼

2
내가 차고 가는 돌 속에
환하게 다져지는 달빛
(그 속에 서면 내 몸이 다 젖으리)
산의 귓밥을 파내는 물소리—

　그것을 보는 내 눈이여
　낡고 오래된 상처여

　3
　감자를 캐는 누이는 땅속에서 나온 돌을 감자처럼 밭 가장자리에 쌓았
다 햇볕에 잘 익은 돌들은 여물어 단내가 났다 다람쥐들은 돌 깊숙한 곳에
새끼를 까고 먼저 죽은 자식을 밭 가장자리에 묻으며 아버지는 잠자리가
편하도록 관을 돌로 괴었다 큰 돌 사이에 작은 돌을 끼우고 큰 돌을 빼내고
작은 돌을

　작은 돌을 만만하다고
　내가 구둣발로 차고 가는구나

　아들아, 내가 차고 가는구나

　　　　　　　－「구둣발로 차고 가는구나」 도입부와 마지막 부분
　　　　　　　　　　　　　　　（『가끔은 주목받는 生이고 싶다』）

　「구둣발로 차고 가는구나」는 고향이라는 시공간을 회상할 때도
'아버지'라는 기호가 깊은 상실을 가리키는 데 활용된다는 사실을 보
여주는 시다. 시적 화자인 상경한 '나'가 잃어버린 고향을 상기하는
내용의 작품이기도 하다. 영등포의 육교 밑에서 구둣발로 돌을 차는
행위가 계기가 되어 나뒹구는 돌의 이미지가 곧 세 가지 상실의 감각
으로 변주된다. 이 작품의 제1절은 발에 차인 저 돌처럼 "버려진 고
향"을 뒤로 하고 상경해 있다는 처지를 떠올리게 한다. 제2절에서
'나'는 돌이 상징하는 '고향'의 공간과 "환하게 다져지는 달빛" 속에
자신을 내던지지 못하고, 다만 그것을 바라보고 있는 내 자신의 외로

운 두 눈을 "낡고 오래된 상처"로 느끼고 있다. 3절에서는 '자식을 잃은 아버지'라는 사건이 배경에 놓인다. 아이를 돌무덤 속에 묻은 뒤 살아갈 수밖에 없는 아버지의 고통과 죄책감이 "아들아, 내가 차고 가는구나"라는 문장 속에 묻어 나온다.

이 작품을 읽는 것만으로는 아버지의 기호가 부정적으로 사용된다는 인상을 받지 않을 것이다. 3절에서 아버지는 죽은 자식이 편히 쉴 수 있기를 기원하며 "감자처럼" "단내가" 나는 돌을 끼워서 자식의 관이 흔들리지 않도록 만든다. 이러한 다정한 몸짓은 앞서 분석했던 아버지의 표상처럼, 자식을 버리고 훌쩍 떠나버리거나 자식과 적대적 관계를 이루지 않는다. 하지만 고향과 어머니의 기호가 결합하는 방식을 떠올려본다면, 예컨대 「房門」과 같은 작품과 이 작품을 대조한다면 우리는 연상 과정의 차이를 확인한다. 「房門」은 감이 무럭무럭 열린 풍요로운 고향의 이미지를 제시한 이후에 어머니를 떠올리는 연상 과정으로 이루어졌다면, 「구둣발로 차고 가는구나」는 고향 상실을 떠올린 이후에 아버지의 이미지를 연상하고 있다. 요컨대 고향을 결여로 느낄 때 '아버지' 기호는 소환된다. 일관되게 오규원 시인의 의식 속에서 아버지는 부정적 대상이나 특성을 가리키는 범주나 위상으로서 기호화되어 있는 셈이다.[48]

---

48 이후 시집 『사랑의 감옥』에서도 '아버지'의 표상은 몰락한 소시민의 알레고리나 절망의 표상이 된다. 「제라늄, 1988, 신화」에서는 상품화의 시대에 절망해버린 가족의 모습이 '무너진' 아버지의 모습으로 상징화되고, 「목수네 아이」에서는 아이를 버리고 떠난 필리핀 아버지의 일화가 제시된다.

3. 성애적 이미지와 아이러니 언어관의 관계

지금까지 논의한 바는 간단히 축약될 수 있다. 오규원에게 어머니 표상과 아버지 표상은 단순히 전기적 반영에 그치는 것도 아니고, 사회적 전형의 표현에 그치는 것도 아니다. 오히려 그것은 오규원이 현실과 언어를 인식하는 방식과 밀접한 관련이 있었다. 초기에 어머니와 아버지의 표상은 불안의식과 공격성을 동반하며 재현되곤 했다. 오규원 시에서 아이러니는 그러한 불안의식을 스스로 성찰하는 하나의 관조적 거리를 만들어주는 형식이었다. 상당수의 시에서 반복하는 구조적 아이러니는 어린 시절 오규원이 겪은 트라우마적 기억에 대한 징후를 드러내거나(말할 수 없음에 대한 말함) 트라우마를 일정 부분 극복하는(모성적 표상이 환상임을 직시하기) 방식이었다.

그리고 오규원 시에서 점진적으로 어머니·아버지의 표상은 안정된 상징으로 자리 잡게 되는데, '어머니'는 세계의 양가적 요소들을 변증하는 존재이자 관능적 언어를 상징하게 되고 '아버지'는 세계의 부정적 측면들을 가리키는 범주에 가까워진다. 따라서 아이러니 형식의 추구는 오규원 자신에게도 자아의 안정을 가능케 하는 작업이었을 것이다. 근본적으로 자기 체험에 대한 재서술은 그 성격이 긍정적인 것이든 부정적인 것이든 트라우마의 부분적 승화를 가능케 한다. 왜냐하면 근본적으로 이러한 재서술은 언어의 상상계적인 것을 상징계적인 것으로 전환하는 과정이기 때문이다. 마찬가지로 오규원 초기시에서 두드러졌던 분열적인 구조적 아이러니의 형식은 후기로 갈수록 차츰 안정된 상징화의 형식으로 이행해간다. 이러한 상징화를 통해 오규원 시인이 트라우마적 고통을 완화하고 자기 정체성을 안정시켜나갔으리라고 추정할 수 있다.

한편으로 「세헤라쟈드의 말」에서 오규원이 포옹과 잉태의 이미지로 표현하듯, 오규원에게 언어는 마치 관능적 포옹의 이미지로 반복하여 그려지는 것처럼 보인다. 이러한 의식이 오규원의 언어관을 이루는 근본적인 지향과 연관되지는 않는가. 이를 좀 더 확장해서 생각해보자. 1980년대의 한 대담에서 오규원 시인은 "그가 『분명한 사건』을 쓸 무렵에는 그의 의식은 비교적 순수했어요. 언어에 대한 믿음이 깊었다고나 할까, 혹은 시에 대한 인식이 그랬다고나 할까요. 허나 대상을 명확히 묘사하려고 할 때 언어는 항상 대상의 편이 되어 그로부터 멀어져갔지요."[49]라고 회상한 바 있다. 이는 첫 시집을 출간할 무렵 그가 입각했던 언어관이 무엇인지 잘 보여준다. 여기서 언어의 순수성이라는 관념보다 흥미로운 점은 규원이 '편'이라는 비유를 사용한다는 점이다. 그는 '대상의 편'이 아닌 '자아의 편'에서 자신과 세상을 화해시켜주는 언어를 바랐다. 어떤 의미로 그가 바랐던 것은 순수하게 자아를 투영하는 언어, 자아를 지지하는 언어, 그렇게 자아와 놀이하는 언어였던 것처럼 느껴진다. 그러나 그는 곧 언어가 '대상의 편'에 그치고 만다는 사실을 깨닫는다. 언어는 대상을 명확히 묘사하려는 순간 오히려 '대상의 편'이 되어 시인의 손끝을 빠져나가는 듯하다.

이처럼 오규원이 언어의 순수성이라는 메타적 주제를 이른 시기부터 의식하고 있었다는 사실은 중요하다. 롤랑 바르트는 언어의 순수성을 실현하는 것보다 언어의 순수성을 추구하는 정신 자체를 시

---

49 오규원, 『길밖의 세상』, 나남, 1987, 288쪽.

적 언어의 본질로 간주했다. 오규원이 지향한 '순수한' 언어란 바르
트가 『글쓰기의 영도』(1953)에서 제시한 "자유로서의 글쓰기"라는 개
념에 가깝다.[50] 바르트는 작가의 글쓰기는 자신이 속한 공동체 일반
을 거부할 뿐만 아니라 자신의 사적 욕망을 극복할 때 비로소 실현될
수 있다고 주장했다. 이 개념은 『비평적 에세이』(1964)에서 좀 더 섬
세하게 '에크리방스(écrivance)'와 '에크리튀르(écriture)'의 구분으로
이어졌다. 그는 어떤 제도와 전통을 의식하면서 행하는 글쓰기인 '에
크리방스'와 순수하게 글을 쓴다는 사건에 몰입하는 체험인 '에크리
튀르'를 구분했다.[51] 이러한 사유는 『텍스트의 즐거움』(1973)에서도
반복되었다. 그의 저서 제목에 함축하듯 바르트는 글을 쓰는 자가 도
달해야 하는 것은 텍스트와의 순수한 '즐김(Jouissance)'의 상태라고
생각했다.

　　선정적인/관능적인(érotique) 것은 문화도 문화의 파괴도 아닌, 이 둘
　　사이의 틈새이다. 텍스트의 즐거움은 (사드의) 자유주의자가 어떤 대담한
　　술책에 의해 오르가슴을 느끼는 바로 그 순간에 자신의 목을 메고 있는
　　밧줄을 자르게 하면서 맛보는 그런 감당할 수 없는 불가능한 순전히 소설
　　적인 순간과도 흡사하다.[52]

　　변태/뒤집음(텍스트의 즐거움의 체제인)에는 〈성감대〉(게다가 무척이
나 껄끄러운 표현인)가 존재하지 않는다. 정신분석학이 잘 설명한 대로,

---

50 롤랑 바르트, 위의 책, 2007, 21쪽.
51 테리 이글턴 · 매슈 보몬트, 문강형준 역, 『비평가의 임무』, 민음사, 2015, 95쪽
　　참조.
52 롤랑 바르트, 위의 책, 1997, 54쪽.

선정적인 것은 단속성(intermittence)이다. 두 개의 옷(바지와 스웨터), 두 개의 가두리(열린 셔츠·장갑·소매) 사이에서 반짝이는 살의 단속성. 매혹적인 것은 그 반짝임, 혹은 나타남과 사라짐의 무대화이다.[53]

여기서 '즐김(Jouissance)'의 의미를 설명하기 위해서 바르트는 '오르가슴'이나 '선정성'과 같은 관능적 비유를 의도적으로 사용하고 있다. 그러나 그것이 텍스트를 자기 욕망대로 다루는 욕망의 자유를 뜻하는 것이 아니다. 오히려 바르트는 "선정적인/관능적인 것은 문화도 문화의 파괴 아닌, 이 둘 사이의 틈새"라는 점을 강조하기 위해 관능적 비유를 사용하고 있다. 조르주 바타유가 "사실 반쯤 벗은 또는 반쯤 입은 옷은 육체의 무질서를 더욱 강조할 뿐이며 그 때문에 육체는 더욱 무질서하게 보이며 더욱 벗은 것"으로 보인다고 말했듯,[54] 롤랑 바르트 역시 문화 일반에 구속되지 않지만 그것을 완전히 벗어나지도 않는 언어적 실천이야말로 더욱더 '변태/뒤집음(텍스트의 즐거움의 체계)'의 상태에 도달할 수 있다고 말하고 있다. 또한 바르트는 문학이나 언어라는 표현보다 텍스트라는 가치중립적인 표현을 사용하고 있다. 이는 정전화되고 전형화된 의미 체계로서의 '작품'이 아니라 매번 새롭게 읽고-쓰는 대상으로서의 '텍스트'를 가리킨다.

오규원이 언어를 대하는 근본적인 태도 역시 이를 닮았다. 우리는 「세헤라쟈드의 말」에서 한 존재의 삶욕동(에로스)과 죽음욕동(타나토스)를 받아들이는 하나의 자궁과 그러한 자궁을 지닌 관능적 육체와

---

53 롤랑 바르트, 위의 책, 1997, 57쪽.
54 조르주 바타유, 조한경 역, 『에로티즘』, 민음사, 2009, 198쪽.

포용하는 이미지를 확인했다. 오규원은 언어를 '관능적' 대상으로 다루려 한다. 그것은 그에게 언어가 어떤 무의식적·사회적 투영물이 아닌 눈앞에 놓인 모성적·여성적 육체처럼 다뤄진다는 사실을 뜻한다.

그런데 또 한 가지 논의해볼 것은 이러한 '텍스트의 즐김'을 실현하고자 하는 오규원의 지향에는 언제나 아이러니 표현이 뒤섞인다는 점이다. 그의 시에서 반복하는 구조적 아이러니나 아이러니한 진술은 그러한 포용의 실현을 부정한다. 앞서 우리가 거듭 확인했던 것은 관능적 언어·여성성과의 포용을 열망하는 동시에 그것의 실현 불가능함을 드러내는 아이러니한 진술이 병존이다. 여기서 우리는 바르트가 표현한 '에로틱한 틈새'에 오규원의 언어관이 머무는 것을 확인한다. 초기시의 유년기에 관한 회상에서도 우리가 확인했던 것은 오규원이 '순수한' 언어를 지향하면서 그 순수한 언어의 불가능성을 항상 직시해왔다는 사실이다.

이러한 글쓰기의 이율배반적 형식을 바르트는 "텍스트의 즐거움" 또는 "즐김"이라고 부르고 있다.[55] 텍스트의 즐김은 언어가 자신에게

---

55 이 글에서는 롤랑 바르트의 '즐김'과 '즐거움'이라는 두 용어를 구분하지 않고, '즐김'이라는 단어만을 사용하고자 한다. 왜냐하면 '즐김'과 '즐거움'이라는 바르트의 두 가지 용어가 구분하기 어려울 만큼 환기하는 맥락이 아주 유사하기 때문이다. 역자의 해설 또한 이를 지적하고 있다. "여기서 각기 즐거움과 즐김으로 옮긴 이 단어는 김현 교수의 제안을 따른 것으로(『프랑스 비평사』 현대편, 문학과지성사, 1981, 228쪽), 바르트의 텍스트론을 이해하기 위해서는 필수적인 개념이다. 그렇지만 이 둘 사이의 구별은 저자가 말하듯이 그렇게 분명한 것이 아니다. 일반적으로 프랑스어에서 즐거움(plaisir)이란 육체적·도덕적으로 쾌적한 상태를 가리키며, 즐김(jouissance)은 동사 즐기다(jouir)에서 나온 말로 보다 내밀한, 그리하여 우리의 온 마음을 관통하는 보다 지속적인 감정을 의미한다(『동의어 사전 *Dictionnaire des synonymes*』, Larousse, 1977, 444쪽)."(롤랑 바르트, 위의 책, 1997, 51쪽 참조)

저항한다는 사실을 느끼는 자의 글쓰기, 자신의 언어로 완전히 문화를 파괴하는 것도 반대로 사적 욕망을 완전히 고백하는 것도 불가능하다는 것을 감각하는 자의 글쓰기이기도 하다. 이때 바르트는 '즐김'이라는 단어를 선택함으로써 그러한 글쓰기가 순간적인 사건임을 암시한다. 텍스트를 읽는 자에게는 즐김이라고 하는 일회적이고 개별적인 사건만이 존재할 뿐이다. '즐김'은 영구적 무의식으로 남는 것도 아니고, 정전화하는 제도와도 거리가 멀다. 오히려 반쯤 가린 육체를 바라보듯 에로틱한 체험을 하게 해주는 '변태(pervert)적인 것' 혹은 "나타남과 사라짐의 무대화"가 바로 바르트가 '텍스트의 즐거움'이라는 말로 표현하고자 하는 언어관이다.

우리는 오규원 시의 가족 표상을 분석하며 드러난 언어관을 '관능적 아이러니'라고 명명하고자 한다. 이러한 관능적 아이러니는 작품 내재적으로는 아이러니한 진술이나 구조를 이용하여 '언어'의 한계를 드러내면서, 한편으로 진술하는 것도 실현하는 것도 불가능한 이상적 언어를 '몸'의 이미지로 표현하는 형식이라고 할 수 있다. 근본적으로 언어 행위와 대치되는 이미지는 「세헤라쟈드의 말」에서 연인의 포옹, 즉 촉각적 접촉이었다. 또한 오규원은 이 작품에서 언어를 "당신의 언어", 즉 '나'의 소유물이나 체험으로서 존재하는 언어가 아니라, 타인이 타인임을 자각하게 만들어주는 피부접촉으로서의 언어를 형상화하고 있다. 그렇다면 이러한 분석은 오규원 시 전반에 대해서도 타당한 것인가. 이 문제를 논의해볼 필요가 있다.

지난 겨울도 나의 발은
발가락 사이 그 차가운 겨울을

딛고 있었다.
아무데서나
心臟을 놓고
기우뚱, 기우뚱 消滅을
딛고 있었다.

그 곁에서
계절은 歸路를 덮고 있었다.
母音을 분분히 싸고도는
認識의 나무들이
그냥
서서 하루를 이고 있었다.

　　　　– 초회추천작 「겨울 나그네」 부분(『현대문학』 1965년 7월호)⁵⁶

내 목소리 속의
감탄사의 長音과
부호들이
등불이 꺼진 캄캄한
母音 속에서
殺害되고 있다.
부드럽고 연한
長音의 四肢가 찢어져
땅바닥에 뒹굴고

---

56 이 작품은 오규원 시인의 초회추천작이다. 『분명한 事件』에도 수록되었으며 표기
　　방식 외에는 『현대문학』에 발표했던 판본과 시집에 수록되었던 판본에 큰 차이가
　　없다. 다만 시인의 전기적 트라우마를 겪은 시기에 좀 더 가까운 『현대문학』 판본
　　을 인용하였다.

찾아온 옛날 친구들의
팔목과
따뜻한 音聲이
짤려지고 있다.

－「김씨의 마을」 부분(『巡禮』)

나는 미국 문학사를 읽은 후 지금까지 에밀리 딕킨슨을 좋아하는데,
좋아하는 그녀의 신장 머리칼의 길이 눈의 크기 그런 것은 하나 모른다.
그녀의 몸에 까만 사마귀가 하나 있는지 없는지도 모른다. 그러나 나는
가끔 그녀의 몸에 까만 사마귀가 하나 있다고 시에 적는다.

－「詩」 부분(『巡禮』)

나의 장난기 ― 꽃, 그 여자의 앞가슴 단추를 따고 손가락 하나를 곧추
세워 유방의 꼭지를 누른다. 간지러운 사물의 젖꼭지, 부끄러운 본질의
아름다움. 세상의 순수한 모든 것은 장난을 좋아한다. 나의 장난 ― 나의
순수와 그 철없는 사물과의 사랑.

－「보물섬―환상 수첩 1」 첫 연(『왕자가 아닌 한 아이에게』)

오규원 시에서 언어가 성애화된다는 것, 특히 "母音", "관념의 여
자들" 등의 표현처럼 여성화된다는 것을 확인하기란 어렵지 않다. 오
규원이 문단에 처음으로 발표한 작품이자 초회추천작인 「겨울 나그
네」에서도 "母音"과 "認識"과 같은 단어들은 중요한 제재로 다뤄졌다.
물론 이 작품은 가족 체험을 다루고 있지 않다는 점에서 2장에 언급
한 작품들과 함께 분석될 수는 없을 것이다. 다만 주목해볼 것은 「겨
울 나그네」는 "그 차가운 겨울"을 배경으로 불안의식을 소묘하는 작
품인데, 그러한 불안의식이 차츰 언어에 대한 의식으로 옮아가고 있

다는 징후적 사실이다. 이는 어쩌면 오규원에게 "母音"과 "認識"과 같은 대상을 탐구하는 과정 자체가 불안의식을 극복하는 매개가 되었다는 추론을 하게 만든다.

한편 『巡禮』에 수록한 「김씨의 마을」에서도 "母音"은 "내 목소리 속의/ 감탄사의 長音과/ 부호들"을 내포하는 대상으로 그려진다. 더욱이 "母音"은 살해되는 존재로 활유되기도 한다. 언어를 활유하는 표현 방식에서도 그는 "부드럽고 연한"이라는 촉각적 형용사나 '찢어지다', '짤리다'와 같은 상처의 서술어를 사용하고 있다. 이렇듯 오규원의 의식 속에서 언어는 촉각적 이미지로 재현되는 경향이 두드러진다. 덧붙여 「김씨의 마을」은 장시이기 때문에 다양한 내용을 포함하고 있지만, "찾아온 옛날 친구들의/ 팔목과/ 따뜻한 音聲이/ 짤려지고 있다."라는 표현처럼 언뜻 어린 시절 추억을 공유하는 친구들을 '상처 입은' 존재로 이미지화한다는 특징을 지니고 있다. "母音"이라는 언어의 훼손과 "옛날 친구들"의 신체가 훼손되는 상황이 동일시되는 이미지 속에서도 우리는 이 시의 불안의식을 확인할 수 있다.

언어에 대한 촉각적 페티시즘은 「詩」와 「보물섬 ─ 환상 수첩 1」에서 뚜렷이 드러난다. 「詩」는 미국 문학사에 관한 책을 읽은 뒤 에밀리 딕킨슨라는 시인을 좋아하게 되었다고 서술하는 작품이다. 그런데 에밀리 딕킨슨의 시에 대한 애호는 곧 그녀의 신체에 대한 상상, 즉 "그녀의 신장 머리칼의 길이 눈의 크기"에 대한 공상으로 이어진다. 더 나아가 "그녀의 몸에 까만 사마귀가 하나 있다고 시에 적는다"라는 거짓 진술까지 꾸며낼 때, 우리는 에밀리 딕킨슨의 문학을 '좋아하는 것'을 의도적으로 그녀의 신체를 '상상하는' 과정으로 전환하고 있음을 확인한다. 여기서 그녀의 피부에 "까만 사마귀가 하나 있다고"

믿는 공상하는 것은 그만큼 그 시인을 내밀하게 이해하기를 바라는 마음의 표현으로 읽을 수 있다. 하지만 앞서 어머니의 표상을 분석하며 우리가 얻었던 결론을 떠올려본다면, 우리는 일관되게 오규원 시인의 시에서 언어가 '피부접촉'으로 표현된다는 사실을 징후적으로 받아들이게 된다.

이러한 징후에 대한 분석은 「보물섬—환상 수첩 1」을 함께 읽을 때 좀 더 설득력 있는 것이 될 수 있다. 이 작품은 인식의 문제와 관능적 접촉을 동일시하는 작품이다. 인식하는 주체로서의 '나'와 인식 대상으로서의 "꽃"의 관계는, 다시금 '나'의 손으로 여성의 신체를 만지는 "장난"으로 이행해간다. 이것이 단순히 성애의 이미지가 아니라는 것은 "부끄러운 본질의 아름다움" "세상의 순수한 모든 것"과 같은 표현에서 드러난다. 즉 시인은 사물을 이해하는 것과 "간지러운 사물의 젖꼭지"를 누르는 행위를 동일시하고 있다. 요컨대 오규원에게 사물을 '보거나' '인식하는' 과정은 매번 신체의 접촉으로 표현되는 것이다. 더욱이 아이를 충족시키는 가장 원초적인 경험이 젖물림이라는 사실을 떠올릴 때,[57] 우리는 이 작품에서 오규원이 사물의 '본질'이나 '순수성'이라는 위치에 여성의 상징적 가슴을 놓아둔다는 것을 징후적으로 읽어볼 수도 있다. 앞서 어머니의 표상을 분석하며 얻었던 내용이 없었다면 우리는 이러한 연상 과정을 소박한 비유로만 이해할 테지만, 이전의 분석을 떠올린다면 오규원은 모성의 결핍을 채우기

---

57 특히 멜라니 클라인은 프로이트가 주장했던 '남근결여'보다도 젖떼기의 경험이야말로 어린아이에게 어머니와의 분리를 실감하게 하는 근원적 사건이라고 말했다. 더 나아가 가슴의 결여를 '상징적 가슴'으로 대체해가는 과정이 곧 상징화이자 언어 행위라는 것이다(홍준기, 위의 책, 337~339쪽 참조).

위해 '언어 행위'나 '인식 행위', 즉 시를 쓴다는 것을 상실한 모성적 신체로 전환된 "철없는 사물과의 사랑"으로 상상하고 있는 셈이다.

여기서 오규원은 "부끄러운 본질의 아름다움", 즉 사물의 미적 본질에 대해 말하고 있다. 이때 그가 말하는 사물의 본질이 무엇인지 확정할 수 없을뿐더러, '본질'이라는 단어를 사용하는 방식 역시 물리적·미학적 탐구방식으로 환원할 수 없는 사적인 방식이다. 따라서 오규원 시에서 암시된 본질이 '무엇이냐는' 질문보다 중요한 것은 왜 그가 사물의 본질이 있다고 '믿어야만' 했는가라는 질문을 던지는 작업이 될 것이다. 사실 사물의 본질에 대한 모든 탐구 이전에 선행해야 하는 것은 사물의 본질이 존재한다는 믿음이다.[58] 왜 사람에게 그러한 믿음은 요구되는가. 더욱이 우리는 오규원 시에서 사물의 본질이 관능적 표상을 통해서 드러난다는 경향을 주목해야 한다. 특히 그것이 "앞가슴"이나 "젖꼭지"와 같은 여성적 신체에 비유되는 이유는 무엇인가.

이러한 비유를 통해 만들어지는 것은 존재론적 또는 무의식적 아이러니라는 가상이다. 요컨대 이 시의 진술은 여성적 신체의 이미지 이면에 감춰진 어떤 '본질'이 있다는 믿음을 자아낸다. 그런데 그러한 이미지를 통해서만 간접적으로 드러날 수밖에 없는 본질이란 무

---

[58] 앞서 언급했던 오규원의 인터뷰를 상기해보자. "그가 『분명한 사건』을 쓸 무렵에는 그의 의식은 비교적 순수했어요. 언어에 대한 믿음이 깊었다고나 할까, 혹은 시에 대한 인식이 그랬다고나 할까요. 허나 대상을 명확히 묘사하려고 할 때 언어는 항상 대상의 편이 되어 그로부터 멀어져갔지요."라고 말할 때도 그는 '순수한' 인식이 존재한다고 미리 믿고 있다. 그러나 대부분의 사람은 그러한 탐구나 의문이 없이도 살아갈 수 있다. 소수의 사람만이 그러한 질문을 행하며, 그러한 질문을 행하는 고유한 방식 속에서 그들은 과학자나 철학자나 시인으로 구분된다.

엇인가. 크리스테바는 애도하는 자는 자신이 상실한 대상을 상징화할 언어 능력을 잃어버렸지만, 도리어 상실을 가장 잘 표현해주는 것은 대상을 '어떤 것'이라고 모호하게 말할 수밖에 없다는 언어 능력의 결핍 자체라고 설명한 바 있다. 이러한 맥락에 비추어보다면 이 세상에 어떤 드러나지 않은 본질이 있다는 믿음은 그렇게 말하는 자의 마음속에 애도하는 대상이 있다는 사실과 구분되지 않는다. 더욱이 크리스테바는 "성적인 그 무엇이라는 그 결정 자체 속에서도 결정되지 않은 것, 분리되지 않은 것, 포착할 수 없는 것처럼 나타난다"라고 말한 바 있다.[59] 마찬가지로 오규원에게 사물의 본질은 "사랑"과 '접촉'이라는 관능적 방식으로 드러나는 것인데, 그러한 '순수한' 대상이 있다고 믿을 수밖에 없었던 것은 그러한 믿음을 지속할 때만 그의 내면에서 결핍된 "사랑"을 다시금 언어 행위를 통해 채울 수 있기 때문은 아닐까.

이러한 의문을 확증할 필요는 없다. 단지 「보물섬―환상 수첩 1」의 내용에서 확인한 대로 사물에 대한 관능적 접촉을 추구하고 그 안

---

59 오규원은 「김씨의 마을」 「보물섬―환상 수첩 1」 등에서 자신이 재현할 수 없는 '순수한' 대상을 만들어내고 있다. 이 문제를 애도와 연관시켜보자. 애도는 '대상'을 언어로 상징화할 때 완수될 수 있다. 반면 멜랑콜리커는 '대상'을 상실한 슬픔에 여전히 잠겨 있으며 그가 상실한 대상을 가리킬 언어 능력이 없다. 대신 그는 상실한 대상을 '어떤 것'이라고 모호하게 가리킬 수밖에 없다. 그런데 사실 이 '어떤 것'은 멜랑콜리커가 자신의 결핍을 투사하여 가공된 재현 불가능한 대상이다. 이 대상을 크리스테바는 '쇼즈(Chose)'라고 명명한다. "이 '어떤 것'은 이미 구성된 주체에 의해 거꾸로 보여져서, 성적인 그 무엇이라는 그 결정 자체 속에서도 결정되지 않은 것, 분리되지 않은 것, 포착할 수 없는 것처럼 나타난다. 우리는 이 '대상(Objet)'이라는 용어를 자기가 하는 말의 주인인 주체에 의해 발화된 명제가 확인하는 공간–시간적인 항구성에 남겨두려고 한다."(줄리아 크리스테바, 위의 책, 25쪽)

에서 "사랑"을 회복하는 것이야말로 오규원의 시 쓰기가 추구하는 방향이었음을 확인하는 것만으로도 충분하다. 인용한 작품들뿐만 아니라 그의 시에서 '언어'가 관능의 대상으로 표현되는 예시는 많다. 또한 그러한 언어를 탐닉하는 존재로서 '사내'의 모습이 그의 작품에 종종 그려지기도 했다. 이러한 '사내'의 형상은 첫 시집의 「사내와 사과」라는 작품에서부터 어렴풋이 드러나기도 하지만,[60] 사내가 뚜렷하게 관능적인 언어관과 얽혀서 나타나는 것은 두 번째 시집 『巡禮』부터 나타난다고 할 수 있다. 이를테면 "그때다, 그대와 내가/ 한 잎 뒤의 세계를/ 서둘러 훔칠 때는."(「우리가 기다리는 것은―순례 15」)라는 시구나 "잡다한 관념의 여자들"의 곁을 맴도는 '사내'의 이미지(「김씨의 마을」) 등을 예로 들 수 있다. 이때 사내는 대개 어떤 욕정이나 갈증에 사로잡힌 채 '언어'를 찾아 헤매는 존재로 그려지곤 하는데, 이는 언어를 탐구하는 시인에 대한 또 다른 표현인 것처럼 보인다.

지금까지 드러낸 사실은 다음과 같다. 오규원에게 언어란 관능의 대상이자 촉각적 페티시즘이 대상이다. 이 문제를 좀 더 섬세하게 분석해보자. 우선 이것은 오규원 시인이 언어를 사적으로 향유하고 있다는 사실을 뜻한다. 즉 그는 공적 언어에 동조하는 방식으로 언어를 사용하는 것이 아니라 언어에 자신의 은밀한 욕망을 투영하며

---

60 「사내와 사과」 전문은 다음과 같다. "한 사내가 슬그머니 사과 속으로 들어가더니 아무도 없는 응접실의 접시 위 사과가 어슬렁어슬렁 거닐고 대낮의 욕정이 전신으로 내리박히어 벌겋게 독이 오른 맨살 밑의 캄캄한 공간에서 씨방이 분주하게 삽질하는 소리가 들린다." 첫 시집에서는 드물게 관능적인 이미지를 제시하는 작품이다. 이 시에서 어떤 육체를 탐닉하는 듯이 '사내가 사과 안으로 들어가는' 이미지가 묘사된다. 여기서 주목할 것은 어떤 대상과 관계 맺는 한 사내의 몸짓을 '관능적인' 방식으로 그리는 시적 의도이다.

홀로 놀이한다. 「보물섬—환상 수첩 1」에서 그가 사물에 대한 인식을 "나의 장난기" 혹은 "나의 장난"이라고 표현하는 것, 무엇보다 일인칭 '나'의 유희임을 강조한다는 사실은 이를 암시한다. 그리고 이러한 경향은 제2시집 『巡禮』뿐만 아니라 그 이후의 시집 전체에 일관한다.

　　나를 내려놓고, 오후 3시, 그 사람이 고속버스로 서울로 갑니다. 언어가, 모순이, 사랑이 고속버스를 타고 오후 3시를 지나갑니다. 내 앞에는 서울로 가는 길이 고속버스가 가지고 가고도 많이 남아 있습니다. (서울은 참 아름다운 곳입니다!) 나는 터미널에 사지가 짐짝처럼 포개져 놓입니다. 내가 보는 앞에서 오후는 꽝꽝 문을 잠그고 시간을 오뉴월 개처럼 방목합니다. 심심해서 문이 잠긴 오후의 심장을 두드려봅니다. 무반응.

－「소리에 대한 우리의 착각과 오류—환상 수첩 3」 도입부

(『왕자가 아닌 한 아이에게』)

　　나는 그대 육체가
　　보고 싶단다
　　움직이지 않으면
　　존재하지도 않는
　　사람 정신이여
　　그대 바람이여

　　나무처럼 여기 와
　　내 앞에 서라
　　탄력이 있으니
　　육체도 있으렷다!

나는 그대 육체가
보고 싶단다

　　－「나무야 나무야 바람아」 부분(『가끔은 주목받는 生이고 싶다』)

욕망의 성기며 육체의
현실인 말은
오늘도

　　　　－「말」 마지막 연(『가끔은 주목받는 生이고 싶다』)

개울가에서 한 여자가 피 묻은
자식의 옷을 헹구고 있다 물살에
더운 바람이 겹겹 낀다 옷을
다 헹구고 난 여자가
이번에는 두 손으로 물을 가르며
달의 물때를 벗긴다
몸을 씻긴다
집으로 돌아온 여자는 그 손으로
돼지 죽을 쑤고 장독 뚜껑을
연다 손가락을 쪽쪽 빨며 장맛을 보고
이불 밑으로 들어가서는
사내의 그것을 만진다 그 손은
그렇다 ― 언어이리라

　　　　　　－「손 ― 김현에게」 전문(『사랑의 감옥』)

　『왕자가 아닌 한 아이에게』에 수록된 「소리에 대한 우리의 착각과
오류 ― 환상 수첩 3」는 고속버스 터미널에서 "그 사람"을 떠나보내면

서 문득 떠올린 사색을 진술하는 내용의 작품이다. 문득 "그 사람"이 고속버스를 타고 간다는 사실이 곧 "언어가, 모순이, 사랑이 고속버스를 타고 오후 3시를 지나갑니다"라는 문장으로 옮아간다. 이러한 연상 과정은 주목을 요한다. 왜냐하면 이 표현 방식은 이전의 시 작품과 마찬가지로 오규원 시인의 의식 속에서 '사람과 헤어지는 순간'이 자연스럽게 '언어, 모순, 사랑'에 대한 사색으로 이어진다는 것을 보여주기 때문이다. 또한 같은 시집에 수록된 작품들을 함께 읽어본다면 여기서 '언어', '모순', '사랑'이 함께 나열된다는 점도 징후적이다. 왜냐하면, 이는 '어머니–자궁' 표상을 논의하며 분석했던 바인데, 같은 시집에 수록된 「한 나라 또는 한 여자의 길—楊平洞 3」에서 시인은 '어머니'를 "내 어릴 때부터의 모순의 나무"라고 부르면서 어머니의 상실을 곧 '모순'의 체험이자 '사랑'의 상실로 표현하고 있었기 때문이다. 그러나 「소리에 대한 우리의 착각과 오류—환상 수첩 3」에서는 어떤 쓸쓸함이나 비판적 성찰이 부각될 뿐 결여나 상실감 자체는 좀처럼 선명해지지 않는다. 이것은 서술 방식의 효과로 판단된다. 어떤 의미로 그의 메타시는 회피의 양식인 것처럼 보이기도 한다. 왜냐하면 그의 메타적 성찰은 현실 속의 사건을 계기로 시작되지만 조금씩 그 서술의 위치가 현실과 멀어지는 메타적 위치로 옮아가면서, 다시 말해 현실에 대한 언어가 아닌 언어에 대한 언어로 물러남으로써 현실을 감추게 되기 때문이다.

'인식'과 '언어'와 같은 시어는 그의 시적 인식론과 언어관을 보여주는 메타서술을 위해 사용된다고 볼 수 있다. 그런데 「나무야 나무야 바람아」와 「말」과 같은 작품들에서 존재에 대한 인식은 육체에 대한 확인과 동일시된다. 「나무야 나무야 바람아」는 마치 말을 건네듯

"사람 정신"을 향해 '그대가 보고 싶다'라고 전하는 형식을 취하는 작품이다. 여기서 사람 정신은 세 가지 심상으로 비유된다. 최초에 그것은 '바람'에 비유되었다가 '나무'에 비유되고 마지막으로 '육체'에 비유된다. 좀 더 선명히, 「말」에서 오규원은 "욕망의 성기며 육체의/현실인 말"이라고 쓴다. 우리가 주목할 것은 결국 이러한 모든 메타 서술은 시 쓰기와 시 언어에 대한 시인의 자기 선언이면서 성찰인데, 관능적 대상으로서의 '육체'는 그의 시 쓰기가 닿아야 할 목표로 놓여 있다는 점이다.

한편 김현 평론가를 추모하는 「손—김현에게」라는 작품에서 오규원은 언어를 "한 여자"의 손에 비유하고 있다.[61] 여기서 우리는 여성의 행위 묘사를 통해 언어가 곧 '어머니의 손' 또는 '아내의 손'에 비유된다는 것을 손쉽게 알 수 있다. '손'은 자식의 피 묻은 옷을 한밤이 될 때까지 개울가에서 빨래하는 손이자, 자신의 몸을 깨끗이 닦는 손이고, 집으로 돌아와 장독을 관리하는 손이며, 사내의 성기를 만지는 손인 것이다. 일관되게 여기서도 강조되는 것은 촉각적 경험이고, 더 정확히 표현하자면 가족의 신체를 만지는 손이다. 자식의 피 묻은 옷을 만지는 것조차 자식의 상처를 확인하고 돌보는 의식의 연속이고, 장독을 관리하는 것조차 가족의 식사를 배려하는 의식의 연장임에 동의한다면, 이 작품에서 형상화한 것이 보살핌의 손길임을 확신할 수 있을 것이다. 이처럼 오규원에게 '쓰다' 또는 '인식하다'라는 술어는

---

61 이후에도 오규원은 또 다른 김현 평론가의 추모시인 「무릉—다시, 김현에게」(『길, 골목, 호텔 그리고 강물 소리』)를 창작한다. 그 내용은 "할 말이 있는 사람은 이곳에 들러도 된다"라는 표현처럼 낯선 행인들을 향해 열려 있는 환대의 주제를 담고 있다.

근본적으로 '만진다'라는 동사로 환원될 수 있다. 그것은 더 정확히 말해서 어머니의 손으로 만지는 것, 그의 삶에서는 상실한 어머니의 보살핌으로 세상을 대하는 자세에 도달하는 것이다.

이처럼 절대관념을 추구했던 초기의 시집인『분명한 事件』과『巡禮』부터 날이미지 시론을 입안했던 후기의 시집인『사랑의 감옥』에 이르기까지, 지속해서 오규원 시인은 "언어"를 어머니나 여성으로 비유하고 있다. 이것은 어쩌면 오규원 시인의 의식 속에서 언어 행위 자체가 모성·여성의 대체물을 만들어내는 과정이거나 무의식 속의 모성적·여성적인 것(아니무스[62])을 통해 세계를 이해하려는 노력이었다고 추측하게끔 만든다. 그렇다면 우리는 반대로도 질문을 던질 수 있다. 그의 시에서 반복했던 관능적 이미지들을 반대로 '언어'에 대한 메타적 이미지로 읽어보는 것도 가능할 것인가.

> 나는 한 女子를 사랑했네. 물푸레나무 한 잎같이 쬐끄만 女子, 그 한 잎의 女子를 사랑했네. 물푸레나무 그 한 잎의 솜털, 그 한 잎의 맑음, 그 한 잎의 영혼, 그 한 잎의 눈, 그리고 바람이 불면 보일 듯 보일 듯한 그 한 잎의 순결과 자유를 사랑했네.

> 정말로 나는 한 女子를 사랑했네. 女子만을 가진 女子, 女子 아닌 것은

---

[62] "사람이 외적 인격-페르조나를 가지고 외부세계와 관계를 맺는 것처럼 우리의 내면세계와도 외적 인격과 대조되는 태도와 자세, 성향이 생기게 되는데 이를 내적 인격", 융의 용어로는 '아니마'와 '아니무스'라고 부른다. "남성 안에 있는 여성적 요소를 아니마, 여성 안에 있는 남성적 요소가 아니무스이다"(김혜정, 「C. G. 융의 아니마/아니무스와 여성성」, 『정신분석심리상담』 4, 한국정신분석심리상담학회, 2020, 120쪽)

아무것도 안 가진 女子, 女子 아니면 아무것도 아닌 女子, 눈물 같은 女子,
슬픔 같은 女子, 病身 같은 女子, 詩集 같은 女子, 그러나 누구나 영원히
가질 수 없는 女子, 그래서 불행한 女子.

그러나 영원히 나 혼자 가지는 女子, 물푸레나무 그림자 같은 슬픈 女子.

— 「한 잎의 女子」 전문(『왕자가 아닌 한 아이에게』)

「한 잎의 女子」는 세 번째 시집 『왕자가 아닌 한 아이에게』(문학과
지성사, 1978)에 수록되었으나, 이원 시인에 따르면 1971년을 전후로
창작된 작품이라고 전한다.[63] 또한 이 작품은 제6시집 『사랑의 감옥』
에서 세 편의 시로 재창작되었다는 점에서 오규원에게 중요한 의의를
지닌 작품이었던 것처럼 보인다. 「한 잎의 女子」는 결핍의 상징으로
서 여성 표상을 활용하는 작품이다. 이 작품에서 '女子'는 서술 그대
로 사랑하는 연인을 가리키는 표현으로도 읽을 수 있지만 시인이 그
리워하는 수많은 대상들을 가리키는 기표로도 이해된다.[64] 이를테면

---

63 이원 시인에 따르면 「한 잎의 여자」는 1971년부터 1973년 사이에 쓰인 것이다.
오규원 시인은 1971년 태평양화학 홍보실로 근무처를 옮기면서 경기도 시흥군 서
면 광명리로 거주지를 옮긴다. 이후 1974년 양평동으로 거주지를 옮기기 전까지
이곳에 거주했던 것으로 알려져 있다. "거주지가 시에 구체적으로 드러나는 것도
바로 이 시기부터다. 「개봉동의 비」「개봉동과 장미」 등이 바로 그렇고 「행진」
「한 잎의 여자」 등 다음 시집인 『왕자가 아닌 한 아이에게』에 수록되는 시들도
절반 정도는 개봉동 거주 시절에 씌어진 것들이다."(이원, 「'분명한 사건'으로서의
'날이미지'를 얻기까지」, 『오규원 깊이읽기』, 문학과지성사, 2002, 52쪽.)

64 본문에서는 '女子'라는 시어를 주요하게 분석하지만, '한 잎'이라는 표현 역시 상당
히 전기적 반영의 뉘앙스를 지닌 시어이다. '나뭇잎'의 모티프는 1973년에 발표한
시집인 『巡禮』에서 주요하게 반복한다. '나뭇잎'의 모티프는 "그때다, 그대와 내가
/ 한 잎 뒤의 세계를/ 서둘러 훔칠 때는."(「우리가 기다리는 것은―순례 15」 부분,

"물푸레나무 한 잎같이 쬐끄만 女子"라거나 "詩集 같은 女子" 등의 표현에서는 구체적 사물을 연상하게 만들기도 하고, "한 잎의 순결과 자유"나 "女子 아닌 것은 아무것도 안 가진 女子"와 같은 표현에서는 시인이 지향하는 이상적 속성을 가리키는 것처럼 느껴지기도 한다. 그렇기 때문에 이 작품에서 '女子'의 의미는 확정되지 않는다. 다만 시인이 결코 획득할 수 없는, 그래서 영원히 그리워할 수밖에 없는 결핍의 기표일 뿐이다.

그리고 우리는 이 작품에서 그 다양한 결핍과 결핍을 채우려는 희구의 양태가 '女子'라는 단어로 종합된다는 것을 확인한다. 요컨대 다양한 관념을 곧 관능의 표상으로 바꾸어 놓는다는 사실을 쉽게 알아볼 수 있다. 관능의 문법이 오규원 시에서 반복한다는 사실은 앞서 강조했던 것이기 때문에 재론하지는 않으려 한다. 주목하고자 하는 것은 이 작품에 내재하는 구조적 아이러니다. 「한 잎의 여자」에서 '女子'는 "누구나 영원히 가질 수 없는" 타자인 동시에 "그러나 영원히 나 혼자 가지는" 존재로 진술된다. 이 상충하는 진술 중 어느 쪽에 초점을 맞추느냐에 따라서 우리는 이 시를 다르게 읽게 된다. "누구나 영원히 가질 수 없는" 사실에 주목한다면, 이 시에 열거된 이상화된 여성성의 소유 불가능성을 의식하게 된다. 반면 "그러나 영원히 나 혼자 가지는"이라는 진술에 주목한다면 이 모든 진술이 어쩌면 시

『巡禮』)라는 시구처럼 연인이 함께 탐하는 어떤 관능적이고도 은밀한 이상세계를 상징한다. 한편 고향의 회상할 때도 '나뭇잎'의 모티프가 두드러진다. 「어느 마을의 이야기 ─ 유년기」의 "사방을 둘러싼 돌담의 넓적한 호박잎"은 포근한 고향의 공간을 제유하고, 「회신」에는 "홀로 뒤로 물러서서 다시 본 바다의 나뭇잎"이라는 표현이 사용된다.

인의 자기 투영에 지나지 않을지도 모른다고 가정하게 된다. 이것은 시인이 지향하는 이상화된 모성·여성의 이미지를 제시하고 그것이 자신이 만들어낸 환각임을 회의적으로 성찰하는 구조적 아이러니가 「한 잎의 여자」에서도 반복한다는 바를 뜻한다.

　그렇다면 오규원 시인은 '女子'라는 단어를 통해서 무엇을 찾고 있는가. 이때 '찾는다는' 과정은 실존하는 한 여인이라기보다 '女子'라는 기표를 거듭 발음하는 방식으로 행해지고 있다. 계속 크리스테바의 용어를 빌린다면 「한 잎의 여자」에서 열거하는 '女子'의 속성은 실상 "투사적 자기 동일화(identification projective)"[65]에 가까운 것이다. 즉 실제로 그러한 속성을 가진 대상을 '찾는' 것이 아니라 차라리 자신이 쉽게 소유할 수 있는 '女子'라는 단어에 그러한 속성이 내포한다고 믿는 방식, 즉 '투사하는' 방식으로 말이다. 이러한 맥락에서 오규원 시인에게 "영원히 나 혼자 가지는 女子"라는 진술, 즉 그녀를 자신만이 소유할 수 있는 아이러니한 믿음이 성립했던 것은 아닐까.

　오규원 시의 구조적 아이러니는 실은 누구나 쉽게 이해할 수 있는 사랑의 양가성을 떠올리게 한다. 사랑하기 때문에 아픈 상실을 거듭 떠올릴 수밖에 없다는 것, 반대로 깊이 상실할수록 다시금 사랑의 대상을 찾아 헤맬 수밖에 없다는 것. 이렇듯 오규원 시의 구조적 아이러니는 애도의 작용에 내포된 양가적 역학을 떠올리게 한다. 따라서 오규원의 모성적·여성적 비유에서 반복하는 구조적 아이러니는 가장 징후적인 것이면서도, 그의 시에서 가장 서정적인 울림을 만들어내는 대목이기도 하다. 사랑하는 대상을 그 누구도 영원히 '가질 수는'

---

[65] 줄리아 크리스테바, 위의 책, 82쪽

없다. 그러나 사랑하는 대상은 그가 어디에 있든 존재유무와 상관없이 그의 마음속에서 영원히 '가질 수밖에' 없는 것이기도 하다. 일견 상충하는 아포리아처럼 보이는 그의 아이러니한 진술은 이와 같은 패러독스로도 읽히는 것이다.

「한 잎의 여자」에서 또 하나 주목할 것은 리듬이다. 이 작품에서 시인은 '女子'라는 대상을 거듭 발음하고 있다. 그리고 크리스테바에 따르면 이러한 반복의 리듬은 그 자체로 애도 행위와 관련한다. 말은 타인과 관계 맺기 위한 수단이고 타인과 관계한다는 것은 어린아이처럼 마음대로 행동하는 것은 중단할 때 가능하지만, 하지만 때로 말의 파편화와 운율 속에서 억눌렀던 무의식적인 것이 귀환한다고 그는 생각했다.[66] 비유하자면 크리스테바에게 시 장르의 리듬과 압운은 말의 정상적인 운용을 방해하는 말더듬증이고 발음할 수 없는 상실의 트라우마를 혀끝으로 더듬거리듯 재현해보려는 시도인 셈이다. 마찬가지로 이 작품에서 '女子'라는 단어를 반복하는 것은 그녀가 상실한 대상임을 강조하는 화법이다. 또한 "물푸레나무 그림자 같은 슬픈 女子"라는 결구는 여자를 '그림자'로만 간직할 수밖에 없기 때문에 느끼는 상실감과 그리움을 배가시킨다. 따라서 「한 잎의 여자」는 애도의 진술 방식 또한 형식화하는 작품이라고 할 수 있다.

---

66 크리스테바는 "심리학적인 면에서 우리에게 전지전능한 것처럼 보이는 것은 아직 의미 작용을 할 줄 모르는 전(前)-주체에게 의미의 강력한 현존을 표현하는 세미오틱적인 리듬의 힘이다"라고 설명한다(줄리아 크리스테바, 위의 책, 83쪽). 크리스테바의 이러한 인식은 언어 행위가 상징적(심볼릭)이고 사회적인 구조의 반영이라면, 반대로 언어의 시적 리듬과 압운은 기호계적(세미오틱적)이고 심리적인 것의 투영이라는 전제 하에 성립한다.

지금까지 작품을 살피며 전개했던 논의를 종합해보자. 오규원 시의 모성·여성 표상은 단지 개인사의 반영에 그치지 않는다. 강조했듯 오규원 시인의 시에서 모성이나 여성의 표상은 대개 언어의 문제와 결부되어있다. 그의 모성 표성을 종합적으로 분석하면 시인이 간직하고 있던 특수한 언어관을 발견할 수 있다. 오규원 시인은 언어를 '의미하는' 지시 수단으로서 간주하지 않는다. 언어를 단지 '말하고-듣는' 대화 수단으로 간주하지도 않는다. 오히려 그에게 언어는 존재론적 욕망, 내적인 에로스와 타나토스를 여실히 드러내는 매개로 인식된다. 이것을 그의 '시적 언어'라고 이름 붙인다면, 오규원 시인에게 줄곧 시적 언어는 모성과 모성의 육체와 구분되지 않는다. 멜라니 클라인이 지적하듯 자신을 사랑해주고 돌보아주는 어떤 사람에 대한 기억 없이 인간은 삶의 의미를 발견하기 어렵다는 전제를 받아들인다면,[67] 오규원은 언어 자체를 자신을 보듬어주는 관능적 육체로 탈바꿈시키면서 언어를 일종의 '품'으로 만들어가고 있다.

한편 이것이 퇴행의 과정이 아님을 지적하는 것은 중요하다. 그러한 환상으로의 도착과 퇴행을 막는 성찰적 장치가 아이러니다. 오히려 오규원은 적극적으로 어머니를 상징화해가고 있다. 그리고 그러한 상징화의 과정에서 아이러니를 적극적으로 활용하고 있다. 자주 그것은 그가 만들어낸 포근한 환상이 '환상임을' 진술하는 방식으로 제시되며, 이는 곧 시적 언어와 현실 사이의 불일치에 대한 성찰로도 이어진다. 이는 시적 언어가 욕망의 투영물도 아니고, 현실의 재현물도 아닐 수밖에 없다는 한계를 오규원이 의식하고 있었음을 뜻한다.

---

67 홍준기, 위의 책, 376쪽.

어떤 의미로「한 잎의 女子」에서 "영원히 나 혼자 가지는 女子"라는 진술은 그러한 인식을 드러내는 아이러니한 진술로 읽을 수도 있을 것이다.

지금까지 살펴본 것처럼 오규원 시에 반복하는 관능적 언어관과 아이러니는 매우 밀접한 관계가 있다. 어떤 의미로 이것은 그가 자신의 전기적 트라우마를 극복해가는 과정이 곧 언어에 대한 깊은 성찰의식을 형성하는 데 영향을 주었다는 사실을 뜻한다. 무엇보다 그의 아이러니는 어머니·여성에 관한 표상들과 언어에 대한 서술들을 긴밀한 관계로 연결한다. 어머니·여성에 관한 시와 그에 동반된 메타 서술에서 두드러지는 것은 관능적 표현과 그에 수반되는 구조적 아이러니이다. 관능성이란 오규원 시가 현실과 언어 사이의 접점을 만들어낼 때 대부분 여성·모성 신체와의 접촉이라는 표상을 동반한다는 사실을 뜻한다. '쓰거나' '인식한다는' 것은 곧 여성의 신체 혹은 어머니의 손과 접촉한다는 것이며, 그 역 또한 마찬가지다. 그리하여 언어의 표상과 어머니·여성 표상이라는 이 두 가지 상이한 범주가 오규원 시에서는 상호적인 것이거나 두 범주를 동시에 환기하는 것처럼 읽힌다. 그러나 구조적 아이러니는 그러한 관계가 시인의 내적 욕망이 반영된 허구임을 직시하게 만든다. 그리고 그러한 한계 인식은 단순히 자기 성찰에 그치는 것이 아니라 언어와 현실 일반의 관계에 대한 내밀한 반성적 의식으로 옮아간다.

근대적 이데올로기에 대한
정치적 아이러니

제2장에서 우리가 고려했던 것은 아이러니가 오규원 시인에게 전기적 트라우마를 극복하는 방식이었을지도 모른다는 가능성이었다. 오규원 시에 대한 전기적 분석에서 우리는 오규원 시에서 반복하는 두 가지 아이러니 구조를 확인했다. 그 첫 번째 경향은 자신의 과거에 대해서 말할 수 없다는 사실을 말하는 형식으로 표현되었고, 두 번째 경향은 어머니·여성의 포근한 환상을 만들어낸 뒤 그것에 자신이 만들어낸 환각임을 진술하거나 불안의식을 표현하는 형식이었다. 이 두 가지 구조적 아이러니는 그의 전기적 트라우마에 대한 다시쓰기였을지도 모른다.

이러한 아이러니를 반복하면서 차츰 가족 표상은 두 가지 계열의 상징으로 이행하게 된다. 오규원 시에서 어머니·여성의 상징은 언어 자체나 인식론과 밀접한 연관을 지닌 채 활용된다. 오규원 시인의 시에서 세상을 순수하게 인식한다는 것은 여성·어머니의 신체와 접촉하는 이미지로 표현되곤 한다. '어머니'와 '자궁' 등은 세상의 양면성을 포괄하는 상징으로서 간주된다. 한편 아버지 표상의 경우는 보다 직접적인 현실과 관련한다. 무엇보다 그것은 오규원 자신이 끊어내고 싶어 하는 '아버지와의 관계'를 표상하는 동시에 그가 비판하고자 하는 현실의 부정적 속성 일반에 대한 위상으로 자리매김한다.

구조적 수준의 아이러니는 줄곧 그러한 두 계열의 표상에 대한 메타적이고 성찰적인 의식으로서 기능한다. 특히 모성 표상 혹은 어머니 자체를 이상화하고 미화하려는 충동에 대한 반대급부로서, 또한 순진하게 언어 행위와 여성적 품·자궁을 동일시하는 충동에 대한 성찰의식으로서 아이러니는 기능한다. 대신 오규원은 시 쓰기의 불완전함과 불가능성에 대해서, 그리고 좀처럼 자아의 편이 되지 못하고 세상의 순수한 투영이 되지 못하는 언어의 한계에 대해서 추궁한다. 어떤 의미로 그가 물음을 던지는 방식은 슐레겔이나 바르트가 추구했던 정신과 닮았다. 바르트에 따르면 작가는 자신의 '글쓰기(에크리튀르)'를 실현하기 위해서 공적 언어를 극복할 뿐만 아니라, 필연적으로 자기 자신의 삶과 체험이라는 사적 욕망까지도 부정할 수 있어야 한다. 오규원이 반복하는 아이러니한 진술들은 자신이 행하고 있는 언어 행위에 대한 자기 성찰로서, 언어에 대한 신중하고 냉철한 성찰을 보여준다. 일찍이 슐레겔은 작가에게 이러한 작업이 필수적이라고 믿으며, 이러한 메타적 성찰을 '아이러니의 아이러니(Ironie der Ironie)'라고 표현했다.[1] 이에 상응하는 바르트의 용어는 '소설적인 것'이다. 바

---

1 슐레겔은 실제로 자신의 정신을 「불가해성에 대하여」라는 글에서 "아이러니의 아이러니(Ironie der Ironie)"라고 명명한 바 있다. 그것은 어떤 형식을 만들어내는

르트의 비유적 표현에 따르면 '자아의 책'은 "나 자신의 사상에 대한 나의 저항을 다루는 책"이자 "소설적"이어야 한다는 것이다.[2] 마찬가지로 오규원은 아이러니 형식 속에서 자신의 자아와 언어관에 대한 해부를 시도했는지도 모른다.

　이제 우리는 이러한 아이러니 표현들을 전기적 관점이 아니라 사회학적 관점에서 재고해볼 필요가 있다. 바르트가 『신화론』에서 주창했듯, 아이러니는 자아를 부정하고 창조하는 변증법적 과정에서만 발생하는 것은 아니다. 우선 바르트는 현대 사회의 이데올로기는 항상 의미(감각적 사실)를 형식으로 "왜곡(déformation)"시킨다고 주장한다.[3] 그리고 그는 세계의 "왜곡"을 의심하고 꿰뚫어 보려 할 때 사물은 이중적 의미, 즉 아이러니를 지니는 것처럼 보인다고 그는 설명한다. 예컨대 태극기는 자명하게도 한국의 국기를 상징하지만, 태극기를 상징화하는 국가 이데올로기를 의심하기 시작하거나 태극기가 지니는 권위와 정당성에 의심을 가질 때 그것은 단지 도형과 색상을 그

동시에 그 형식을 만들어내는 작가 자신에 대한 서술을 포함함으로써, 다시금 형식을 깨뜨리는 '영구적인 파라바시스'의 해체 운동을 뜻한다(최문규, 위의 책, 2005, 172쪽).

2 　'소설적인 것'의 대표적인 예시는 롤랑 바르트의 저서 『롤랑 바르트가 쓴 롤랑 바르트』를 예로 들 수 있을 것이다. 사실 바르트는 자신의 저서에서 '소설적'이라는 표현을 다양하게 사용하고 있다. '소설적인 것'이라는 용어는 관습적인 방식대로 어떤 표현이 소설과 유사함을 뜻하기도 하고, 과학적 합리성을 따르지 않는다는 것을 뜻하기 위해 사용되기도 한다. 하지만 바르트가 『롤랑 바르트가 쓴 롤랑 바르트』와 『텍스트의 즐거움』 등에서 '소설적인 것'이라는 표현에 독창적인 맥락을 부여하고 있다. 그것은 바로 자신의 이성이나 사상에 대한 상상계적 비평으로서 기능하는 '소설적인' 재현을 뜻한다. 롤랑 바르트, 이상빈 역, 『롤랑 바르트가 쓴 롤랑 바르트』, 동녘, 2013, 186~187쪽.

3 　롤랑 바르트, 위의 책, 1995, 51쪽 참조.

린 천으로 발견된다. 이처럼 자명한 것처럼 받아들여지던 공동체의
관념들이 역사적으로 구성된 것임을 드러내고, 우리가 당연하다고
생각했던 관습과 전통이 '신화'에 지나지 않은 것임을 밝힐 때 아이러
니는 극대화된다.[4] '왜곡'이라는 부정적 어의가 함축하듯 바르트는 현
대 사회의 이데올로기가 차별적이고 폭력적인 방식으로 기능하고 있
음을 추적하려 했다. 그렇다면 오규원 또한 이러한 맥락의 아이러니
스트인가. 이러한 물음에 단계적으로 답해보도록 하자.

우선 오규원은 스스로 자신의 역사적 정체성을 어떤 방식으로 해
명하는가. 1941년에 출생한 그는 어린 시절부터 식민지 해방과 6·25
전쟁과 같은 한국사의 중요한 역사적 변곡점들을 경험했다. 그리고
그의 산문을 살필 때 유아기 때의 6·25체험보다 그에게 깊이 영향을
미친 것은 스무 살 무렵에 경험한 4·19혁명이었던 것처럼 보인다.
한 편의 글에서 오규원은 자신과 4·19세대 작가들을 "'나'라는 존재
를 대문자로 의식한 최초의 세대"라고 규정한 바 있다. 그는 4·19세
대란 민주혁명에 동참한 대학생 계급을 가리킬 뿐만 아니라 일본어로
교육받은 식민지 세대와는 달리 한글 교육을 받은 세대라는 사실을
강조한다.[5] 이를 근거로 송기한은 오규원 시인이 1970년대에 발표한

---

4 롤랑 바르트, 위의 책, 1995, 35쪽.
5 "저는 4.19세대를 '나'라는 존재를 대문자로 의식한 최초의 세대가 아닌가 합니다.
   물론 대문자적 존재로 의식한 근거는 다른 세대와 달리 반토막이 났지만 어떻든
   독립 국가에서 한문이나 일본어가 아닌 한글로 교육을 받고, 민주를 배우고, 배운
   민주를 실천에 옮기고 또는 실패를 체험한 주체로서의 의식입니다. 그럴 때의 그
   주체인 '나'는 여기 이곳에서의 '나'는 물론이고 '나' 속의 우리와 우리 속의 '나'와
   '나' 속의 나까지 의식하고 체험하고 있다고 보여지기 때문입니다." 오규원, 위의
   책, 2005, 140쪽.

초기시와 4·19세대로서 지닌 현실인식 사이의 밀접성을 강조한 바 있다. 그는 오규원에게 4·19세대가 지닌 저항의 목소리가 그에게도 두드러질뿐더러, 시인이 시적인 환상을 현실비판의 수단으로 삼고 있다고 평가하고 있다. 그러나 이러한 결론이 시의 내용에 기초하여 얻어지는 것처럼 보이지는 않는다.[6]

중요한 것은 오규원의 제1시집을 다룬 송기한의 논문을 제외한다면 오규원에 관한 선행연구에서 오규원 시인이 지닌 정치의식을 논의한 연구가 거의 제시된 적 없다는 사실이다. 간접적으로나마 오형엽은 1980년대 시사에서 오규원 시인이 지닌 특수한 위상을 지적한 바있다. 그에 따르면, 1980년대 시단에는 지침으로 삼을 수 있는 두 선배 시인의 문학적 성취가 존재했다. 바로 순수예술을 지향하는 김춘수의 방향과 예술성과 현실성을 융합하는 김수영의 방향이 그것이다. 그런데 오형엽은 대부분의 시인이 두 방향 중 하나에 속하는 데반해, 오직 오규원만이 김춘수적인 영역과 김수영적인 영역에 모두속할 수 있는 시인이라고 평가한다.[7] 즉 오형엽은 오규원의 시가 순수예술의 영역과 현실예술의 영역 양면에서 두드러지는 성취를 얻었다고 설명한 셈이다. 한편 최근에 발표된 박래은의 연구는 예외적인 것으로 주목을 요한다. 그는 오규원의 역사의식을 분석하면서 오규원

---

6 송기한, 「오규원 시에서의 '언어'의 현실응전 방식 연구」, 『한민족어문학』 50, 한민족어문학회, 2007, 409~432쪽 참조.

7 그에 따르면, '이상–김춘수'의 방향으로 김종삼·오규원·이승훈·남진우·박주택·이문재·송재학이, '이상–김수영'의 방향으로 오규원·황지우·이성복·박남철·최승호·최승자·김혜순의 시가 계승된다고 본다. 오형엽, 『환상과 실재』, 문학과지성사, 2012, 168쪽 참조.

이 거시역사에 포괄되지 못하는 미시적 존재와 치욕과 불온의 사건을 재현하고 있다고 설명한다.[8] 본 연구는 송기한·오형엽·박래은의 논의를 더 넓은 정치적 비판의식의 측면에서 살피고자 한다. 또한 본 연구는 선행연구가 한정된 작품들만을 분석한 데 반해,[9] 더 많은 작품에서 오규원 시의 역사적 통찰과 정치적 비판의식을 발견할 수 있다는 견해를 제시할 것이다.

1. 정치 이데올로기에 대한 비판 형식으로서 아이러니

1) 역사 서술의 대립항으로서 신체 기호

앞서 인용했듯 오규원 시인은 자신을 4·19세대의 일원으로 규정한다. 이는 곧 자신이 '대문자 주체'로서, 다시 말해 정치적·사회적 현실에 적극적으로 응전해가는 주체로서 역량을 지니고 있다는 선언으로도 이해할 수 있다. 그러나 우리는 이러한 평가를 시에 대한 해석으로 직결해서는 안 될 것이다. 대신 오규원 시에서 이러한 정치적 제재가 어떠한 양상으로 나타나고 있는지 확인해볼 필요가 있다. 최초로 그의 시에 정치적 제재가 나타나는 것은 언제부터인가. 그런데 사실 오규원의 초기시는 아예 현실과 먼 것으로 간주되곤 했으며, 심

---

8 박래은, 「오규원 시에 나타난 역사 인식 연구」, 『동아인문학』 56, 동아인문학회, 2021, 139~166쪽 참조.
9 송기한의 경우 오규원의 제1시집 『분명한 事件』만을 논의 대상으로 한정하고 있다. 또한 박래은의 경우 오규원 시 전체에서 역사 의식이 나타나는 작품을 총 10편 정도로만 한정하고 있다.

지어 시인 자신 또한 그렇게 생각했다. 분명히 오규원 시인의 첫 시집
『분명한 事件』(한림출판사, 1971)은 시인의 표현을 빌리자면, 언어실험
에 매진한 나머지 "그 자신의 삶을 표백시키고" 말았다는 한계를 지
니고 있다고 볼 수 있다.[10] 마찬가지로 두 번째 시집 『巡禮』(민음사,
1973)의 경우 비교적 그 자신이 거주하던 서울 근교에 대한 묘사가
나타나기도 하지만, 첫 시집과 마찬가지로 언어실험의 경향을 중심
에 두고 있다.

그런데 두 번째 시집 『巡禮』를 꼼꼼히 읽어나가다 보면 우리는 오
규원 시가 직간접적으로 역사적 사건이 당대의 정치의식을 반영하고
있다는 사실을 깨닫는다. 다음 분석할 『巡禮』의 시 「斷章 3」과 「웃음」
은 비록 아이러니 표현이 두드러지지는 않기 때문에 이 책이 지향하
는 연구 방법과 거리가 있다. 하지만 선행연구에서 오규원 시의 정치
적 성격이 논의된 바 없기 때문에 우선 오규원 초기시의 정치적 반영
을 빠트리지 않고 살펴보고자 한다.

　문에 「외출 중」이라는 팻말을 걸어놓고 팻말을 걸어놓고 방에 들어와
누웠다. 얼굴을 문질러 보니 권태와 광기가 범벅이 되어 떨어졌다. 방바닥
에 떨어진 것들을 줏어들고 생긴 모양을 구경하고 있노라니, 의거탑 뒤
무덤 속에도 들어가지 못하고 남의 산기슭에 몇 평의 땅을 마련한 친구
녀석이 요즘은 찾아오는 놈도 없다고 투덜대며 들어왔다. 문에 붙여놓은
팻말을 보았느냐고 물으니 〈병신 같은 것〉 하며 낄낄 웃었다. 그 웃음소리
가 밖으로 사라지자 기다렸다는듯 내 옆에 누워, 내 옆에서 잠이라도 자야
겠다기에 잔소리는 집어치고 잠이나 계속 자라고 빈정대는 말을 녀석의

---

10 오규원, 「李箱과 쥘르의 對話 또는 自己分解」, 위의 책, 1976, 52쪽.

전신에 덮어 주고 나도 웃었다.

　말이 필요한 때. 말의 말이 아니라 말의 빛이 필요할 때. 水深, 깊은 水深. 내가 잠이 깨었을 때는 이미 녀석은 종적이 묘연했고, 주먹만한 오후 2시의 햇빛이 내 옆에서 내 눈을 빤히 쳐다보며 정말 쓸쓸하게 웃고 있었다.

－「웃음」 전문(『巡禮』)

　「웃음」은 언뜻 보기에 권태롭게 쉬고 있던 '나'의 방에 "친구 녀석"이 찾아와서 정겨운 핀잔을 주고받다가 잠깐 낮잠이 들었다는 평화로운 내용의 작품처럼 보인다. 그런데 찾아온 친구의 배경을 주목할 필요가 있다. "의거탑 뒤 무덤 속에도 들어가지 못하고 남의 산기슭에 몇 평의 땅을 마련한 친구 녀석"이라는 표현에서 드러나듯, 여기서 친구는 어떤 투쟁에 연루되었다가 살아남았고, 이젠 세태를 벗어나 산기슭에 머문 채 살아가고 있다. 여기서 '의거탑'은 1962년 9월 20일 마산시 서성동에 건립된 3·15의거탑을 가리킨다. 그것은 이승만의 3·15부정선거에 대한 항의로 마산에서 벌어진 시위를 기리기 위해 건립되었다. 이러한 모티프에 오규원이 관심을 가졌다는 것이 곧 그가 4·19혁명에 대한 의식을 가졌다는 증거라고는 볼 수 없다. 그렇지만 간접적으로나마 4·19혁명을 떠올리게 한다는 점에서 이 작품은 주목을 요한다.

　이 작품은 4·19혁명에 동참하지 못한 친구가 자조하는 태도를 보이자 그것을 위로하는 내용으로 되어있다. 우선 '나'는 친구에게 자신의 몸짓과 위로가 되기를 바란다. '나'가 찾아온 친구를 향해 정겨운 잔소리를 이불처럼 '덮어 주고자 하는' 행위와 "말이 필요한 때. 말의

말이 아니라 말의 빛이 필요할 때"라는 위로하는 듯한 진술은 곧 상대
방을 위해 건네는 말의 의미보다 말의 온기가 더 중요한 순간이 있다
는 것을 가리킨다. 여기서 시적 화자가 위로하는 태도를 취한다는 사
실은 중요하다. 그 위로가 근본적으로 보듬으려는 대상은 "의거탑 뒤
무덤 속에도 들어가지 못하고 남의 산기슭에 몇 평의 땅을 마련한"
친구, 다시 말해 4·19혁명부터 1970년대의 정치적 현실로부터 은둔
해버린 친구이다. 오규원은 그를 꾸짖기보다 위로하려 한다. 어떤 의
미로 이러한 위로는 정치적 현실을 거부하는 태도를 주목하는 것처럼
보이기도 한다. 더 나아가 이러한 의식은 이후에 발표된 시집들에서
역사적 기호에 대한 비판적 의식으로 확장해가는 것처럼 보인다.

제2시집『巡禮』이후 오규원의 시에서 정치 현실과 이데올로기가
본격적인 제재로 나타나는 것은 제3시집인『왕자가 아닌 한 아이에
게』(문학과지성사, 1978)부터이다. 유신 시기부터 그의 시에서는 자
유·평등과 같은 이데올로기 비판, 속물적 시민을 향한 풍자가 두드
러지게 된다. 이러한 시적 전회의 계기는 무엇인가. 명확하지는 않지
만, 전기적으로 볼 때 그가 1970년대 동안 태평양화학 홍보실에서 근
무하면서 광고언어와 자본주의의 메커니즘을 여실히 체험하고 있었
다는 사실이 중요해 보인다. 또한 오규원 시인이 필화 사건 때문에
남산에 끌려가 고초를 치른 적 있다는 증언에 비추어본다면,[11] 이러

---

11 다음의 글에서 김병익(나)은 오규원(그)에 관하여 다음처럼 회고한다. "내가 신문
   사 기자로 있을 때 모자란 잡비를 메우기 위해 잡문을 많이 썼는데 그런 나를 돕겠
   다고 그는『향장』에 짧은 연재거리를 마련해주었다. '세계의 화제'였는지 세상일에
   대한 가벼운 이야깃거리를 해외 뉴스에서 끌어와 소개하는 자리에서 나는 곧잘
   독재 권력의 부패나 희화화한 이야기를 끼워 넣어 들먹이곤 했다. 몇 달이나 되었

한 폭력의 실감은 그가 시 장르와 현실의 관계에 대한 문제의식을 뚜렷이 해야만 했던 계기가 되었을지도 모른다. 어쨌든 우리는 『巡禮』에서 전개되었던 시대적 비판의식이 『왕자가 아닌 한 아이에게』에서는 역사적 기호 일반에 대한 비판이라는, 즉 오규원 자신의 고유한 기호학적 인식으로 옮아가는 것을 확인하게 된다.

> 여름, 방문을 걸어잠근다. 섭씨 35도. 벽면에 땀방울이 계속 솟아 올라 차례로 엉킨다. 한국사는 이조 후기에 그대로 멈추어 책장이 넘어가지 않는다. 병조호란 때 책정된 세공 품목, 米 10,000包, 布 1,400疋, 各色細布 10,000疋 등 23개항의 몇만 개의 동그라미가 길바닥에 주저앉아 하늘을 우두커니 보고 있다. 황금 일만 냥의 더위, 대기의 移動軍이 병자년의 동그라미 앞에 발이 묶인다. 유리의 벽, 보이지만 닿지 않는 세계.
>
> 역사—기호화된 언어, 누군가 도끼로 언어의 심장을 빠개는 소리가 들린다. 존재해 있음의 소리.
>
> —「병자호란」 전문(『왕자가 아닌 한 아이에게』)

본래 〈현대문학〉 1976년 12월호에 발표되었던 「병자호란」은 역사를 제재로 삼은 오규원 시 가운데서도 역사의 "기호화된 언어"를 제재로 삼고 있다는 점에서 주목을 요한다. 여기서 드러나는 역사와 언

을까, 나를 본 그는 지나는 말처럼 남산에 가서 당했더니 몸이 휘청거린다며 농담처럼 한 마디 툭 던졌다. 유신 시절의 저승악마 같던, 그 남산이라니 왜? 내 순진한 질문에 마지못해 한 대답이 내 칼럼 때문이었단다. 그는 무가지로 뿌리는 이 대중홍보지에 겁도 없이 그런 불량한 글을 싣느냐며 무지막지하게 몽둥이질을 당했다는 것이다." 김병익, 「오규원에게 보내는 뒤늦은 감사와 송구」, 『분명한 사건』 복간 시집 해설, 문학과지성사, 2017, 78쪽.

어의 관계에 대한 시인의 사색은 이후 다른 거시담론을 다루는 작품들을 살필 때도 적용할 수 있는 것이기 때문이다. 이 시에서 흥미로운 것은 '역사'를 재현하는 방식 자체이다. 시인은 제목 그대로 병자호란을 제재로 삼고 있지만, 그것을 역사철학적 방식으로, 다시 말해 '과거-현재-미래'라는 순행적 시간에 따라서 사건을 배열하는 서사화의 방식으로 재현하지는 않는다.[12] 다만 공출 기록을 나열하면서, 시인은 수탈하는 자와 수탈받는 자의 관계가 존재했음을 암시한다.

이 작품이 아이러니하게 느껴지는 이유는 "보이지만 닿지 않는 세계"가 존재한다는 서술처럼, '보이는 세계'와 '닿지 않는 세계'라는 두 시공간에 대한 감각을 병존시키기 때문이다. 그 과정에서 마치 '나'는 두 시공간 사이에 놓이는 듯하다. '보이는 세계'란 병자호란의 공출기록을 읽고 있는 현재이고, 여름날 문을 걸어 잠근 채 '나'가 땀을 흘리고 있는 방 안의 공간이다. 그러나 "황금 일만 냥의 더위, 대기의 移動軍이 병자년의 동그라미 앞에 발이 묶인다."라는 표현처럼, 공출 기록의 페이지를 넘기는 동안 '현재'의 더위는 공납해야 하는 운명 앞에서 조선시대 민중이 느꼈을 당혹스러운 "황금 일만 냥의 더위"로 전이되고, 구름 역시 "병자년의 동그라미 앞에 발이 묶인다." 이러한 감각적 얽힘은 수탈 받는 조선 백성이 느꼈을 현실적 고통을 이해하려는 윤리적 충동에 기초한다. 즉 시인은 공감의 열망을 아이러니한 표현으로 드러내고 있는 셈이다.

---

12 아이러니스트는 근본적으로 역사철학적인 관점, 즉 사건들에 대한 총체적 인식을 거부하는 입장에 선다. 오규원이 단지 4·19혁명에 대한 옹호나 당대의 정치적 억압에 대한 비판에 머무는 것이 아니라 역사 일반에 대한 비판으로 주제를 옮겨간다는 점은 주목을 요한다. 최문규, 위의 책, 2005, 21~22쪽 참조.

그런데 공감의 충동에 그치지 않고 그로부터 "기호화된 언어" 대 "존재해 있음의 소리" 사이의 이항대립적 도식을 이끌어낸다는 점은 오규원 시인의 고유한 입각점을 보여주는 듯하다. 여기서 분명 전제 되는 것은 '기호'라는 언어적 표상과 '존재/소리'라는 현상을 대립적 으로 파악하는 기호학적 관점이다. 롤랑 바르트는 『신화학』에서 기 호의 허구성을 비판한 바 있다. 바르트는 현대인들이 자명하다고 믿 는 부르주아 이데올로기를 곧 신화라고 지칭하면서, 그러한 이데올 로기의 자명성을 깨트리는 것을 '신화학'의 목표로 제시했다. 신화학 의 방법은 부르주아 신화가 어떻게 구성되는지 철저히 폭로함으로써 그것의 허구성을 인지하게 만드는 것이었다. 바르트가 제시한 신화 학 모델[13]은 우리가 사용하는 일상적 언어(랑그)에서 의미(시니피에)를 비우고, 일상적 언어의 기표(시니피앙)에 부르주아 신화가 부여한 두 번째 의미(개념)를 부여하는 굴절 속에서 신화적 개념이 탄생한다고 분석한다.

이와 마찬가지로 오규원은 「병자호란」에서 "기호화된 언어"를 부 숴버려야 하는 대상, 즉 기만적인 언어로 간주하고 있다. 왜냐하면 그것이 "존재해 있음의 소리", 즉 조선 백성의 치열한 삶과 고통을

---

[13] 롤랑 바르트, 위의 책, 1995, 26쪽의 표를 인용.

랑그	......	1. 시니피앙	2. 시니피에	
		3. 기호		
신화	...	I. 시니피앙 (의미sens/형식forme)	II. 시니피에 (개념concept)	
		III. 기호		

제 3 장 _ 근대적 이데올로기에 대한 정치적 아이러니   **193**

'계수화'[14]하고 있을 뿐이기 때문이다. 그는 기호라는 2차 언어를 존재의 고통에 대한 언어라는 1차 언어로 되돌리고자 목표한다. 따라서 「병자호란」에 전개되고 있는 오규원 시인의 추구는 바르트의 신화학 모델을 뒤집어볼 때 더 선명하게 이해될 수 있다.

[표 4] 바르트의 기호 모델을 적용한 시 「병자호란」 분석

		Ⅲ. 기호 ("기호화된 언어")	
역사	…	Ⅰ. 시니피앙 (병자호란의 공출 기록)	Ⅱ. 시니피에 (이조 후기의 한국사)
존재	……	1. 시니피앙 (병자호란의 공출 기록)	2. 시니피에 ("존재해 있음의 소리")

오규원 시인의 지향은 거창한 이데올로기나 역사적 사실의 매개가 되는 '기호'를 해체하여 다시금 소박한 "존재해 있음의 소리"를 회복하는 것이다. 이러한 과정에서 '시니피앙' 자체는 변하지 않는다. 다만 병자호란의 공출기록으로부터 역사적 시니피에를 해석하는 시선

---

14 오규원은 그의 시론집에서 자본주의 사회의 메커니즘이 인간을 '계수화'한다는 것을 비판한 바 있다. 이러한 비판이 구체화된 『언어와 삶』은 1983년에 간행되었고 「병자호란」이 수록된 시집 『왕자가 아닌 한 아이에게』가 간행된 것은 1978년이기 때문에 본문에 '계수화'라는 오규원의 표현을 빌린 것은 부적절할지도 모른다. 하지만 태평양화학 홍보실에 근무하면서 그는 '계수화'가 지닌 병폐를 일찍이 인식하고 있었으리라고 추측된다. "사회가 조직과 관리에 의해 불편한 만큼, 사회가 교환 가치와 실용성에 의해 억압되는 그만큼, 사회가 전체의 이름으로 개인을 원자화하고 계수화하는 그만큼, 반비례로 예술 세계의 자유는 넓어진다. 예술 세계의 표현의 자유가 확대된 것이 아니라 현실 세계의 억압만큼 억압을 받지 않는 자유가 그대로 보존되어 있다는 의미이다."(오규원, 「예술과 사회」, 위의 책, 1983, 84쪽.)

으로부터, 고통의 시니피에를 공감하는 태도로의 이행이 발생한다. 다시 말해 오규원은 공출 기록을 단순히 역사적 기록물로 읽으려는 역사철학적 입장 대신 그는 존재의 입장에서 조선 백성들이 느꼈을 당혹감과 고통을 감각하는 자세를 강조한다.

이러한 인식은 오규원의 의식에 전제된 이항대립을 반영하며, 모든 사람에게 '자연스러운' 것은 아니다. 왜냐하면 우리는 애초에 두 가지 시니피에를 대립적인 것으로 간주할 필요가 없기 때문이다. 병자호란의 공출기록 속에서 역사적 사건의 계수화와 백성을 향한 공감은 동시에 수행될 수도 있다. 이와 달리 오규원 시인은 '기호'와 '존재'를 완고히 대립시킨다. 이러한 이항대립적 사고는 "기호화된 언어"가 역사의 시니피에만을 우리에게 현전하도록 만들고, 반대로 존재의 시니피에는 감춘다는 전제가 성립할 때만 가능하다. 이러한 맥락을 좀 더 엄밀히 분석한다면, 오규원 시에서 '역사'란 이미 일어난 사건이나 보편적 의미의 이데올로기보다 기호학적으로 전유된 역사적 표상이라는 의미에 한정되어 있다고 볼 수 있다. 이데올로기적 장치가 주체를 호명하는 방식이 주체를 억압한다는 알튀세르식의 비판이[15] 오규원에게는 눈앞에 놓인 '역사의 기호'가 주체를 추상화하고 만다는 비판으로 좀 더 국지화되고 있기 때문이다. 따라서 근본적으로 이

---

15 이데올로기에 탈출구가 없다는 인식은 "주체의 범주가 모든 이데올로기를 구성"하는 동시에 "모든 이데올로기가 주체로서의 구체적인 개인들을 '구성한다'는 (모든 이데올로기를 규정하고 있는) 기능을 갖고 있는 한 주체의 범주는 모든 이데올로기를 단지 구성하고 있을 뿐임을" 명시한 알튀세르의 사유를 떠오르게 한다(루이 알튀세르, 이진수 역, 『레닌과 철학』, 백의, 1992, 175면) 알튀세르에 따르면 이데올로기에 저항하는 주체의 저항조차 이데올로기의 효과에 지나지 않는다(같은 면; 179쪽 참조).

작품에는 오규원의 언어관, 더욱이 기호의 이중성에 대한 그의 고유
한 인식론이 전제됨을 알 수 있다. 그리고 「병자호란」에 줄곧 활용되
는 신체 기호는 역사적 시니피에를 배제하기 위한 의미 해체의 기능
을 지닌다.

> 1960년 5월 29일에는 이승만 전 대통령이 하와이로 망명하고, 1910년
> 6월 24일에는 구한국이 일본에 경찰권을 이양, 1885년 10월 8일에는 일본
> 군이 민비를 살해, 1905년 11월 4일에는 민영환이 자살, 1947년 12월 22
> 일에는 김구가 남한 군정 반대 성명을 발표했는데,

> 다시 보라고 하는구나. 이런 것과는 아무 상관이 없는 듯한 자질구레하
> 기만 한 우리의 집 뒤와 골목에서, 느닷없이 또는 고통스럽게 죽어가야만
> 했던 사람들이 걸어간 발자국을 되살려놓고 우리들이 잊을까 봐 저기 저
> 렇게 가을이 해마다 보여주는, 죽어가야만 했던 사람들의 찢어진 옷이며
> 살점이며 피, 핏방울……

> ─「코스모스를 노래함」 후반부(『왕자가 아닌 한 아이에게』)

「코스모스를 노래함」에서도 우리는 한국사의 비극 속에서 "죽어가
야만 했던 사람들의 찢어진 옷이며 살점이며 피, 핏방울……"을 공감
하려는 윤리적 태도를 확인할 수 있다. 그런데 이 작품은 공감의 윤리
만을 주제로 삼지 않는다. 덧붙여 시인은 의도적으로 역사적 사건의
서사화를 해체하는 형식을 도입하고 있다. 그 방식은 역사적 사건을
무질서하게 배열하는 것이다. 시인은 이승만 정권의 망명, 일제강점
기의 경찰권 이양, 일본군의 민비 살해 등의 사건과 그것이 일어난
연월일을 병기하면서, 독자들이 이 시가 역사적 사건을 시간순으로

배치하지 않았음을 쉽게 깨닫게 한다. 왜 이러한 형식은 필요했는가. 윤리적 태도를 우선으로 삼는다면 그것은 애도하는 자가 느끼는 끔찍한 혼란스러움에 대한 형상화일 수도 있다. 프로이트가 지적하듯 우리의 무의식의 메커니즘은 고통을 무시간적인 것으로 간직하기 때문이다.[16] 하지만 바르트의 기호학에 비추어본다면, 그리고 「병자호란」에서 시인이 표현한 이항대립을 고려한다면, 오규원은 근본적으로 역사적 기호의 관습화된 서술 방식을 해체하고 싶었던 것은 아닌지 추측하게 된다.

　「코스모스를 노래함」의 형식적 특수성은 역사의 복판에서 "죽어가야만 했던 사람들의 찢어진 옷"에 대한 윤리적 자세에서 기인하지 않는다. 이 작품의 새로움은 '역사적 기록'을 다루는 기호학적 관점 때문에 발생한다. 두드러지는 것은 '역사적 기호'를 아이러니하게 다루려는 자세이다. 그는 '역사적 기호' 이면에 존재의 시니피에 감춰져 있다고 주장하려 한다. 이러한 표현은 거시사에 감춰진 미시사를 드러내고 더 나은 것으로 역사를 갱신하려는 "역사적 초월 의지"로 해석되기도 했다.[17] 하지만 오규원이 역사적 기표를 다루는 태도는 갱신의지에 그치기보다 더 적극적인 해체를 목적하고 있지 않은가.

　앙리 르페브르는 『모더니티 입문』에서 우리의 시대를 현실과 역사에 대한 총체적 인식이 불가능해진 시대로 그려낸다. 그리고 그는 그러한 역사적 인식 틀을 '아이러니'라고 불렀다. 고대 그리스 사회에서

16　지그문트 프로이트, 윤희기·박찬부 역, 『정신분석학의 근본 개념』, 열린책들, 2004, 190쪽 참조.

17　박래은, 위의 글, 161쪽.

공동체의 전통과 도덕의 자명성을 추궁했던 소크라테스처럼, 현대 사회의 관습과 제도가 우연히 주어진 것임을 의심하는 아이러니스트의 태도야말로 현대의 지식인이 지닐 수 있는 태도라고 그는 주장했다. 그렇게 그는 "아이러니는 역사에 앞서서 역사의 행동을 무력하게 만들면서 역사를 탐색한다"라고 표현한다.[18] 마찬가지로 프레데릭 제임슨은 "역사성의 빈곤"과 "사적인 시간성의 '정신분열적' 구조"야말로 후기 근대의 역사적 인식의 주조를 이룬다고 지적한 바 있다.[19] 마찬가지로 오규원이 「병자호란」과 「코스모스를 노래함」에서 드러내는 지향은 '역사적 기호'를 해체하거나 관능적인 대상으로서 전환하려는 소망, 다시 말해 역사적 사건을 페티시즘적 대상인 양 '감각의 대상'으로 탈바꿈하고 소유하려는 욕망이다.

 '역사'라는 거시담론을 페티시즘적 대상으로 재서술하려는 지향은 시집 『왕자가 아닌 한 아이에게』 전반에서 반복한다. 이를테면 「戲詩」에서 그는 "어머니 눈물 한 방울, 神酒 한 잔, 삼류 화가 그림 한 점, 여자 손톱깎이, 꿈" 등 사적인 추억의 물건을 열거하면서 이러한 사물들을 "꿈의 역사, 노래의 역사, 팬티의 역사, 발가락의 역사"라는 역사적 기호로 과장해나간다. 이러한 표현 방식은 한 사람의 추억 속 사물에 '역사'와 대등한 위상을 부여하는 셈이다. 또 다른 시 「경복궁 ─아관파천」에서는 아관파천이 일어난 '역사적 시선으로' 경복궁을 바라보는 시선이 먼저 제시되었다가, 차츰 그 시선은 '나'라는 자기

---

18 앙리 르페브르, 위의 책, 57쪽.
19 프레데릭 제임슨, 정정호·강내희 편, 「포스트모더니즘─후기자본주의 문화논리」, 『포스트모더니즘론』, 도서출판 터, 1989, 147쪽.

존재를 바라보는 방향으로 축소되더니, 이내 "나를 사랑해야지/ 내가 남보다 먼저 나를"이라는 독백에 가까운 다짐으로 마무리되고 만다. 「김해평야」에서는 "풍성한 그것만큼 아무것도 잡히지 않는 한 풍경만 보여주는 우리의 1977년의 삶, 김해평야"라는 표현을 발견한다. 이때 '김해평야'는 오규원이 채택한 동시대적 상징인데, 시인은 그러한 시대적 상징의 허망함을 노래하고 있다. 요컨대 시대 전체를 조망하려하면 할수록 실제 우리의 삶을 '잡을 수 없을' 뿐이라는 것이다. 이처럼 오규원 시인은 역사적 시선이나 세계를 조망하는 시선에 대한 회의의식을 거듭 드러내고 있다.

그리하여 오규원은 줄곧 역사적 기호를 아이러니하게 재조직한다. 그의 시에 기록된 역사적 기호들은 일차적으로는 줄곧 존재와 접촉하는 매개로 전환된다. 한편 그의 시는 역사적 시선으로 현실 전체를 조망하거나 시대적 목소리를 내는 데 '실패하는' 과정을 보여주고, 그러한 역사적 기호를 '존재'의 관점으로 다시 재해독하려는 전개 양상을 반복한다. 오규원 시에서 타인의 현존을 가리키는 시어는 언제나 역사의 기호가 실패하는 자리에서 등장한다.

이와 함께 생각해볼 것은 반복적으로 그가 줄곧 시 장르가 곧 시대에 대한 '패배'임을 선언하고 있다는 점이다. "자원 전쟁 시대 유류전쟁 시대 그러나 걱정 마라, 우회 전쟁 시대, 이 글은 패배 전쟁 시대의 시 얘기가 아니니 오해 마라. 시는 언제나 패배이니 승리는 오해 마라."(「시인들—金宗三에게」) 이것은 시의 공소함이나 시대적 열패감을 뜻하는 것이 아니다. 오히려 시 쓰기는 역사철학적인 기호로 환원되지 않을 때만, 거시사의 관점이나 승리자의 역사에 동참하지 않을 때만, 오규원의 표현을 빌리자면 '패배하는' 쪽에서만 완수될 수 있다

는 시인의 지론을 보여준다. 그렇기 때문에 그는 반어적으로 "새해에
는 현실 도피하게 하소서"(「頌歌」)라고 쓴다. 『왕자가 아닌 한 아이에
게』의 맥락을 고려할 때 '현실 도피'라는 표현은 곧 '역사의 관점으로
부터 도피한다는' 표현과 거리가 멀지 않다. 시는 역사 현실로부터
도피하여 존재의 입장에서 모든 기호를 재인식해야 한다는 것이 그가
자임한 목표였기 때문이다.

2) 자유 관념의 모순을 드러내기

오규원은 줄곧 『왕자가 아닌 한 아이에게』에서 한국사를 되돌아보
며 그것에 대한 비판적 각성을 요청한다. 흥미로운 것은 이러한 비판
이 줄곧 '역사적 기호'에 대한 비판의식을 초점화한다는 점이다. 오규
원에 따르면 역사 문헌은 그것에 기록된 존재를 추상화하고 계수화한
다. 반대로 시적 언어는 그러한 역사적 기호를 해체하고, 백성과 시
민들의 "존재해 있음의 소리" 혹은 '살점'과 '피'를 떠올리는 매개여야
한다. 하지만 이러한 이항대립이 '자연스러운' 것인가. 실제로 우리
가 역사적 기호를 추상적으로 해석하든 구상적으로 해석하든 그것은
수많은 해석 방식 중 하나일 뿐이지 서로 대립적인 것은 아니다. 오규
원 시에서 전개되는 '역사의 추상성' 대(對) '존재의 구상성'이라는 이
항대립은 시인의 자의식적 산물이라고 볼 수 있다. 다시 말해 여기에
는 기호 자체가 본질적으로 존재에 대해 억압적인 것이라는 오규원의
의식이 전제된다. 이 때문에 그의 역사적 기호에 대한 해체는 당위성
을 지니게 된다. 그렇다면 이러한 기호의 해체가 지닌 의의는 무엇인
가. 그러한 해체는 현실상의 정치적 권리 실현이나 존재 해방까지 의
식하는 과정인가, 아니면 그저 미학적인 자족에 그치는 것인가.

이러한 논의를 신중하게 전개하기 위해 이제 그의 시 전체를 다루어보도록 하자. 『왕자가 아닌 한 아이에게』 이후에 발표하는 『이 땅의 씌어지는 抒情詩』(문학과지성사, 1981) 『가끔은 주목받는 生이고 싶다』(문학과지성사, 1987) 『사랑의 감옥』(문학과지성사, 1991)에서도 5·16 군사정변, 통일 이데올로기, 민족과 국가 등의 거시담론 등이 주요한 제재로 나타나게 된다. 그리고 이 시집들 전체에서 가장 주요하게 반복되는 제재는 바로 '자유'였다. 이는 소박하게는 그의 시집에서 '자유'라는 시어가 거듭 진술되었다는 사실을 뜻한다. 또한 그의 시에서 '자유'는 시민의 적극적·소극적 권리로서의 자유를 가리킬 뿐만 아니라 시의 순수성과도 관련되었지만, 미리 알아두어야 할 사실은 오규원 시인이 시의 순수성을 옹호하는 입장에 서지 않았다는 점이다. 사실 언어실험에 천착했던 초기시집 『분명한 事件』과 『巡禮』를 반성하듯, 1970년대 중반부터 오규원 시인은 시의 순수성에 대한 비판적 서술을 발표하기 시작한다.

사실 오규원은 시의 순수성에 대해 비판적 주장을 펼쳐온 이에 가깝다. 시의 순수성에 대한 반성적 의식은 시론집 『現實과 克己』(문학과지성사, 1976)에 수록된 김춘수 시인에 대한 비평에서 드러난다. 이 글에서 오규원은 김춘수 시인의 순수시 중심에 칸트의 '유희설'이 놓여 있으며, 김춘수가 현실로부터 해방된 시인의 자유로운 의식과 언어 세계를 추구하고 있다고 논한다.[20] 이러한 비평적 논의에서 우리

---

20 "김춘수의 경우 순수시의 존재가치와 가능성을, 칸트의 이른바 遊戲說을 확대해석하여 〈遊戲=대상이 없는 유일한 人間的 行爲〉로 보고 대상으로부터 拘束을 받는 의식의 해방을 구하고, 해방=자유 속에서 행해지는 시인의 심리적 행위와 그 행위에 의한 새로운 언어 속성이 빚어내는 無意味한, 또는 애매한 第2의 自然을 표출시

는 오규원 시인이 칸트적 의미의 자유와 순수시가 지닌 논리적 상동
성을 지적한다는 사실을 확인할 수 있다. 중요한 것은 이 주제, 즉
'순수시=칸트적 의미의 유희·자유'에 대한 비평적 인식이 곧 1978년
에 간행한 그의 제3시집 『왕자가 아닌 한 아이에게』에서 회의의 대상
으로 드러난다는 점이다. 더욱이 다음 작품에서 칸트적 자유의 개념
을 비판하는 것과 소시민적 현실에 대한 비판이 동궤에 놓이기도 한
다는 점에서 '자유 개념의 비판'이라는 제재는 오규원 시의 정치성을
이해하는 단초가 된다.

> 자유에 관해서라면 나는 칸트주의자입니다. 아시겠지만, 서로의 자유
> 를 방해하지 않는 한도 안에서 나의 자유를 확장하는, 남의 자유를 방해하
> 지 않기 위해 남몰래(이 점이 중요합니다) 나의 자유를 확장하는 방법을
> 나는 사랑합니다. 세상의 모든 것을 얻게 하는 사랑, 그 사랑의 이름으로.

> 내가 이렇게 자유를 사랑하므로, 세상의 모든 자유도 나의 품속에서
> 나를 사랑합니다. 사랑으로 얻은 나의 자유. 나는 사랑을 많이 했으므로
> 참 많은 자유를 가지고 있습니다. 매주 주택복권을 사는 자유, 주택복권에
> 미래를 거는 자유, 금주의 운세를 믿는 자유, 운세가 나쁘면 안 믿는 자유,
> 사기를 치고는 술 먹는 자유, 술 먹고 웃어버리는 자유, 오입하고 빨리
> 잊어버리는 자유.

> 나의 사랑스런 자유는 종류도 많습니다. 걸어다니는 자유, 앉아다니는
> 자유(택시 타고 말입니다), 월급 도둑질하는 자유, 월급 도둑질 상사들
> 모르게 하는 자유. 들키면 뒤에서 욕질하는 자유, 술로 적당히하는 자유.

킴을 통해 본질에 닿은 시를 無意味詩라고 적고 있다." 오규원, 위의 책, 1976,
79쪽.

지각 안 하고 출세 좀 해볼까 하고 봉급 봉투 털어 기세 좋게 택시 타고 출근하는 자유, 찰칵찰칵 택시 요금이 오를 때마다 택시 탄 것을 후회하는 자유. 그리고 점심 시간에는 남은 몇 개의 동전으로 늠름하게 라면을 먹을 수밖에 없는 자유.

이 세상은 나의 자유투성이입니다. 사랑이란 말을 팔아서 공순이의 옷을 벗기는 자유, 시대라는 말을 팔아서 여대생의 옷을 벗기는 자유, 꿈을 팔아서 편안을 사는 자유. 편한 것이 좋아 편한 것을 좋아하는 자유, 쓴 것보다 달콤한 게 역시 달콤한 자유, 쓴 것도 커피 정도면 알맞게 맛있는 맛의 자유.

세상에는 사랑스런 자유가 참 많습니다. 당신도 혹 자유를 사랑하신다면 좀 드릴 수는 있습니다만.

밖에는 비가 옵니다.
이 시대의 순수시가 음흉하게 불순해지듯
우리의 장난, 우리의 언어가 음흉하게 불순해지듯
저 음흉함이 드러나는 의미의 미망, 무의미한 순결의 몸뚱이, 비의 몸뚱이들......
조심하시기를
무식하지도 못한 저 수많은 순결의 몸뚱이들.

　　　　　－「이 시대의 순수시」 전문, 『왕자가 아닌 한 아이에게』

이 작품의 의도가 소시민성 비판에 있다는 것은 쉽게 알아볼 수 있다. 여기서 '자유'라는 단어로 가리킨 것은 문맥상 소유욕과 자기보전의 욕구나 다름없다. 주택복권을 사며 부자 되는 미래를 꿈꿀 자유, 월급을 제 맘대로 사용할 자유, 사랑과 시대라는 말로 여성을 유혹할 자유 등처럼, 흥미롭게도 오규원 시인은 자유라는 어휘를 소시민적 욕망을 가리키기 위한 대치어로 사용하고 있다. 이것이 가능한 것은 첫 연에서 칸트적 자유의 개념을 "서로의 자유를 방해하지 않는 한도 안에서 나의 자유를 확장하는" 권리로 느슨하게 정의하고 있기 때문이다. 그것은 근대적 자유 개념의 반쪽에 지나지 않는다. 18세기 중반을 기점으로 국가 권력의 모토가 법을 위반하는 사람을 처벌하는 소극적 권력으로부터 시민의 생활에 개입하는 적극적 권력으로 변화할 무렵 칸트의 자유개념은 몽테스키외·콩스탕과 같은 사상가들과 함께 국가 권력에 맞서는 시민의 사적이고 내재적인 자유를 주장하면서 성립했다. 그런데 칸트의 자유 개념은 '시야가 넓은 사고방식'을 전제하는 것으로서 공적 삶을 증진시키는 성찰을 전제한다.[21] 반면 오규원은 의도적으로 현대인의 자유 관념이 이기를 추구하는 수단으로 전락했다는 점을 보여주기 위해 성찰의식이 거세된 '칸트주의자'의 목소리를 시 작품으로 구성한다.

무엇보다 "당신도 혹 자유를 사랑하신다면 좀 드릴 수는 있습니다만"이라는 시구와 달리 칸트적 의미의 자유는 '드릴 수 있는' 대상이 될 수 없다. 시민적 권리는 한 개인에게 내재하는 것, 즉 양도할 수 없는 것이어야 한다. 자유가 거래될 수 있는 것이라면 그것은 상품처

---

21 "칸트 이래 타자와의 커뮤니케이션의 자유 — '이성을 공공적으로 사용하는 자유'[『계몽이란 무엇인가』]—는 단순히 '자립적 사고(Selbstdenken)'의 조건으로서뿐만 아니라, '시야가 넓은 사고방식(erweiterte Denkungsart)'[판단력비판(Kritik der Urteilskraft)], 즉 현재 자신의 관점에 구속되지 않는 적절한 판단력을 갖추기 위한 조건으로서도 중시되었다." 사이토 준이치, 이혜진·김수영·송미정 옮김, 『자유란 무엇인가』, 한울, 2011, 37~38쪽 참조; 인용문은 174쪽.

럼 외재적 사물에 지나지 않다. 이러한 가치 전도된 표현을 통해 오규원은 현대인의 자유 이데올로기를 오염하는 뿌리가 상품논리에 있음을 암시한다. 또한 "사랑이란 말을 팔아서 공순이의 옷을 벗기는 자유"는 애초에 타인의 자유를 침해하는 수단으로서 자유가 기능한다는 점에서 역설이다. 이러한 표현은 한국 사회를 이 모든 속물적 행위가 보편화된 "자유투성이"의 세계라고 표현하는 데 그치지는 않는다. 오히려 그 음흉하고 불순한 위장을 씻어내면 "의미의 미망(迷妄)"이자 무의미한 것에 지나지 않는 "무식하지도 못한 저 수많은 순결의 몸뚱이들"을 조심하라는 경고야말로 시인이 진정 전달하려는 메시지이다.

그런데 자유 이데올로기의 허위성을 경계하는 위 작품에서 우리가 의문을 가져야 할 것은 그가 왜 줄곧 아이러니로 말하고 있느냐라는 문제이다. 그는 잘못된 자유를 직접 비판하거나 오용을 바로잡는 형식을 선택할 수 있었지만 그렇게 하지 않는다. 대신 그는 자유가 갖가지 속물적 방식으로 전유되는 양상을 열거하고 있다. 마치 속물이 '자유'라는 개념을 제멋대로 전유하는 의식의 과정을 감상하게 하는 듯 말이다. 여기서 그는 아이러니를 통해 랑시에르가 '불화(不和, mésentente)'라고 정의한 상황, 즉 "대화자 중 한 사람이 다른 사람이 말하는 것을 알아들으면서도 알아듣지 못하는 상황"을 재현하는 것처럼 보인다.[22] 자유라는 어휘를 전혀 다른 의미로 사용하는 두 사람

---

22 랑시에르의 정치철학은 특정 시대의 불화를 이해하는 것을 목적으로 삼는다. 불화란, 예컨대 좌파와 우파가 똑같이 자유라는 어휘를 사용하여 자신의 실천을 정당화하는 역설적 상황처럼, 같은 어휘를 전혀 다른 방식으로 사용하기 때문에 발생하는 갈등상태를 뜻한다. "우리는 불화를 일정하게 규정된 언어 상황으로 이해한다. 대

이 존재하는 순간 필연적으로 불화는 발생한다. 사실 「이 시대의 순수시」가 아이러니하게 느껴지는 이유는 우리에게 자유라는 어휘가 누구에게나 공평하게 적용되어야 하는 권리임에도 불구하고, 이기적·속물적 행위에 자유라는 이름을 붙이는 것에 대해 납득할 수 없기 때문인 것이다. 그런데 오규원 시인은 위 시에서 거듭 '자유'라는 어휘를 반복하면서 구체적 현실에 적용할 때 자유가 단일하고 매끈한 하나의 이데올로기로 기능할 수 없다는 한계를 드러내는 것이다. 「이 시대의 순수시」의 시적 화자는 자신의 입장을 정당화하기 위해 자유라는 단어를 의도적으로 오용하는 소시민이다. 마찬가지로 그는 여러 작품에서 자유가 지배자의 입장이나 현재의 삶을 정당화하기 위한 수단이 된다는 사실을 강조한다.

> 정답 만세!
> 그리고 정답 아닌 다른 대답을 못 하는
> 우리들 어린 王子와 公主에게 만세 부르는 우리의 어른들 만세!
>
> −「우리들의 어린 王子」 부분(『이 땅의 씌어지는 抒情詩』)

내 몸은 온통 투명한 끈으로 묶여 있다. 다시 보면 내가 묶여 있는 게 아니라 내 몸이 끈을 키운다. 끈은 끈답게 내 몸의 가장 질긴 곳에 뿌리를

화자 중 한 사람이 다른 사람이 말하는 것을 알아들으면서도 알아듣지 못하는 상황이 바로 그것이다. 불화는 하얗다고 말하는 사람과 검다고 말하는 사람 사이의 갈등이 아니다. 그것은 하얗다고 말하는 사람과 하얗다고 말하는 사람 사이의, 하지만 같은 것을 알아듣지 못하는 또는 상대방이 하양이라는 이름 아래 같은 것을 말하고 있는지 전혀 알아듣지 못하는 사람들 사이의 갈등이다." 자크 랑시에르, 진태원 역, 『불화』, 도서출판 길, 2015, 19쪽.

내리고 질긴 피와 질긴 살과 질긴 쾌락을 먹는다. 끈을 가위로 잘라보면 내가 아프다. 귀를 기울이면 그들의 숨소리가 들리고 나와 마주치면 허리를 펴며 웃기도 한다. 몸을 움직여보면 아무렇지도 않다. 이렇게 많은 끈에 묶여 있는데도 내 몸은 참 자유롭다.

－「끈」 부분(『이 땅에 씌어지는 抒情詩』)

　　나는自由이므로있고자하면있고없고자하면없고삶이라고자하면삶이고
일체만사유심이라권력·탐욕·사기·부패·부정이고자하면권력·탐욕·사기·부패·부정이요色이요절망이요절망의色이거나色의절망이고자해도
마찬가지다

　　나는형체가없으므로여기있어도없으므로신이요절대군주요空이다그러
니까나는自由다내가自由이므로나를구속하는것은自由뿐이다

－「한 시민의 소리」 후반부, 『가끔은 주목받는 生이고 싶다』

이러한 작품들에서 특징적인 것은 제도와 정권과 같은 외적 권력에 대한 비판보다도 인간의 내면을 지배하는 지식의 메커니즘을 비판한다는 점이다. 인용한 시들은 자유를 옳고 정당한 것으로만 여기는 의식을 뒤집어보게 만드는 충격효과를 목표하고 있다. 「우리들의 어린 王子」에서 확인할 수 있듯 "정답 만세!"라는 목소리는 시대에 맹목적으로 순종하는 "우리의 어른들"을 풍자하기 위한 반어법이다. 「끈」에서도 "다시 보면 내가 묶여 있는 게 아니라 내 몸이 끈을 키운다"라는 아이러니한 표현이 곧 삶의 구속구를 벗어던지지 않고 자기 존재 자체로 받아들여버린 소시민적 자아를 형상화한다. "이렇게 많은 끈에 묶여 있는데도 내 몸은 참 자유롭다"라는 역설적 표현은 새장에

갇힌 새의 자족처럼 소시민적 자아가 완성되는 순간의 읊조림을 그린다. 이처럼 오규원 시인에게 아이러니는 '소시민의 입장에서' 자유 관념을 왜곡하는 의식의 과정을 묘사하는 방식이기도 하다. 따라서 오규원이 근본적으로 암시하는 것은 민주주의 사회의 자유 관념이 소시민을 자율적으로 훈육하는 하나의 메커니즘이라는 사실이다.

눈여겨볼 것은 이러한 통찰이 지닌 복잡성이다. 그 통찰은 다음과 같다. 자유는 국가와 지배자의 억압 때문에 축소되거나 사라지는 것이 아니다. 오히려 자유는 그러한 외부적 폭력 때문이 아니라, 내적·자율적 복종 때문에 마땅한 "정답"과 편안한 "끈"이 되어 우리의 존재를 구속한다. 따라서 소시민성을 극복하기 위해 필요한 것은 지배에 저항하고 자유를 회복하는 것이 아니라 오히려 자유 자체를 회의하고 성찰하는 것이다. 「한 시민의 소리」에서 오규원 시인이 행하는 성찰은 이러한 해석을 확신하게 한다. 이 작품에서 자유는 모든 것에 대한 상징, 더 정확하게 표현하자면 게걸스럽게 다른 기호를 먹어치우는 폭압적 상징이 된다. 여기서 자유는 '삶 자체'인 동시에 내적 욕망과 절망을 규정하는 '한계선'이며, "신이요절대군주요空"이다. 이러한 비유는 곧 자유는 주체의 안팎을 규율하는 훈육장치이며, 빠져나갈 수 없는 바깥이 존재하지 않는 생체권력임을 가리킨다. 현대정치는 통치와 복종이라는 외적 관계로 환원될 수 없다는 미셸 푸코의 통찰처럼,[23] 오규원 시인은 자유 이데올로기가 우리의 내면 안에서 지배

---

23 미셸 푸코는 현대사회의 생체권력에는 1) 바깥이 존재하지 않으며, 2) 지배하는 자와 복종하는 자의 구분보다 모든 인간이 권력에 종속된 채 복합적 양태로 상호작용한다는 사실이 중요하며, 3) 가족 제도와 4) 담론을 중심으로 재편되는 특징이 있다고 지적한다. 미셸 푸코, 이규현 역, 『성의 역사 1 : 지식의 의지』(제3판),

의 수단이면서도 복종의 수단이기도 하다는 그 역설적인 상태를 아이
러니 수사법으로 드러내고자 했던 것이다.

또 한 가지 눈여겨볼 특징은 오규원 시인이 자유의 회복이나 복권
을 주창하지 않았다는 점이다. 오히려 그는 자유의 회복을 주창하는
것이 아니라 자유의 이데올로기적 성격 자체를 비판하는 데 주력하고
있다. 「끈」에서 "투명한 끈"으로 비유되고 「한 시민의 소리」에서 "신"
으로 비유된 자유는 그 비가시적인 관념성 자체가 인간의 구속구가
된다는 사실을 강조한다. 그렇다면 우리는 오규원 시인이 단순히 소
시민성을 비판하고 진정한 자유 이데올로기의 실현을 좇았다는 관습
화된 결론에 빠져서는 안 된다. 오규원이 근본적으로 경계하는 것은
역사적 기호에 대한 그의 비판과 마찬가지로, 존재를 추상화시키는
이데올로기의 작용인 셈이다.

> 담장에서 새 한 마리가 울고 있다. 영혼은 울지 않는다. 입이 없기 때문
> 이다. 울 수 있는 것은 살아 있는 육체뿐, 기뻐하라 살아 있는 육체여 새여,
> 울 수 있는 권리와 의무 그리고 약간의 방종까지.
> 질서? 나는 한때 정확한 논리 명쾌한 질서를 원했다. 논리와 질서란
> 자본 또는 상품, 자본화된 또는 상품화된 나와 너의 유통 경로인 것을,
> 편한 만남인 것을. 그러나 나를 도로 통행세로 다 지불하는 것임을 알고
> 있는 지금은?
>
> ―「불균형, 그 엉뚱한 아름다운―楊平洞 6」 부분,
> 『왕자가 아닌 한 아이에게』

나남, 2011, 115~119쪽 참조.

여기서도 눈여겨볼 것은 "논리와 질서"를 곧 "자본 또는 상품"을 유통하는 방식과 같은 것으로 이해하는 오규원 시인의 의식이다. 그에게 언어적 담론과 상품 논리는 상동적인데, 그 이유는 그 두 가지 모두 "나와 너"라는 개별 시민들을 상품처럼 거래될 수 있는 것으로 격하시키기 때문인 것이다. 질서에 따를 때 진정한 의미의 자아는 "통행세"로 지불되고, 오직 상품으로 전락한 자아만이 남는다는 것이 오규원 시인의 통찰이다. 이때 「이 시대의 순수시」에서도 확인했듯, 오규원 시인이 줄곧 자본과 상품의 비유를 활용한다는 것은 그가 상품 유통 시스템이야말로 현대사회의 중핵이라고 간주했음을 암시한다. 여기에는 1970년대에 그가 태평양화학 홍보실에서 근무했으며 광고잡지 『향장』의 간행에 관여하고 있었다는 사실이 크게 작용했을 것이다.

그렇다면 이러한 이율배반적 상황, 자유로서 자유가 억압되는 역설적 시대를 그는 어떻게 극복하고자 했는가. 앞서 논의했듯 그는 단순히 지식인으로서 소시민을 비판하거나 풍자하기보다 마치 소시민으로서 그들의 의식을 재현하듯, 아이러니의 수법으로 시대상을 묘사하고자 했다. 그것은 자유라는 어의를 올바르게 교정하는 방식이 아니라, 그 어휘가 계급마다 다른 방식으로 전유되고 있는 다의적인 갈등상태를 드러내는 방식이다. 이 점에서 그는 랑시에르가 정치철학이라고 불렀던 사유에 근접해간다.

랑시에르의 표현을 빌리자면, 정치철학이 사유 효과를 생산하기 위해서는 불화의 지점을 발견해야만 한다.[24] 다시 말해 정치철학이

---

24 자크 랑시에르, 위의 책, 17쪽 참조.

정말로 현실을 바꾸려면 우리가 얼마나 다른 방식으로 현실을 증언하고 이해하는지 확인해야 한다. 이때 랑시에르는 하버마스식의 논변, 즉 타당하고 수용 가능한 언표들을 모아서 공론장을 만들어내야 한다는 식의 주장을 거부한다. 오히려 그는 불화를 드러내는 것, 자유나 평등처럼 우리가 삶을 정당화하기 위해 사용하는 언표들이 실은 계급마다 전혀 다른 의미로 사용되고 있다는 사실과 은폐된 갈등을 드러내는 것이야말로 정치철학의 목적이라고 생각한다.[25] 바로 불화야말로 진정 서로 다른 계급의 구성원을 동일자로 환원하지 않고 개개의 타자인 채로 대화할 수 있는 지점이기 때문이다. 보편적인 공론의 영역을 개진하려는 하버마스식의 정치 이론과 이데올로기의 이율배반과 모순을 첨예하게 드러내려는 랑시에르식의 정치 이론 사이에서 오규원은 어느 쪽에 가까운가. 여기서 오규원은 '자유' '질서' '논리'와 같은 어휘들의 기만성을 폭로하고, 아이러니 수사학으로서 사회적 언표들의 긴장과 불화를 증폭하는 쪽을 택하는 것으로 판단된다.

> 이런 빌어먹을, 여긴 내가 매일 좀 앉았다가 가는 장소거든. 답답해 미치겠어. 잡풀에게도 이름이 있을 게 아냐? 아니 이것 봐, 이름을 알아야 불러내어 말이라도 해볼 것 아냐? 뭐라고? 지랄한다구! 그래 지랄이야 하든 말든 좋아. 넌 농림학교 출신이지? 식물 도감이 틀려! 식물 도감이 엉터리라구. 뭐라구? 잡풀은 잡풀이라구? 이런 빌어먹을. 아니 이 세상에 이름이 없는 게 어디 있어! 글쎄, 나 원, 아니 그럼 대중도 사람 이름이냐? 군중도, 시민도, 행인도? 이거 나 참!

> —「공중전화」부분, 『이 땅에 씌어지는 抒情詩』

---

25 자크 랑시에르, 위의 책, 89쪽; 101쪽 참조.

비속어를 적극적으로 활용하는 「공중전화」의 어조는 불화를 실감
하게 하는 장치이기도 하다. 무엇보다 1981년에 간행한 시집 『이 땅
에 씌어지는 抒情詩』에서 오규원 시인의 정치적 비판은 인간 실존을
왜소하게 만드는 언표의 작용에 초점을 맞추고 있다. 「공중전화」에
서 "잡풀"로 치부되어버린 익명의 식물은 곧 "대중" "군중" "시민" "행
인"으로 익명화된 인간과 동일시된다. 의도적으로 시인은 비속어를
사용하는 것으로 보이는데, 이것은 "식물 도감"으로 표상되는 규범적
언어에 대한 저항의식을 강화하기 위한 장치로 이해할 수 있다. 이처
럼 오규원이 "이름"을 하나의 논점으로 삼는다는 것은 그의 사고가
기호학적이라는 사실을 보여준다.

그리고 오규원은 종과 속으로 식물을 계열화하고, 유용한 식물들
만을 포함시키는 '식물 도감'을 비판하듯 인간 존재를 추상화하는 이
데올로기적 기호와 총체적 역사관을 거부했다. 이러한 맥락에서 오
규원 시인의 정치적 인식은 정치철학의 목표는 진정한 민주주의를 회
복하는 것이 아니라 "정치를 제거함으로써 실현"되는 반(反)정치에
가깝다는 랑시에르적 통찰에 가까이 놓인다.[26] 이는 사뭇 『巡禮』의 「斷
章 3」에서 자유의 실현을 노래하던 목소리와는 달라진 것이다. 그는
단순히 이상적인 형태의 자유가 '존재하고' 그것을 실현해야 한다는

---

26 인용문은 자크 랑시에르, 위의 책, 115쪽. 랑시에르는 『불화』의 제1장에서 고대
그리스 사회의 정치적 관념인 '아르케(arkhe)'를 분석함으로써 정치 이데올로기의
왜곡과 잘못을 논증하려고 한다. 요컨대 시민이라면 누구나 정치에 참여할 권리가
있다고 믿게 만드는 '아르케'의 원리를 무분별하게 적용할 때 실제 민중들이 놓인
차별적 지위는 은폐되고 만다. 이 점에서 실제 삶을 도외시한 정치적 평등이나
자유라는 관념은 허울뿐인 것에 지나지 않을 수 있다.

식의 논리를 펼치지 않는다. 오규원은 그러한 태도와 거리를 둔 채 자유라는 관념이 실제 삶 속에서 다양한 방식으로 전유되는 불화의 양상을 재현하는 데 주력한다. 그리고 자유라는 관념에 깃든 우리의 상투적 의식 자체를 해체하고자 한다.

종합하자면 오규원에게 '자유'는 근본적으로 허위적인 기호이다. 기본적으로 그의 시에서 아이러니 형식은 우리라고 '자유'라고 명명하는 관념이 단수(單數)가 아니라는 것을 보여준다. 그것은 수많은 방식으로 개인의 욕망과 정치적 지배를 정당화하기 위해 전유되고 재규정된다. 따라서 오규원 시의 아이러니 형식은 총체적 역사관을 거부하는 데 그치는 것이 아니다. 아이러니는 시인이 통찰한 정치 현실의 복잡성을 재현하고 그 안에서 불화의 지점을 발견해나간다. 또한 그의 시는 기호의 추상성 자체가 억압적인 것으로 간주하기 때문에, 마찬가지로 '자유' 관념의 추상성 자체를 공격하고 있다. 따라서 그의 시에서 '자유'라는 관념어는 그 자체로 억압의 표상일 뿐만 아니라, 다른 추상적 기호와 동질화된다. 이러한 맥락에서 '논리' '질서' '식물도감'과 같은 체계적 언어 또한 자유를 억압하는 표상이 될 수 있다.

3) 민족·통일 담론에 대한 회의의식

근본적으로 오규원은 총체적 역사관을 거부하고 시대의 우연성과 이데올로기의 허위성을 드러내고자 하는 아이러니스트로 규정할 수 있다. 마지막으로 우리가 살펴보고자 하는 오규원의 정치의식은 국가·민족과 같은 거시담론을 다르는 태도 안에서 분석될 수 있다. 앞서 살펴보았듯 오규원은 역사적 기호가 모든 존재를 추상화한다는 사실을 부정적으로 인식한다. 또한 그는 하나의 이데올로기적 언표가 현실에서 얼마나 다의적인 방식으로 전유되는지 보여주려 한다. 이러한 태도는 1987년에 간행한 『가끔은 주목받는 生이고 싶다』와 1991년에 출간한 『사랑의 감옥』에서 두 가지 양상으로 나타난다. 첫째로 언표와 감각의 문제를 중심으로 행해졌던 그의 사유는 차츰 국가·민족과 같은 거시담론에 대한 비판적 인식으로 옮아가게 된다. 둘째로 관념이 인간을 구속한다는 한계를 극복하기 위해서 그는 탈인간중심주의의 가능성을 모색하며 이후 '날이미지 시'로 정식화될 시세계의 단초를 구상하기 시작한다. 두 권의 시집에서 두드러지는 이 두 가지 이행을 순차적으로 살펴보도록 하자.

> 우리들 陰毛만큼이나 어둡고 따스한 곳에
> 송수관을 묻고 우리가 사는 이 대지의
> 수도꼭지인 나무들
> 내장의 고름을 가을이라는 핑계로
> 마음놓고 누렇게
> 지는 잎의 형상으로 뱉어내는구나
> 남북이 일시에 뱉어내니
> 누런 고름의 통일이다 무엇보다
> 통일로 보는 내 눈이 아름답구나
> 남북과 동서 통일로
> 대지의 상처는 가을이라는 이름 밑에
> 단정적이고 통계적으로 숨겨진다
>
> ─「詩人 久甫氏의 一日 2」부분(『가끔은 주목받는 生이고 싶다』)

> 내 눈의 금수강산 水晶體의
> 능선에는

동족상잔의 포화가 날고 있다

늙어버린 아이들이 참호와 포연 사이로
먹을 것을 찾아
알프스 山의 羊떼처럼
고개를 떨어뜨리고 걷고 있다

— 눈 노화 지연 및 수정체 혼탁
　　예방 치유 '케시딘'
혹은 공기
혹은 물

나는 약을 찾아 약방을 기웃거린다

　　　　　　　　　　－「눈의 老化 — 나이 탓만은 아닙니다」 전문
　　　　　　　　　　　　　　　　(『가끔은 주목받는 生이고 싶다』)

이십사 년 만에 5·16이후
처음 부산 충무동의 부두에
혼자 서서 하루분의 구두끈
을 나는 고쳐 맨다 바다가
밀려와도 지금의 나는 바다
로 젖지 않는다 서 있는 그
자리에서 내가 육지로 파도
친다 밀수로 망한

… (중략) …

식민지 시대들은

다 젖지 않았다
신탁통치 결사들은
다 젖지 않았다
다 젖지 않았다
금박 포장지와 라면 봉피와
순회 공연 중인 「별」들은

－「詩人 久甫氏의 一日 10」 부분(『가끔은 주목받는 生이고 싶다』)

「詩人 久甫氏의 一日 2」는 일견 가을 숲을 소묘하는 단순한 작품으로 읽힌다. 표면적으로는 나무의 사방으로 낙엽이 떨어지는 풍경을 그리는 작품이지만, 우리는 이 작품에 '통일'과 '남북'이라는 단어들이 반복적으로 활용되는 것을 확인하면서 시인의 의식이 분단현실을 경유하고 있다는 인상을 받게 된다. 이 작품의 핵심적인 은유는 "누런 고름의 통일"이다. 낙엽이 누런 고름이라면, 나무가 "송수관"을 묻듯 뿌리내린 "우리가 사는 이 대지"는 오염이자 질병 자체인 것이다. 그런데 이 작품만으로 오규원 시인이 '통일'과 '동서남북'이라는 표현이 곧 통일 이데올로기에 대해 비판적 의식을 지녔다고 단정할 수는 없다. 왜냐하면 이러한 표현은 화합할 수 없는 것들을 무분별하게 통합하는 역사적 언표의 작동에 대한 비판으로 읽을 수도 있기 때문이다.

따라서 우리는 오규원 시인의 다른 작품들을 함께 읽어나가면서, 오규원 시인이 왜 한국 사회의 토대를 병적인 것으로 진단했는지 확인할 필요가 있다. 「눈의 老化 ― 나이 탓만은 아닙니다」에서 상기되는 것은 우리의 '금수강산 능선'에서 "동족상잔의 포화"가 자행되었다는 사실, 즉 6·25전쟁 때 겪었던 참혹한 죽음이다. "늙어버린 아이들 참호와 포연 사이로" 생존해왔다는 사실이 세월이 지난 지금 인식되지 않는다는 것을 풍자하기 위해, 시인은 안약 케시딘의 광고를 패러디한다. 「詩人 久甫氏의 一日 10」에서는 명확히 5·16군사정변과 더 거슬러 올라 "식민지 시대"와 "신탁통치"에 대한 비판적 인식을 드러내고 있다. 이 작품에서 이러한 역사적 사건들을 '젖지 않는다'라고 반복 진술하는 것은 그러한 역사적 사건들이 세파에도 침윤되지 않는다는 것, 생생한 역사적 상흔으로서 현존한다는 것을 암시하는 듯하다.

그렇다면 『가끔은 주목받는 生이고 싶다』의 시편들이 공통적으로 드러내는 것은 한국사의 참혹이다. 또한 그의 시에서 한국 사회는 일제강점기, 신탁통치기, 6·25전쟁, 5·16군사정변이라는 일련의 역사적 사건에서 갈등과 참혹을 해소하지 못한 채 병들어 있는 상태로 진단된다. 그렇다면 「詩人 久甫氏의 一日 2」를 다시 읽어보자. 이제 우리는 한국 사회에 뿌리내린 나무로부터 떨어지는 나뭇잎이 '누런 고름'으로 인식되는 이유를 깨닫게 된다. 나무가 뿌리내린 한국 사회의 심부를 역사적 시선으로 꿰뚫어 볼 때 우리는 나뭇잎을 '누런 고름'으로 읽을 수밖에 없다. 하지만 일상인의 눈으로 보면 그것은 그저 낙엽으로 보일 뿐이고 "대지의 상처는 가을이라는 이름 밑에/ 단정적이고 통계적으로 숨겨"져 있는 것이다.

> 숲의 나무들처럼 사람들이 빽빽이 들어서 있다
> 판문점 군사 분계선을 넘어온 한 사내가
> 영접 나온 한 사내와 어깨를 나란히 걸고 있다

튼튼한 나무처럼 한 손을 흔들며 이빨을 드러내고
웃으며 서 있다 오른쪽 팔을 들고 전면을 향해
손을 높이 들어올리느라고 한 개의 깊은 계곡이 양복
오른쪽을 파고 있다 손을 흔들지 않고 있는 영접 나온
사내의 양복에는 밋밋한 산기슭이 숨쉬지 않고 있다

－「환멸을 향하여」 부분(『사랑의 감옥』)

　민족 표상에 대한 비판적 인식은 당대의 사건을 묘사하는 방식에
서도 드러난다. 『사랑의 감옥』에 수록된 작품인 「환멸을 향하여」는
그 부제인 '90. 9. 4. 석간신문 일면의 사진 한 장'으로 미루어볼 때
1990년 9월 4일 개시되어 1992년 10월까지 진행된 남북고위급 회담
을 제재로 삼는다. 『사랑의 감옥』이 1991년에 간행된 시집이라는 점
을 고려한다면, 「환멸을 향하여」는 이러한 회담의 성패를 확인하기
이전에 집필한 작품으로 보인다. 우선 주목할 것은 작품의 제목이다.
내용상 남북 정치인들이 어깨동무하는 모습을 그리고 있을 뿐인데,
시인은 그 모습에 '환멸을 향하여'라는 제목을 덧붙이고 있다. 또한
사내가 입고 있는 '양복'을 "한 개의 깊은 계곡"과 "밋밋한 산기슭"으
로 비유함으로써 그의 신체를 거대한 대지에 제유하는데, 그것이 "숨
쉬지 않고 있다"라는 표현은 그 대지가 죽은 대지임을 암시한다.
　이처럼 '환멸감'을 명시하는 제목과 '숨쉬지 않는' 대지의 제유는
오규원 시인이 남북고위급 회담을 회의적 시선으로 바라보고 있었음
을 암시한다. 어쩌면 그에게는 정치적 화합을 위한 회담조차 '살아있
는' 존재와는 무관한 하나의 정치적 퍼포먼스로 이해되었을지도 모
른다. 또한 여기에는 앞서 「詩人 久甫氏의 一日 10」에서 살펴보았던

것처럼, 온전히 치유되지 못한 역사적 상흔이 잠재되어있는 채로 행해지는 정치적 회담에 대한 의구심이 미학적으로 표현된 것처럼 보인다. 결국 오규원 시인의 시는 자유 이데올로기를 허위적인 것으로 간주했던 것만큼 민족 담론에도 깊은 회의의식을 드러내고 있었다고 볼 수 있다. 그 이유는 근본적으로 오규원에게 '이데올로기'란 언제나 인간 존재를 기호화하는 메커니즘으로 인식되었기 때문일 것이다. 그는 그러한 기호화를 거부하고 소생하는 시니피에를 지향했던 것이다.

2. 독자의 비판의식을 각성시키기 위한 아이러니 기법

1) 독자의 능동적 해석을 유도하는 반어적 수사법

(1) 독자를 향한 말 건넴의 형식

김현은 1970년대 동안 오규원 시가 변화하는 방식에 대한 우려를 표현한 바 있다. 그는 오규원의 시에 대하여 "최근의 그의 시에는 호격과 감탄 부호가 상당히 빈번히 사용된다. 냉정하게 사물과 시인과의 거리를 유지할 수가 이미 없게 되어 버린 시인의 탄식. 이것이 吳圭原을 위해 좋은 일일까, 아니면 나쁜 일일까?"[27]라고 묻는다. 이 내용은 곧『왕자가 아닌 한 아이에게』에 수록되었던 시편들을 향하는 것이다. 여기서 김현은 오규원 시인이 현실을 독자에게 중립적으로

---

27 김현,「오규원의 변모」,『상상력과 인간』, 일지사, 1973, 299쪽.

전달하는 방식이 아니라 지나치게 자신의 감정과 생각에 따라서 사물
을 왜곡하고 조작하고 있으며, 그러한 한계를 오규원 스스로 인식하
는 것처럼 보인다고 설명한다. 김현의 지적처럼 그 이전의 시집과 달
리『왕자가 아닌 한 아이에게』에서 현실에 대한 적극적 비판의식이
드러난다는 것은 주지의 사실이다.

그런데 이를 단지 "냉정하게 사물과 시인과의 거리를 유지할 수가"
없게 된 징후로 받아들이는 것이 타당한가. 제3시집『왕자가 아닌 한
아이에게』를 비롯하여 그 이후에 간행된 시집들 속에서 우리는 어떤
형식적 시도가 반복되는 것을 확인할 수 있다. 그것은 시적 화자가
독자에게 말을 걸거나, 시에 상반되는 두 가지 진술을 병치하거나,
신뢰할 수 없는 속물적 화자를 내세우는 방식으로 시의 목소리를 변
화시키는 방식이다. 이러한 형식적 변화에 김현의 논의를 비추어 본
다면, 오규원에게 일어난 변화는 목소리의 위치인 것이다. 오규원의
제3시집은 그 이전의 시집보다 좀 더 현실에 가까워지려 하고 있었으
며, 이 과정에서 독자에게 직접적으로 시인의 생각과 감정을 전달하
는 것처럼 보인다.

그런데 여기에는 시 형식 자체에 대한 어떠한 반성이 전제된 것처
럼 보인다. 흥미롭게도 오규원은『언어와 삶』(문학과지성사, 1983)에서
"언어를 확립하는 것은 〈입법〉의 고전적 이미지와 같고, 의미를 규정
하는 것은 〈독재〉라는 정치적 메타포와 같다"라고 말한다. 오규원은
자칫 시를 쓴다는 것은 독재자가 의미를 규정하듯 시인의 의도대로
시의 구조를 결정하는 것에 가까워질 수 있다는 사실을 경계했던 셈
이다. 끝내 이 글의 결론부에서 그는 "시인과 독재가는 근본적으로
만난다"라고 규정하기도 했다. 이러한 성찰은 시인과 언어의 관계만

을 직접적으로 서술하고 있지만, 무엇보다 독재 정권을 의식할 수밖에 없는 1980년대에 행해졌다는 것이 의미심장하다. 이 때문에 우리가 이 글의 논의를 좀 더 현실적인 것으로 확장하여 고려해볼 것은 발신자와 수신인으로서 작가-독자의 관계이다. 오규원의 시론에는 다음과 같은 문제인식이 함축되어 있는 것처럼 보인다. 어떤 시 작품이 일방향으로 독자에게 메시지를 전달하고 그것을 무비판적으로 수용한다면, 그것은 독재체제 하의 이데올로기가 시민에게 강제되는 구조와 상동성을 지니는 셈이다. 그렇다면 우리는 오규원 시인이 1983년을 전후로 시 장르의 커뮤니케이션 구조에 대한 반성을 수행했다고 간주해야 할 것이다. 따라서 오규원 시인의 시를 읽으면서 시인이 지닌 의식을 해석하는 데 그치지 않고, 그가 어떤 형식을 통해 말하고자 했는지도 주목할 필요가 있다.

　　당신은 구체적인 것을 원합니다. 당신의 옷, 당신의 구두, 당신의 얼굴이 구체적이듯이 나의 말도 그와 같이 되기를 원합니다. 그러나, 당신은 당신의 눈을 아시는지요?

　　이런 우화는 어떻습니까?

　　봄입니다. 길이 끝난 곳에 층계, 층계가 끝난 곳에 뜰, 그 꿈의 뜰에 어제 저녁 천사들이 타고 온 마차가 한 대, 그 옆에는 예쁜 천사들이 타고 온 마차가 한 대. 그 옆에는 예쁜 천사의 발자죽이 몇 개 찍힌 채 놓여 있습니다. 꽃나무는 하루 종일 뜰을 위해 꽃씨를 만들고 바람은 안개를 쓰레질하고, 구름이 놀러 오도록 하늘을 말끔히 닦아놓습니다.

　　　　　… (중략) …

보십시오.
지구에서 봄이 천천히 떠나고 있습니다.

질문이 없으면
봄을 보내겠습니다.
당신은 무엇인가 잃어버린 게 있습니다.
당신이 행복한 이유는 잃어버린 그것에 있습니다.

－「당신을 위하여」 부분(『왕자가 아닌 한 아이에게』)

주목할 것은 오규원이 지닌 정치적·사회적 비판의식뿐만 아니라 그러한 메시지를 전달하는 형식이다. 제3시집 『왕자가 아닌 한 아이에게』의 두드러지는 특징은 2인칭 대명사인 '당신'을 거듭 활용하여 독자에게 말을 거는 듯한 착각을 자아내는 기법을 사용한다는 점이다. 우선 「당신을 위하여」의 첫 문장은 "당신은 구체적인 것을 원합니다"라는 단언의 투로 진술된다. 곧이어 "당신의 얼굴이 구체적이듯이 나의 말도 그와 되기를 원합니다"라고 시인은 다시 한 번 단언한다. 이러한 수사적 방식은 독자의 기대지평을 한정할뿐더러 시적 화자의 마음대로 확정해 버린다. 따라서 첫 연에 반복되고 있는 단언의 어투는 독자로 하여금 불쾌나 거부감을 자아낼 수 있는 형식을 의도적으로 활용하는 셈이다.

이어서 이 작품은 엉뚱해 보이는 질문으로 이행해간다. "당신은 당신의 눈을 아시는지요?"라는 물음을 맞닥뜨릴 때, 우리는 이 '눈'이 현실을 인식하는 방식을 상징한다는 사실을 유추하게 된다. 이 작품은 두 계열의 인식론을 제시한다. 한쪽에는 "구체적인 것"에 기초한 인식론으로서 "옷" "구두" "얼굴"과 같이 현실의 구체물을 열거하듯 세상을 바라보는 방식이 놓인다. 다른 한쪽에는 "봄"의 풍경으로 소묘되는 것으로서 "예쁜 천사"와 "꽃나무"가 "안개"에 감싸인 동화적 풍경이자 환상을 몽상하는 시선이 놓인다. 시인은 우리의 '눈'이 "구체적인 것"을 보고 있는지, 아니면 환상 속의 "봄"을 바라보고 있는지 묻고 있다고 볼 수 있다.

이때 시의 후반부에는 독자의 대답을 재촉하듯 "지구에서 봄이 천천히 떠나고 있습니다" "질문이 없으면/ 봄을 보내겠습니다"라는 진술이 이어진다. 무엇보다 환상적 풍경인 "봄"이 떠나간다고 시적 화자가 강조할 때, 독자는 구체물의 세계 혹은 구체물의 인식 체계에 남겨져 버린다는 인상을 받게 된다. 다시 한 번 시인은 "당신이 행복한 이유는 잃어버린 그것에 있습니다"라는 단언의 형식을 반복한다. 이러한 진술이 의미하는 바는 명확해 보인다. '당신'은 아름다운 환상을 꿈꾸기보다 자신의 현실을 돌보는 데 급급하다. '구체적인 것'에만 머무는 삶은 행복할 수는 있을지라도 더 나은 삶을 '보는' 힘을 잃게 만든다. 그러한 의미에서 이 작품에서 "봄"은 작품 내에 표현된 환상적 계절을 뜻하는 동시에 진실한 욕망을 '본다'라는 이면의 의미 또한 지닌다. 이러한 해석은 같은 시집에 수록된 작품들을 통해 뒷받침될 수 있다. 「환상을 갖는다는 것은 중요하다」의 제목이나 『등기되지 않은 현실 또는 돈 키호테 略傳』의 "등기되지 않은 현실, 환상. 등기되지 않은 현실 속으로 뛰어듦"이라는 진술에서도 우리는 환상적 상상력에 대한 지향을 확인할 수 있다.

현실보다 중요한 것은 아름다운 현실에 대한 상상력이다. 오규원 시인은 이러한 주제의식을 2인칭의 형식과 단언의 투로 진술함으로써, 독자로 하여금 불쾌와 거부감을 자아낸다. 이러한 형식은 독자가

맹목적으로 시적 정조에 감정이입하거나 시인의 진술에 동의하는 상
황을 막는 것처럼 보인다. 오히려 독자로 하여금 시의 문맥을 지적으
로 해석하게 만들고, 시적 진술에 대해 비판적으로 응답하게 만들 것
이다. 바로 이것은 브레히트가 의도한 생소화 효과(Verfremdungs-
effect)와 닮았다. 생소화 효과란 관객의 몰입을 방해하는 요소를 도
입함으로써 배우에 대한 "자기 의견을 표명"하거나 "비판을 요구"하
도록 만드는 기법을 뜻한다.[28] 마찬가지로 오규원 시인은 독자의 사
고와 입장을 단언하거나 독자에게 질문을 던지면서 독자에게 감정이
입이 아닌 사색을 요구하는 것이다.

좀 더 거슬러 올라가면 우리가 떠올려볼 것은 고대 그리스 희극의
파라바시스라는 형식이다(또한 아이러니 개념의 원천인 희극의 형식이
다). 파라바시스란 고대 그리스 희극의 5막 중 한 부분이면서, 배우들
이 관객에게 직접 말을 걸고 창작자의 창작 의식을 전달하거나 때론
논쟁을 벌이기도 했던 과정을 가리킨다. 그런데 어떤 의미로 이것은
연극이 지니고 있는 가상성, 즉 무대와 현실이 분리되어 있다는 '제4
의 벽'을 깨트리는 것이기도 했다. 슐레겔은 자신의 소설 『루친데』에
서 소설과 현실의 경계를 깨트리는 것을 목적으로 삼고 다양한 방식
으로 실험적 형식을 도입한다. 그리고 그러한 가상성의 해체를 '영구
적인 파라바시스(permanent parabasis)'라고 부른 바 있는데, 슐레겔
은 이것을 아이러니를 실현하는 근본적인 방법이라고 여겼다.[29] 마찬
가지로 오규원은 시를 읽는 독자가 가상성에 침잠하지 않도록 그들에

---

28 베르톨트 브레히트, 위의 책, 101쪽. 생소화 효과에 대한 정의는 93~94쪽 참조.
29 Paul de Man, *Aesthetic Ideology*, University of Minnesota Press, 1996, p.179

게 말을 걸면서 끊임없이 '현실'을 상기시키려 한다.

　　─당신의 눈에도 보입니까?
　　등기되지 않은 현실

─「하늘 가까운 곳─환상 수첩 2」 결말부

(『왕자가 아닌 한 아이에게』)

　　말씀하세요, 커피를 드릴까요. 나를 드릴까요? 그것도 싫으면 왕을 드릴까요? 이 침묵의 시대, 이 침묵의 말 시대, 이 침묵의 상징시대, 동사가 없는 시대, 말씀을 하세요 물먹이기 시대.

─「꿈에 물먹이기」 부분(『왕자가 아닌 한 아이에게』)

　　웃기지요? 그런데 한 사람이 죽었다는데, 왜 우리는 우습기만 한지 혹시 아시나요?
　　뭐라고요? 무엇이라고요?
　　개새끼!

─「戲詩」 결말부(『왕자가 아닌 한 아이에게』)

　　이 세상은 나의 자유투성이입니다. 사랑이란 말을 팔아서 공순이의 옷을 벗기는 자유, 시대라는 말을 팔아서 여대생의 옷을 벗기는 자유, 꿈을 팔아서 편안을 사는 자유, 편한 것이 좋아 편한 것을 좋아하는 자유, 쓴 것보다 달콤한 게 역시 달콤한 자유, 쓴 것도 커피 정도면 알맞게 맛있는 맛의 자유.

　　세상에는 사랑스런 자유가 참 많습니다. 당신도 혹 자유를 사랑하신다면 좀 드릴 수는 있습니다만.

─「이 시대의 순수시」 부분(『왕자가 아닌 한 아이에게』)

시집『왕자가 아닌 한 아이에게』의 곳곳에서 오규원 시인은 독자에게 '응답'하거나 '쓰기'를 요구하는 말 건넴의 형식을 활용한다. 앞서 살펴본 「당신을 위하여」와 마찬가지로 「하늘 가까운 곳」은 똑같이 현실을 바라보는 '당신의 눈'을 추궁하는 작품이다. "당신은 당신의 눈을 아시는지요?"라거나 "당신의 눈에도 보입니까?"라는 물음을 통해 시인은 독자로 하여금 현실을 인식하는 방식, 또는 '등기된 현실'(리얼리티)과 '등기되지 않은 현실'(환상)의 경계를 구분하는 인식 방식에 대해서 스스로 성찰하도록 유도한다. 이러한 물음은 무엇보다 관습적으로 현실을 '보던' 방식과는 다른 '봄'이 존재할 수 있다는 가능성을 고려하게끔 한다. 「꿈에 물먹이기」의 경우에도 시인은 "말씀하세요" "말씀을 하세요"라는 추궁을 반복하면서 '침묵의 시대' 앞에서 침묵하는 독자들을 힐난하고 있다. "그것도 싫으면 왕을 드릴까요?"라는 물음은 독자로 하여금 왕에게 순종하는 백성으로 남을 것이냐는 조롱으로 느껴질 수도 있다. "동사가 없는 시대"와 "물먹이기 시대"라는 표현에서 우리는 어떤 행동도 할 수 없고, 정당한 발언에 대해 '물먹이는' 폭력을 자행하는 독재정권에 대한 비판적 인식이 깃들어 있음을 확인한다. 이러한 형식은 감정이입을 깨트리기 위해서 불쾌감을 자아낸다. 다시 말해서 2인칭의 진술들은 독자를 비난하거나 조롱하거나 꾸짖는 방식으로, 즉 도덕적 불쾌함을 느끼게 하는 방식으로 행해지고 있다.

또 다른 방식은 말의 수신자를 부도덕하거나 속물적인 더 직접적으로 상정함으로써, 독자에게 불쾌감을 자아내는 형식이다. 「戱詩」는 타인의 죽음을 우스운 이야기처럼 다루는 사람들을 향해 욕설을 퍼붓는 내용으로 이루어져 있다. 「戱詩」의 화자는 "한 사람이 죽었다는데, 왜 우리는 우습기만 한지 혹시 아시나요?"라고 물음으로써, 독자를 '우스운 존재' 혹은 한 사람이 죽었음에도 '우습게' 생각하는 수신자로 단정한 채 질문을 던지고 있다. 이어지는 노골적인 욕설은 독자를 직접적으로 꾸짖고 있는 듯한 인상을 받게 한다. 「이 시대의 순수시」역시 내포독자를 속물로 설정하는 작품이다. "사랑이란 말을 팔아서 공순이의 옷을 벗기는 자유, 시대라는 말을 팔아서 여대생의 옷을 벗기는 자유"란 속물적 욕망을 채우기 위해 수단화된 '사랑'과 '자유' 이념을 가리킨다. 이때 "당신도 혹 자유를 사랑하신다면 좀 드릴 수는 있습니다만"이라고 은근히 말 건넬 때, 독자에게 이러한 속물적 행위에 가담하기를 권유하는 셈이다. 따라서 「戲詩」와 「이 시대의 순수시」는 2인칭 형식으로 독자에게 말 건네는 듯한 느낌을 자아내면서, 그 수신자로서 속물적 인간을 상정하고 있기 때문에 독자에게 생소화 효과를 유발하게 된다.

특징적인 것은 오규원 시인이 말을 거는 방식은 '가르치는' 듯한 어조가 아니라 '비난하고' '꾸짖으며' 불쾌감을 자아내는 어조, 즉 독자에게 거부감을 불러일으키는 어조로 행해진다는 점이다. 이것은 독자의 감정 이입을 막는다. 바로 이러한 감정이입의 차단은 시를 계몽의 매개로 활용하지 않기 위한 의도가 깃들어 있는 것처럼 보인다. 바로 제1차세계대전 이후 아도르노가 카타르시스를 비판했던 이유 또한 그러한 계몽적 성격의 커뮤니케이션 때문이었다. 카타르시스란 전통적인 아리스토텔레스적 연극의 핵심 개념으로 무대 위의 사건이나 행위에 관객이 감정이입함으로써 감정이 정화되거나 배설되는 듯한 느낌을 뜻한다.[30] 아도르노는 카타르시스가 정권이 국민을 선동하기 위한 수단으로 전락하는 현상을 비판했다.[31] 마찬가지로 브레히트 또한 "감정 이입이란 하나의 사회적 현상"이지 결코 개인의 창발적인 현상이 아니라는 점을 문제 삼았다.[32] 전통적인 연극은 배우가 어떤 대상을 모방하고 관객은 그 배우의 연기에 몰입하는 위계적 구조로 이루어진다. 이러한 과정에서 예술은 공감을 통한 사회적 통합의 기능을 수행한다. 그런데 사회적 통합의 주체가 부도덕한 존재일 때 카타르시스는 기만적인 것이 되고 만다.

주목할 것은 오규원 시인의 사유와 나치 치하 지식인들의 사유가 지닌 유사성이다. 오규원이 '시인과 독재가가 만난다'라고 성찰했듯, 1930년대 나치 치하의 독일과 1980년대 신군부 정권하의 한국에서 카타르시스와 공감은 대중을 선동하기 위해 사용될 수 있었다. 이러한 맥락에서 브레히트가 아리스토텔레스적 연극을 거부했듯, 오규원 시인의 시 장르의 계몽적 형식을 반성했던 셈이다. 이때 브레히트는 감정 이입을 원천적으로 차단하는 변증법적 서사극의 가능성을 모색했다. 이때 그가 제안한 형식 중 하나는 배우가 관객에게 직접 말을

---

30 아리스토텔레스는 『시학』 제6장에서 "비극은 드라마 형식을 취하고 서술 형식을 취하지 않는데, 연민과 공포를 불러일으키는 사건으로 바로 이러한 감정의 카타르시스를 실현한다"라고 서술한다(아리스토텔레스, 천병희 역, 『수사학/시학』, 숲, 2017, 361쪽. 이상섭에 따르면 이러한 카타르시스는 "한 가지 의미로 고착시킬 수 없으며 시대마다 당시의 관심사를 반영하는 해석이 나오곤 한다"(아리스토텔레스, 이상섭 역, 『시학』, 문학과지성사, 2005, 114쪽).

31 브레히트와 마찬가지로 아도르노 역시 카타르시스가 미적 허위의식에 동원된다고 생각했으며, 그러한 맥락에서 키치 문화를 '카타르시스의 패러디'라고 명명하기도 했다(M. 칼리니스쿠, 이영욱 역, 『모더니티의 다섯 얼굴』, 시각과언어, 1993, 298쪽 참조).

32 베르톨트 브레히트, 김기선 역, 『브레히트, 연극에 대한 글들』, 지만지드라마, 2020, 19쪽.

건넴으로써 무대가 일방적으로 감상될 수 있는 공간이라는 환상을 깨
트리는 것인데, 독자가 객석이라는 안전한 장소에서 무대를 바라보
고 있다는 환상이 깨지는 순간 무대 위의 잔혹극은 더 이상 관조의
대상일 수 없기 때문이다.[33] 흥미로운 것은 오규원의 시집『왕자가 아
닌 한 아이에게』에서도 독자를 향해 말 건네는 듯한 착각을 일으키는
2인칭 서술방식이 주요하게 활용된다.

(2) 목소리의 이중화

오규원 시인은 단언·질문·꾸짖기와 같은 불쾌와 거부감을 자아내
는 진술들을 통해 독자의 카타르시스·감정 이입을 차단한 채 도리어
비판적으로 그의 시를 읽어내도록 유도하는 것으로 보인다. 이러한
반어법은 때론 독자들의 동의를 강제하는 수사법이기도 하지만,[34] 오
규원 시인은 독자에게 불쾌함과 거부감을 불러일으키며 독자의 지적
인 반성 의식을 이끌어내고자 유도하는 듯 보인다. 비판적 성찰의 유
도라는 맥락을 좀 더 살펴보도록 하자. 제3시집『왕자가 아닌 한 아
이에게』곳곳에서 우리는 2인칭 형식이나 말 건넴의 형식을 확인할
수 있다. 「방아깨비의 코」「한 구도주의자의 고백」「꿈에 물먹이기」

---

33 베르톨트 브레히트, 위의 책, 2020, 96쪽 참조.

34 반어의 본질은 타인에게 전달하려는 것과 반대되는 것을 말하지만, 어조와 수반된
    몸짓, 그리고 글로 표현할 경우 문체상의 작은 특징을 통해 자신이 원래는 반대되
    는 것을 말하려고 함을 드러냄으로써 타인에게 반박할 여지를 주지 않는다는 데
    있다."(지그문트 프로이트, 박종대 역,『농담과 무의식의 관계』, 열린책들, 2020,
    219쪽) "게다가 반어는 듣는 사람에게 반론을 제기하고픈 마음이 들게 하면서도
    그와 동시에 그게 쓸데없는 짓이라는 걸 바로 깨닫게 함으로써 듣는 사람에게 희극
    적인 즐거움을 안겨 준다."(같은 책, 220쪽)

「不在를 사랑하는 우리집 아저씨록 이야기」 등의 작품에서도 우리는 말 건넴의 형식을 확인한다. 또한 제4시집『이 땅에 씌어지는 抒情詩』(문학과지성사, 1981)에 수록된 「공중전화」와 같은 작품에서도 이러한 형식 실험은 지속한다.

여기서 그가 활용하는 또 다른 형식은 본문의 진술과 괄호문의 진술을 상이한 내용으로 구성하여 충돌시키는 것이다. 변증법적 서사극 이론의 주요한 기법 중 하나는 바로 배우가 대사를 말할 뿐만 아니라, 자신의 행동을 설명하는 소지문을 대사처럼 구술하는 것이다. 여기서 배우의 행위·대사·소지문의 내용이 서로 상충한다면 관객이 느낄 수 있는 긴장과 아이러니는 더 커지게 된다.[35] 이와 유사하게 오규원 시인의 시에서 괄호문이 활용되는 양상을 확인할 수 있다. 이러한 괄호문은 아이러니와 역설을 강화하기 위해서 활용된다. 이 형식은『왕자가 아닌 한 아이에게』에서는 비교적 단순한 형태로 활용되고 있다.

> 내 앞에는 서울로 가는 길이 고속버스가 가지고 가고도 많이 남아 있습니다. (서울은 참 아름다운 곳입니다!) 나는 터미널에 사지가 짐짝처럼 포개져 놓입니다. 내가 보는 앞에서 오후는 쾅쾅 문을 잠그고 시간을 오뉴

---

35 브레히트는 (1) 삼인칭 화법 도입, (2) 과거 시제 도입, (3) 지문과 주석도 함께 읽기 등을 서사극 배우의 연기법으로 예시한다(베르톨트 브레히트, 위의 책, 98쪽). 그는 무엇보다 서사극의 배우가 "자신이 연기해 보여 주는 것이 유일무이한 해결 방법이 아니라는 점을, 여기서 보여 주는 것 이외에도 다른 가능성이 있을 수 있다는 것을 관객이 느낄 수 있도록" "그가 하지 않는 행동이 그가 하고 있는 행동 속에 포함되어 있어야 한다"라고 주장한다. 그가 '보여 주는 자세'(게스투스 Gestus)라고 지칭한 연기 방식은 문학의 아이러니나 역설 개념에 대응할 수 있다고 판단된다(베르톨트 브레히트, 위의 책, 96~97쪽).

월 개처럼 방목합니다.

－「소리에 대한 우리의 착각과 오류 ― 환상 수첩 3」부분

(『왕자가 아닌 한 아이에게』)

변소 2번(처음에는 대변, 다음에는 소변) 왕복함. 소변 후 내려다 보인 남근 새삼스러워 한 번 들었다 놓음. TV 스위치 1번 누름. 재미없음. 『오늘의 스타』란 책 1분 만에 다 봄. FM 라디오 스위치 누를까 하다 그만둠. 심심해서 시계를 보았더니 시간이 엿가락처럼 늘어져 누운 채 "이 병신, 일요일이야!" 함.

生界엔 별일 없음. 문협 선거엔 미당이 당선된 모양이고, 내 사랑 서울은 오늘도 안녕. 서울 S계기의 미스 천은 17살(꿈이 많지요), 데브콘에이 중독. 평화시장 미싱공 4년생 미스 홍은 22살(가슴이 부풀었지요), 폐결핵. 모두 안녕함.

－「나의 데카메론」부분(『왕자가 아닌 한 아이에게』)

『왕자가 아닌 한 아이에게』에 수록된 두 작품「소리에 대한 우리의 착각과 오류」와「나의 데카메론」은 이중의 목소리를 병치함으로써 아이러니를 강화한다는 특징이 있다.「소리에 대한 우리의 착각과 오류」에서 본문의 부정적 진술은 괄호문의 낙천적 진술과 충돌한다. 예컨대 "(서울은 참 아름다운 곳입니다!)"라는 괄호문은 곧바로 이어지는 본문에 의해 부정된다. 본문에서 "나는 터미널에 사지가 짐짝처럼 포개져 놓"이게 되고, 서울은 곧 "시간을 오뉴월 개처럼 방목"하는 공간으로 드러난다. 이러한 진술의 충돌은 '서울'이 폭력적 공간이라는 사실을 드러내며, 괄호문은 본문의 진술을 강화하기 위한 아이러니 효

과를 일으킨다.

　한편 「나의 데카메론」의 형식은 본문과 괄호문의 어조를 일치시킴
으로써 풍자와 유머를 발생시킨다. 본문의 내용이 불필요할 정도로
일상적 행위를 세세하게 나열한다면, 괄호문은 그러한 세세한 설명
에 부연설명을 덧붙임으로써, 설명을 더욱더 과도한 것으로 만들고
있다. 이러한 과도한 경직성은 일상적 행위에 경도된 채 정치적 현실
과 타인의 삶에 무관심한 인간의 심리를 표현하고 있다. 무엇보다 그
러한 인간에게 세상은 '별일 없고' '안녕한' 것으로만 이해되지만, "문
협 선거"가 치러지고 여공들의 고통스럽게 살아가고 있다는 사실은
무시되고 만다. 이처럼 오규원 시인은 「소리에 대한 우리의 착각과
오류」에서는 상충하는 목소리의 병치를 통해, 「나의 데카메론」은 동
조하는 두 목소리의 과잉을 통해 현실을 아이러니하게 풍자한다.[36]
그리고 이러한 이중적 목소리의 형식은 이후의 시집에서 보다 정교하
게 활용되고 있다고 판단된다.

　　옛날 옛날에 어느 한 나라의 王이
　　말을 사용하지 못하도록 하는
　　法을 만들었습니다

36　본문에서 살펴본 작품을 제외하고도 『왕자가 아닌 한 아이에게』에 수록된 「유다의
　　부동산」 「이 시대의 순수시」 「등기되지 않은 현실 또는 돈 키호테 略傳」 「한 나라
　　또는 한 여자의 길」 「불균형, 그 엉뚱한 아름다움」 「시인들」 「눈물나는 잠꼬대
　　1」 「눈물나는 잠꼬대 2」 「不在를 사랑하는 우리집 아저씨의 이야기」 「방아깨비의
　　코」, 『가끔은 주목받는 生이고 싶다』에 수록된 「구둣발로 차고 가는구나」 「詩人
　　久甫氏의 一日 13」 「나는 부활할 이유가 도처에 없었다」 등을 예로 들 수 있다.

法을 만드는 건 옛날엔
王의 권한이었습니다

얼마 후 사람들은 말을
모두 잊어버렸습니다

얼마 후 사람들은 모두
백성들이여 내 말을 들으라 하는
王의 말을 못 알아들었습니다

··· (중략) ···

그후 그 사람들의 자자손손인
나도 여러분도 모두 말을 잊어버렸으므로
말을 쓰면 안 됩니다

이건 法입니다

(그렇지만, 이건 童話가 아니지요?
나는 童話의 말을 잊어버렸습니다)

　　　　　　　　－「童話의 말」 후반부(『이 땅에 씌어지는 抒情詩』)

사람이 할 만한 일 가운데
그래도 정말 할 만한 일은
사람 사랑하는 일이다

─이런 말을 하는 시인의 표정은
　진지해야 한다

사랑에는 길만 있고
법은 없네

—이런 말을 하는 시인의 표정은
　상당한 정도 진지해야 한다

사랑에는 길만 있고
법은 없네

　　　　　　　-「無法」 전문(『가끔은 주목받는 生이고 싶다』)

　『이 땅에 씌어지는 서정시』에 수록된 「童話의 말」에서 괄호문은
작품의 말미에 짧게 활용되었을 뿐이지만, 작품 전체를 새롭게 이해
하도록 만드는 효과를 일으킨다. 우선 이 작품은 "옛날 옛날에"라는
말로 시작하는 구전동화의 형식을 취하고 있다. 동화의 내용은 역설
적이다. 한 나라의 왕이 "말을 사용하지 못하도록 하는" 법을 입안한
다. 그것은 백성의 말할 권리를 빼앗고 오직 자신만이 말할 권리를
독점하려는 시도였을 것이다. 하지만 말을 누구도 사용하지 않자 백
성들은 말을 듣는 법까지 잊게 되고, 결국 왕의 말에 복종하지 않게
된다. 그런데 "그렇지만, 이건 童話가 아니지요?"라는 괄호문은 이것
이 실은 동화가 아니라 현실의 알레고리로 읽어내도록 만든다. 따라
서 우리는 이 작품을 모든 매체를 검열하는 신군부정권에 대한 알레
고리이자 풍자로 해석할 수 있게 된다.
　한편 『가끔은 주목받는 生이고 싶다』에 수록된 「無法」은 이전에
살핀 작품이 현실비판에 치우쳐진 것과 달리, 시 형식 자체에 대한
풍자적 인식을 보이는 작품이다. "사람이 할 만한 일 가운데/ 그래도

정말 할 만한 일은/ 사람 사랑하는 일이다"라는 선언적 진술은 그 자체로는 호소력 있는 것으로 읽힌다. 그런데 "이런 말을 하는 시인의 표정은/ 진지해야 한다"라는 부기가 덧붙여졌을 때 독자는 시인의 진술내용보다 시인의 포즈를 의식하며 작품을 읽게 된다. 따라서 '진지한' 포즈를 취하면서 독자를 계몽하는 목소리를 떠올린다면, 그것이 곧 엘리트의 입장에서 독자를 계몽하는 자세라는 사실 또한 비판적으로 인식하게 될 수 있다.

「童話의 말」과 「無法」은 그 이전 『왕자가 아닌 한 아이에게』에서 활용된 이중의 목소리 형식보다 복잡성을 지닌다. 왜냐하면 「소리에 대한 우리의 착각과 오류」 「나의 데카메론」 등에서 활용된 이중의 목소리가 서로 상충하거나 호응하면서 풍자와 유머를 유발하는 것이었다면, 「童話의 말」과 「無法」 등에서 이중의 목소리는 텍스트를 한 문맥에서 다른 문맥으로 이동시키는 효과를 유발하기 때문이다. 요컨대 오규원 시인은 특정한 진술에 괄호문이나 부기를 덧붙여 그 진술을 성립하게 하는 현실을 상기하도록 만드는 것이다. 이러한 맥락에서 브레히트는 "그 사건이 미리 연습한 것이 아니라 마치 지금 자연스럽게 일어나고 있는 일이라는 인상을 주어서는 안 된다. 배우는 자신이 무언가를 공공연하게 전달하고 있다는 사실까지 보여 주어야 한다."[37]라고 말한 바 있다. 이것은 어떤 발화가 '자연스럽게' 의미를 지니는 것이 아니라 특정한 맥락과 계급적 관점 안에서만 자연스러운 것이 될 수 있다는 점을 깨닫게 하기 때문이다. 마찬가지로 오규원 시에서 이중의 목소리는 속물적인 현실을 비판할 뿐만 아니라 그러한

---

37 베르톨트 브레히트, 위의 책, 105쪽.

현실을 자명한 것으로 착각하게 만드는 기만적인 언어 또한 성찰하도
록 만든다.

(3) 광고의 '레디메이드'를 통한 열린 해석

로티는 아이러니스트의 중요한 과제 중 하나가 "권위를 주장하지
않으면서 어떻게 권위를 극복할 것인가의 문제이다"[38]라고 말한 바 있
다. 마찬가지로 오규원은 독재체제의 억압 속에서 이데올로기 일반
에 대한 비판을 수행하면서, 역사·자유·민족 등 다양한 관념들의 아
이러니를 드러내고자 했다. 그런데 그는 이 과정에서 자칫 시인이 시
민을 '계몽하게 만들 수 있는' 시 형식 또한 비판적으로 성찰했다. 그
렇다면 어떻게 '가르치는' 입장에 서지 않고 독자에게 말을 건넬 수
있는가.

이러한 성찰은 1987년 〈문예중앙〉에 발표된 「인용적 묘사와 대
상」이라는 시작노트에서 좀 더 구체화된다. 이 글에서 오규원 시인은
"이미 존재하는 상품적 메시지를 그대로 시 속에 옮기는 행위는 미술
에서 말하는 컨셉추얼 아트나 팝 아트"를 언급하며, 현실에 존재하는
어떤 광고 문안이나 사진을 시 작품 안에 그대로 가져온다면 시인의
주관적 해석을 배제할 수 있을 것인지 가능성을 묻고 있다.[39] 비록 오

---

38 리처드 로티, 위의 책, 224쪽.

39 "이미 존재하는 상품적 메시지를 그대로 시 속에 옮기는 행위는 미술에서 말하는
컨셉추얼 아트나 팝 아트와 같은 차원으로 보인다. 레디 메이드를 실용공간에서
예술공간에 옮긴 마르셀 뒤샹의 〈변기〉나 리히텐스타인의 모사된 〈만화〉, 앤디
워홀의 〈마리린 몬로〉, 오르덴버그의 〈햄버거〉와 같은 차원으로 볼 수 있기 때문
이다. 대체로 이러한 예술행위들은 기성관념이나 고정 관념의 해체 또는 파괴를
통해 대상의 실체를 새롭게 인식하는 세계를 열어보인다. 그렇다고는 하나, 공간

규원 시인은 레디 메이드와 팝아트의 의의를 높게 평가하고 있지는 않지만, 제5시집 『가끔은 주목받는 生이고 싶다』(문학과지성사, 1987) 와 제6시집 『사랑의 감옥』(문학과지성사, 1991)에서 자신 또한 상품 광고를 작품 안에 옮겨오는 형식적 실험을 전개했다. 그는 이것을 '방법적 인용'이라고 부른다.

> 1. 어깨가 사관생도의 제복처럼 볼록한
> 흰 투피스를 입고, 가수 이은하가
> 흰 빵모자를 쓰고 오른손 검지를 빳빳하게 세우고
> 말한다—입맛이 궁금할 때 맛있는 게 무어냐
> 이은하의 눈과 귀는 웃고, 왼손에 쥔
> 뭉텅한 마이크의 오렌지색 대가리가 ㅌ하다
>
> 2. 십대 바이올리니스트와 첼리스트는
> 무조건 즐겁다
> 롯데 코코아파이—
> (짜라잔잔잔)
>
> 3. 클로즈업된 코코아파이—거대한
> 코코아파이를 괴물의 두 손이 빠갠다
> 코코아 비스킷 속에 마시멜로가

의 이동(변기), 모사(만화) 그것만으로는 메시지가 어딘가 불안하다(역시 나는 관념론자인가 보다). 다시 말하면 공간의 이동이나 모사에 의해 기성제품이 예술품으로 바뀌는 관념의 변화를 드러낼 뿐, 대상에 대한 예술가의 해석적 의미는 여전히 방치된다(그것을 그들은 의도적으로 그렇게 하겠지만)." 오규원, 시작노트 「인용적 묘사와 대상」, 『문예중앙』 1987년 여름호, 165~166쪽.

제4빙하기같이 눈부시게 계곡을 덮고 있다

－「롯데 코코아파이 C.F.」 도입부

(『가끔은 주목받는 生이고 싶다』)

선언 또는 광고 문안

단조로운 것은 生의 노래를 잠들게 한다.

머무르는 것은 生의 언어를 침묵하게 한다.

人生이란 그저 살아가는 짧은 무엇이 아닌 것.

문득―스쳐 지나가는 지나가는 눈길에도 기쁨이 넘치나니

가끔은 주목받는 生이고 싶다―CHEVALIER

－「가끔은 주목받는 生이고 싶다」 도입부

(『가끔은 주목받는 生이고 싶다』)

시 「롯데 코코아파이 C.F.」는 상품 광고의 수사학을 문학적으로 해체하는 작품이다. 원작이 되는 광고는 본래 1987년 봄에 방영된 것으로 15초 정도의 길이에 지나지 않는다. 광고의 기능은 시청자에게 상품 구매를 하도록 매혹적인 이미지를 제시하는 데 있으며 이에 따라서 그 목표를 성취하기 위한 형식은 매혹적인 이미지를 순식간에 스쳐 가듯 선보이는 데 있다. 반면 위 작품은 그러한 광고를 하나의 컷 단위의 지문으로 분해하고 분석함으로써 광고 이미지를 느리게 감상하도록 만드는 효과를 낳는다. 따라서 이 작품의 비판의식이 강하게 드러나는 대목은 시인이 광고를 '바라보는 속도'를 능동적으로 조절한다는 데 있다. 반면 광고 속의 인물들은 "무조건 즐겁다"라는 표현처럼 주체성을 상실한 채 맹목적으로 '즐거울' 뿐인 상태로 그려진

다. 또한 "뭉텅한 마이크의 오렌지색 대가리가 吐하다"라는 표현과
"코코아 비스킷 속에 마시멜로가/ 제4빙하기같이 눈부시게 계곡을
덮고 있다"라는 표현 등은 광고가 성애를 연상시키는 이미지로 이루
어졌다는 사실을 전경화한다. 이러한 분석에서 우리는 오규원 시인
의 비판적 인식을 확인할 수 있다.

  이에 비해 「가끔은 주목받는 生이고 싶다」의 도입부는 단지 슈발
리에 구두 광고의 문안만을 작품에 옮겨 놓았을 뿐이라는 점에서, 좀
더 철저히 방법적 인용을 실천한 경우라고 할 수 있다. 여기서 해석은
오직 독자에게만 맡겨져 있는 것처럼 보인다. 그렇다면 어떤 수정도
없이 광고 문안을 베끼는 행위는 작가의 해석적 의미를 완전히 배제
했다고 말할 수 있을지도 모른다. 그런데 우리는 단지 그것을 광고의
복제로만 이해할 수는 없다. 왜냐하면 방법적 인용의 새로움은 「롯데
코코아파이 C.F.」처럼 하나의 텍스트를 재편집하면서 발생하기도 하
지만, 한 상품의 컨텍스트를 변화시키는 데서 발생할 수도 있기 때문
이다. 「가끔은 주목받는 生이고 싶다」는 광고 문안을 소비자의 시선
이 아닌, 시집을 감상하는 독자의 시선으로 바라보게 한다. 따라서
그것의 해석은 보다 미적이고 엄숙한 태도로 행해질 수밖에 없다. 이
점에서 시인의 존재는 간접적으로 이 작품의 해석에 개입하고 있다고
말할 수 있다. 이를 종합한다면 오규원 시인의 방법적 인용은 특정한
문화 현상에 대해 독자 스스로 '진지하게' 해석하도록 유도하는 형식
인 셈이다.

  생각하면, 피부도 자연의 일부……
  드봉 미네르바

브라 스스로가 가장 아름다운 바스트를 기억합니다
비너스 메모리브라
　　　　국회의원 선거 이후 피기 시작한
　　　　아이비 제라늄이 4, 5월이 가고
꽃과 여인, 아름다움과 백색의 피부,
그곳엔 닥터 벨라가 함께 갑니다, 원주통상
　　　　6월이 되었는데도 계속 피고 있다
착한 아기 열나면 부루펜시럽으로 꺼주세요
　　　　여소야대 어쩌구 하는 국회가
까샤렐 — 빠리쟌느의 패셔너블센스
　　　　개원되고 5공비리니 광주특위의
사랑의 심포니 — 상일가구
　　　　말의 성찬이 6월에서 7월로 이사하면서
LEVI'S THE BEST JEANS IN THE WORLD
　　　　가지가 부러지고 잎이 상했는데도
태림모피는 결코 많이 만들지 않습니다
그리고 최고가 아니고는 만들지 않습니다
　　　　제라늄은 계속 피고 있다 베란다에서

　　　　　- 「제라늄, 1988, 신화」 도입부(『사랑의 감옥』)

　　오규원의 방법적 인용은 「롯데 코코아파이 C.F.」처럼 작가의 비판
의식이 개입된 패러디 계열의 작품과 「가끔은 주목받는 生이고 싶다」
처럼 해석적 개입이 최소화된 레디메이드 계열의 작품으로 구분할 수
있어 보인다. 그런데 『사랑의 감옥』에 수록된 「제라늄, 1988, 신화」
는 이 두 계열의 방법적 인용이 지닌 특징을 모두 보이는 작품이다.
여기서 시인은 광고 문구들을 열거하는 한편, 현실비판에 대한 진술
과 묘사를 들여쓰기 된 문장으로 개진한다. 따라서 이 작품은 두 개의

텍스트가 교차 편집되어 있는 것처럼 보인다. 독자는 이 두 가지 텍스트를 함께 읽어나가면서 오규원 시인의 창작의도를 유추하게 될 수밖에 없다. 이처럼 이 작품의 진정한 의의는 바로 독자의 인식력과 상상력을 동원하여 작품의 능동적 해석을 요구한다는 데 있을 것이다.

어떤 식으로 이 작품을 해석할 수 있는가. 한 가지 제안할 수 있는 독법은 현실을 비판하는 문장들을 매끄럽게 읽는 것을 광고 문안이 방해하는 것처럼, 현실인식을 범람하는 상품문화가 방해하고 있다는 해석이다. 요컨대 광고 문안에 주목한다면, 독자는 시적 화자가 지닌 정치적·사회적 비판의지를 읽어내기 어려울 것이다. 반면 광고를 무시하고 시적 화자의 진술만을 주목한다면 "여소야대 어쩌구 하는 국회"와 "5공비리니 광주특위니" 하는 한국 사회의 현실을 비판하고 있음을 쉽게 알 수 있다. "말의 성찬"으로 인해서 훼손된 제라늄이란 결국 자본주의적 기호의 범람에 의해 훼손된 현실인식을 뜻하는지도 모른다. 물론 이 작품의 창조적 가능성은 해석이 열려 있다는 데 있다. 정반대로 오규원 시인의 광고시가 광고에 미학적 지위를 부여한다는 해석하는 독자 또한 존재할 수 있는 것이다.[40] 그리고 이와 같은 수사학적 열린 구조는 「빙그레 우유 200ml 패키지」 「MIMI HOUSE」 「롯데 코코아파이 C.F.」 「자바자바 셔츠」 「NO MERCY」 「그것은 나의 삶」와 같은 작품에서도 두드러진다.

---

40 실제로 오규원 시인이 광고를 미학의 차원으로 끌어올린다고 평가하는 경우도 확인할 수 있다. 윤태일, 『방송광고의 미학원리』, 커뮤니케이션북스, 2017, 278~283쪽 참조.

한 쌍의 남녀(얼굴은
대한민국 사람이다)가
사막을 걸어가고 있다

한 쌍의 남녀(카우보이
스타일의 모자를 쓴 남자는
곧장 앞을 보고 ― 역시
남자다, 요염한 자태의 여자는
카메라 정면을 보고 ― 역시
여자다)가 사막을 걸어가고 있다

이렇게만 씌어 있다
동일레나운의 광고
IT'S MY LIFE ― Simple Life

(심플하다!)

Simple Life, 오, 이 상징의
넓은 사막이여
사막에는 生의 마빡에 집어던질
돌멩이 하나 없으니 ―

― 「그것은 나의 삶」 전문(『가끔은 주목받는 生이고 싶다』)

「그것은 나의 삶」은 의류회사 동일레나운의 신사복 브랜드 '심플라이프' 광고 문안을 패러디한 작품이다. 그리고 마치 이 작품은 하나의 광고 이미지에 덧씌워진 통속적 관념을 성찰하는 의식의 운동을 재현하는 듯하다. 독자는 시를 따라 읽으면서 자연스럽게 그러한 운동을 감지하게 된다. 이 작품은 '한 쌍의 남녀가 사막을 걸어가고 있다'라는 광고 이미지에 대한 서술을 반복하면서 의식적으로 그 이미지에서 연역할 수 있는 관념들을 덧붙여가는 구조로 되어있다. 첫 번째 연에서 그들의 얼굴이 '대한민국 국민'이라는 사실이 서술되고, 두 번째 연에서는 카우보이 스타일의 남자는 '역시 남자답고' 요염한 자태의 여자는 '역시 여자답다'라는 동어반복적 진술이 행해진다. 이렇듯 당연해 보이는 사실이나 동어반복을 행함으로써 시인은 자명해 보이는 관념을 의식의 표면으로 이끌어낸다. 이것은 독자로 하여금 다시금 그러한 관념의 타당성을 되새겨보도록 만드는 효과를 일으킨다.

이러한 의도는 한 쌍의 남녀가 걷는 '사막'의 이미지를 "이 상징의/ 넓은 사막"이라는 상징적 표현으로 전이시키며 더 선명해진다. 동어반복을 통해 오규원은 다음과 같은 주제를 표현하는 듯하다. 광고 이미지는 어떠한 의미도 새롭게 만들어내지 못한다는 '사막'과 다르지 않다. 그것은 우리의 상식적 수준의 관념을 이미지로 반복할 뿐이다. 여기서 "Simple Life"는 의복브랜드를 가리키는 동시에 죽은 의미를 만들어내는 광고의 상징체계에 대한 표현으로도 읽힌다. 이처럼 오규원은 중의적 표현을 적극적으로 활용하며 광고 기호를 해체하고자 목표하고 있다. 유념할 것은 우리는 왜 오규원이 광고를 직접 인유하는 방식을 취했냐는 질문을 던져보아야 한다는 사실이다. 그는 단순히 광고 자체에 대한 비판을 독자에게 전달하려는 것이 아니라 독자가 광고를 인식하는 방법 자체를 바꾸어보기를, 사막과 같은 상징적 질서로부터 벗어나보기를 요구하기 위해서 그러한 형식을 고안한 것으로 추측된다.

지금까지 논의한 바에 비추어 본다면 오규원의 방법적 인용은 단지 현실비판이나 풍자로만 읽히지 않는다. 그것은 독자에게 사유의 가능성을 열어놓는 대화의 장을 개진한다. 바르트가 강조하듯 부르주아 이데올로기로부터 벗어나는 방편은 그것을 제거하거나 다른 이데올로기로 대체하는 것이 아니다. 그것은 단지 이데올로기의 지배체제를 영속시키면서 내용을 바꾸는 작업에 지나지 않는다.[41] 오히려 오규원은 독자로 하여금 주어진 광고 문안을 의심하게 만드는 방식으로, 다시 말해 기호의 다의성을 간파하는 아이러니스트의 입장으로 유도한다. 이는 곧 "'기호의 주인(주체)으로서의 텍스트 생산자와 기호의 손님(객체)으로서의 텍스트 독자'라는 고정된 위치를 거부하고 이들 주체들의 복수성을 인정하는 것, 즉 텍스트의 '주체에서 주체들로의 전환'"을 지향했던 바르트의 사유와 동궤에 놓인다.[42] 마찬가지로 오규원의 시는 단지 메시지를 전달하는 데 그치지 않는다. 오히려 광고를 스쳐 가듯 감상하거나 조밀하게 해석할 수 있다는 두 인식론 관점 사이에서, 혹은 소시민으로서 현실을 비판하거나 소비자로서 상품을 소비하는 존재론 사이에서 독자를 고민하게 만든다. 그렇다면 방법적 인용의 창조력은 작가의 개입을 억제한다는 것, 시 안에 제시하지 않은 또 다른 형태의 삶이 가능할지도 모른다는 사실을 독

41　물론 바르트는 『신화론』을 집필하던 당시에는 기호학의 목적이 신화의 해체와 파괴라고 믿었다. 하지만 그는 15년 후에 "시니피앙의 과학은 기호의 (분석적인) 분해가 아니라 기호의 진동 그 자체 안에 자리 잡을 수밖에 없다."(롤랑 바르트, 위의 책, 1995, 239쪽)라고 말한다. 현대의 인간 사회는 견고한 기호 체계로 이루어져 있고, 어떤 인간도 사회 바깥에서 살아가기는 어렵다는 한계를 그는 자명하게 인식했던 셈이다.

42　김지연, 「광고의 신화, 기호에서 텍스트로 – 롤랑 바르트의 '상호텍스트성'과 '회수'의 정치학을 중심으로」, 『커뮤니케이션 이론』 14(2), 한국언론학회, 2018, 22쪽.

자로 하여금 사색하게 만든다는 데 있을 것이다.

이처럼 1970년대 말에서 1980년대까지 행한 오규원의 형식적 실험은 독자의 능동적 해석과 비판의식을 함양하는 효과를 지니는 것처럼 보인다. 여기서 우리가 떠올려볼 것은 오규원의 아이러니 형식과 민주주의 정치 사이의 관련성이다. 고대 그리스 사회에서 아이러니는 대등하게 말을 나눌 수 있는 권리, 즉 '이세고리아(isēgoria)'[43]의 실현과 밀접한 연관성을 지니고 있었다. 공공장소나 공식 석상에서 아이러니를 통해 서로 타인의 말을 비꼬거나 다른 맥락으로 전환할 수 있다는 것은 타인과 대등하게 말을 주고받을 수 있는 권리가 존재한다는 사실을 뜻한다.

마찬가지로 오규원이 행한 시 장르에 대한 성찰은 이세고리아의 모색이라는 측면에서 의의를 지니는 것처럼 보인다. 그는 독자에게 때론 불쾌한 말을 건네기도 하고, 부도덕한 시적 화자를 내세우기도 하며, 광고를 시의 전면에 인유하기도 한다. 이러한 과정에서 독자는 능동적으로 작품을 해석해야 할 수밖에 없다. 더 나아가 시인은 끊임없이 그가 인유하는 텍스트들이 단순한 가상이 아니라 '현실'의 일부임을 부각시키려 할 때, 그가 독자들을 향해 현실에 대한 저항과 비판의식을 함양하려 했다는 사실 또한 확인하게 된다.

2) 삶과 시의 간극을 좁히려는 시도

정치 이데올로기에 대한 비판 형식으로서 아이러니를 논의하며 확인했듯 오규원 시인은 줄곧 이데올로기적 기호의 추상성을 그 자체로

---

43 양태종, 위의 글, 2009 참조.

억압적인 힘으로 간주하려 한다. 따라서 그는 '역사'와 같은 거대 담론에 의해서 재현되는 현실을 거부한다. 기본적으로 오규원 시인은 살아있는 존재를 단순한 기호로 치환해버리는 이데올로기적 호명을 부정한다. 이러한 맥락에서 그는 '역사'와 '자유'와 같은 관념에 대한 아이러니한 비판 의식을 보여주었다. 오규원 시에서는 자유의 관념이 도리어 내적 규율의 수단으로 전유되고, 그것이 지닌 기호적 추상성이 시민들에게 구속구가 된다는 측면이 강조된다. 민족의 통일이라는 관념 역시 오규원에게는 여전히 현존하는 역사적 갈등을 묵살하면서 이데올로기적 목표로 하고 있음이 암시된다.

이러한 역사와 정치에 대한 부정 의식을 어떻게 받아들여야 하는가. 헤겔은 『법철학』에서 슐레겔의 이름을 직접 언급하고 있지 않지만 그가 슐레겔의 아이러니 사상에 대한 비판을 수행하고 있던 것으로 이해된다.[44] 헤겔에 따르면 사람은 자기 존재를 스스로 포기하고 얻을 수 있는 '내면적인 자유'로부터 자신이 소유한 환경 속에서 자신의 특수성을 확립하는 '행동적인 자유'로 옮아간 뒤 타인을 위해 애쓰면서 내면적 자유를 양보하는 '사회적인 자유'에 도달해야 한다.[45] 그러나 슐레겔은 '내면적인 자유'의 수준에 머물러있다는 것이 헤겔식 아이러니 비판의 요지이다. 오규원은 그러한 헤겔의 논리를 뒤집어

---

[44] 헤겔의 슐레겔 비판에 대한 내용은 최문규, 위의 책, 155~163쪽 참조. 한편 헤겔과 슐레겔의 역사관이 유사성을 지닌다는 에른스트 벨러의 논의나 서정혁의 반박 또한 존재하지만, 본고는 헤겔과 슐레겔을 대조하는 관습적 이해에 기초하고 있다(에른스트 벨러, 위의 책, 2005; 서정혁, 「헤겔의 슐레겔 비판」, 『철학』 113, 한국철학회, 2012, 67~99쪽 참조).

[45] 이신철 역, 『헤겔사전』 도서출판b, 2009, 345~346쪽 참조.

자유라는 관념을 사회적인 관계 안에 양도할 때 어떤 자유도 본래적인 것으로 지속하지 않는다는 사실을 아이러니 수사법을 통해 보여주려 한다.

그렇다면 그러한 역사적·정치적·이데올로기적 현실 반대편에 무엇이 놓이는가. 줄곧 오규원 시인은 소리, 살점, 피, 눈, 고름과 같은 신체에 관련된 표상들을 '형체가 없는' 이데올로기에 대한 대립항으로서 간주하고 있다. 그리고 이러한 신체와의 접촉을 열망하는 방식으로 일상성에 대한 그의 지향을 보여준다. 이처럼 오규원 시인의 의식 속에서 역사와 존재의 이항대립은 추상적인 기표와 구체적 감각의 대비라는 양상으로 연역되곤 한다.

> 나라는 존재가 포함된 우리와, 우리라는 이 집합명사 속에 포함된 나와, 거기다가 또 술 마시고 개판 치고 얼렁뚱땅하고 우거지 잡탕모양 더럽게 끓기도 잘 끓는 육체 속의 나와,
>
> > ―「더럽게 인사하기」 부분, 『이 땅에 씌어지는 抒情詩』

> 서러움이 정말 서러운 것은
> 모든 서러움이 서러움 앞에 평등하고
> 평등하기 때문에 왜 평등해야 하는지 어느덧
> 모르게 되었다는 점이다
> 모르고도 계속 이날까지 서러움이었고
> 그래서 더러운 서러움이었다는 점이다
>
> > ―「70년대의 流行歌」 결말부, 『이 땅에 씌어지는 抒情詩』

「공중전화」와 주제의식을 공유하는 「더럽게 인사하기」는 더욱 뚜

렷하게 '우리'라는 집합명사로 포함되어버린 '나'에 대한 환멸감을
"우거지 잡탕모양"으로 끓고 있는 육체의 이미지로 드러내고 있다.
더욱이 작품의 제목에서 드러나듯 그러한 자기 자신과 인사하는 것이
'더러운' 일이라면, 그것은 오규원 시인이 주체성의 상실을 곧 주체의
오염으로 받아들였다는 바를 뜻한다. 이때 '더러움'이라는 형용사는
주체성의 상실을 감각화한다. 언뜻 보기에 우리의 연상 속에서 "집합
명사"로부터 "더럽게 끓기도 잘 끓는 육체 속의 나"로의 이행은 그렇
게 멀지 않은 것처럼 느껴진다. 왜냐하면 이 두 단어는 똑같이 한 존
재의 개별성을 무시하고 '집합체'로 만들어버리는 총체화의 폭력을
암시하고 있기 때문이다.

그렇지만 눈여겨보아야 하는 것은 오규원 시인이 어떤 추상적 표
현을 감각적 영역으로 끌어내리고자 하는 일관된 태도이다. 근본적
으로 "집합명사"는 관념의 영역에 속한다면 "더럽게 끓기도 잘 끓는
육체 속의 나"는 명백히 눈앞에 놓인 감각적 현실에 속하는 것이다.
다시 말해 '더럽다'라는 자아에 대한 형용사 표현은 우리가 일상적으
로 사용하는 합리적이고 이성적인 언어 체계에 깃든 억압성을 드러내
기 위한 것인데, 시인은 그러한 억압을 술 마시고 우거지 잡탕을 먹는
우리의 일상적 체험 수준에서 재현하려고 의도한다. 여기서 우리는
정치철학이 제도의 수준 아니라 감각적 짜임의 수준에서 저항해야 한
다고 주창했던 랑시에르의 논의를 떠올려볼 수 있다.

랑시에르는 우리가 흔히 정치라고 부르는 대상을 '치안(police)'이
라는 용어로 규정하는데, 그것은 단순히 우리를 외적으로 통제하는
제도만을 가리키지 않는다. 치안은 더 나아가 "감각적인 것의 짜임
(configuration)"이자 "행위 양식들과 존재 양식들 및 말하기 양식들

사이의 나눔을 정의하는 신체들의 질서"이며, 쉽게 말해 현대사회가 무엇을 보거나 외면하도록 결정하고 어떤 것을 말로 듣거나 소음으로 듣도록 만드는 방식으로 인간을 통제한다는 사실을 뜻한다.[46] 반대로 치안에 저항하여 기성의 감각적 짜임을 반성하고 재분배하는 실천을 랑시에르는 '정치' 또는 정치철학이라고 규정한다. 여기서 중요한 것은 치안이 감각적 차원을 억압한다면, 그에 대한 저항 역시 지적 성찰이 아니라 '문학적'으로 행해져야 한다는 랑시에르의 지적이다.[47] 다시금 「더럽게 인사하기」를 살펴보자. 시인은 타성적으로 긍정되는 논리적이고 질서 잡힌 언표들과 '우리'라는 집단성에 대한 감각을 '더러운' 것으로 격하시킨다. 이 격하는 단순히 더러움에 내포된 부정적 함의 때문에 유효한 것이 아니라 본래 이념의 수준에서 작동하는 "집합명사"를 식당이라는 일상적 영역의 수준으로 환원시키기 때문에 의미심장한 것이다.

마찬가지로 우리는 「70년대의 流行歌」에서 반복 서술되는 '서러움'을 주목할 필요가 있다. 이 작품의 '서러움'은 익히 김수영이 표현했던 설움의 감각을 떠올리게 하면서도 1970년대 한국사회에 대한 오규원 시인의 고유한 정조를 드러낸다. 모든 사람은 평등해야 한다는 이상이 서러움이라는 사적 정조와 결부될 때 '모든 서러움을 서러움 앞에 평등하게 세우는' 모순된 원리로 내세워지는 것을 우리는 확

---

46 자크 랑시에르, 위의 책, 62~63쪽.
47 랑시에르는 정치적 주체화에 대하여 다음과 같이 표현한다. "근대의 정치적 동물은 무엇보다도, 단어들의 질서와 각자의 장소를 규정하는 신체들의 질서 사이의 관계를 해체하는 어떤 문학성의 회로 속에 들어간 문학적 동물이다." 자크 랑시에르, 위의 책, 74쪽.

인한다. 이때 평등은 사적 개인의 정조를 묵살하고 시대를 정당화하는 목소리에 지나지 않는다. 이러한 맥락에서 오규원 시인의 시는 탈출구 없는 이데올로기적 질서에 대한 절망의 토로와 문학적 응전이라는 두 가지 맥락에서 읽을 수 있다. 「70년대의 流行歌」에서 "평등하기 때문에 왜 평등해야 하는지 어느덧/ 모르게 되었다는 점이다"라는 아포리아적 진술은 이념에 대한 신뢰, 요컨대 평등 이념이 우리를 올바른 방향으로 인도할 것이라는 믿음을 상실한 인간의 허탈감과 무력감을 드러낸다. 오규원이 줄곧 표현하는 두 가지 의식, 즉 자유에 대한 비판과 논리적이고 질서 잡힌 언표에 대한 거부와 연결해볼 때, 서러움은 인간을 진실로 자유롭게 만들 수 있는 담론이 부재하다는 감각과 결부될 것이다. 따라서 서러움이라는 어휘를 반복하는 것은 탈출구 없는 세계, "계속 이날까지 서러움"뿐인 공허한 세계를 지적으로 성찰하는 위치가 아닌, '서러움'이라는 정조에 몰입한 자아의 위치에서 다시금 우리 자신을 재인식하도록 만들고 있다.

『이 땅에 씌어지는 抒情詩』에 수록된 「공중전화」와 「70년대의 流行歌」 등에서 강조되는 주제는 "식물 도감"과 "집합명사"처럼 이데올로기적 기호에 의해 강요된 정체성을 빠져나와야 한다는 것, 반대로 자유라는 어휘를 제멋대로 사용하는 개인의 차원이나 '더러움'과 '서러움'을 지각하는 일상의 영역 안에서 그러한 이념들을 재인식해야 한다는 것이다. 그것은 이데올로기적 질서에 속한 "타자가 부과하는 정체성을 부인"하고,[48] 감각적 차원에서 자기 존재를 재서술해나가는 과정이라고 표현할 수 있다. 따라서 오규원 시인의 시대 비판은 이중

---

48 자크 랑시에르, 위의 책, 121쪽.

적이다. 그에게 1970~1980년대 한국사회는 속물에 의해서 자유 이데올로기가 전유되는 시대이자 개인을 주체화할 수 있는 언표가 존재하지 않는 시대로 규정하는 것처럼 보인다. 동시에 그것은 자유·평등의 이념이 팽배하여 개인이 스스로 주체화할 수 있는 언표를 묵살해버리는 시대이기도 하다. 오규원 시인은 이 이중적인 정치적 부조리를 아이러니와 감각적 표현으로 재현했다는 점에서 중요한 시적 성취를 보여주고 있다고 판단된다.

　그런데 어떤 의미로 오규원의 이데올로기 비판은 아이러니하게 느껴진다. 그는 역사적 기호 혹은 이데올로기의 추상성에 대한 비판을 수행하지만, 그러한 비판을 수행하는 매개인 시 쓰기 역시 근본적으로는 똑같이 현실을 관념화하는 언어 형식이기 때문이다. 그런데 오규원 또한 이러한 한계를 깊이 의식하고 있었다. 이러한 문제 의식은 1980년대 말부터 뚜렷해지기 시작한다. 그는 이 무렵부터 날이미지 시라고 불리게 될 시론을 탐구하기 시작했는데, 그 요지는 "인간 중심의 사고에서 벗어나야겠다"라는 의식적 목표와 "나(주체) 중심의 관점을 버리고, 시적 수사도 은유적 언어체계를 주변부로 돌리고 환유적 언어체계를 중심부에 놓았다"라는 수사학적 전회로 이해될 수 있다.[49] 날이미지 시의 추구는 시집 『가끔은 주목받는 生이고 싶다』와 『사랑의 감옥』에서 선명하게 나타난다.

　　저기 저 담벽, 저기 저 라일락, 저기 저 별, 그리고 저기 저 우리집 개의 똥 하나. 그래 모두 이리 와 내 언어 속에 서라. 담벽은 내 언어의 담벽이

49　오규원, 위의 책, 2005, 7쪽.

되고, 라일락은 내 언어의 꽃이 되고, 별은 반짝이고, 개똥은 내 언어의
뜰에서 굴러라. 내가 내 언어에게 자유를 주었으니 너희들도 자유롭게
서고, 앉고, 반짝이고, 굴러라, 그래 봄이다.

> ─「봄」전반부, 『가끔은 주목받는 生이고 싶다』

> 이미 탈사물의 중량이다 그 무게는
> 정치나 군력 부정이나 부패의
>
> 무게가 아니라 존재의 무게여서
> 이 시대보다 순수하게 더 무겁다

> ─「귤을 보며」부분(『가끔은 주목받는 生이고 싶다』)

> 투석전이 한창이다 길에 있는 나를 돌맹이는 알아보지 못한다 나는 사정
> 없이 얻어맞는다 하늘은 돌맹이의 길이다 집들은 차가운 자물쇠로 길을
> 잠그고 들어오라 들어오라 너는 집이 필요하다 풀들이 소리친다 나는 풀의
> 집으로 급히 들어간다 사방이 푸른 화창한 집아 그러나 풀의 집은 벽이
> 지붕이 없다 나는 풀의 집에서 서서 인간의 하늘 아래 서서 계속 얻어맞는다

> ─「풀의 집」전문(『사랑의 감옥』)

날이미지 시론의 추구와 함께 오규원 시의 주제는 주체의 문제로
부터 존재의 문제로, 또한 타자와의 갈등에서 자연과의 공존으로 이
행하게 된다. 앞서 살펴본바, 오규원 시인의 시에서 한국의 현실·역
사적 기억이 '가을'과 '낙엽-누런 고름'으로 상징된다면, 시「봄」에
서 확인할 수 있듯 그러한 역사적 언표와 대조되는 진정 자유로운 시
적 기호는 "내 언어의 꽃"이자 "봄"으로 표상된다. 시인 자신이 '환유'
로 지칭한 날이미지 시의 형식은 실은 뚜렷한 문법적 표지로 분석할

수 있다. 예컨대 "저기 저 담벽, 저기 저 라일락, 저기 저 별"이라는
문장은 눈앞의 대상을 가리키는 지시어를 활용한다는 것과 사물을 대
등하게 나열하고 있다는 문법적 특징을 지닌다. 눈앞의 대상을 지시
하는 것은 인위적 관념을 배제하고 사물을 인식하려는 오규원 시인의
의도를 반영하는 것이다. 이러한 과정에서 그는 개개 존재에게 권리
로 주어지는 인간의 평등 관념을 배제한 뒤, "담벽은 내 언어의 담벽
이 되고, 라일락은 내 언어의 꽃이 되고, 별은 반짝이고, 개똥은 내
언어의 뜰에서 굴러라"라는 시구처럼 모든 존재를 서로 호응하는 하
나의 연속체로 이해하는 인식론을 전개하게 된다.

「귤을 보며」는 그러한 시적 추구가 "정치나 군력 부정이나 부패"와
같은 정치적 현실과 동떨어진 "존재의 무게", 즉 존재론에 대한 추구
임을 드러내는 작품이다. 이 존재 추구는 『사랑의 감옥』에 이르면,
문명과 자연이라는 명확한 이분법적 구도 안에서 설명될 수 있게 된
다. 「풀의 집」에서 인간 사회는 "투석전이 한창"인 불화의 세계로 비
유된다. 여기서 시인은 '나'를 "풀의 집"으로 상징되는 자연과 "인간
의 하늘 아래"로 표현되는 인간 사회 사이에 선 존재로 그리고 있다.
이로써 오규원 시인은 '인간의 하늘', 즉 인간중심성을 벗어난 세계를
좇기 시작하는 양상을 보인다.

여기서 우리는 오규원의 시와 랑시에르 이론 사이의 대조를 통해,
오규원 시에 대한 이해를 섬세하게 다듬어나갈 수 있을 것이다. 날이
미지 시론과 랑시에르 정치 이론의 공통점은 세계를 인식하는 감각
적 짜임을 재구성하는 데 그 목적이 있다는 것이다. 오규원 시인의
날이미지 시는 '지시'와 '나열'의 형식을 통해 현실을 감각적으로 재
구성한다는 점에서 일견 정치적인 것이지만, 인간과의 대화·인간 문

명의 투영을 거부한다는 점에서는 근본적으로는 랑시에르적 정치성
과 대조되는 새로운 정치성을 제시한다. 오규원의 날이미지 시는 인
간중심의 자연관을 극복하기 위해 자연의 몸짓 자체를 묘사하는 데
주력하는데, 그럼으로써 자연을 인간과 마찬가지로 '표현(expression)'
하는 존재로 인식하는 생태현상학적 관점에 가까워졌다고 판단된다.
인간 문화가 '세계를 바라보는 주체'로서 사람을 전제하는 것이라면,
그의 날이미지 시는 인간 주체를 배제한 "문화 이전의 원리(principe
barbare)"로서 세계를 재현하려는 시도인 셈이다.[50]

　결국『사랑의 감옥』이후 오규원 시인은 '풀의 집'을 향해 초점을
맞추게 된다.「귤을 보며」와「풀의 집」에서 선명히 드러나는 것은 시
점 이동이며, 그 시점 이동이란 인간을 역사적 주체로 이해하는 인간
중심적 관념을 벗어나 자연 내에서의 존재로서 '역사'를 서술하는 방
식을 지향하고 있다.[51] 이로써 그의 날이미지 시는 한국사회의 정치
적 사건에 대한 묘사나 랑시에르적 의미의 정치적 투쟁, 즉 언표 사이
의 불화를 배제한다. 대신 인간이 문명에 속하기 이전에 자연에 속하

---

50 송석랑,「생태현상학 상징주의와 유물론적 기획」,『동서철학연구』74, 한국동서철
　　학회, 2014, 511쪽 참조.

51 오규원 시인은 한 인터뷰에서 다음과 같이 자신의 시 세계를 해명한 바 있다. "지금
　　까지 일곱 권의 시집을 냈지요. 다른 자리에서도 같은 내용의 말을 했지만, 대체로
　　나의 시세계는 세계를 투명하게 드러내려는 노력(『분명한 事件』), 세계와의 불화,
　　언어와의 불화를 드러내려는 노력(『巡禮』), 관념과 현실에 대한 나름의 해체와 재
　　조명(『왕자가 아닌 한 아이에게』『이 땅에 씌어지는 抒情詩』『가끔은 주목받는
　　生이고 싶다』), 시적 사고의 은유적 사고에 대한 회의와 '의미적' 해석보다 '정황적'
　　해석의 시세계로의 변모(『사랑의 감옥』), 그리고 이번에 펴낸『길, 골목, 호텔 그리
　　고 강물소리』에서의 현상적 의미의 재발견 정도로 변모를 읽어낼 수 있지 않을까
　　합니다." 오규원,「무릉, 수사적 인간, 날이미지」, 위의 책, 2005, 187쪽.

는 존재라는 "원(原)역사성(Urhistorie)"에 기대어 역사를 이해하는 새
로운 유물론적 관점을 제시하게 된다.[52]

오규원은 줄곧 삶과 시의 간극을 좁히는 것, 그의 표현을 빌리자면
시가 '날 것 그대로' 현실을 재현하는 경지에 도달하고자 했다. 유념
해야 할 것은 이러한 이행이 1970~1980년대에 걸쳐 현대정치의 복
합성에 대한 통찰과 그것을 벗어날 수 없다는 한계를 직시한 이후에
결단된 것이라는 점이다. 이러한 의미에서 그의 날이미지 시가 사회
적 현실을 배제했다거나 동떨어진 미적 영역으로 나아갔다는 판단을
내리는 것은 성급한 일이다. 오히려 그 시적 탐구는 현대정치의 구조
가 지닌 아이러니한 성격과 한국의 역사적 참혹을 충분히 직시한 이
후에 제시된 것으로 이해해야 할 것이다.

---

52 송석랑, 위의 글, 2014, 517쪽.

제 4 장

주체와 메타언어 성찰에 함의된
세계관으로서의 아이러니

인간은 언어적 동물이다. 이것은 인간이 언어를 통해 자아를 이해하고, 타인과 관계 맺으며, 사회를 형성한다는 사실을 뜻한다. 그런데 조금 생각을 달리 해보자. 대부분의 사람이 언어로 사고하고 대화하기 때문에 그것은 우리의 의식과 의지를 한계 짓지 않는가. 그러한 의미로 사람은 타인과 세상이 무엇인지 깨닫기 이전에 언어에 의해 구속되어 있는 존재인지도 모른다. 이러한 맥락에서 말년의 오규원은 인류를 '호모 레토리쿠스(homo rhetoricus)', 즉 수사적 인간이라고 명명한 바 있다. 그는 세상의 본질이나 내면과 같은 것들은 "수사적 인간인 우리가 그렇게 명명함으로써 존재하는 사물의 얼굴인 것"이며 "이 점을 망각하면 '내면'이 본질적으로 존재하는 것처럼 세계를 둘로 나누고 그 편에 서게 된다"라고 생각했다.[1] 이러한 서술은 인간

---

1 오규원, 「수사적 인간」, 위의 책, 2005, 54쪽.

의 의식이 언어를 사용하는 방식에 따라서 결정된다는 생각을 담고 있다. 그렇다면 언어 바깥에서 사유하는 것은 불가능한가. 수사법의 갱신을 통해 인간 중심의 사고방식을 벗어나는 것은 불가능한가. 이러한 불가능성에 대한 사유가 1990년대 이후에 오규원이 매달렸던 주제였다. 그가 의식했던 것은 언어를 통해 언어를 극복해야 한다는 역설적인 과제였다.

근본적으로 이러한 과제는 그의 초기시부터 후기시까지, 즉 그의 시 전체에서 지속했던 것으로도 이해할 수 있다. 실상 제3장에서 살펴보았던 오규원의 시 쓰기(에크리튀르) 자체가 '기호로부터의 자유'를 실현하는 과정이었다고 볼 수 있었기 때문이다. 오규원은 '자유'라는 기호 자체로부터 벗어난 자유를 추구했고, 더불어 '역사', '정치', '민족'과 같은 이데올로기적 기표에 구속되지 않기를 바랐다. 또한 그는 시와 현실의 경계를 무너뜨리는 형식적 실험을 도입하면서, 신뢰할 수 없는 시적 화자 또는 속된 욕망을 진술하는 시적 화자와 마주 하는 독자들이 자본주의적 현실에 대한 비판의식을 가지기를 바랐던 것처럼 보인다. 한편 그 이전에 오규원 시의 전기적 반영을 다룬 제2장에서 살펴보았듯 오규원이 극복해야했던 것은 자기 자신이 만들어내는 즐거운 언어유희와 포근한 환상들이 그 자체로 자기 욕망을 반영한 '환각'에 지나지 않다는 사실이다. 차츰 그는 어머니와 아버지에 대한 표상을 상징화함으로써 자신의 전기적 상처나 내면의 적개심을 능동적으로 재구성할 수 있었다.

그렇게 자기 욕망의 언표와 이데올로기적 언표를 직시하려 하는 순간에 아이러니는 발생한다. 다시 말해 자신을 둘러싸고 있는 나이, 직업, 정치 체제 등 모든 언표들을 미심쩍은 것으로 받아들일 때 그러한 언표는 아이러니한 것처럼 보인다. 바르트가 말했듯 아이러니는 어떤 관념이나 진술 자체에 내포한 의미를 순진하게 받아들이지 않고, 그러한 관념과 진술의 기표와 기의의 복잡성을 이해하려 하는 순간에 발생하는 서술 효과이다.[2] 더욱이 오규원 시처럼 기호 자체의 억압성을 폭로하려 한다면 아이러니는 더욱더 커질 수밖에 없다. 기호를 해체한다는 것은 마치 그 기호를 둘러싸고 있었던 허구적인 의미를 제거하고 감춰졌던 본래의 진실을 드러나게 하는 듯한 인상을 주기 때문이다. 본심이 드러나듯, 기호의 본래 의미가 드러나듯, 아이러니는 겉으로 드러난 의미가 아니라 감춰진 이면의 의미를 드러내는 것처럼 보인다. 그러나 그것이 가능한 이유는 그렇게 두 겹의 의미를 지닌 아이러니한 대상이 존재하기 때문이 아니라 기호를 다루는 자의 의식 자체가 아이러니한 것이기 때문이다. 아이러니한 의식이란 모든 자명성에 대한 의심이다. 그렇다면 아이러니한 의식은 무엇을 목적으로 삼는가.

가능한 한 신화에 저항하고 있는 언어가 있다면, 그것은 바로 현대의 시적 언어일 것이다. 현대시는 **역행적인 기호학적 체계**이다. 신화가 극단적인 의미작용을, 다시 말해서 일차적 체계의 팽창을 목표로 하는 데 반해, 시는 의미작용 이전의 단계를, 다시 말해서 언어의 전기호학적 (présémiologique)인 단계로 되돌아가려 한다. 요컨대, 시는 기호(signe)를 의미(sens)로 역변형시키려 한다. 그리고 최종적으로 시의 이상(물론 이것은 경향적인 것이다)은 단어들의 의미가 아니라 **사물들 자체의 의미**에 도달하려는 것이라 할 수 있다. 이것이 바로 시가 언어를 혼란스럽게

---

2 롤랑 바르트, 위의 책, 1995, 46~47쪽 참조.

하며, 개념의 추상성과 기호의 자의성을 최대한으로 증진시키며, 시니피앙과 시니피에의 연결을 가능한 한 극단적으로 늘어지게 만드는 이유이다. 개념이 지닌 '부유(浮游)하는' 구조는 여기에서 최대한 이용된다. 산문과 달리, 시적인 기호는 사물의 초월적인 성질이나 사물의 자연적인 의미(인간적인 의미가 아니라)와 같은 것에 도달하기를 기대하며, 시니피에의 모든 가능성을 실현하려 한다. 바로 여기에서, 시가 반언어(反言語)가 되기를 원하는 한, 시의 본질주의적 야심이, **시가 물자체(la chose même)를 포착하려는 신념**이 나타난다.[3]

우선 텍스트는 모든 메타언어를 청산함으로써 텍스트가 된다. 텍스트가 말하는 것 **뒤에는**(en arrière) 어떤 목소리도(**과학·대의·명분·제도**) 존재하지 않는다. 마음으로 텍스트는 끝까지 설령 그것이 모순된 것이라 할지라도, 그 고유한 담론적 범주나 사회언어학적인 지시를(그 〈장르〉)들을 파괴한다. 그것은 〈웃기지 않는 코미디요〉, 그 누구도 예속시키지 않는 아이러니요, 영혼도 신비주의적인 것도 없는 환희요(사르투이), 인용부호를 붙이지 않은 인용이다.[4]

모든 기호의 자명성을 의심하는 자는 무엇에 도달하는가. 바르트는 『신화론』에서 아이러니한 의식이 도달하는 마지막 목적지를 바로 '시적 언어'라고 설명한다. 그런데 언어 예술인 시가 반(反)언어에 '되기를 원한다'라는 표현 자체가 역설적이듯, 시적 언어는 근본적으로 언어에 사로잡힌 동시에 그 언어를 극복하려는 아이러니한 상태를 의미한다. 그리고 시인은 그러한 아포리아를 의식하면서도 "사물들 자체의 의미"를 표현하는 시적 언어에 도달하려는 신념을 버리지 못

---

3 롤랑 바르트, 위의 책, 1995, 54~55쪽. 강조는 인용자.
4 롤랑 바르트, 위의 책, 1997, 78~79쪽.

한다는 사실을 필자는 강조하고 있다. 한편 『텍스트의 즐거움』에서 바르트는 아이러니를 시적 언어의 성격으로만 한정하지 않고, 모든 텍스트에 대한 읽는 방식의 문제로 확장하고 있다. 그는 이 글에서 마치 텍스트라는 '대상'을 서술하는 듯 보이지만 그것은 실재하는 대상이 아니라 모든 문헌에서 발견되어야 하는 잠재태이다. 메타언어이기를 거부하는 순수한 시적 텍스트는 언제 성립하는가. 그것이 "그 누구도 예속시키지 않는 아이러니"이자 "영혼도 신비주의적인 것도 없는 환희"이며 "인용부호를 붙이지 않은 인용"이어야 한다고 바르트는 말한다. 바르트가 이러한 역설적 표현으로 암시하려는 것은 시적 언어는 대상에 대한 기호이지만 대상 자체이기를 바라는 기호라는 사실이다.

마찬가지로 오규원은 이렇게 말한다. "80년대 후반부터, 나는 인간 중심의 사고에서 벗어나야겠다고 생각했다. …(중략)… 그리고 관념(관념어)을 배제하고, 언어가 존재의 현상 그 자체가 되도록 했다. 그리고 현상 그 자체가 된 언어를, 즉 사변화되거나 개념화되기 전의 현상화된 언어를 '날이미지'라고 하고, 날이미지로 된 시를 '날이미지시'라고 이름 붙였다."[5] 이렇듯 바르트의 기호학과 오규원의 시론에서 우리는 상동성을 발견한다. 이러한 맥락에서 오규원 시 쓰기는 아이러니한 의식 속에서 성립한다고 볼 수 있다. 이것은 그의 초기시부터 말년의 날이미지 시에 이르기까지 기호에 대한 해체와 재정립을 목표하며 전개된다는 사실을 뜻한다.

실상 오규원 시의 대부분은 눈앞에 주어진 기호에 대한 해체 운동

---

5 오규원, 「책머리에」, 위의 책, 2005, 7쪽.

이자 아이러니한 의식이라고 이해할 수 있다. 이러한 내용을 우리는 제2장과 제3장에서 논의하였다. 제2장에서는 어머니·아버지 표상과 전기적 체험에 대한 재구성의 운동을 확인했고, 제3장에서는 사회적 언표들에 대한 해체 운동을 확인했다. 반면 우리는 이제 제4장에서 오규원이 추구했던 시적 언어의 양상을 살피고자 한다. 바르트에 따르면, 작가는 자신이 놓인 사회적 '언어'뿐만 아니라 개인사와 개성에서 비롯한 '스타일'까지 극복해야 한다. 그럴 때 그는 진정 자유로운 글쓰기, 즉 '에크리튀르'에 도달할 수 있다.[6] 마찬가지로 우리는 언어 예술을 이해하는 바르트의 삼분법에서 이제 마지막 항인 에크리튀르의 차원을 의식하며 오규원 시 전체를 다시금 논의하게 될 것이다.

1. 재현 불가능성의 문제와 인식론적 아이러니의 관계

만약 오규원의 시론을 참조점으로 삼는다면 그의 초기시에 전개된 수사학의 주된 양상은 '은유'라고 할 수 있고, 후기시에서 전개된 수사학의 주된 양상을 '환유'라고 볼 수 있다. 오규원은 이 두 수사법을 인간의 사고체계라는 좀 더 넓은 맥락에서 재해석한다. 그에 따르면 은유적 사고체계에는 인간의 사고와 감정이 반영되어있는 반면, 환유적 사고체계에는 비교적 인위적 개입이 억제되었다고 볼 수 있다.[7] 이때 은유와 환유는 오규원 스스로 자신의 시를 해명하기 위해 언명

---

6 그레이엄 앨런, 위의 책, 2006, 42쪽 참조.
7 오규원, 위의 책, 2005, 13~25쪽 참조.

한 에크리튀르의 두 양상이라고 이해할 수 있을 것이다.

　그런데 오규원의 초기시와 후기시 사이의 에크리튀르는 오규원 시인이 설명한 그대로 이분화되어 있는가. 일단 이 두 가지 수사학적 체계의 구분이 성립할 수 있는 근본적인 이유를 떠올려볼 필요가 있다. 어떤 의미로 언어로 대상 자체를 재현해야 한다는 목적과 언어행위 자체를 포기하지 않는 실천 사이에는 이율배반이 존재하지 않는가. 오규원이 줄곧 지속하는 것은 모든 것을 언어로서 해명하고 이해하려는 강박이라고 볼 수 있다. 요컨대 인간이 '언어를 통해' 한계 지어진 존재이며, 따라서 '언어를 통해서만' 언어의 한계를 극복할 수 없다는 이 강박적 전제야말로 오규원 시를 움직이는 아이러니한 열망일지도 모른다. 그렇다면 근본적으로 이 두 가지 에크리튀르보다 앞서 있는 것은 언어를 통해 대상을 재현해야 한다는 편집증적인 강박, 언어중심주의이다. 이 사실을 유념한다면 우리는 그의 초기시에서 기호 자체의 자율성을 부여하려는 어떤 시도들을 발견하게 된다.

　　(1)
言語는 추억에
걸려 있는
18세기 型의 모자다.
늘 방황하는 기사
아이반호의
꿈많은 말발굽쇠다.
닳아빠진 認識의
길가
망명정부의 聽舍처럼

텅 빈
想像, 言語는
가끔 울리는
퇴직한 外交官宅의
초인종이다.

    (2)
빈 하늘에 걸려
크래식하게
서걱서걱하는 겨울.
音과 節이 뚝뚝 끊어진
시간을
아이들은
공처럼 굴린다.
言語는, 겨울날
서울 市街를 흔들며 가는
아내도 타지 않는 電車다.
抽象의
위험한 가지에서
흔들리는, 흔들리는 사랑의
방울소리다.

    (3)
言語는, 의식의
먼 江邊에서
출렁이는 물결소리로
차츰 확대되는
空間이다.

출렁이는 만큼 설레는,
설레는 江물이다.
神의
안방 문고리를
쥐고 흔드는
건방진 나의 폭력이다.
廣場에는 나무들이
외롭기 알맞게 떨어져
서 있다.

－「現像實驗」 전문(『분명한 事件』)

다시금 초기시를 되돌아보면 우리는 오규원 시인이 언어를 운용하
는 특수한 방식을 확인하게 된다. 「現像實驗」에서 반복하는 구문 형
태인 계사 '~이다'는 비유법뿐만 아니라 사전언어의 정의문에서도
사용되곤 한다. 이때 오규원 시인은 계사를 철저히 주관적인 방식으
로 사용하면서 '언어'라는 원관념을 다양한 보조관념에 연결하고 있
다. 이러한 은유를 구태여 범주화한다면, (1)에서는 이제는 쇠락한 것
이 되어버린 "18세기 型의 모자" "꿈많은 말발굽쇠" "퇴직한 外交官宅
의/ 초인종" 등의 사물들이 나열되고, (2)에서는 아이들이 굴리는
"공"과 "흔들리는, 흔들리는 사랑의/ 방울소리"처럼 활발한 운동성을
지닌 사물들이 열거되며, (3)에서는 "空間" "건방진 나의 폭력"처럼
관념어가 주된 보조관념으로 제시된다. 하지만 이러한 범주화를 통
해서 이 작품의 형식은 선명히 해석되지 않는다. 오히려 강조해야 할
것은 미셸 푸코가 사유를 웃음으로 대체해야 한다고 주장했던 것처
럼,[8] 이 작품이 그러한 범주적 사고에 저항하고 기표의 유희에 몰입하

도록 유도한다는 점이다. 오직 이 작품에서 두드러지는 것은 텍스트에 대한 작가 자신의 사적인 즐김이다. 더 나아가 시인의 의도로 모두 환원될 수 없는 기호 놀이 자체가 이 시의 형식인 셈이다.

「現像實驗」의 은유 형식에 투영된 오규원의 욕망을 어떻게 이해할 것인가. 롤랑 바르트는 언어를 향유하는 '변태적인' 네 가지 태도를 제시한 바 있다. 이 네 가지 태도는 이야기를 선호하느냐 단어와 단편적인 경구를 선호하느냐, 미적인 대상을 직접 감각하려 하느냐 메타적으로 설명하려 하느냐라는 두 가지 물음으로 표현할 수 있다.[9] 이에 비추어본다면 「現像實驗」은 서사화할 수 있는 이야기가 아닌 단편적인 어휘의 유희를 즐기는 태도를 보인다. 또한 그러한 이미지를 메타적으로 종합하는 대신 그것들과 감각적으로 유희하는 태도를 보이고 있다. 'A는 B이다'라는 구문은 본래 메타적인 종합을 수행하는 사전적 언어에서 자주 활용되지만, 오규원은 그러한 구문을 오히려 그러한 종합을 해체하기 위한 방식으로 전도시키고 있는 셈이다. 이 점에서 오규원 시는 언어에 대한 페티시즘적인 태도와 히스테리적인 태도를 보인다고 볼 수 있다. 그것은 연관성도 일관성도 없는 단어를 수집하며 언어와 유희하는 '변태적인' 즐김의 태도이다. 물론 오규원의 페

---

8 미셸 푸코, 이규현 역, 『말과 사물』, 민음사, 2012, 7쪽 참조.

9 정리하면 다음과 같다. 아마도 두 축으로서 물신숭배자와 편집증환자가 상반되고, 강박관념자와 히스테리 환자가 상반된다고 할 수 있다. 롤랑 바르트, 위의 책, 1997, 110~111쪽 참조.

① 물신숭배자(fétishiste) : 단편적인 인용구나 단어를 즐기는 독자.

② 강박관념자(obsessionnel) : 메타언어를 즐기는 독자. 대개 학자가 여기 속한다.

③ 편집증 환자(paranoïaque) : 이야기 자체의 복잡한 구성을 즐기는 독자.

④ 히스테리 환자(hytérique) : 일차언어만을 유희적으로 즐기는 독자.

티시즘적·히스테리적 언어 향유는 우리가 일상 언어를 사용하는 방
식과 거리가 먼 것이다.

   1. 像
   때때로 그것은 들에서
   서걱이는 나뭇잎과 나부끼는
   옷자락 사이로
   그 형체를 나타낸다.
   잠시 그리고
   영원히.

   때때로 큰 길에서
   숲 속으로 느닷없이 그림자를 감추는
   작은 길과
   돌연히 우리의 뒷덜미를 잡는
   그저 푸른 하늘,
   하늘에 그 형체를 나타낸다.

   우리가 그 앞에 멈추었을 때
   그것은
   흔들리는 나뭇잎과 옷자락
   그리고 바람만을
   우리 앞에 내놓는다.

   번번이 실패하고 다시 기대하면서
   우리는
   우리를 확실하게 하기 위하여
   단 하나

단 하나의 확신을 구한다.

水面은 가장 음험한 얼굴로
우리를
길 밖에 머물게 한다.

水面에 비쳐 있는 세계
잡을 수 없으나 가장 명확한
畫面 그러나
명확한 만큼 우리의 말의 무력함을
정면으로 빈정대는 畫面.

2. 소리
그대는 들을 것이다 밤중에
萬像이 자기 이름을 빠져나와
거기 그대 옆
풀밭을 거니는 발자국 소리를.

그대는 들을 것이다 길에서
바람도 불지 않는데
풀들이 눈을 부릅뜨고
갑자기
벌레소리가 일제히 멈춤을.

명사로 부를 수는 없으나
동사로
거기 있음을 확신하는,
명사로 부를 때까지

오오래 고독한 발자국 소리를
그 곳에서 내는

그대는 볼 것이다
소리가 사라진 뒤에 남는
소리의 눈물
이슬 몇 방울을.

3. 말
나를 확신하기 위하여
나의 말을 믿는다.
萬像을 확신하기 위하여
나는 말을 믿는다.

확신의 그늘에서 우는 풀벌레
확신의 울 안에서 서성이는 소
확신과 확신 사이로 내리는 어둠
꿈꾸지 않고 나는
꿈꾸는 대신 꿈을 씹는다.

나의 말이 지금 이 순간까지 한번도 확실하게 나의 형체를 드러내지
못했고 미래까지 이 순간이 반복된다 하더라도 나의 믿음은 내가 믿음으
로 믿음, 허위의 믿음이라도 믿음으로 믿음이다.

꽃을, 꿈을, 한국을, 인간을 하나의 명사로 믿을 때, 꽃도 꿈도 한국도,
물론 인간인 그대도 행복하다. 행복하기를 바라는 사람은 믿으라. 이 말은
예수의 말이 아니므로 믿으라.

－「別章 3편─續 巡禮 10」 전문(『巡禮』)

「別章 3편」은 언어를 매개로 한 재현의 문제를 메타적으로 서술하는 작품이지만, 끝내 언어를 통한 재현이 불완전하다는 인식을 내비친 뒤 "허위의 미음이라도 믿음으로 믿음이다"라는 아이러니한 진술로 마무리되는 작품이다. 언어를 통해 세계를 순수하게 재현하려는 시도는 곧 언어를 통해 '나'의 인식을 순수하게 만들고자 하는 의식과도 통한다. 그리고 실상 언어가 '나만의' 것이 아닌 한 언어는 언제나 타인의 작용이나 그 물질성 자체의 작용 때문에 순수한 것이 될 수 없다. 이러한 맥락에서 이 작품에 서술된 '재현'에 대한 인식이 어떤 결핍에 의해 성립한다는 사실을 깨닫는다. 이처럼 『巡禮』에서 오규원이 강조하는 것은 언어의 무력함이다. 이를테면 그가 재현하고 싶은 대상인 "그것"은 이러한 지시대명사로 가리킬 수 있을 뿐이지 언어로 재현될 수 없다. 중요한 것은 이 작품에서 초점화하는 것이 "그것"이 무엇을 표상하느냐가 아니라, 언어 기호의 한계가 무엇인가라는 점이다.

오규원은 언어의 불완전성을 바람과 수면(水面)이라는 두 가지 이미지의 운동에 비유한다. "바람"을 볼 수 없어도 그것이 흔드는 나뭇잎과 옷자락을 볼 수 있듯, 언어는 "그것"의 실체를 재현하지는 못하지만 그 존재의 운동만은 감각하게 한다. 또한 언어는 "水面에 비쳐 있는 세계"처럼 대상을 쥐게 할 수는 없지만 그 형체만은 확인하게 해준다. 결국 어떤 진리의 표상으로서 "그것"은 항상 비가시적인 것이나 접촉할 수 없는 대상으로 남겨진다. 진리에 대하여 언어는 불투명한 흔적이나 반투명한 "畵面"일 뿐이다. 이것이 오규원이 표현하고자 한 언어관의 핵심이라고 할 수 있다. 여기서 우리는 바르트가 시 장르의 '본질주의적 야심'이라고 불렀던 것을 확인한다. 오규원은 어떤 의미로 반(反)언어적인 것, 재현을 거치지 않은 재현, 즉 대상과 언어의 일치를 꿈꾸고 있는 셈이다.

　바르트는 이러한 야심에 수반되는 아이러니한 비판적 가치를 고평했다. 마찬가지로 이 작품은 세 가지 층위에 대한 반성의식을 유도한다. 첫째로 앞서 분석했듯 언어에 대한 반성의식을 유도한다. 둘째로 "그대는 들을 것이다 밤중에", "거기 그대 옆", "그대는 들을 것이다 길에서"와 같은 표현이 가리키듯 우리가 지각하는 일상 환경에 대한 반성의식을 유도한다. 셋째로 "꽃을, 꿈을, 한국을, 인간을 하나의 명사로 믿을 때, 꽃도 꿈도 한국도, 물론 인간인 그대도 행복하다. 행복하기를 바라는 사람은 믿으라. 이 말은 예수의 말이 아니므로 믿으라"라는 진술 속에서 언급된 '한국'이나 '예수의 말'과 같은 어휘들은 우리를 둘러싼 국가 체제나 종교 담론의 자명성을 반성하도록 유도한다. 근본적으로 이 시가 제시하는 것은 세상을 의심하고 회의하는 아이러니한 주체의 역량인 셈이다.

　한편 흥미롭게도 이러한 인식은 '명사'와 '동사'에 대한 이항대립으로 이행한다. 요컨대 오규원은 진리를 "명사로 부를 수는 없"는 것이되 "거기 있음을 확신하는" 대상이라고 명명하고 있다. 이것은 오규원의 초기시부터 후기시까지 반복하는 하나의 주제이면서, 그의 초기시와 날이미지 시의 내밀한 관계를 논증할 수 있는 근거이기도 하다. 이를테면 말년의 오규원은 "진리는 명사로 명명되고 대치된다. 그러나 진리는 그것만은 아니다. 진리는 동사로 발견되고 서술되기도 한다"라고 말한 바 있다.[10] 이러한 이항대립은 앞서 논의했던 오규

10　오규원, 위의 글, 25쪽.

원의 '은유적 사고체계'와 '환유적 사고체계'에 비추어볼 때 매우 유사한 논법을 취하고 있다. 「別章 3편」에서 오규원은 명사와 동사라는 문장 성분을 진리에 대한 표현방식으로 확장하면서, '명사'에 매달리는 사고방식은 "확신의 울" 안에 인간을 가두는 "허위의 믿음"에 지나지 않다는 사실을 비판하고 있다.

진리는 동사로서만 존재한다는 의식은 시집 『가끔은 주목받는 生이고 싶다』의 「나무야 나무야 바람아」에서 "움직이지 않으면/ 존재하지도 않는/ 사람 정신이여/ 그대 바람이여"라는 시구로도 표현된다. 오규원에게 인간 의식은 바람의 운동성에 비유되며, 멈춤 없이 움직일 때만 존재하는 것으로 표현된다. 오규원 시의 아이러니는 바로 이러한 의식의 운동성 속에서 발생한다. 현실과 사물을 '안정된' 의미로 환원하는 것이 아니라 현실과 사물에 대한 새로운 의미를 끊임없이 탐색하려는 정신적 지향 속에서 사물의 다의성을 발견하게 되는 것이다.

1
뚫린 구멍마다 뚫린 구멍이 있습니다.
구멍은 뚫린 곳에서부터 시작됩니다.
구멍 속은 구멍이 구멍을 비워놓고 없어 깜깜하기도 하고 구멍이 구멍을 들여다보느라고 들고 있는 거울에 하늘이 좀 들어와 있기도 합니다.

뚫린 구멍마다 마개가 있을 것 같아 찾아보면 모두 마개를 가지고 있습니다.
제일 잘 만들어진 마개를 가진 것은 마개를 버리고 온몸으로 마개가 되어 있는 구멍입니다.

그 구멍은 구멍이 스스로 꽉 차 있습니다.

2
뚫린 구멍마다 뚫린 구멍이 있습니다.
구멍은 뚫린 곳에서부터 시작됩니다.
사랑은 언제나 끝이 아니라 시작이므로 시작의 시작과 시작의 가운데와
시작의 끝이므로 사랑도
뚫린 곳에서부터 시작됩니다.
뚫린 구멍은 그러므로 뚫린 구멍의 끝이 아닙니다.

시작이니 끝이니 하고 내가 주워넘기고 있지만 시작도 끝도 사실은 다
뚫린 구멍이 스스로 마개가 되어 있는 스스로 텅 비워놓은 구멍입니다.
그러나 나는 존경하옵는 인간이 만든 말 가운데 가장 감동적인 이 〈끝〉
이 어떻게 있는지 잘 지내는지 한번 만나보기 위해 뚫린 구멍의 존재와
뚫린 구멍을 사랑합니다.
아시겠지만
내가 사랑하므로 뚫린 구멍은 뚫려 있습니다.

－「구멍」 전문(『이 땅에 씌어지는 抒情詩』)

오규원의 초기시가 언어의 불완전성을 인식하고 차라리 기표와의
유희에 몸을 맡기는 수사학적 맥락에서 의미의 혼란을 발생시킨다
면, 오규원의 중기시는 좀 더 신중한 태도로 사물과 세계의 다의성을
탐색하며 그것을 인식론적으로 종합적으로 과정에서 역설 표현을 주
로 활용하고 있다. 「구멍」이라는 작품에서 역설은 우리의 상식적 관
점을 뒤집어놓는 데서 발생한다. "그 구멍은 구멍이 스스로 꽉 차 있

습니다."라는 시구처럼 시인은 '채움'과 '비움'이라고 하는 이항대립을 해체하며, 우리가 흔히 비어 있는 공간이라고 생각하는 장소를 다른 방식으로 사고하도록 만든다. 어쩌면 '구멍'은 비움으로 가득 찬 공간일 수 있다는 것이다.

이러한 진술로 마무리되었다면 우리는 이 작품을 단순히 재치 있는 말장난이나 상식의 교란으로 간주했을지도 모른다. 하지만 그러한 해석은 충분치 않다. 왜냐하면 시인은 이러한 인식을 존재론에 대한 경구로 삼아서 사유를 확장하고 있기 때문이다. 실은 이 작품에서는 사물의 성질에 대한 이항대립을 해체한 직후 또 다른 이항대립이 출현한다. 그 이항대립은 바로 "뚫린 구멍의 존재와 뚫린 구멍을 사랑합니다"라는 서술처럼, 사랑의 대상으로서 관계하는 '존재'와 눈앞에 놓인 '대상'이라는 두 가지 차원을 구분한다. 이 시의 제2절에서 시인은 사랑이라는 관념에 비추어 구멍을 사유하기 시작한다. 시인에 따르면 사랑과 구멍은 닮았다. 사랑은 매 순간 '시작'에 가까운 것, 매번 '시작하듯' 마음을 움직이도록 만드는 것이기에 그것은 우리의 마음을 활짝 여는 듯하다. 반대로 구멍 또한 생생한 사랑처럼 자신이 구멍이기를 지속하는 듯하다. 여기서 사랑과 구멍의 유비를 만들어내는 것은 일관성이라고 볼 수 있다. 진실한 사랑이 매번 새로운 사랑의 시작점이듯, 구멍 또한 지극하게 구멍의 시작이다. 그리고 이것은 존재의 관점에서, 더 엄밀히 말하자면 시인의 주관으로 사랑과 구멍이라는 두 대상을 인식하여 발견한 유비이다.

오규원은 사물을 인식하는 또 다른 방식으로 독자에게 제안하는 셈이다. 무엇보다 '사랑'이라는 시어가 암시하듯, 그는 사물을 사랑하는 방식을 제안하고 있다. 여기서 '사랑하기'는 정서적 차원의 감응

을 뜻하지는 않는다. 오히려 한 사물의 '부재'까지도 열렬히 인식하고
자 하는 태도, 그 사물의 시작과 끝을 아울러 존재의 전체성을 사유하
려는 지적 태도에 가깝다. 그러므로 "내가 사랑하므로 뚫린 구멍은
뚫려 있습니다"라는 문장은 단순히 '구멍은 뚫려 있는 것'이라는 대상
에 대한 진술이 아니다. 이 진술은 오규원 자신이 사물을 단순히 사물
로 대하지 않는다는 것, 한 사람을 사랑할 때처럼 한 사물의 부재와
전존재를 간절히 인식해보려 한다는 것을 뜻한다. 이러한 태도를 통
해 사물을 인식할 때 '구멍'은 "내가 사랑하므로", 즉 '나'와 관계하는
타자로서 발견되는 것이다.

　　　노점의 빈 의자를 그냥
　　　시라고 하면 안 되나
　　　노점을 지키는 저 여자를
　　　버스를 타려고 뛰는 저 남자의
　　　엉덩이를
　　　시라고 하면 안 되나
　　　나는 내가 무거워
　　　시가 무거워 배운
　　　작시법을 버리고
　　　버스 정거장에서 견딘다

　　　경찰의 불심검문에 내미는
　　　내 주민등록증을 시라고
　　　하면 안 되나
　　　주민등록증번호를 시라고
　　　하면 안 되나

안 된다면 안 되는 모두를
시라고 하면 안 되나

나는 어리석은 독자를
배반하는 방법을
오늘도 궁리하고 있다
내가 버스를 기다리며
오지 않는 버스를
시라고 하면 안 되나
시를 모르는 사람들을
시라고 하면 안 되나

배반을 모르는 시가
있다면 말해보라
의미하는 모든 것은
배반을 안다 시대의
시가 배반을 알 때까지
쮸쮸바를 빨고 있는
저 여자의 입술을
시라고 하면 안 되나

　　　　－「버스 정거장에서」 전문(『가끔은 주목받는 生이고 싶다』)

　「구멍」에서 확인했던 것은 오규원 시인이 사물에 내포한 성질에
대한 언표들을 인식론적이고 존재론적인 관점에서 해체하려 했다는
점이다. 차츰 이보다 더 적극적인 태도로 오규원은 언어 일반에 대한
근본적인 회의의식과 해체의식을 보여주기 시작한다. 「버스 정거장

에서」가 의미하는 바는 뚜렷하다. "노점의 빈 의자를 그냥/ 시라고 하면 안 되나"라는 서술처럼 시인은 어떠한 언어적인 왜곡이나 제약 없이 현실을 재현하고 싶다. 언어 행위를 통해서 저 사물을 이해할 때는 필연적으로 시인의 주관적 조작이 내포하기 마련이다. 하지만 언어라는 매개 없이 저 사물을 재현할 수 있다면, 즉 사물 자체를 '시라고 할 수 있다면' 시는 현실을 재현하는 투명한 창이 될 수 있다.

이러한 인식은 하이데거의 현상학적 언어관과 닮아있다. 하이데거는 『존재와 시간』에서 '말(rede)'과 '언어(sprache)'를 구분하며, 말을 언어보다 더욱 근원적인 것으로 해석했다. 언어가 현실의 시공간에서 분리된 채 유통되는 것이라면, 말은 "언제나 특정한 관점과 일정한 한계 안에서 '이야기되고'" 있기 때문에 존재와 밀접하다는 것이다.[11] 하이데거 현상학의 전제는 철학은 '언어'가 아니라 '말'에 가까운 것에 우리의 의식을 정향할 때, 비로소 우리가 존재 이해를 심화할 수 있다는 것이다. 추상적인 언어는 존재를 잊게 만들지만, 구상적인 말은 존재를 상기시키기 때문이다. 말은 말하고 있는 존재와 그와 연루된 수많은 존재들을 상기시키며, 세계-내-존재로서 우리 자신을 파악하도록 만든다. 마찬가지로 오규원 시인은 자신의 시적 언어가 '언어'이기보다도 '말'에 가까워지기를 바라고 있는 셈이다. 언어가 현실의 재현물에 그치는 것이 아니라 현실과 관계 맺게 하는 말이거나 현실 그 자체가 되기를 그는 바랐다.

내 앞에 안락의자가 있다 나는 이 안락의자의 시를 쓰고 있다 네 개의

---

11 마르틴 하이데거, 위의 책, 1998, 223쪽.

다리 위에 두 개의 팔걸이와 하나의 등받이 사이에 한 사람의 몸이 안락할 공간이 있다 그 공간은 작지만 아늑하다 …… 아니다 나는 인간적인 편견에서 벗어나 다시 쓴다 네 개의 다리 위에 두 개의 팔걸이와 하나의 등받이 사이에 새끼 돼지 두 마리가 배를 깔고 누울 아니 까꾸귀 두 쌍이 울타리를 치고 능히 살림을 차릴 공간이 있다 팔걸이와 등받이는 바람을 막아주리라 아늑한 이 작은 우주에도 …… 나는 아니다 아니다라며 낭만적인 관점을 버린다 안락의자 하나가 형광등 불빛에 폭 싸여 있다 시각을 바꾸자 안락의자가 형광등 불빛을 가득 안고 있다 너무 많이 안고 있어 팔걸이로 등받이로 기어오르다가 다리를 타고 내리는 놈들도 있다 …… 안 되겠다 좀더 현상에 충실하자 두 개의 팔걸이와 하나의 등받이가 팽팽하게 잡아당긴 정방형의 천 밑에 숨어 있는 스프링들 어깨가 굳어 있다 얹혀야 할 무게 대신 무게가 없는 저 무량한 형광의 빛을 어깨에 얹고 균형을 바투고 있다 스프링에게는 무게가 필요하다 저 무게 없는 형광에 눌려 녹슬어가는 쇠 속의 힘줄들 팔걸이와 등받이가 긴장하고 네 개의 다리가 …… 오 이것은 수천 년이나 계속되는 관념적인 세계 읽기이다 관점을 다시 바꾸자 내 앞에 안락의자가 있다 형광의 빛은 하나의 등받이와 두 개의 팔걸이와 네 개의 다리를 밝히고 있다 아니다 형광의 빛이 하나의 등받이와 두 개의 팔걸이와 네 개의 다리를 가진 안락의자와 부딪치고 있다 서로 부딪친 후면에는 어두운 세계가 있다 저 어두운 세계의 경계는 침범하는 빛에 완강하다 아니다 빛과 어둠은 경계에서 비로소 단단한 세계를 이룬다 오 그러나 그래도 내가 앉으면 안락의자는 안락하리라 하나의 등받이와 두 개의 팔걸이와 네 개의 목제 다리의 나무에는 아직도 대지가 날라다준 물이 남아서 흐르고 그 속에 모래알 구르는 소리 간간이 섞여 내 혈관 속에까지 …… 이건 어느새 낡은 의고주의적 편견이다 나는 결코 의고주의자는 아니다 나는 지금 안락의자의 시를 쓰고 있다 안락의자는 방의 평면이 주는 균형 위에 중심을 놓고 있다 중심은 하나의 등받이와 두 개의 팔걸이와 네 개의 다리를 이어주는 이음새에 형태를 흘려보내며 형광의 빛을 밖으로 내보낸다 빛을 내보내는 곳에서 존재는 빛나는 형태를 이루

며 형광의 빛 속에 섞인 시간과 방 밑의 시멘트와 철근과 철근 밑의 다른
시멘트의 수직과 수평의 시간 속에서 …… 아니 나는 지금 시를 쓰고 있지
않다 안락의자의 시를 보고 있다

　　　　　－「안락의자와 시」 전문(『길, 골목, 호텔 그리고 강물소리』)

　「구멍」과 「버스 정류장」에서 성찰의 대상이 된 것은 언어였다. 그
런데 「안락의자와 시」에 도달하게 되면, 시인은 이제 언어를 사용하
는 인간 정신 자체를 제재로 삼기 시작한다. 이 작품에서 다의성을
만들어내는 것은 「구멍」처럼 사물의 속성이 아니다. 사물을 인식하
는 '나'가 관점을 바꿀 때마다 '안락의자'는 다른 방식으로 보이기 시
작한다. 따라서 「구멍」은 역설적 표현을 따라 읽는 것만으로 아이러
니를 느끼게 하는 작품이었다면, 「안락의자와 시」는 아이러니한 주
체를 서술하고 분석하는 위치에서 관조하도록 만드는 작품이라고 볼
수 있다. 언뜻 이 작품은 아이러니한 작품처럼 보이지 않을 수도 있지
만, 실은 앞서 살펴보았던 작품보다도 더 격렬한 아이러니의 형식을
취하는 작품이라고 할 수 있다. 이 시는 슐레겔이 '아이러니의 아이러
니'라고 표현했던 것처럼,[12] 사물을 인식하는 주체의 위치와 그 주체
를 관조하는 주체의 위치가 분열되어 있는 듯한 아이러니의 체험으로
우리를 인도하기 때문이다.

12　슐레겔은 실제로 자신의 정신을 「불가해성에 대하여」라는 글에서 "아이러니의 아
　　이러니(Ironie der Ironie)"라고 명명한 바 있다. 그것은 어떤 형식을 만들어내는
　　동시에 그 형식을 만들어내는 작가 자신에 대한 서술을 포함함으로써, 다시금 형식
　　을 깨트리는 '영구적인 파라바시스'의 해체 운동을 뜻한다(최문규, 위의 책, 172
　　쪽). 그것은 롤랑 바르트가 '소설적인 것'이라고 규정했던 자기반영적 서술의 개념
　　과도 맞닿는다.

관점의 변화를 유심히 살펴보도록 하자. 우선 시인은 "네 개의 다리 위에 두 개의 팔걸이와 하나의 등받이 사이에 한 사람의 몸이 안락할 공간이 있다 그 공간은 작지만 아늑하다 ……"라는 사물에 대한 지각을 서술하고 있다. 그런데 시인은 이러한 단순한 지각이 "인간적인 편견"이라고 여기며 관점을 바꾼다. 이러한 관점 전환은 뺄셈의 방식으로, 즉 인간적인 편견을 버리는 방식으로 수행된다. 또다시 시인은 안락의자에 대하여 "네 개의 다리 위에 두 개의 팔걸이와 하나의 등받이 사이에 새끼 돼지 두 마리가 배를 깔고 누울 아니 까마귀 두 쌍이 울타리를 치고 능히 살림을 차릴 공간이 있다 팔걸이와 등받이는 바람을 막아주리라 아늑한 이 작은 우주에도 ……"라고 기술한다. 이것은 안락의자를 하나의 우화적 상상력에 접붙이는 방식인데, 시인은 이 또한 "낭만적인 관점"이라고 여기며 폐기하려 한다. 이러한 서술을 반복하면서 시인은 자신의 의식 속에서 떠오르는 연상들을 뺄셈하고 있다.

아서 단토가 모더니즘 예술의 역사를 '빼기의 역사'라고 표현했듯,[13] 오규원 시인의 「안락의자와 시」는 모더니즘 예술의 형식 원리를 메타적으로 잘 보여주는 작품이다. 그러나 아서 단토는 현대 예술에서 뺄셈의 대상이 되는 것이 작품의 물질성이라고 생각한 데 반해, 오규원은 반대로 하나의 현상에서 그것을 인식하는 인간의 정신성을 제거하려 한다는 점에서 큰 차이가 있다. 오규원은 '안락의자에 대한 시 쓰기'라는 과정을 통해서 안락의자를 서술할 수 있는 여러 관점을 떠올린 뒤, 각각의 표현들을 하나씩 부정해나간다. "낭만적인 관점",

---

13 아서 단토, 이성훈, 김광우 역, 『예술의 종말 이후』, 미술문화, 2004, 13쪽 참조.

"관념적인 세계 읽기", "낡은 의고주의적 편견"을 제거한 뒤 그는 마침내 "나는 지금 시를 쓰고 있지 않다 안락의자의 시를 보고 있다"라는 결론에 도달한다. 이때 '쓰고 있다'라는 행위로부터 '보고 있다'라는 결론으로의 이행은 눈앞에 놓인 구상물로서의 '안락의자'만을 떠올리도록 만든다.

만약 감각의 대상으로서 안락의자를 재현하는 것이 목적이었다면, 이 시의 내용은 '안락의자가 있다'라는 문장으로 요약될 수 있다. 하지만 근본적으로 이 작품의 제재는 안락의자가 아니다. 안락의자를 바라보고 있는 시인의 정신 자체가 작품의 제재이며, 시인의 정신을 텅 빈 상태에 가까워질 때까지 끊임없이 반성하는 것이야말로 이 시의 목적이라고 할 수 있다. 오규원은 이 무렵 현상학으로부터 영향 받았음을 그의 산문 곳곳에서 밝히고 있으며,[14] 따라서 이 작품이 후설에 제안했던 현상학적 환원의 과정과 닮았음을 파악하기는 어렵지 않다.[15] 현상학적 환원이란 일순간 스위치를 꺼 전류를 차단하듯 한순간 자연을 인식하는 우리의 의식을 중단하는 것이다. 물론 의식의 정지는 순간적일 수밖에 없기에 현상학적 환원은 실상 반성을 반복하는 태도와 다르지 않다. 이러한 과정을 통해 후설은 주관성을 철저히 반성하여 사물에 대한 인식을 최대한 순수하게 만드는 '초월론적 환원'의 상태에 도달하고자 했다.[16] 후기시에서 반복적으로 오규원은 사

---

14 오규원, 「풍경의 의식」, 『가슴이 붉은 딱새』, 문학동네, 1996 참조.

15 정과리, 「'어느새'와 '다시' 사이, 존재의 원환적 이행을 위한」, 『새와 나무와 새똥 그리도 돌멩이』, 문학과지성사, 2005, 137쪽; 이연승, 『오규원 시의 현대성』, 푸른사상, 2004, 5장 참조; 문혜원, 「오규원 후기 시와 시론의 현상학적 특징 연구」, 『국어국문학』 175, 국어국문학회, 2016, 147~174쪽 참조.

물에 대한 인식을 주관적으로 '쓰는' 태도를 벗어나 단순히 사물을 '보는' 순간으로 이행하고자 했다. 중요한 것은 이러한 '빼기의 형식' 또는 '초월론적 환원'이 곧 오규원의 날이미지 시를 이해하는 핵심이 될 수 있다는 점이다.

> 도로 하나가 해 뜨는 쪽에서
> 해 지는 쪽으로 질주하고 있습니다
> 아니면 해 지는 쪽에서 해 뜨는 쪽으로
> 질주하고 있습니다
> 도로의 양쪽에는 가로수들이 함께 달리며
> 한 구역씩 맡아 하늘을 들어올리고 있습니다
> 바람이 어디로 가고 사람도 어디로 가고
> 도로에는 지금 질주하는 도로만 가득합니다
>
> ―「도로와 하늘」 전문(『새와 나무와 새똥 그리고 돌멩이』)

언덕에서 나무의 잎들이 서소를 보고 서로를 베끼고 바람은 앞서가는 바람을 따라 투명한 몸을 맞춘다 나무의 잎들이 보이는 책상 앞에 앉아 눈부신 백지를 펴놓고 쉬엄쉬엄 육조단경을 베낀다 善知識 我此法門 從上以來 先立無念爲宗 無相爲體 無住爲本 無相者 於相而離相 無念者 於念而無念 無住者 人之本性 於世間善惡好醜 乃至冤之與親 言語觸刺欺爭之時 並將爲空 不思酬害 念念之中 不思前境 若前念今念後念 念念相續不斷 名爲系縛 於諸法上 念念不住 即無縛也 此是以無住爲本 善知識 外離一切相 名爲無相 能離於相 即法體淸淨 此是以無相爲體 善知識 전화벨이 문자 위로 쏟아진다 그래도 문자들은 밀리지 않는다 나는 예 예 하며 於諸境上

---

16 기다 겐 외, 이신철 역, 『현상학 사전』, 도서출판b, 2011, 435~439쪽 참조.

心不染日無念 於自念上 그렇게 베낀다 常離諸境 不於境上生心 若百物不思. 念盡除却 一念絶即死 別處受生 學道者思之 나무는 모두 잎에 잠기고도 다시 뿌리에 잠겨 있다 쓰르라미가 산뽕나무에서 운다 莫쓰不이識오法意쓰自錯이猶可오更쓰勸이他오人 自迷쓰이오不見 동시에 적는다 한동안 쓰이오가 쌓이도록 자리를 비워둔다 쓰이오 쓰이오 쓰이오 쓰이오 ……쓰스으 쓰르라미는 스스로를 비우고 문자는 이어진다

… (중략) …

眞如若無 眼耳色聲 當時即壞 善知識 眞如自性起念 六根雖有見聞覺知 不染萬境而眞性常自在 外能分別諸色相 內於第一義而不動 누가 문을 두드린다 나는 문자들을 두고 사람을 만나러 간다 문밖에서는 나보다 먼저 나비가 사람에게 가고 있다

– 「나무와 잎」 부분(『새와 나무와 새똥 그리고 돌멩이』)

「도로와 하늘」에서 "도로에는 지금 질주하는 도로만 가득합니다"라는 시구는 그 자체로 형용모순이다. 이러한 형용모순이 발생하는 이유는 단순히 움직일 수 없는 '도로'라는 사물을 활유하고 있기 때문은 아니다. 시간에 대한 일상적 인식을 어긋나게 만들기 때문이다. 일상적으로 사람은 시간의 흐름을 자연물의 변화 속에서 감지한다. "해 뜨는 쪽"에서 "해 지는 쪽"으로 태양이 움직이는 것을 보고, 또한 사물을 비치는 햇빛이 이동하며 밝아졌다가 흐릿해지는 변화를 보며 우리는 시간을 인식한다. 도로에 비치는 햇빛이 서서히 이동하는 것을 바라보고 있으면, 마치 도로가 마치 이동하는 것처럼 보일 것이다. 그런데 그는 그러한 이동을 '질주한다'라고 표현한다. 이는 익히 우리가 인식하는 자연물의 변화 속도와 불일치하는 표현이다. 자연

물은 애초에 이동할 수 없을 뿐만 아니라, 자연물의 변화 또한 '질주하고' '달리는' 속도로 이뤄지지 않는데도 시인은 그렇게 표현한다. 이러한 표현 방식이 이 작품의 아이러니를 만들어내는 것이다. 이러한 표현방식은 철저히 오규원의 주관적 해석이 개입되었기 때문에 가능한 것이다.

날이미지 시란 시인의 주관적 개입을 최소화하려는 탈인간중심적인 시론에 기대어 사물을 사물 그 자체로 드러나게 하려는 목적을 지닌 작품이다. 그렇다면 「도로와 하늘」을 어떻게 '날이미지적인' 것으로 간주할 수 있을까. 유념할 것은 오규원의 날이미지 시가 줄곧 '뺄셈'의 방식으로 성립한다는 점이다. 「도로와 하늘」에서 시적 화자는 마치 시간의 변화를 표현하는 어휘들을 잊은 사람처럼 말한다. 또한 자연물이 변화하는 속도가 '질주한다'라고 표현할 수 없을 만큼 느린 것이라는 상식을 잊은 사람처럼 말한다. 시간에 대한 개념과 상식을 '빼는' 방식으로 그의 시적 언어는 날이미지 시에 도달한다. 오규원의 날이미지 시에 대한 기존의 비판은 부당한 것일 수 있다. 때로 날이미지 시는 대상을 대상 자체로 재현하지 못한다는 사실, 또한 그 어떤 시인의 작품도 그러한 순수 재현을 할 수 없다는 근거에 기대어 비판받는다.[17] 하지만 오규원의 날이미지 시는 사물에 대한 순수한 이해나 인식을 '획득하는' 방식으로, 다시 말해 덧셈의 방식으로 성립하지

---

17 권혁웅, 「날이미지시는 날이미지로 쓴 시가 아니다」, 『입술에 묻은 이름』, 문학동네, 2012, 197~217쪽; 권혁웅, 「순수시의 계보와 한계 — 시론과 시의 상관관계를 중심으로」, 『어문논집』 71, 민족어문학회, 2014, 153~182쪽; 조연정, 「풍경을 그리는 시인의 허무, 그리고 최소한의 자기 증명」, 『쓺』 2017년 상반기호, 379쪽 참조.

않는다. 날이미지 시는 인간 의식에 대한 뺄셈으로 이해할 때만 정확하게 설명될 수 있다.

한편 「나무와 잎」의 경우 육조단경(六祖壇經)을 읽고 있던 시인이 문득 누가 문을 두드리는 소리를 듣고 손님을 마중하러 나가는 모습을 묘사하는 작품이다. 그런데 시인은 이를 "문자들을 두고 사람을 만나러 간다"라고 표현하며, 자신이 '언어'로부터 멀어지고 '사람'에게 향하고 있음을 강조하고 있다. 이는 앞서 「버스 정거장」에서 분석했듯, 세계를 관조하고 추상화하는 '언어적인' 태도가 아닌, 세상과 직접 대면하고 접촉하는 '말하는' 태도로 사람을 대하고자 하는 오규원 시인의 지향을 잘 보여준다고 할 수 있다.

이러한 분석과 시인이 인용한 육조단경의 구절 또한 유의미한 연관성이 있는가. 우선 제9시집 『새와 나무와 새똥 그리고 돌멩이』에서 오규원은 자신이 홍성사본 육조단경을 참조하였음을 부기로 밝히고 있다.[18] 육조단경은 한국·중국·일본에서 50여 회 이상 간행되었는데, 혜흔이 967년에 간행한 육조단경이 이후 일본 임제종 홍성사파의 본산인 홍성사에 전래된 것을 홍성사본이라고 한다. 그리고 오규원이 제9시집을 집필할 무렵까지 한국에서 간행된 홍성사본은 나카가와 다카가 쓰고 양기봉이 번역한 판본이 유일했다.[19] 또한 원전을

---

18 오규원, 『새와 나무와 새똥 그리고 돌멩이』, 문화과지성사, 2005, 53쪽.
19 육조단경의 선본으로 일컬어지는 것은 현전하는 최고(最古)의 판본으로 추측되는 돈황본이다. 돈황본은 8세기 말(790년경)에 만들어진 것으로 보고 있다. 이 때문에 최근 한국에서 간행된 대부분의 육조단경은 돈황본에 기초한다. 그러나 2003년 무렵까지 주로 번역된 것은 덕이본이었다. 김윤수에 따르면 2003년까지 간행된 총 13권의 육조단경 판본 중에서 3종이 돈황본, 7종이 덕이본, 2종이 종보본이었다. 유일하게 나카가와 다카의 『육조단경』이 한국어로 번역된 홍성사본이었다(김

대조해보았을 때 일본어식 한자를 한국식 한자로 표기했다는 차이만 존재할 뿐[20] 큰 차이가 없다는 점에서 여기서 오규원이 참조한『육조단경』은 1993년에 번역된 나카가와 다카의 판본으로 추측된다.[21]

　나카가와 다카의 해설에 따르면 오규원이 인용한 대목은 '무념(無念)' '무상(無相)' '무주(無住)'라는 세 개념에 대한 가르침을 전하는 대목이다. 무념은 유무, 선악, 한계 등 어떠한 생각에도 사로잡히지 않는 상태를 뜻하고,[22] 무상이란 "물체의 드러난 모습을 인식하면서도 거기 사로잡히지 않는 것"[23]을 뜻하며, 무주란 어떤 관계 조건이나 순간에도 집착하지 않는 태도를 뜻한다.[24] 이러한 불교적 개념들은 오규원이 추구하는 존재론적 이상을 잘 보여준다. 그는 어떠한 주관적 감정이나 인식, 그리고 상황에도 흔들리지 않는 존재론적 상태를 목표했다. 바로 이러한 지향이 곧 그의 날이미지 시론에도 투영되어 있다고 판단할 수 있다.

　그런데 끝까지 우리에게는 해소되지 않는 한 가지 물음이 남는다. 이것은 그의 날이미지 시를 맴도는 근본적인 아이러니이기도 하다. 왜 오규원은 언어를 통해야 했는가. 날이미지의 목적이 현실을 순수

윤수, 『육조단경 읽기』, 마고북스, 2003, 50~51쪽 참조).

20　나카가와 다카의 『육조단경』의 말미에는 홍성사본의 원문이 수록되어있다. 「나무와 잎」에 인용된 육조단경의 판본은 이 판본에 가장 근접하다. 다만 '已'를 '以'로, '体'를 '體'로 표기하는 등의 표기법 차이가 있는데, 이는 오규원 자신이 수정했을 가능성뿐만 아니라 출판사의 편집 과정에서 수정했을 가능성이 존재한다.

21　「나무와 잎」에 인용한 육조단경의 원문은 나카가와 다카, 양기봉 역, 『육조단경』, 김영사, 1993, 270쪽을 참조할 것.

22　나카가와 다카, 위의 책, 79쪽 참조.

23　나카가와 다카, 위의 책, 80쪽.

24　같은 쪽.

하게 인식하는 것이라면, 혹은 자기 존재를 철저히 반성하는 것이었
다면 시 쓰기를 지속하는 것보다 언어를 버리고 선불교적인 수양에
온몸을 내맡기는 것이 더 적절한 선택지이지 않은가. 그렇지만 오규
원은 언어를 단 한 번도 포기한 적이 없다. 물론 그는 말년에 대안을
모색하기도 했다. 그는 시론집『가슴이 붉은 딱새』(문학동네, 1996)에
서 회화와 사진에 대한 비평을 전개하기도 했고, 강원도 영월에 머무
는 동안 사진 촬영에 열중하기도 했다. 하지만 사진의 '객관적' 재현
은 그가 추구했던 존재론적 언어와는 거리가 먼 것이다.[25] 그가 끝까
지 언어를 포기하지 못했던 이유는 그가 언어라는 의식의 투영물을
통해서만 인간의 의식을 반성할 수 있었던 것이었는지도 모른다.[26]
혹은 언어와 현실 사이의 거리를 폐기하지 않았기 때문에 오규원은
내적 평정 혹은 '무심함'에 도달할 수 있었을지도 모른다.[27]

　사실 이전의 장부터 본 연구가 제시해왔던 또 다른 관점은 오규원
시인이 '날이미지 시'라는 글쓰기(에크리튀르)를 실현하기 위해서 포기
할 수 없는 대상이 언어였다는 것이다. 제2장에서 분석했던 것은 오
규원의 전기를 돌아볼 때, 그리고 그의 시에서 줄곧 모성·모성 표상
이 언어에 대한 메타적 진술과 연관된다는 점을 고려할 때 언어는 세
계와 자아를 화해시켜주는 매개이자 그 자체로 어머니의 품을 대리하

---

25 오규원, 「풍경의 의식」, 위의 책, 2005, 70~71쪽 참조. 그가 강원도 영월에서 요양
　　하는 동안 촬영한 사진은 유고사진집『무릉의 저녁』(눈빛, 2017)으로 간행되기도
　　했다.

26 엄경희, 위의 책, 2005, 171쪽; 이광호, 위의 글, 1994, 97쪽 참조.

27 이경재, 「한국 현대시와 말년성(lateness)의 양상」,『현장에서 바라본 문학의 의미』,
　　소명출판, 2013, 354~356쪽 참조.

는 상징물일 수 있다. 언어는 줄곧 접촉의 욕망을 불러일으키는 관능적 육체로 이미지화된다. 오규원은 그것이 자신이 만들어낸 '환각'에 지나지 않는다는 아이러니한 인식을 하면서도 언어로써 현실을 '만지려는' 욕망을 반복하여 드러낸다. 그것은 언어화의 메커니즘 자체가 근본적으로 자아·타자·세계를 능동적으로 조작할 수 있는 대상으로 전환하는 방식이기 때문이다.

따라서 오규원이 때로 날이미지 시론의 한계를 직시하면서도[28] 그것을 포기하지 못하는 원인은 단지 '언어로 현실을 재현할 수 없다는' 한계를 극복하기 위한 것만은 아닐지도 모른다. 오히려 그는 '언어와 자아' 사이에 놓인 갈등을 극복하기 위해 언어를 포기하지 못하는 것일 수 있다. 언어의 한계를 극복해야 한다는 의식은 어쩌면 다르게 말하자면 언어의 한계를 직시하는 '나'만은 바로 세우는 방식, 그렇게 언어로서 현실을 조작하는 주체인 '나'의 능동성만은 바로 세우는 방식이 될 수 있다. 언어의 한계를 직시하는 주체는 언어의 한계까지 지배하는 주체이기도 하다. 바로 이러한 맥락에서 날이미지 시는 언어를 오롯이 소유하기 위한, 그렇게 모든 사회적 담론과 내적 갈등이라는 이중의 차원을 억제하고 오직 주체가 조작하는 에크리튀르를 실현하고 향유하기 위한 형식일 수 있다.

그대 몸이 열리면 거기 산이 있어 해가 솟아오르리라, 계곡의 물이 계곡

---

28 오규원은 날이미지 시론을 전개하면서도 이렇게 말했다. "이 점에 오해가 없기를 바란다. 나는 인간이 언어에서 의미를 삭제할 수 있다고 믿지 않는다. 그럼으로써 중심축이었던 은유의 축을 주변축으로 한다는 뜻이다."(오규원, 위의 책, 2005, 30쪽)

을 더 깊게 하리라, 밤이 오고 별이 몸을 태워 아침을 맞이하리라

―「그대와 산―서시」전문(『두두』)

이와 연관한 날이미지 시의 특징은 오규원 시인이 근본적으로 지속하는 태도가 '사랑'이라는 단어로도 축약된다는 점이다. 유고시집『두두』에서 시인은 자연물들을 관능적 육체로 이미지화하곤 한다.「그대와 산」에서 "그대 몸"과의 포옹과 자연 풍경과의 포옹은 구분되지 않는다. 반대로 자연 정경을 맞이하는 것은 "그대 몸"과 포옹하는 것과 다르지 않다. 오규원에게 본다는 것, 인식한다는 것은 줄곧 포옹한다는 것과 다르지 않다. 이는 어떤 의미로 언어적 표현 자체가 그에게는 관능적 포옹과 구분되지 않았다는 사실을 암시한다.

2. 오규원의 시론에 나타난 근대성의 쟁점

시인은 총 네 권의 시론집을 남겼는데,『現實과 克己』(문학과지성사, 1976).『언어와 삶』(문학과지성사, 1983),『가슴이 붉은 딱새』(문학동네, 1996),『날이미지와 시』(문학과지성사, 2005)가 그것이다. 약 십년의 주기마다 시론집이 간행되었음에도 불구하고, 그 내용을 비교하여 상충하는 진술을 찾기 어렵다는 것은 오규원 시론의 일관성과 엄격성을 잘 보여준다. 내용 면에서 이 네 권의 시론집은 오규원의 사후에도 오규원 시를 이해하는 중요한 단초로 간주되어왔다.[29] 오규

---

29 한편 형식 면에서는 제3시론집『가슴이 붉은 딱새』에만 시인이 촬영한 사진이 수

원 시론에 대한 연구는 2000년대 초부터 진행되어왔으며 현재까지도
지속적인 논문들이 발표되고 있다.

기본적으로 오규원 시론에 대한 연구는 그의 시론집에 제시된 개
념들을 풀이하거나 정리하는 데 치중하고 있다. 특히 오규원이 『날이
미지와 시』에서 고유한 방식으로 재구성한 '환유'의 의미를 중점적으
로 논의하는 경향이 두드러진다. 문혜원·이광호·이찬의 연구는 오
규원 시론에 대한 연구와 그 의의를 탐구할 수 있도록 초석을 마련했
다고 표현할 수 있다. 문혜원은 2004년이라는 이른 시기부터 오규원
시론에 관심을 가진 논자이며,[30] 최근에는 오규원 시론에서 제안된
'환유'의 개념을 현상학과 인지시학의 용어로 바꾸어 이해할 수 있음
을 논의한 바 있다. 요컨대 오규원이 『날이미지와 시』에서 제안한 '환
유적인' 시 쓰기가 메를로퐁티의 현상학에 기초하고 있다는 사실이
나,[31] 그것이 인지시학의 '환유' 개념과 유사함을 강조한다.[32]

이광호와 이찬의 경우 오규원의 시론이 김춘수의 시론에 빚지고
있음을 강조하면서, 그의 시론이 시기에 따라서 어떻게 변모해가는
지 해설하는 데 치중하고 있다.[33] 이광호에 따르면 오규원 시론의 핵

록되어 있다는 점이 특징적이다.

30 문혜원, 「오규원의 시론 연구」, 『한국문학이론과 비평』 25, 한국문학이론과 비평
학회, 2004, 265~282쪽.

31 문혜원, 「오규원 후기 시와 시론의 현상학적 특징 연구」, 『국어국문학』 175, 국어
국문학회, 2016, 161쪽.

32 문혜원, 「오규원 시론에 나타나는 인지시학적 특징 연구」, 『국어국문학』 192, 국어
국문학회, 2020, 414쪽.

33 이광호, 「투명성의 시학-오규원 시론 연구」, 『한국시학연구』 20, 한국시학회,
2007, 315~339쪽; 이찬, 『한국현대시론의 담론과 계보학』, 한국연구원, 2011,
376~406쪽.

심 주제는 '탈관념'이다. 그는 오규원이 초기와 중기에는 김수영의 '소박한 현실' 재현과 김춘수의 무의미시론을 수용하는 단계에 그쳤으나, 1980년대 후반에 이르러서야 환유에 기초한 독창적 시론을 형성하게 된다고 평가한다. 이러한 이광호의 논의는 이후에 이어진 연구들이 후기 시론에 천착하게 되는 계기가 된다. 이에 비해 이찬은 오규원의 독창성을 고평하면서, 『現實과 克己』에서는 니체적인 '능동적 허무주의'를 통해 시인의 자유를 추구하고, 『언어와 삶』에서는 순수-참여 문학의 이분법을 극복하는 그만의 시적 담론을 형성했으며, 『날이미지와 시』에서는 들뢰즈적인 리좀의 사유 방식에 맞닿고 있다고 이해한다. 마찬가지로 서영애·손남훈·송현지·주영중는 여타 시인들의 시론을 함께 살피며 오규원 시론의 의의를 고찰하고자 했다.[34] 이러한 연구 경향들에서 우리는 오규원의 시론이 비유 개념에 대한 정교화, 언어의 해체, 이미지즘, 반서정주의와 같은 형식적 주제들에 치중하고 있다는 인상을 받게 된다.

이때 기존의 연구에서 주목받지 못했던 것은 오규원 그의 시론에서 던지고 있는 근대 사회에 대한 물음이었다고 판단된다. 무엇보다 오규원 시론을 통해 오규원 시를 이해해야 한다는 과제 때문에, 시론 자체에서 던지고 있는 몇 가지 사회학적 성격의 물음들이 경시되었

---

34 서영애, 「김춘수와 오규원 시론의 해체 특성」, 『어문논총』 21, 전남대학교 한국어문학연구소, 2010, 73~97쪽; 손남훈, 「'반서정'의 유형화 시론(試論)－오규원, 김춘수, 이승훈의 시론(詩論)을 중심으로」, 『코기토』 96, 부산대학교 인문학연구소, 2022, 111~137쪽; 송현지, 「오규원의 초기 시론시에 나타난 언어의식 연구－김춘수 시의 인유 양상을 중심으로」, 『한국문예비평연구』 59, 한국현대문예비평학회, 2018, 141~173쪽; 주영중, 「김춘수와 오규원의 이미지 시론 비교 연구」, 『한국시학연구』 48, 한국시학회, 137~173쪽.

다. 사실 오규원 시인은 그의 시론에서 거듭 시인과 현실, 혹은 시와 현실의 관계에 대해서 물음을 던지고 있다. 오규원 시론의 본질을 "자연과 동일시되는 모성적 특징"에 대한 추구, 즉 '에코토피아 세계관'으로 이해한 정진경의 경우가 예외적으로 오규원 시론으로부터 사회학적 전망을 도출해낸 사례라고 할 수 있다.[35] 이러한 연구는 오규원의 시론이 단순히 시 형식에 대한 탐구서가 아니라 이상적인 사회상과 삶의 태도를 제안하는 사상적 저서임을 강조하는 셈이다.

실상 앞서 언급한 많은 연구들은 오규원의 시론집이 단순히 시의 보조자료가 아닌 중요한 연구 가치를 지닌 텍스트라는 전제를 공유한다. 그러나 선행연구의 공통점이자 한계는 시를 이해하기 위한 수단으로서, 다시 말해 시 해석을 위한 텍스트중심의 관점에 기대어 시론을 해명한다는 데 있다. 반면 자기 인식 혹은 현실 인식에 대한 재서술로서 시론을 이해하고 접근한다면 어떨까. 요컨대 우리는 그의 시론을 청소년기에 아이러니한 태도를 내면화할 수밖에 없었던 오규원이 시인으로서 자신의 정체성을 재서술하는 하나의 과정으로 간주할 수도 있다. 그리고 시인으로 자기 자신을 규정한다는 것은 사회에 의해 부여된 정체성이 아닌, 자기 스스로 서술한 정체성을 정립하려는 하나의 실천이라고 이해해볼 수 있겠다. 시론은 본래 자아·시·세계에 대한 메타적 서술이기 때문에 자기정초와 자기갱신이라는 이중의 성격을 지니기 마련이다. 오규원은 어떤 방식으로 매 순간 자신을 정초하고 갱신해나가는가. 이러한 물음 속에서 우리는 저평가된 그의

---

35 정진경, 「생물학적 존재성 회복과 에코토피아 시학 – 오규원 '날(生)이미지' 시론의 의미」, 『한국문학이론과 비평』 81, 한국문학이론과비평학회, 2018, 129~151쪽.

초기·중기 시론의 의의를 재론하고, 시론 전체에 지속하는 오규원의 고뇌를 드러낼 수 있을지도 모른다.

1) 율법이 없는 공동체에서의 적극적 자유의 문제

선행되어야 할 것은 시인으로서 오규원이 지니고 있던 지향과 문제의식을 최대한 생생하게 재현하는 작업이다. 오규원은 시론을 통해 평생 자신의 시를 스스로 해설해온 시인이기도 하다. 시론은 그 자체로 아이러니한 성찰의 결과물이라고 볼 수 있는데, 시론이란 자신의 현실 인식·시 쓰기를 해부하면서 행위자로서의 자기를 철저히 대상화하는 메타적 글쓰기이기 때문이다. "자신의 전작품을 거슬러 복기할 수 있는 거의 유일한 시인"[36]이라는 황현산의 다소 수사적인 평가는 오규원이 자기객관화에 충실한 시인이었다는 사실을 강조한다. 그렇다면 우리는 시론집을 살핌으로써 오규원이 지니고 있던 의식과 지향을 규명해낼 수 있을 것이다.

최초의 물음은 다음과 같다. 오규원은 자신의 정체성을 어떻게 규정하는가. 이것은 시인이 사회적 주체로서 자기 존재를 어떻게 정립하고 있으며, 어떠한 방식으로 자기 서술의 역량을 획득하고자 하느냐는 물음과도 동궤에 놓인다. 핵심을 먼저 언급하자면 시인으로서 오규원의 정체성은 '1970년대에 삶의 뿌리를 내리고' 시를 창작한 '자생 이론을 지닌 모더니스트'라고 정리될 수 있다. 오규원의 표현을 그대로 따르면 1930~1960년대의 모더니즘 시인들은 "몸은 농경 사회에 토대를 두고" "머리는 서구 산업 사회가 토대로 되어 있는" 세대

---

36 황현산, 위의 글, 1995, 112쪽.

였다. 따라서 이상 시인과 같은 예외적인 경우를 제외하면, 1960년대
까지 시인 대부분에게 모더니즘은 태생적인 것이 아니라 '수입 이론'
에 의존할 수밖에 없었다. 반면 오규원은 "한국에 모더니티가 발생한
1970년대에 삶의 뿌리를 내리고 있기 때문에 선배들처럼 수입 이론
이 아닌 자생 이론을 가질 수 있는 모더니스트"[37]라고 자신을 정의하
며, 이러한 자기 인식은 그의 시론집 전체에서 일관되게 나타난다.

　이러한 자기 인식에는 두 가지 특징이 발견된다. 첫째, 그는 부산
에서의 삶에 거리를 두고 상경한 1968년 여름을 기점 이후를 자신의
기원으로 삼는다. 즉 시인으로서의 정신적 터전은 삼랑진읍 용전리
라는 유년의 농촌이 아니라 1970년대 서울인 셈이다. 여기에는 그에
게 고향이란 어머니를 상실하고 아버지에게 버려진 근원적 상실의 공
간이라는 전기적 사실과도 연관이 있을 것이다. 따라서 둘째, 모더니
스트의 '몸과 머리의 일치'라는 테제는 출생 계급·배경과는 무관하
다. 그것은 현재를 살아가는 어떤 인간의 의식과 현실의 일치를 의미
한다고 보아야 한다. 따라서 상경, 해외연수, 유학과 같은 체험을 통
해서 모더니스트는 자신에게 적합한 현실을 탐색할 수 있다. 결론적
으로 근대화가 '비동시적인 것의 동시성'(contemporaneity of the non-
contemporary)을 지니는 현상이라는 점을 고려할 때,[38] 오규원이 '자

37　오규원, 「날이미지시와 무의미시의 차이 그리고 예술」, 위의 책, 2005, 190쪽.
38　마르스크주의자인 에른스트 블로흐는 1930년대 "모든 사람들이 동일한 현재에 존
　재하는 것은 아니다. 그들은 오늘 보일 수 있다는 사실을 통하여 외형적으로만
　동일한 현재에 존재할 뿐이다."라고 주장한 바 있다. 이처럼 현대를 살아간다고
　하더라도 그들의 문화적·사회적 발전 단계가 동일한 것은 아니다. 피터 버크, 조한
　욱 역, 『문화사란 무엇인가』, 도서출판 길, 2005, 51쪽.

생 이론을 지닌 모더니스트'가 될 수 있었다는 말은 '1970년대의 서울로 상경한 모더니스트'가 될 수 있었다는 말과 떼어놓기 어렵다.

그런데 오규원의 시론에서 1970년대의 시공간은 문학사적으로 서술되어온 바와는 사뭇 다른 방식으로 묘사된다. 요컨대 1960년대 말부터 본격화된 이촌향도 현상과 정부의 쌀값 억제로 인해서 황폐해진 농촌, 1972년 비상 계엄령의 선포와 유신 헌법의 선포로 인해 본격화된 정치적 억압 등은 그의 시대 인식과는 동떨어져 있다.[39] 오히려 그는 그만의 특수한 관점으로 1970년대를 '이념부재 시대'라고 부른다. 다음 글에서 '이념'이라는 단어는 보편적인 규범이나 율법의 동의어로 사용된다.

> 李箱 : (…중략…) 그가 횔더린이나 디킨슨을 좋아하지만, 그것은 **규범이라든지 율법이라든지 또는 이념부재 시대**에 사는 자가 갖는 하나의 동경, 다른 말로 하자면 그의 理念志向性의 일면이 강하게 작용하고 있음을 보여 주기는 하지만, 그의 내부에 보다 강력하게 존재하는 것은, 그의 이념지향성이라는 게 자기해체의 부산물임을 알고 있는 自愧지요. 때문에 존재 자체나 존재가치 자체를 회의하지 않고, 형이상의 세계로 곧장 몰입할 수 있었던 半神論者인 횔더린이라든지, 청교도신학의 감각화라고 할 수 있을만큼 삶과 죽음을 긍정의 좌표 위에 세울 수 있었던 디킨슨의 긍정되어 있는 어떤 절대존재를, 그가 부러워하고 있는 것은 숨길 수 없는 사실입니다. 그러니까 내가 보기에는 그는 **규범이나 율법이 존재할 수 없는 곳에서의 삶을 어떻게 소화할 것인가**에 늘 관심이 있다, 그렇게 보이더군요.[40]

---

39 이숭원, 「산업화 시대의 시(1972년~1979년)」, 『한국현대詩史』, 민음사, 2007, 395~399쪽 참조.

첫 번째 시론집 『現實과 克己』는 1976년 문학과지성사에서 간행
되었다. 총 3부로 이루어진 내용 중에서 1부는 시론을 밝히는 데 할애
되고, 2부와 3부에는 주로 비평문의 성격을 지닌 글들이 수록되어 있
다. 특히 이 시론집에서 주목할 필요가 있는 글은 1부에 수록된 시론
「李箱과 쥘르의 對話—또는 自己分解」(이하 부기는 생략)인데, 이것이
1970년대에 대한 시대 비평을 드러내는 동시에 1971년과 1974년에
각각 간행된 두 권의 시집과 세 번째 시집에 수록될 시 작품들에 대해
서 자기 해설을 겸하고 있기 때문이다. 독특하게도 이 글은 이상과
쥘르라는 두 시인이 대화하는 희곡 형식으로 쓰였으며, 두 가상화자
의 대화에서 오규원 시인은 줄곧 '그'라는 지시대명사로 호명된다. 가
상의 화자들을 통해 글쓴이 자신을 평가하는 윗글의 형식은 현실의
'나'와 대상화된 '나' 사이의 반성적 거리를 극대화하고 자아를 이중
화하기 때문에 의도적으로 아이러니한 서술 전략을 취하고 있다고 볼
수 있다.

이러한 자기성찰의 전략을 통해서 시인이 뚜렷이 하고자 한 주제
는 1970년대이다. 그런데 흥미롭게도 오규원은 자신의 시대를 '이념
부재 시대'로 규정하고 있다. 더 나아가 그는 "규범이나 율법이 존재
할 수 없는 곳에서의 삶을 어떻게 소화할 것인가"라는 물음을 1970년
대의 가장 근본적인 딜레마로 간주한다. 이러한 규정은 일차적으로
는 시민이 따라야 하는 보편적인 윤리가 가치가 상실된 시대를 암시
하는 것처럼 보인다. 또 다른 시론 「形式과 自由」에서도 시인은 비슷
한 논리를 반복한다. 그에 따르면 서구 사회에 비추어볼 때 한국 사회

---

40 오규원, 「李箱과 쥘르의 對話」, 위의 책, 1976, 51쪽. 강조는 인용자.

는 "이른바 프롬의 〈二重的 의미〉의 자유, 즉 前個人的 사회의 제반 구속으로부터는 해방되었지만 개인적 자아실현이라는 적극적인 자유를 획득 못했다는 그들과 달리, 우리는 이데올로기 면을 제외한다면 아직도 그들과 먼 거리에 있다."[41] 여기서 오규원이 참조하는 저작은 에리히 프롬의 『자유로부터의 도피』로 추측되는데, 세계대전의 체험을 계기로 형성된 프롬의 심리학은 전체주의가 성립하는 결정적 원인을 사회 구조가 아닌 개인의 도피 심리에서 찾고 있다.[42] 요컨대 오규원은 1970년대는 전근대적 이념의 구속으로부터 비교적 자유로운 시대이지만, 시민들은 주어진 자유를 어떻게 다뤄야 할지 모르기 때문에 '개인적 자아실현'과는 멀어진 채 낙후된 상태에 머물러 있다고 판단하는 셈이다. 프롬의 표현을 빌리자면 사회로부터 침해받지 않을 '소극적 자유'는 누리고 있지만, 능동적인 주체나 시민이 될 '적극적 자유'는 소유하지 못한 셈이다.

---

41 오규원, 「形式과 自由」, 위의 책, 1976, 31쪽.

42 "이 책의 주제를 간단히 요약하면, 근대인은 개인에게 안전을 보장해주는 동시에 개인을 속박하던 전(前) 개인주의 사회의 굴레에서는 자유로워졌지만, 개인적 자아의 실현, 즉 개인의 지적·감정적·감각적 잠재력의 표현이라는 적극적 의미에서의 자유는 아직 획득하지 못했다는 것이다. 자유는 근대인에게 독립성과 합리성을 가져다주었지만, 또 한편으로는 개인을 고립시키고 그로 말미암아 개인을 불안하고 무력한 존재로 만들었다. 이 고립은 참기 어려운 것이다. 개인이 고립에서 벗어나려면, 자유라는 무거운 부담을 피해 다시 의존과 복종으로 돌아가거나 아니면 인간의 독자성과 개인성에 바탕을 둔 적극적인 자유를 완전히 실현하는 방향으로 나아가거나, 둘 중 하나를 택해야 한다. 이 책은 예후보다는 진단 ― 해결보다는 분석 ― 이지만, 그 결과는 우리의 행동 방침에 영향을 준다. 왜냐하면 자유로부터 도피하려는 전체주의적 경향이 이유를 이해하는 것이 전체주의 세력을 극복하려는 모든 행위의 전제이기 때문이다." 에리히 프롬, 김석희 역, 『자유로부터의 도피』(제2판), 휴머니스트, 2020, 16~17쪽.

이때 오규원은 주로 사회학적 관점이 아니라 심리학적 관점에서 1970년대를 이해하는 것으로 판단된다. 다시 말해서 오규원의 시론에서 1970년대를 재현하는 주된 렌즈는 사회 제도·정치 체제와 같은 거시적 담론이 아닌 개인의 심리였다. 우리는 시론집 안에 부기 된 집필연도(또는 발표연도)를 통해「形式과 自由」가 쓰인 것이 1972년이고「李箱과 쥘르의 對話」가 쓰인 것이 1976년임을 확인할 수 있다. 즉 적어도 1976년까지의 체험에 기초하여 시인은 한국 사회를 '이념 부재 시대'로 규정하는 셈이다. 1970년은 김지하가 시「오적」을 〈사상계〉에 발표한 뒤 필화 사건을 겪게 되는 해이며, 1972년은 유신 헌법의 선포와 전국 계엄령이 내려지는 해이고, 1975년은 긴급조치 9호 발동과 함께 대중문화에 대한 검열이 가속화되던 해이다. 그리고 우리는 오규원의 시론집『現實과 克己』에서 이러한 사건들에 대한 뚜렷한 언급들을 찾기는 어렵다는 사실을 확인하게 된다. 오규원이 이러한 독재 정권의 억압을 전혀 의식하지 않았다고 볼 수는 없지만, 그의 시론에서 정치 제도나 사회 구조가 인간에게 미치는 영향은 과소평가되는 경향을 보인다.[43] 정치 체제가 인간의 삶을 결정짓지 않는다는 생각은 다음의 인터뷰에서도 잘 드러난다. "저는 어떤 집단이 들어선다 해도, 만약에 한국에 사회주의 집단이 들어선다 해도 권력

---

43 오규원이 전혀 독재정권의 억압을 의식하지 않았다고 볼 수는 없다. 그러나 그것은 개인의 자기 성찰에 비하면 부차적인 것으로 간주된다. 이를테면 그는 1973년에 다음과 같이 말하기도 했다. "현재 한국 散文詩와 詩 구문의 散文化 경향은 60년대의 이상과 좌절이 몰고 온 詩의 내면화와 반대로, 강요된 침묵과 그 침묵의 세계에 대한 시인의 정직한 자기 表面化이며, 자기의 힘과 存在를 파악하는 자기 확인의 일면을 강하게 띠고 있는 것으로 보인다." 오규원,「73년의 詩」, 위의 책, 1976, 171쪽.

이 운용되는 형태는 같다고 생각해요. 단 자본의 분배과정과 이익집
단이 다르게 나타나는 차이는 있겠지요. 문제는 권력의 도덕성과 지
향성이지요."[44] 자본주의 체제와 사회주의 체제 사이의 구분조차 중
요하지 않다는 진술처럼, 오규원은 공적 영역이 사적 삶을 결정짓는
다고 판단하지 않는다고 생각한다. 대신 그는 개인이 자아와 현실을
능동적으로 성찰하는 것이 중요하다고 역설한다. 또한 정치를 '도덕
성'과 '지향성'을 가진 인격적 존재로 은유하듯 오규원은 하나의 정치
체제를 인격체의 수준으로 환원하여 이해하는 태도를 보인다. 그런
데 이를 토대로 시인이 1970년대를 '잘못 이해하고' 있었다거나 '왜곡
했다고' 평가한다면 부당한 일이다. 그것은 반대로 사회학적 관점으
로 오규원의 시대 인식을 환원하는 작업에 지나지 않기 때문이다. 우
리는 근본적으로 어떤 시대가 하나의 이론적 환원에 의해서 증언될
수밖에 없다는 필연적 한계 아래에서 오규원의 시대 인식을 분석해야
한다.

따라서 우리는 시적 정체성의 근원이 되는 '1970년대'를 오규원의
지향에 따라서 개인적 차원 혹은 심리학적 차원으로 환원된 시공간으
로 간주할 필요가 있으며, 그것을 두 가지 방식으로 규정할 수 있다.
우선 오규원 개인에게 '1970년대'는 '1968년 상경 체험'을 가리키는
것으로 간주할 수 있다. 가장 앞서 살펴보았듯 오규원이 지닌 아이러
니스트로서의 의식은 청소년기의 체험으로 인해서 형성된 것이다.
그의 청소년기는 방랑과 기식의 반복이었지만 1968년 상경하면서 비
로소 그는 자신의 의식과 삶이 일치하는 시공간에 정착하게 된다. 또

---

44 오규원·김동원·박혜경 대담, 위의 글, 26쪽.

한 1970년대는 '이념부재의 시대', 특히 자기실현을 위한 가치가 상실된 시대이다. 오규원에게 1970년대는 사회적 억압으로부터는 비교적 자유롭지만, 자기실현을 위한 적극적 자유는 부족한 시대로 이해된다. 이때 중요한 것은 적극적 자유와 아이러니 사이의 복잡한 관계다. 루소가 적극적 자유를 "우리가 우리 자신에게 처방한 법률에 대한 복종"이라고 역설적으로 정의하듯,[45] 적극적 자유는 자기 지배라는 아이러니를 내포하는데, 그 이유는 자기실현을 이루려면 우리가 자신의 욕망과 충동에 휘둘리지 않아야 하기 때문이다. 이것은 '욕망하는 나'와 그것을 '훈육하는 나'를 구분하는 정신만이 적극적 자유를 추구할 수 있음을 뜻한다. 바로 이러한 맥락에서 이사야 벌린은 "내가 나의 주인이라는 생각에는 이미 나를 나 자신으로부터 분리하는 암시가 묻어 있다"라고 설명한 바 있다.[46] 여기서 우리는 오규원이 '1968년 상경 체험'을 기점으로 하여 자신을 '모더니스트'로 선언할 수 있었으며, 그러한 '분리'가 그의 사회 인식에도 중대한 영향을 미쳤음을 추론해볼 수 있다. 오규원에게 '1970년대'는 '이념부재 시대'인데, 더 정확히 말해서 그것은 모든 개인에게 감당하기 버거운 자유가 주어져 있기 때문에 많은 사람이 '개인적 자아 실현'으로 나아가지 못하고 자유를 포기하는 시대를 뜻한다. 이에 맞서 오규원은 시론집 『現實과 克己』의 제목처럼 '극기'라는 아이러니 정신을 통해 '적극적

---

45 Social Contract, book 1, chapter 8: vol.3, p.365, *Oeuvres complétes*, ed Bernard Gagnebin and ohters(Paris, 1959-95)(이사야 벌린, 박동천 역, 「자유의 두 개념」, 『이사야 벌린의 자유론』, 아카넷, 2019, 371쪽에서 재인용).

46 이사야 벌린, 박동천 역, 「자유의 두 개념」, 『이사야 벌린의 자유론』, 아카넷, 2019, 368쪽.

자유'를 실현하고자 했다.

2) 아이러니 주체와 사적 가치의 문제

오규원의 정리에 따르면 1970년대는 시민들의 적극적 자유가 상실된 시대이다. 그는 그것을 극복하는 하나의 실천으로서 아이러니 정신을 제안하고 있다. 여기서『現實과 克己』와『언어의 삶』의 중심을 이루는 "자유에의 의지"[47]라는 관념이 산출된다. 시인은 탁월한 개인이다. 왜냐하면 그는 자유를 감당하지 못하는 다른 개인과는 달리 의연하게 '자유에의 의지' 혹은 '적극적 자유'를 향해 나아가기 때문이다. 그런데「形式과 自由」에서 오규원은 1960년대 시와 1970년대 시를 비교하며, 자유에의 의지를 추구하는 방식에는 시대마다 차이가 있다고 지적한다. 시인의 특별한 자유에 관한 오규원의 논의를 이 글에서는 '시적 자유'라고 이름 붙이고자 한다.

> 60年代 詩의 공헌으로 시는 개인을 떠나서도 자유롭고 아름답게 존재할 수 있었지만, 다른 측면에서 하나의 자유를 그 양식의 틀에 의해 속박당한다. 즉 사물의 다의적인 이미지에 각각 의존하여 그 전체를 外界와 화합시키는 것에서 멀어져 버린 점이 그것이다. 시인의 자유는 個人과 外界와 시가 화합하는 곳에 있고, 시는 자기 실현에 필요한 모든 형식을 갖춘 무한한 자유를 의미한다면, 우리는 시로부터 더 많은 자유를 요구해도 좋으리라 생각한다. 이런 관점에서 나는 他界한 金洙暎이나 申庚林, 高銀, 金榮泰, 李盛夫, 鄭玄宗, 김지하, 박의상 諸氏의 一面들이 높이 평가되기를 바란다.[48]

---

47 오규원,「形式과 自由」, 위의 책, 1976, 34쪽.

한 편의 시가 작품 외적인 어떤 사실로부터 구속받는다고 할 때, 우리는 두 가지 점을 지적해 볼 수 있다. 방법론과 이념이 그것이다.[49]

한용운·이상·김수영의 경우는 갈등의 현재이다. 〈알리고자〉 하는 의지가 아니라 〈알고자〉 하는 의지의 현장에 있기 때문이다. 이 〈알고자〉 하는 현장의 윤리가 갈등과 함께 작품을 살아 있게 한다. 〈알고자〉 하는 현장의 윤리성이란 〈알리고자〉 하는 현장의 윤리가 지니고 있는 준비된 의도를 가지고 있지 않는 만큼 자유로운 정신일 수밖에 없는데, 이 자유로운 정신의 지향성은 대개 문화의 영원한 불온성과 관계한다.[50]

사회가 조직과 관리에 의해 불편한 만큼, 사회가 교환 가치와 실용성에 의해 억압되는 그만큼, 사회가 전체의 이름으로 개인을 원자화하고 계수화하는 그만큼, 반비례로 예술 세계의 자유는 넓어진다. 예술 세계의 표현의 자유가 확대된 것이 아니라 현실 세계의 억압만큼 억압을 받지 않는 자유가 그대로 보존되어 있다는 의미이다.[51]

'시적 자유'에 관한 오규원의 논의는 다음과 같이 정리된다. 어떤 시대에나 시인은 그 시대의 규약을 넘어선 자유를 모색한다는 점에서 탁월한 개인이라고 할 수 있다. 시 쓰기란 적극적 자유의 탐색이다.

---

48 오규원, 위의 책, 1976, 35쪽.
49 오규원, 「방법론과 실천적 이념」, 위의 책, 1983, 67쪽.
50 오규원, 「시와 변증법적 상상력」, 위의 책, 1983, 63쪽.
51 "사회가 조직과 관리에 의해 불편한 만큼, 사회가 교환 가치와 실용성에 의해 억압되는 그만큼, 사회가 전체의 이름으로 개인을 원자화하고 계수화하는 그만큼, 반비례로 예술 세계의 자유는 넓어진다."라는 문장에서 '반비례'라는 단어는 '비례' 혹은 '반대급부'로 바꾸어 읽는 것이 문맥상 옳은 표현으로 보인다. 오규원, 「예술과 사회」, 위의 책, 1983, 84쪽.

그런데 「形式과 自由」에 지적하듯 1960년대 시인들은 '外界', 즉 현실로부터 도피하는 것만을 추구했기 때문에 '자유롭고 아름다운' 미학적 세계에 갇혀 버리고 말았다. 이러한 한계를 극복하는 1970년대 시의 성취는 두 번째 시론집『언어와 삶』에서 보다 핍진하게 논의된다. 「방법론과 실천적 이념」의 표현을 빌리자면, 1960년대 시인들은 이념으로부터는 자유로울 수 있었지만 방법론에는 구속받고 말았다. 반면 1970년대 시인들은 비교적 그 이전 시대보다 이념과 방법론으로부터 자유롭다. 「시와 변증법적 상상력」에서 지적한 것처럼 그 선례는 한용운·이상·김수영과 같은 탁월한 시인들로부터 찾을 수 있다. 그들은 자유를 '알리고자' 하는 대신 '알고자' 했다. 쉽게 말해서 자유를 이미 소유한 것이 아니라 획득해야 할 무엇으로 간주했다. 마찬가지로 1970년대 시는 어떤 이념이나 시 형식을 이미 성취한 것이 아니라 성취해야 할 것으로 간주한다. 따라서 탁월한 시인은 아직 실현되지 않은 자유의 공동체를 몽상하고 재현한다. 이때 시적 자유는 즉자적으로 획득되는 것이 아니다. 「예술과 사회」에 설명한 바대로 시적 자유는 사회의 억압에 대한 반대급부로서 획득된다. 따라서 핵심은 '현실 세계의 억압'에 대한 거리 두기이자 반성적 능력이다. 어느 정도로 시인 자신이 놓인 시대적 관습과 문학적 관습을 반성할 수 있느냐가 자유의 척도가 된다.

이때 오규원이 거듭 비판하는 '현실 세계의 억압'은 인간에게 형법적·물리적 폭력을 가하는 독재 정권보다 오히려 인간을 효율적이고 건강한 방식으로 보호함으로써 통제하는 관료주의와 실용주의에 더 가까운 것으로 판단된다.[52] '갈등'이나 '반비례'라는 단어가 가리키듯 시적 자유는 대자적으로 획득되는 것이다. 시인의 자유는 현실과 맞섬으로써만 획득될 수 있다. 그렇다면 오규원이 맞서고 있는 현실은 무엇인가. 인용문에서 그는 "사회가 조직과 관리에 의해 불편한 만큼, 사회가 교환 가치와 실용성에 의해 억압되는 그만큼, 사회가 전체의 이름으로 개인을 원자화하고 계수화하는" 사회를 비판하고 있다. 그에 따르면 1970년대에 본격화된 한국 사회의 도시화는 근본적으로 국가·경제 발전이라는 단일한 목표에 모든 인간의 삶을 환원시키고 말았다. 이러한 논의는 그의 시론집 전체에 반복된다. 도시적 삶이란 인간적 행위를 수치로 환산하고 일상을 규율로 관리하며 언어를 관념화하는 "추상전쟁"이다.[53] 또한 후기 시론에서 실용적인 방식으로 시공간과 인간을 재편하는 사고방식은 '의사과학적 사고'라고 명명된다.[54]

'추상전쟁'과 '의사과학적 사고'에 응전하여 시인이 투쟁하는 수단은 언어다. 바로 여기서 우리가 앞에서 아이러니 수사학이라고 명명한 투쟁의 방편이 출현한다. '의사과학적 사고'의 언어는 실용적이고

---

52 여기서 우리가 떠올려볼 것은 '생명정치'의 개념이다. 미셸 푸코에 따르면 고대에는 지배자가 피지배자에 대한 생살여탈권을 지녔다. 요컨대 지배자는 사형과 처벌을 통해 통치했다. 반면 17세기 이후 현대 사회에서 생명을 지배하는 방식은 두 가지로 변화하는데, 마치 기계를 통제하듯 신체를 효율적으로 훈육하고 통제하는 '규율정치'(politique disciplianire)와 출생과 죽음, 수명과 장수, 건강 등을 매개로 신체를 통제하는 '생명정치'(biopolitique, biopolitics)가 그것이다. 18세기 후반에 생명정치는 규율 기술을 받아들이는데, 대표적인 예시로 사회의학의 발달을 꼽을 수 있다. 푸코에 따르면 생명정치는 산업화가 본격화되는 것과 맞물려 보험, 개인 저축, 사회보장제도를 통해 생명을 통제하는 섬세한 메커니즘으로 실현되었다는 것이다. 김성우, 「푸코와 생명정치」, 『시대와 철학』 100, 한국철학사상연구회, 2022, 33~66쪽 참조.

53 오규원, 「李箱과 쥘르의 對話」, 위의 책, 1976, 55쪽.

54 오규원·김동원·박혜경 대담, 위의 글, 30쪽

합목적성에 부응해야 하며, 이에 따라서 언어의 의미는 고정된 것,
즉 고정관념에 대응한다. 아이러니 이론으로 살피면 의사과학적 사
고는 실용적 언어, 즉 명확하게 의미하거나 진위를 판별하는 언어의
기능만을 특권화하는 공동체 담론을 말한다. 두 번째 시론집에 수록
된 「문화의 불온성」이라는 제목의 글에서 전개된 논리는 다음과 같
다. 의사과학적 사고는 인간을 계몽하는 언어를 만들어내며, 그러한
언어는 우리의 의식 안에서 '전통적인 것'이자 '자연스러운 것'으로
간주된다. 시인은 그러한 계몽의 언어를 극복해야 한다. 시인은 '언
어의 活物性'을 일깨워야 하는데, 언어의 활물성이란 "자연계의 생물
이 변화를 일으키는 만큼, 아니 그 가능성까지도 포함하고 거기에다
인간 사고의 변화무쌍한 가능성까지를 포함한 만큼 살아 있는 존재"
로 언어를 간주하는 사고방식을 뜻한다.[55] 즉 시인은 고착된 '의미하
기'라는 언어 사용을 거부하고 언어의 무한한 가능성을 열어둔다. 이
때 오규원은 활물로서의 언어를 사유한 전거로서 하이데거의 존재론
을 예로 든다. 그런데 그가 자신의 시론에 에리히 프롬이나 하이데거
와 같은 사상가를 인용하는 데는 일관된 경향이 존재하는데, 그들은
파시즘적 정치 제도보다 체제에 순응하는 태도, 요컨대 인간 본성에
내재한 관료주의를 비판한 철학자라는 공통점을 지닌다.[56] 이처럼 오
규원의 사유에서 1970년대의 '현실 세계의 억압'이란 관료주의 혹은

---

55 오규원, 「문화의 불온성」, 위의 책, 1983, 31쪽.

56 앞서 논의했듯 프롬의 『자유로부터의 도피』는 자유를 감당하지 못하는 개인의 순
응성을 강조하는 저서이다. 또한 하이데거에 대한 기술은 다음을 참조하였다. "슈
바르츠발트의 시골 출신으로서 그는 북부 독일의 코즈모폴리턴적인 관료들에 대한
뿌리 깊은 혐오감을 가지고 있었다." 리처드 로티, 위의 책, 2020, 236쪽.

'의사과학적 사고'에 대응하는 것이며, 시인은 그것에 맞서서 새로운 언어의 사용법을 창안하고, 그로써 현실을 새로운 방식으로 재서술할 수 있는 자유를 획득하는 탁월한 개인으로 이해된다.

'규범과 율법이 존재할 수 없는 곳에서의 삶을 어떻게 소화할 것인가'. 오규원의 이러한 질문은 어떤 의미로는 시대를 앞서간 것이다. 지금까지 논의했듯 오규원이 규정한 '1970년대'는 시인의 심리학적 입장에 의해서 굴절된 시공간이다. 시인은 현대인에게 감당하기 어려운 자유가 주어져 있으나 그들이 적극적 자유를 행사하여 '자기 정체성'을 추구해야 한다고 생각한다. 그런데 이러한 논리는 어떤 의미로 독재 정권이 지속하던 1970~1980년대 현실보다 민주화 선언 이후의 한국 사회에 더 유효한 논의인 것처럼 보인다. 이러한 사고가 가능했던 것은 오규원이 자신이 속한 시대를 철저히 반성하는 태도를 취하기 때문일 것이다. 그의 생각을 잘 드러내는 진술 중 하나는 "사고란 반드시 옳기 때문에 존재하는 것은 아니다. 옳기 때문이라기보다 필요하기 때문에 존재한다는 말이 더 진실에 가깝다"라는 문장이다.[57] 여기서 '사고'는 모든 종류의 고정관념을 가리킨다. 그는 전통적 이념이든 심지어 그것에 맞서는 '자유에의 의지'든 어떤 사상도 모든 인간이 지향해야 할 완강한 '옳음'으로 성립한다고 생각하지 않는다. 겉으로는 '옳은' 것처럼 보이는 사상의 이면에는 실용주의에 입각한 '필요성'이 감춰져 있다. 그는 현실의 이중성, 즉 표면의 '옳음'과 이면의 '필요성'을 한꺼번에 들여다보고자 하는 아이러니스트다.

---

57 오규원, 「여섯 개의 관점 또는 시점」, 위의 책, 1983, 105쪽.

　우리는 오규원이 제기한 '1970년대' 논의를 현대 민주주의 사회에
도 유효한 자유 개념의 보편적인 성찰로 간주할 수는 없을까. 이를
정식화하기 위해서 우리는 오규원이 옹호한 '적극적 자유'의 개념을
아이러니한 정치성·미학의 실현으로 확장하여 이해하는 리처드 로
티의 이론으로 살펴볼 필요가 있다. 로티의『우연성, 아이러니, 연대』
는 1989년에 출간된 저서다. 이 저서가 출간된 1980년대에 영어권
학자들에게 중요한 논제는 '자유주의 대 공동체주의 논쟁'이었다.[58]
전 세계가 내셔널리즘으로부터 자본 중심의 글로벌리즘으로 전환되
어가던 흐름 하에서 모든 국가에 통용되는 보편적 정의가 존재한다
는 '자유주의자'와 공동체 내의 정의에 초점을 맞추는 '공동체주의자'
사이에 논쟁이 벌어졌다.『자유주의와 정의의 한계』(1982)를 출간한
마이클 샌델이 자유주의를 옹호하면서 그 한계를 점검하는 입장에
선다면, 반대로 로티는 샌델의 입장을 비판하는 공동체주의적 입장
에 선다.

　『우연성, 아이러니, 연대』에서 로티는 줄곧 자유주의와 공동체주
의라는 용어 대신 '형이상학자'와 '아이러니스트'라는 두 개념적 인물
을 비교하는 방식을 취한다. 이는 정치적 담론보다 고유한 개인성을
중요시하는 로티의 가치관을 반영하는 서술 전략일 것이다. '형이상
학자'는 근대적인 계몽의 시대를 대변하는 사람이며 모든 사람에게
통용되는 공통된 진리나 윤리를 이론화하기 위해 노력하는 인간의 전

58　이하 1980년대 정치성에 관한 논의는 아즈마 히로키의 정치철학서를 참조하였다.
　　특히 '자유주의 대 공동체주의 논쟁'은 아즈마 히로키, 안천 역,『관광객의 철학』,
　　리시올, 2020, 131~138쪽 참조.

형이다. 반면 '아이러니스트'는 진리나 윤리가 단일하지 않다는 것, 다시 말해 역사적 패러다임의 변화에 따라서 얼마든지 변화할 수 있다는 사실을 받아들인 채 개인의 자유를 확장하는 데 주력하는 인간의 전형이다. 한편 여기서 아이러니스트는 상대주의와도 거리를 둔다. 상대주의자는 모든 것이 저마다의 가치를 지닌다는 테제에 사로잡혀 가치 개념 자체를 무력화시킨다. 하지만 아이러니스트는 "자신의 확신이 단지 상대적 타당성을 갖고 있음을 깨닫고 있지만, 그 점에 굴하지 않고 그것을 지켜가는 일이야말로 문명인을 야만인과 구별시켜준다"라는 것을 알고 있다.[59] 상대주의자와 마찬가지로 아이러니스트는 영구적으로 지속하는 보편적 윤리나 권위가 존재한다고 믿지 않는다. 그런데도 아이러니스트들이 추구하는 공통 윤리가 있다면 그것은 인간이 저마다 다른 신념이나 진리를 소유하고 있다는 사실을 존중하고 자기 신념을 지키는 것이다. 이러한 형태의 공동체 안에서는 신념 사이의 재서술, 다시 말해 타자에 대한 타자의 재서술로 인해서 발생하는 굴욕을 줄이는 것이 중요해진다.[60] 예컨대 서로 다른 정치적·미학적 입장이 반대편을 폄훼하는 것, 젊은 세대에게 윗세대가 새롭게 평가되는 것, 이처럼 아이러니스트는 한 신념이 다른 신념을 다시쓰기하는 과정에서 발생하는 굴욕을 최소화하도록 심려한다. 로티에게 이러한 아이러니스트의 전형은 "대담한 시인과 유토피아적 혁명가"[61]이다. 철학과 과학이 전통과 이론을 수립할 때 문학은 신념

---

59 이것은 이사야 벌린의 *Four Essays on Liberty*(Oxford University Press, 1969)에서 로티가 발췌한 문장이다. 리처드 로티, 위의 책, 114쪽에서 재인용.

60 로티의 저서에서 '형이상학자'와 '아이러니스트'의 비교는 저서 전체에 걸쳐 이루어지며, 재서술과 굴욕감에 대한 논의는 5장에서 이루어진다.

과 삶의 다양성을 직시하기 때문이다. 따라서 현대 사회는 '문예비평'에 의해 서술되어야 한다고 그는 생각한다.

오규원은 두 가지 측면에서 아이러니스트적인 인식을 보여주고 있다. 첫째로 시인은 사적인 성찰에 기초하여 지금의 현실보다 자유로운 공동체를 상상하는 주체다. "우리들이 사랑해야 할 것은 時代苦, 觀念 등에 詩를 맞추는 논리적 추적이 아니라, 오히려 그것을 무너뜨리는 精神의 個別性이다"라는 진술에서 오규원은 보편적 이론화가 아닌 '정신의 개별성'을 강조한다.[62] 여기서 이론화하지 않는다는 것은 그가 공통의 진리나 옳음을 세우지 않는 대신 다만 타인과 대화한다는 사실을 뜻한다. 이에 따라서 시인은 자신이 놓인 전통이나 체제와 투쟁하여 자유를 획득한다. 다시 말해서 시인은 '전통적인 것'과 '자연스러운 것'으로 위장한 계몽의 언어를 극복하여 좀 더 나은 소통 방식이나 공동체를 상상한다. 둘째로 시인은 계몽하지 않는다. 앞서 논의했듯 「시와 변증법적 상상력」이라는 제목의 글에서 오규원은 시 쓰기를 "문화의 영원한 불온성"이라고 부른다. 이에 따르는 시적 자유는 그 자체로 아이러니다. 왜냐하면 자유는 '영원히' 실현되어서는 안 되기 때문이다. 오규원은 시인의 자유가 사회적 권리로 실현되는 순간 그것은 자신의 '옳음'을 기준으로 새로운 계몽의 언어를 만들어낸다는 사실을 간파하고 있다. 따라서 시적 자유는 '알리고자' 하는 의지가 아니라 '알고자' 하는 의지 안에서 영구 지속한다. 마찬가지로 로티가 아이러니스트의 전형을 '시인'이자 '유토피아적 혁명가'로 꼽

---

61 리처드 로티, 위의 책, 141쪽.
62 오규원, 「死海과 殘光」, 위의 책, 1976, 45쪽.

는 이유는 그 때문이다. 혁명은 항상 표준어 바깥의 언어로 기록되거
나 어디에도 없는 시공간일 때만 혁명일 수 있다.

현대 정치철학에 비추어볼 때도 이러한 아이러니한 인식은 우리
에게 유의미한 사유의 지평을 남기는 것처럼 보인다. 우리는 오규원
을 정치적 차원에서는 매 시대의 공동체적 담론을 회의하여 개인의
자유를 극대화할 것은 요구하는 '자유주의적 아이러니스트'라고 판
단할 수 있다. 로티와 마찬가지로 오규원은 공적 담론의 차원보다 사
적 자유의 측면을 중요하게 생각한다. 그는 아렌트·푸코·바우만과
같은 학자들과는 사뭇 다른 관점에서 현대 사회를 이해한다. 아렌트
는 인간의 사회적 행위를 정치적 참여인 '활동(action)', 문명의 제작
인 '일(work)', 생존을 위한 '노동(labor)'으로 구분한 뒤 현대 사회의
근본적 문제는 노동이 활동과 일을 압도해버리는 데 있다고 생각한
다.[63] 쉽게 말해서 현대인은 생활에 쫓겨 예술이나 정치에 눈을 돌리
지 못한다. 인간의 관료주의적 순응성을 가장 중요한 문제로 간주한
다는 측면에서 오규원과 아렌트의 사유는 일치한다. 하지만 두 사람
은 상이한 방식으로 그것을 해결한다. 아렌트적 입장에서 볼 때 가장
탁월한 인간은 공적인 장소에서 타인과 얼굴을 맞대고 토론하는 정
치적 주체다. 반면 오규원은 아렌트처럼 정치 참여를 통해서 인간의
삶이 결정된다고 생각하지 않는다. 오규원에게 중요한 것은 오히려
현실 정치를 의심하고 새로운 정치성을 상상하는 시인의 사적인 창
조력, 요컨대 모든 현실과 타자를 비판적으로 성찰하는 아이러니스

---

63 위 논의는 아렌트의 『인간의 조건』에 관한 것이다. 아즈마 히로키, 안천 역, 『관광
객의 철학』, 리시올, 2020, 108~111쪽 참조.

트적 관점이다.

오규원에게 자유는 내적인 문제였다. 이 점에서 오규원의 자유는 사회학적 관점이 아니라 내적인 관점에서 묘사되어야 할 것이다. 이 것은 평생 자유를 추구했던 오규원 시인의 여정이 끝내 날이미지 시론으로 귀결되었다는 사실에서도 추론할 수 있다. 날이미지 시란 날 것 그대로의 현실을 시로 그려내는 것, 즉 자신의 주관과 현실 사이에 순수한 연결이 가능한 상태에 대한 지향을 뜻한다. 그런데 그의 시론을 좀 더 현실적인 맥락 안에서 이해한다면 오규원의 주장은 타인이 침해하거나 왜곡할 수 없는, 고유한 '나'의 인식론적 자유와 그 순수성을 배타적으로 보호하는 기능을 한다. 이 점에서 오규원의 시적 추구는 미셸 푸코가 말년에 지향했던 파레시아(parrĕsia) 개념에 비추어 이해해볼 필요가 있다. 그리스 아테네에서 유래한 말인 파레시아란 영어로는 'free speech'(자유롭게 말하기) 프랑스어로는 'franc-parler' (솔직하게 말하기)로 번역된다. 푸코는 고대 그리스 사회에서 보장되었던 발언의 자유(파레시아)를 적극적 의미의 자유를 형성하기 위한 기초로 이해했다. 고대 그리스 사회에서 말할 권리란 단순한 발언이 아니라 "무제한적으로 자기(가 옳다고 믿는 자신만의) 고유한 삶의 양식을 선택할 자유"였다.[64] 푸코에 따르면 '파레시아'는 단지 공개적으로 말할 수 있는 아고라의 권리를 뜻하지 않고, 그저 자신의 욕망에 솔직할 뿐인 '무지한 솔직함(ignorant outspokenness)'도 아니다. 오히려 그것은 타자를 매개로 한 자기배려이면서, 때론 죽음을 각오하면서 진실

---

64 황옥자, 「민주정치와 말의 자유, 그리고 진실의 철학」, 『철학논총』 108, 새한철학 회, 2022, 292쪽 참조.

을 말할 각오로까지 실현된다.

오규원의 날이미지 시론과 자유 정신은 파레시아의 비장함을 내포
하고 있지는 않지만, 깊은 자기배려에 의해 정립되어 있다고 볼 수
있다. 날이미지 시를 분석하며 유추했듯 오규원의 인식론에서 핵심
적인 키워드가 '사랑'이었다는 사실을 상기해볼 필요가 있다. 왜 사랑
이어야 했는가. 그는 실용적인 방식으로 인간과 시공간을 재편하는
질서를 '의사과학적 사고'라고 부르며 거부했다.[65] 그리고 그것을 극
복하기 위한 하나의 윤리적 인식론으로서 날이미지 시론을 제안했
다. 그가 날이미지 시론을 '내 나름대로의 신념'이라고 표현하는 동시
에 마치 타인도 공유할 수 있는 인식론적 전회처럼 제안하는 이유는
윤리적 동기 때문일 수 있다. 로티는 아이러니스트는 자신의 속한 시
대에 의심스럽거나 혐오스러운 이데올로기를 거부하기 위해서 자기
스스로 새로운 세계관을 만들어내는 자라고 말한 바 있다.[66] 마찬가
지로 오규원의 날이미지 시론이 지닌 호소력은 그 내용 자체는 아닐
지도 모른다. 오히려 세상을 투명하게 인식하고 써내려가겠다는 각

---

65 오규원·김동원·박혜경 대담, 「타락한 말, 혹은 시대를 헤쳐나가는 해방의 이미지」,
    『문학정신』 1991년 3월호, 30쪽.

66 로티는 이렇게 말한다. "공적인 레토릭이 유명론적이며 역사주의적인 자유주의
    문화가 가능하며 또한 바람직하다는 내 생각이 설령 옳을지라도, 나는 공적인 레토
    릭이 아이러니스트적인 문화가 가능하며 또 그렇게 되어야 한다는 주장으로 나아
    갈 수는 없다. 자신의 사회화 과정에 대해 끊임없이 의구심을 갖게 하는 그런 방식
    으로 청년들을 사회화하는 문화를 나는 상상할 수가 없다. 아이러니는 본래 사적인
    문제로 보인다. 내가 정의한 바에 의하면, 아이러니스트는 자신이 물려받은 마지
    막 어휘와 자신이 스스로 창안하려는 마지막 어휘 간의 대비가 없이는 살아갈 수
    없다. 아이러니는 본질적으로 분개하는 것은 아닐지라도 적어도 무언가에 대해
    반발하는 것이다. 아이러니스트는 의심해야 할 어떤 것, 꺼려하는 어떤 것을 가져
    야만 한다." 리처드 로티, 위의 책, 190쪽.

오의 흔적, 그 자체가 가장 깊은 호소일지도 모른다. 이 세상을 다른 방식으로 보고 만져야 한다는, 우리가 이 세상을 심려하는 방식을 바꾸어야 한다는 것이 날이미지 시론의 근본적인 메시지인 셈이다.

3) 극기 혹은 날이미지 시라는 과제와 그 문체

오규원 시인은 아이러니스트이며, 그의 시는 아이러니 수사학에 기초한다. 그런데 이러한 단언을 입증하기 위해서 지금까지 논의한 바는 아직도 불충분한 것이다. 왜냐하면, 언뜻 보기에 1990년대 이후에 출간된 두 권의 시론집 『가슴이 붉은 딱새』(문학동네, 1996)와 『날이미지와 시』(문학과지성사, 2005)에서 오규원 시인은 아이러니스트로서의 입장을 폐기하는 것처럼 보이기 때문이다. 아이러니 수사학은 현실을 다의적·다면적으로 바라보는 시선을 전제로 한다. 하지만 1980년대 후반부터 오규원은 '인간중심성'을 벗어나 사유하겠다는 목표에 따라 "관념(관념어)을 배제하고, 언어가 존재의 현상 그 자체가 되도록" 하는 '날이미지' 수사학을 탐구하기 시작한다.[67] 간단히 말해 '날이미지 시'란 현실을 날 것 그대로 드러내는 시, 즉 실재와 언어가 일치하는 시를 뜻한다. 많은 복잡성을 차치하고 설명하자면 날이미지 시론은 언어의 다의성을 배제하고 순수한 언어를 창조해내겠다는 형이상학적 실험으로 이해할 수 있다.

'날이미지 시'라는 목표 하에 『가슴이 붉은 딱새』와 『날이미지와 시』라는 두 권의 시론집이 간행된다. 『가슴이 붉은 딱새』는 1991년 폐기종 판정을 받은 오규원이 1993년 강원도 영월군 수주면 무릉리

---

67 오규원, 위의 책, 2005, 7쪽.

에서 요양 생활을 하면서 기록한 산문으로 이루어져 있다. 주로 '날이
미지 시'에 영감을 준 풍경 체험이나 예술 체험이 산문의 주제를 이룬
다. 이에 비해 『날이미지와 시』는 날이미지 시에 대한 본격적인 시론
서라고 볼 수 있다. 자신의 논의를 수월하게 진행하기 위해서 오규원
은 「은유적 체계와 환유적 체계」라는 제목의 글에서 시의 전통적 수
사법을 두 가지 개념 '은유'와 '환유'로 환원시키는데, 여기서 '은유'
는 인간중심적 사고에 기초한 수사법을 가리키고 '환유'는 탈인간중
심성에 기초한 수사법을 가리킨다. 이는 수사법의 역사나 차이를 무
시하는 환원논리이지만 이러한 환원 자체가 수사학에 대한 오규원의
몰이해를 뜻하는 것은 절대 아니다. 예컨대 하이데거와 로티가 서구
철학의 전통을 '형이상학'이라는 단어로 환원하여 비판하는 경우처
럼, 근본적으로 이러한 환원은 전통 수사학에 내재한 공통된 성격(인
간중심성)을 비판하기 위한 오규원의 전략이라고 볼 수 있다.

기본적으로 날이미지 시론은 환원에 기초하여 전개되는 사고실험
에 가깝다.[68] 몇몇 선행연구는 이 사실을 간과하고 '은유'로부터 '환
유'로 이행해야 한다는 오규원의 환원논법이 이론적 엄밀성을 모자라
다는 사실을 비판해왔다. 하지만 사실 그것은 날이미지 시론의 핵심
문제를 차치하고 부차적인 논점에 집중한 결과일 뿐이다. 예컨대 권
혁웅·조연정은 시인이 목표로 삼은 '인간중심성의 극복'이 어떤 인간

---

[68] 오규원 또한 다음과 같이 밝히고 있다. "여기에서의 은유와 환유는 전통적인 분류
에 따른 비유법의 종류 가운데 하나가 아니다. 우리의 사고가 컨텍스트를 형성할
때 작용하는 의식의 운동, 즉 유사성과 인접성에 의한 의식의 각각 다른 기능적
특성을 표현한 것이다." 오규원, 「은유적 체계와 환유적 체계」, 위의 책, 2005,
15쪽 주석1.

에게도 실현 불가능한 과제라는 사실을 강조한다.[69] 언어 자체가 인간 정신의 산물인 한 어떤 언어도 근본적으로 인간중심성을 벗어날 수 없기 때문이다. 더 나아가 권혁웅은 신랄할 정도로 오규원의 '은유'와 '환유' 개념이 수사학적 전통의 개념과 무관하다고 비판한다.[70] 그러나 이러한 비판은 근본적으로 오규원의 날이미지 시론을 하나의 이론으로 간주하기 때문에 생기는 착오이다.

> 이쯤에서 나는 오해의 소지가 있는 한 가지를 적어두고 싶다. **나는 언어가 의미를 떠날 수 있다고 믿고 있지 않다(주변 축에 은유를 두는 까닭도 그 때문이다).** 그러므로 분명히 나도 의미화를 지향하고 있다. 단지 내가 표현하고자 하는 것이 명명하거나 해석에 의해 의미가 정해져 있는 형태가 아닌 **다른 것**일 뿐이다. 내가 표현하고 싶은 것은 사변화되거나 개념화되기 이전의 의미인 '날生 이미지'다. 그 '날이미지'는 정해져 있는 의미가 아니라, 활동하는 이미지일 뿐이므로 세계를 함부로 구속하거나 왜곡하거나 파편화하지 않는다. 그리고 그것을 살아 있는 '세계의 인식'이면서 또한 '세계의 언어'인 '현상'의 형태로 나타난다. 나는 그런 '현상'으로 된 '날이미지 시'를 **쓰고 싶어한다.**[71]

시론 「날이미지의 시」는 시인 자신이 집필한 모든 날이미지 시론

---

69 조연정, 「풍경을 그리는 시인의 허무, 그리고 최소한의 자기 증명」, 『쓺』 2017년 상반기호, 379쪽; 권혁웅, 위의 책, 2012, 197~217쪽.
70 권혁웅, 「날이미지시는 날이미지로 쓴 시가 아니다」, 『입술에 묻은 이름』, 문학동네, 2012, 197~217쪽 참조.
71 "그것을 살아 있는 '세계의 인식'이면서 또한 '세계의 언어'인 '현상'의 형태로 나타난다"라는 문장에서 '그것을'은 '그것은'의 오식으로 보인다. 오규원, 「날이미지의 시」, 위의 책, 2005, 108쪽. 강조는 인용자.

을 개괄적으로 요약하는 성격의 글이다. 여기서 오규원은 '오해의 소지'가 있을 수 있다고 미리 주지시키며 자신의 논의를 뒤집는 듯한 생각을 솔직하게 개진하고 있다. "나는 언어가 의미를 떠날 수 있다고 믿고 있지 않다"라는 진술은 결국 날이미지 또한 무엇인가를 '의미하는' 시론이라는 것을 뜻한다. 의미한다는 것은 결국 시 언어는 '나'의 의지에 따라 활용된다는 한계를 뜻한다. 그렇다고 해서 날이미지 시론의 의의가 완전히 퇴색하는 것은 아니다. 적어도 시인은 자신의 시가 "명명하거나 해석에 의해 의미가 정해져 있는 형태가 아닌 다른 것", 요컨대 '현상'의 형태를 제시하고자 지향한다고 설명한다. 여기서 중요한 것은 '의미하는 것'과 '현상하는 것'을 구분하는 시인의 논리이다. 이것은 첫 시론집에서 논의한 '절대적 의미'와 '언어의 다의성'의 구분을 떠올려보면 비교적 쉽게 이해될 수 있다. 날이미지 시론에도 지속하는 근본적인 방법론은 언어를 '의미하기'로만 사용하는 관습을 비판하고 언어의 다양한 사용 방식이 존재한다는 것을 강조하는 것이다. 따라서 사실 날이미지 시론에서 제기하는 문제의식은 전혀 새로운 것이 아니다. 그는 다만 현상학적 이론에 기대어 사유의 돌파구를 찾고 있기 때문에, 그는 '현상'이라는 단어를 사용하고 있을 뿐이다. 이러한 맥락에서 '현상'은 앞서 언어철학적으로 정의한 아이러니의 개념, 즉 수행문으로서의 언어를 재현하겠다는 생각과 큰 차이가 없다.

또한 과연 오규원이 자신의 시를 '이론화'했다는 주장은 타당한 것인가. 일단 시인은 자신의 수사학을 "세계를 관념화하고 이론화하기보다 명시화하고 현상화하는 데 적합한 환유적 수사법"이라고 부른다.[72] 이러한 정의의 요지는 언뜻 보기에 자신이 일상 언어나 기존의 시를 극복하는 새로운 수사법을 창조했다는 선언인 것처럼 보인다. 그런데 우리가 흥미롭게 살펴보아야 하는 것은 그러한 주장을 펼치는 그의 어조이다. 위 인용문을 살펴보도록 하자. 그는 거듭 '나'라는 주어를 강조한다. 또한 "쓰고 싶어한다"라고 진술하듯 날이미지 시는 '지향하고' '욕망하는' 대상이지 완수된 바가 아니다. 오규원의 이러한 문체를 어떻게 분석해야 할까. 가라타니 고진이 데카르트의 주저 『방법 서설』의 문체를 분석하는 방식을 하나의 참조점으로 삼을 수 있어 보인다.[73] 고진에 따르면 『방법 서설』의 철학적 내용과 글쓰기 방식 사이에는 미묘한 균열이 존재한다. 『방법 서설』의 주제는 현실과 육체 감각을 철저히 회의하여 영혼의 존재를 입증하는 것이다. 한편 그러한 논의의 출발점은 데카르트 사적인 체험을 기술하며 시작된다. 요컨대 데카르트는 자신의 손과 책상을 바라보고 있다는 사실을 핍진하게 기술한 이후에 비로소 철학적 사유를 시작한다. 이러한 분석을 통해 가라타니 고진은 데카르트가 모든 이에게 타당한 진실을 드러내는 형이상학자가 아니라, 그 자신에게만 자명한 사적 진리를 개진한 철학자라고 주장한다. 그런데 이러한 고진의 논의는 실상 사적 체험에 대한 에세이적 문체에서 다시금 철학적 이론화로 회귀한 데카르트의 경우보다 시인인 오규원에게 더 적절한 것이 아닐까.

『날이미지와 시』에서도 발견할 수 있는 것은 '환유'라는 이론을 강조하면서도 사적 체험을 강조하는 특수한 문체이다. 날이미지 시론의 문체는 그동안 선행연구에서 전혀 분석되지 않았던 요소이기도 하

---

72 오규원, 「무릉, 수사적 인간, 날이미지」, 위의 책, 2005, 186쪽
73 가라타니 고진, 권기돈 역, 『탐구』, 새물결, 1998, 16~19쪽 참조.

다. 『가슴의 붉은 딱새』의 산문들, 그리고 「수사적 인간」 「풍경의 의식」 「날이미지의 시」와 같은 글에서 공통된 것은 똑같이 오규원 자신이 바라보고 있는 '지금-여기'에 대한 묘사로 글을 끝맺는다는 점이다. 그는 허리를 펴고 호흡을 조정하고 풍경을 바라보는 자신의 모습을 묘사하거나 방금 막 집필한 원고를 바라보는 자신의 모습과 창밖으로 저물어가는 해나 어스름한 달빛을 그린다. 이처럼 오규원의 시론에서 발견할 수 있는 특별한 문체는 그가 지극히 사적인 입장에 '몰입한 채' 시론을 집필하고 있다는 사실을 뜻한다. 더 나아가 오규원의 '날이미지 시'와 (고진의 관점으로 해석한) 데카르트의 방법론적 회의 사이에는 유사성이 존재한다. 고진의 날카로운 지적은 어떤 사상의 이론적 성격뿐만 아니라 그것의 문체를 분석할 때, 비로소 그것을 정확하게 위치 매길 수 있다는 것이다. 데카르트 철학은 영혼을 입증하기 위해 모든 공동체적 관념과 선입견과 단절한 상태에서 철학을 시작해야 한다고 주장한다. 이에 따라서 데카르트는 "지금 내가 여기 있다는 것, 겨울 외투를 입고 난로 가에 앉아 있다는 것, 이 종이를 손에 쥐고 있다는 것"으로부터 철학적 사유를 시작한다.[74] 이와 마찬가지

---

74 아이러니스트는 세계의 보편적인 이데올로기에 저항하기 위해서 자신의 사적 경험으로부터 글쓰기를 시작한다. 오규원의 날이미지 시론은 그러한 글쓰기의 한 실례인데, 우리는 이러한 글쓰기를 좀 더 정밀하게 이해하기 위해서 데카르트의 『성찰』을 떠올릴 수 있겠다. 데카르트는 그 이전 시대의 모든 철학적 입장을 의심하기 위해서, 또한 그것의 영향을 거부한 채 새로운 철학을 입안하기 위해서 "나는 다만 진심으로 나와 더불어 성찰하며, 자신의 정신을 감각으로부터, 모든 선입견으로부터 떼어 놓을 수 있고 또 떼어 놓으려고 하는 사람들을 위해 이 책을 쓰고 있다."(르네 데카르트, 이현복 역, 『성찰』, 문예출판사, 1997, 26쪽)라고 주장한다. 그래서 그는 도입부에서 "지금 내가 여기 있다는 것, 겨울 외투를 입고 난로 가에 앉아 있다는 것, 이 종이를 손에 쥐고 있다는 것"으로부터 철학적 사유를 시작한다고

로 오규원은 '현상적 사실'이라는 가치중립적 실재를 입증하기 위해
서 모든 언어의 의미나 시인의 내적 의도를 반성한 상태에서 시가 창
작되어야 한다고 주장하면서도, 그 사실을 자신이 풍경을 바라보고
있다는 체험에 기초하여 서술하고 있다.

나는 세잔의 도록을 덮고, 이번에는 이 봄에 나올 내 시집 『길, 골목,
호텔 그리고 강물소리』에 수록할 작품의 스크랩을 뒤적인다. 그 속에는
개념적이고 사변적인 언어를 배제하려고 한 '나의 문학'이 있다. 예를 들자
면 「우주 2」라는 작품의 전문은 이렇다.

··· (중략) ···

나는 이 언어를 '개념적이거나 사변적이 아닌 이미지'로 형상화하기 위
해서, 세잔에게 묻고, 조주에게 묻고, 또 다른 사람에게도 물었다. 그러나
과연 그것이 현실화되었을까? 나는 서산으로 가까이 다가가고 있는 해를
한동안 바라보며 혼자 중얼거렸다.[75]

위 인용문은 오규원의 마지막 시론집 『날이미지와 시』에 수록된
글 「풍경의 의식」의 끝맺음 부분이다. 여기서 '날이미지 시'는 "개념
적이거나 사변적이 아닌 이미지"로 정의되고 있다. 한편 여기서 우리

밝힌다(같은 책, 35쪽). 요컨대 데카르트 철학은 의심할 수 없는 '자명한 나'(코기
토)로부터 사유하기를 시작하는데, 이것은 어떤 대상을 사변화하기 이전에 날 것
그대로의 자명한 존재를 발견해야 한다는 오규원의 시론과 닮았다. 그러나 데카르
트의 『성찰』이 결국 다시금 보편적 사유로 회귀하는 데 반해, 오규원의 시론은
오히려 이론적 성찰을 부정하는 에세이적 문체로 옮아간다는 점에서 큰 차이가
있다.
75 오규원, 「풍경의 의식」, 2005, 78~79쪽. 강조는 인용자.

는 날이미지 시론의 실현에 대해서는 회의를 드러내는 진술을 찾아낼
수 있다. 글을 끝맺으면서 시인은 자신이 이룩하고자 한 날이미지 시
에 대하여 "과연 그것이 현실화되었을까?"라고 반문하고 있다. 우리
는 자신의 시론에 대하여 회의하는 듯한 서술을 앞서 「날이미지의 시
」를 분석하면서도 확인한 바 있다. 「날이미지의 시」에서도 시인은
"나는 언어가 의미를 떠날 수 있다고 믿지 않고 있다"라고 확언하면
서 날이미지 시에 대한 자신의 지향이 '표현하고 싶은 것'이자 '쓰고
싶어 하는' 것, 즉 이론화의 결과가 아닌 사적 욕망의 대상임을 분명
히 하고 있다. 이러한 대목들을 천천히 읽어가는 것만으로도 우리는
오규원 시인이 날이미지 시론에 대해 충분히 반성적 태도로 일관하고
있음을 확인할 수 있다.

어쩌면 오규원은 날이미지 시론에 대해서 스스로 의심했던 것은
아닌가. 이러한 의구심을 더욱 치밀하게 발전시킨다면 우리는 「풍경
의 의식」을 집필하고 있는 오규원의 문체에 대해서도 주목하게 될 것
이다. 오규원은 세계를 보편적으로 종합하는 이론가의 시선으로 말
하고 있지 않다. 대신에 그는 자신이 놓여 있는 시공간과 자신이 행하
고 있는 활동을 구체적으로 감각하면서 '나의 문학'에 대해서 말하고
있다. 다시 말해 "나는 세잔의 도록을 덮고, 이번에는 이 봄에 나올
내 시집 『길, 골목, 호텔 그리고 강물소리』에 수록할 작품의 스크랩
을 뒤적인다. 그 속에는 개념적이고 사변적인 언어를 배제하려고 한
'나의 문학'이 있다."라고 그는 쓴다. 요컨대 「풍경의 의식」을 읽는
동안 우리는 그것이 '이론가'의 관점이 아니라 '시인'의 관점에서 쓰
이고 있으며, 따라서 그의 시론이 어떤 공적 입장이라기보다 사적 표
명에 지나지 않는다는 인상을 받게 된다. 무엇보다 이는 오규원의 의

식이 시론을 집필하면서도 이론화보다 자기 체험과 욕망의 투영을 우선시하고 있었음을 보여준다. 이러한 인용문들은 결국 그의 의식이 '아이러니스트 이론가'이기보다 '아이러니스트 시인'에 가까운 것이었을지도 모른다는 사실을 암시한다. 따라서 「풍경의 의식」은 오규원의 다른 시론과 비교할 때, 유독 처음부터 끝까지 에세이적인 문체로 쓰였다는 점에서 주목을 요하는 시론이다.

따라서 엄밀히 그의 시론을 읽어보면 다음과 같은 사실을 깨닫는다. 오규원의 날이미지 시론은 모든 사람에게 통용되는 보편적 진리에 관한 이론이 아니다. 그것은 다만 지극히 사적인 진리, 오규원 자신이 인식하고 극복해야 하는 딜레마에 관한 시론이다. 오규원에게 보편적인 전제가 있다면 그것은 최초의 문제의식인 '인간중심성' 뿐이다. 그에 따르면 현대 사회는 인본주의로부터 물본주의로 이행해가고 있으며, 그 과정에서 사람들은 "휴머니즘(인본주의)을 비판하고 거부하는 실존적 가치와 그 철학과 미학을 추구하기 시작"했다.[76] 여기서 휴머니즘을 극복하는 방편은 각자의 것일 수밖에 없다. 여기서 오규원은 전통적인 시학을 인간중심적인 시이자 은유적인 시로 환원한 이후에 자신만의 고유한 시학을 창조하려 했던 셈이다.

그런데 인간중심성을 극복한다는 것은 결국 '나'를 극복하겠다는 생각과 다르지 않다. 바로 여기서 우리는 '자아로부터의 자유'라는 오규원 시론의 근원적 딜레마와 마주친다. 이러한 딜레마는 이미 첫 시론집 『現實과 克己』의 제목처럼 '극기', 즉 자기 극복을 강조하면서 어렴풋이 드러나 있었다. 하지만 보다 뚜렷한 이러한 문제의식은 『언

---

76 오규원, 「수사적 인간」, 위의 책, 2005, 50쪽.

어와 삶』에서 구체화 되었다. "사람들은 언어를 확립하는 것은 〈입법〉의 고전적 이미지와 같고, 의미를 규정하는 것은 〈독재〉라는 정치적 메타포와 같다는 것"이고 "여기에서 시인과 독재가는 근본적으로 만난다"라는 서술처럼 '시인은 독재자'로 규정된다.[77] 즉 시인이 '시적 자유'를 획득하기 위해 최종적으로 반성하고 극복해야 하는 것은 자기 자신이다. 그런데 이 진술은 엄밀히 살펴보면 '(모든) 시인은 독재자'라는 것, 다시 말해 그 자신의 고유한 의식과 수사법에 따라서 세상을 해석할 수밖에 없다는 사실을 뜻한다. 이때 '나'는 인간 각자에게 주어진 것이다. 따라서 내면의 극복이라는 주제는 결국 사적인 문제일 수밖에 없다.

다시금 강조하면『날이미지와 시』에서 오규원은 자기의식을 극복하는 하나의 방안으로서 '날이미지'를 제시한다. 그는 그것을 모든 시인이나 모든 사람에게 적용될 수 있는 방법이라고 말하지 않는다. 심지어 그는 자신이 자기의식을 극복했다고 말하지도 않는다. 만약 날이미지 시론을 사적 진리의 추구로 간주한다면, 날이미지 시론의 의의는 이론적 측면에서 검토되어서는 안 된다. 더 나아가서 그 시론에 기초한 시 작품을 통해서도 우리는 어떤 진리를 공유하거나 보편적

---

77 오규원, 「책 끝에—3개의 노트」, 위의 책, 1983, 343쪽. "우리가 의미를 선택하고 통제하고 확대한다는 입장에서 보면 삼권장악이죠. 비유적으로 표현하면 독재자라고 할 수 있죠. 그런데 기존 언어 질서를 파괴하거나 재조정한다는 점에서 보면 입법자 비슷해요. 비유나 다른 어순을 사용해 가지고 새질서를 확립하거든요. 그러나 기존의 언어질서 자체를 바꾸는 것이 파괴는 아닙니다. 문법을 존중하는 것이니까요. 그걸 가지고 기왕의 등기되어 있는 현실, 혹은 등기되어 있는 의미와 대립한다는 점에서 보면 싸움이라고 할 수 있겠죠. 비유적으로 이해하는 게 좋을 것 같아요." 오규원·김동원·박혜경 대담, 위의 글, 28쪽.

담론을 끌어내는 것이 불가능하다. 오히려 날이미지 시론의 의의는 그것의 아이러니한 성격에 기초한다. 날이미지 시를 통해 오규원은 인간이 도달 가능한 가장 근본적인 회의를 제안하는데, 그것은 타자와 현실을 부정할 뿐만 아니라 자기 자신까지도 회의하는 사고실험이다. 그것은 공동체적 질서뿐만 아니라 자기 육체까지도 철저히 부정하려고 했던 데카르트의 방법론적 회의와 닮았다. 그가 추구한 진리를 사적인 것으로 간주하는 한 오규원은 여전히 아이러니스트의 관점에서 시 쓰기를 지속하고 있다고 판단된다.

그렇다면 그의 시론을 어떤 위치에 정초하는 것이 정확한 것일까. 물론 오규원은 데카르트 철학이 아닌 선불교와 현상학에 기초하여 날이미지 시론을 전개해나가고 있다. 그의 시론「조주의 말」에서는『조주록』이 핵심적인 전거가 되고, 다른 글「수사적 인간」「풍경의 의식」에서는 바르트나 메를로-퐁티 사상이 인용된다. 무엇보다도 오규원의 시론에서 가장 넓게 인용되는 이론가는 언어를 '존재의 집'이라고 명명한 하이데거다.[78] 그런데 로티에 따르면 하이데거야말로 자신의 사적 입장을 철학으로 승격시킨 대표적인 아이러니스트 이론가 중에 하나다. 이때 중요한 참조점이 되는 것은 '아이러니스트 시인'과 '아이러니스트 이론가'의 차이를 구분하는 로티의 논리다. 아이러니스트 시인이 사적 진리를 사적 언어로 서술한다면, 아이러니스트 이론가는 사적 진리를 이론적 언어로 서술하여 특권화한다. 로티는 이러한 특권화를 숭고화와 동일시하며 "아이러니스트 이론가들은 아름다움만이 아니라 숭고를 위해 끊임없는 시도를 한다."고 서술한다[79] 이

---

78 오규원, 위의 책, 2005, 106쪽.

를테면 하이데거는 '시는 존재의 집'이라는 간명한 진술을 통해 어떤 숭고한 언어가 존재한다는 사실을 입증하고자 했다. 이때 숭고는 미학적으로는 어떤 감각 체험을 계기로 인식의 한계를 벗어난 실재를 가리킨다.[80] 중요한 것은 이것을 정치적 측면에서 재해석하는 로티의 관점이다. 일단 칸트에게 숭고는 휴머니즘적 개념인데, 그것은 숭고한 사물 자체에 대한 존경이 아니라, 그것을 통해 인식 불가능성을 사유하는 자신의 이성에 대한 존경이기 때문이다. 이때 정치적 차원에서 휴머니즘적 숭고는 타자와의 대화를 배제한다. 인식이 불가능하다는 것은 곧 해석이 불가능하다는 의미와 마찬가지이기에, 숭고 판단은 타인과 함께 공감할 수 있는 것이 아니기 때문이다. 요컨대 무엇인가를 숭고하다고 말하는 사람을 우리가 바라보고 있다고 생각해보자. 우리는 그에게 이의를 제기하거나 반론하기 어려운데, 그 이유는 숭고 체험에는 논의할 공동의 지평 자체가 존재하지 않기 때문이다. 따라서 "숭고를 위한 시도는 단지 자신을 판정할 취미를 창조하려는 시도가 아니라, 다른 사람이 다른 취미를 가지고 자신을 판정하는 것을 불가능하게 하려는 시도이다"라는 로티의 해설처럼[81] 어떤 대상을 숭고하다고 판단하는 그 이면에는, 그러한 판단에 누구도 이

---

79 리처드 로티, 위의 책, 2020, 224쪽.

80 숭고는 아름다움처럼 어떤 대상을 향한 구체적 체험을 전제하지만, 아름다움이 그 구체적 체험의 한 속성 때문에 유발되는 판단이라면, 숭고는 그 구체적 체험을 체험할 수 없다는 한계 인식 때문에 유발되는 판단이다. 따라서 칸트적 입장으로 볼 때, 아름다움은 감성적 판단에 기초하고 숭고는 이성적 판단에 기초한다. 김상봉, 「칸트와 미학 : 칸트와 숭고의 개념」, 『칸트연구』 3, 한국칸트학회, 1997, 223~273쪽 참조.

81 리처드 로티, 위의 책, 2020, 225~226쪽.

견을 제시하지 못하도록 자신을 특권화하려는 아이러니한 충동이 깃든다.

　다음과 같이 정리될 수 있다. 오규원은 1980년대 후반부터 '날이미지 시론'이라는 이름 하에 아이러니 정신을 이론화하기 시작한다. 아이러니 정신이란 자아·타자·현실의 다의성과 다면성을 핍진하게 심려하는 태도이다. 로티의 이론을 빌리자면, 그것은 '아이러니스트 시인'으로부터 '아이러니스트 이론가'로의 이행이라고 표현될 수 있다. 아이러니스트 시인과 아이러니스트 이론가는 자신의 사적 체험으로부터 사유한다는 점에서는 같다. 또한 소박한 상대주의에 빠지지 않고 자신의 사적 신념을 완고하게 지켜나가며 기성질서에 대한 방법적 회의를 행한다는 점에서도 동일하다. 자유의 획득과 실천이라는 점에서 두 아이러니스트는 특권화된 주체이다. 그들은 미학적 차원에서 볼 때 똑같이 자신의 사적 체험을 통해서 세계를 재현한다. 그런데 정치적 차원에서 보면 아이러니스트 시인과 달리 아이러니스트 이론가는 자신의 사적 진리를 이론화하고자 한다. 예컨대 인간 존재를 기술하는 근원적 언어를 발견할 수 있다고 믿는 하이데거 철학은 특정한 언어를 숭고한 것으로 간주하면서 그것을 발견하는 자기 자신을 특권화한다. 마찬가지로 오규원은 날이미지 시론을 통해 '현상'에 대한 자신의 시를 특권화한다.

　앞서 지적했듯 오규원의 시론에는 특권화에 대한 저항도 발견된다. 그리고 그것은 날이미지 시론의 문체 안에서 성립하는 듯 보인다. 어떤 의미로 오규원의 시론은 보편적 이론을 성립시키는 학술적 언어로 성립한다기보다 지극히 사적인 체험을 묘사하는 에세이적 언어로 이루어졌다. 즉 오규원은 시론을 집필하고 있는 자기 자신에 대한 체험을 기술하거나 줄곧 이론적 전거를 들어 설명하고 있던 자신의 시론이 틀릴지도 모른다고 솔직하게 말하는 반성적 진술을 덧붙이기도 한다. 이러한 서술 방식은 그러한 이론화에 저항하는 시인의 태도를 보여준다고 볼 수 있다.

결국 오규원이 평생 문제 삼아온 과제는 시인의 시적 자유이고, 시적 자유란 의미하는 언어를 특권화하는 사회적 제도에 저항하여 언어의 숭고한 가능성을 좇는 시인의 '사적인' 실천을 뜻한다고 볼 수 있다. 로티가 말했듯 언어의 숭고는 타인이 모욕하거나 타인에게 양도될 수 없는 언어적 형식, 다시 말해 오롯이 한 사람의 의도와 사유를 개진하는 데 동원되는 언어에 대한 지향을 내포한다. 그리고 최후에 오규원은 '자아로부터 자유'를 획득함으로써만 시적 자유가 완성될 수 있다고 믿었지만, 그것은 완수 불가능한 딜레마였다. 그렇다면 우리는 그의 사유가 날이미지 시론에 이르러 시적 자유를 '이론화하려는 충동'과 '시로 재서술하려는 충동' 사이에서 갈등하고 있다고 판단할 수 있을 것이다. 그리고 만약 그가 그러한 두 가지 지향점 사이에서 어느 쪽에 가까운지 판단해야 한다면, 우리는 그의 문체가 지닌 특질을 다시금 떠올려볼 수 있을 것이다.

4) 오규원 시론의 아방가르드적 성격과 그 한계

마지막으로 오규원의 시론을 다른 시인들의 시론과 비교하면서 그 문학사적 위치를 더욱 선명히 하고 논의를 마무리하고자 한다. 지금까지 오규원은 줄곧 김춘수 시인과 비교되어왔는데 그것은 평생 시인 스스로 자신을 김춘수 시인과 자주 비교해왔기 때문일 것이다.[82] 마찬가지로 문혜원·서영애·권혁웅·주영준의 연구는 김춘수의 무의미

시와 오규원의 날이미지 시 사이의 유사성을 강조하는 입장에 서며,
송현지는 더 나아가 시집 『분명한 事件』과 『순례』의 주요한 개인상징
인 '나무'와 '새'를 활용하는 방식이 김춘수의 시와 유사성을 지니고
있다고 지적하기까지 한다.[83] 그의 시론에 대하여 권혁웅처럼 한계를
지적하는 입장에 서든 문혜원처럼 존재론적 의의를 강조하는 입장에
서든, 그들은 김춘수와 오규원이 언어의 순수한 형식을 추구했다는
점에서 동의하고 있다. 다만 오규원은 자신과 김춘수 시인의 차이를
다음과 같이 비교적 간명하게 설명한 바 있다.

　"그리고 이번에는 '무의미시'와 '날이미지 시'의 출발점을 한번 이야기
해볼까요? 김춘수 시인의 출발점은 '무엇이 시인가'입니다. 형태상으로
보자면, 정형을 잃은 시는 완전히 자의적인 것이 되며, 내용상으로 보자면
시는 메시지가 아니므로 메시지 이전의 어떤 것입니다. 그러니까 김춘수
시인은 현대시가 당면한 이 형태와 내용의 새로운 차원에서 자신의 확고
한 신념 즉 시론과 방법을 앞세워 시의 체계를 전개해 나갑니다. 이런
그의 의지 때문에 무의미시로 알려져 있는 「처용 단장」은 무의미시라기보
다 시의 모든 가능성을 묻는 다양한 시 형태의 실험의 장이 되고 있습니다.
그런데, 저는 시가 아닌 언어에서부터 출발하고 있습니다. 다시 말하면

82　"오규원이 김수영보다 상대적으로 많은 지면을 통해 언급하고, 부단히 문제화했던
　　것은 김춘수의 시와 시론이었다." 이광호, 「투명성의 시학」, 『한국시학연구』 20,
　　한국시학회, 2007, 318~319쪽.
83　서영애, 「김춘수와 오규원 시론의 해체 특성」, 『어문논총』 21, 전남대학교 한국어
　　문학연구소, 2010, 73~97쪽; 권혁웅, 「순수시의 계보와 한계」, 『어문논집』 71,
　　민족어문학회, 2014, 153~182쪽; 주영중, 「김춘수와 오규원의 이미지 시론 비교
　　연구」, 『한국시학연구』 48, 한국시학회, 2016, 137~171쪽; 송현지, 「오규원의 초
　　기 시론시에 나타난 언어의식 연구」, 『한국문예비평연구』 59, 한국현대문예비평
　　학회, 2018, 141~173쪽.

'시의 언어란 무엇인가'에서 시작하고 있는 것입니다. 그러므로 그것은 해방의 이미지 즉 해방의 언어 구조, 언어의 해방 구조를 찾는 양상을 보여줍니다. 그런 연유로, 그 언어를 구상적으로 조직하다가 그 다음 해체하다가 결국은 개념적이고 사변적인 언어를 벗겨버린 언어의 구조를 구합니다. 그 언어는 탈주관의 것이며, 사물의 것이며, 아무것도 말하지 않으면서 모든 것을 말하려는 욕망으로 가득 찬 어떤 견자 시론의 입장에 서 있는 것입니다. 그러므로, 김춘수 시인은 '예술적 인식'의 차원에서, 저는 '인식적 예술'의 차원에서 시의 구조를 짜고 있다고도 할 수 있겠습니다.[84]

오규원이 여기서 자신과 김춘수를 비교하며 전제하는 것은 각각 사고하는 영역에 차이가 있다는 것이다. 그의 설명을 충실히 따른다면, 김춘수 시인의 무의미시는 어떤 시 형식도 미리 전제하지 않은 채 시인이 '시'를 발견해나가는 과정의 소산이다. 이때 무의미시는 근본적으로는 "시의 모든 가능성"을 검토하면서도 최종적인 목적지는 "시의 체계"라는 영역에 한정되었으며, 따라서 시인 자신의 확고한 신념을 해체했다가 재구축하는 일련의 과정에 가깝다. 반면 오규원의 사유는 시를 중심에 두지 않는다. 그는 "시가 아닌 언어에서부터" 성찰하기 시작하며 그로부터 "해방의 언어 구조"를 모색하기 때문에, 그의 시 쓰기는 언어 일반에 대한 반성과 해체 과정에 가깝다고 볼 수 있다. 따라서 김춘수가 시 장르라는 한정된 영역에 집중하고 있다면, 오규원은 언어의 해방태로서 시 장르가 '예술적 인식'이 아닌 '인식적 예술'이라는 사실에 방점을 찍고 있었다.

두 시인의 시론은 타인에 의해 재서술될 수 없는 숭고한 언어를

---

84 오규원, 「언어 탐구의 궤적」, 위의 책, 2005, 153~154쪽.

탐색한다는 점에서 흡사해 보인다. 한편 두 시론의 차이점은 '시의 언어란 무엇인가'라는 질문과 '어떻게 언어로부터 시를 구분해내는 가'라는 질문을 비교하며 유추할 수 있다. 거듭 논의했듯 오규원의 "개념적이고 사변적인 언어를 벗겨버린 언어의 구조"란 '의사과학적 사고'에 물든 실용주의적 언어, 다시 말해 '의미하기'를 중심에 둔 언 어 체계를 극복한다는 의미로 받아들여진다. 아이러니로 이를 성찰 한다면 어떠한가. '의미하기' 혹은 진위문의 서술이라는 측면에서 김 춘수의 시는 항상 참이다. 왜냐하면 그것은 시인 자신이 '시'라고 부 르는 언어 행위를 철저히 자신의 신념에 따라서 전개해가는 과정이기 때문이다. 반면 오규원은 '의미하기'라는 언어의 표준화된 사용 자체 를 벗어나는 데 그 목표가 있다.

　한편 오규원이 시론에서 제시하는 전위적인 논점들은 아방가르드 전통에서 바라보는 것이 적절해 보인다. 비록 오규원은 자신을 '1970 년대의 모더니스트 시인'으로 규정한 바 있으나, 오세영이 지적하듯 한국시사에서 '모더니즘 시'는 영미 전통의 모더니즘 시와 유럽 대륙 의 아방가르드 시를 뭉뚱그려 가리키는 용어로 오용되어왔다.[85] 본래

85　본래 모더니즘이란 영미 전통에서 이미지즘·네오클래식(주지주의) 시를 가리키기 위해 사용된 용어이다. 그런데 영미권의 이론가들은 자신들의 용어를 특권화하여 그것으로 유럽 대륙 전통의 다다이즘·초현실주의·미래파·입체파·표현주의까지 한꺼번에 가리켰다. "아방가르드 운동은 본질적으로 영미의 모더니즘과는 성격이 달랐다. 아방가르드 운동이 넓게는 낭만주의적 세계관에 토대하여 보들레르와 같 은 세기말 사상을 계승한 반이성적, 해체적 예술 운동인 데 반하여 영미의 모더니 즘은 고전주의적 세계관에 토대하여 흄의 철학을 계승한 이성적, 구조 지향적 예술 운동이었기 때문이다."(오세영, 「한국 현대시의 성찰」, 『한국현대詩사』, 민음사, 2007, 29쪽.)

모더니즘 시가 구조 지향적이고 주지적인 성격을 띠는 데 반해, 아방가르드는 탈구조지향적이고 반주지주의적 성격을 띤다는 점을 유념한다면, 우리는 김춘수의 시론을 무(無)로부터 시 장르를 건축하는 모던한 형식에 가까운 것, 오규원의 시론을 언어 해방 또는 해체에 몰두하는 아방가르드 형식에 가까운 것으로 판단할 수 있다. 만약 오규원이 "저는 아이디얼리스트인 김춘수 시인과 달리 리얼리스트입니다"라고 말할 수 있다면,[86] 이러한 언술이 타당성을 지니는 이유는 날이미지 시론 이전의 작업들 때문일 것이다. 오규원이 줄곧 시론에서 문제 삼은 것은 실제적이고 구체적인 자유의 문제였다.

여기서 참조해볼 수 있는 것은 한국 문학사의 대표적인 아방가르드 시인 중 하나인 김수영과 오규원 사이의 유사성이다. 앞서 분석한 바처럼 오규원의 두 번째 시론집 『언어와 삶』은 김수영의 시론으로부터 적지 않은 영향을 받았으며, 「시와 변증법적 상상력」에서 제시하는 "문화의 영원한 불온성"이라는 표현에서 '불온성'의 개념은 김수영에게 크게 빚지고 있다. 이와 같은 유사성이나 상호텍스트성에도 불구하고 두 시인의 시론이나 시는 비교 연구된 바가 없는 이유는 무엇일까. 그것은 아마도 선행연구 대다수가 '날이미지 시론'에 초점을 맞추면서 김수영과 오규원 사이의 밀접성이 간과되었기 때문으로 추측된다. 그런데 김준오와 오형엽에 따르면 오규원은 김춘수보다 김수영에게 더 가까운 위치에 놓인다. 김준오는 모더니즘 시인을 조향·김춘수·이승훈 계열과 김기림·김수영·오규원 계열로 구분한 바 있는데, 그에 따르면 전자(前者)가 시와 현실을 분리하는 순수시 경향을

---

86 오규원, 「언어 탐구의 궤적」, 위의 책, 2005, 152쪽.

보이는 데 반해 후자(後者)는 현실 비판적이거나 참여적인 경향을 보인다는 데 차이가 있으며, 오규원은 후자 쪽에 포함된다.[87] 또한 오형엽은 1980년대의 여러 시인을 '이상-김춘수'를 계승한 일군과 '이상-김수영'을 계승한 일군으로 구분하는데, 유일하게 두 가지 시 정신을 모두 계승한 시인으로 오규원을 꼽는다. 이는 광고를 패러디하는 작품에서 김수영류의 현실 비판이 두드러지고, 날이미지 시에서 김춘수의 순수시 정신이 두드러지기 때문이다.[88] 김수영과 오규원은 시인을 자유를 모색하는 자, 그렇기 때문에 항상 사회에 대하여 불온한 위치에 놓일 수밖에 없는 존재로 생각했다는 점에서 같다.

하지만 손쉽게 두 시인을 동궤에 놓을 수 없는 이유는 두 시인의 시론에서 다음과 같은 차이들이 발견되기 때문이다. 첫째로 두 시인의 차이는 시대 인식에서 발견된다. 김수영은 불의의 사고로 요절하기 직전까지 1968년의 현실을 "민주의 광장에는 말뚝이 박혀 있고, 쇠사슬이 둘려 있고, 연설과 데모를 막기 위해 고급 승용차의 주차장으로 사용되고 있는" 시대, 또한 반공주의 선전에 기초한 독재 정권으로 묘사하고 있다.[89] 한편 오규원은 유신 체제가 성립하고 문화 검열이 가속화되는 체험에도 불구하고 1970년대 한국 사회의 의사과학적 사고와 실용주의·관료주의를 강조한다. 따라서 비록 두 사람이 똑같이 소시민성을 비판하고 시인의 자유정신을 옹호하고 있다고 하더라

---

87 오규원·이광호 대담, 「날이미지시와 무의미시의 차이 그리고 예술」 위의 책, 2005, 191쪽

88 오형엽, 「환상과 실재의 스펙트럼―2000년대 전위시의 지형도」, 『환상과 실재』, 문학과지성사, 2012, 168쪽.

89 김수영, 「지식인의 사회참여」, 『김수영 전집 2―산문』(제3판), 민음사, 2018, 296쪽.

도, 두 사람이 주목한 현실 양태에는 차이가 있는 것으로 판단된다.

둘째로 오규원은 김수영처럼 시인을 적극적 자유를 좇는 특수한 개인으로 이해하고 있지만, 김수영이 '온몸의 시학'에 기초한 진정성을 추구한 데 반해 오규원은 자기 신념마저도 극복하는 아이러니 주체를 형상화한다는 데 큰 차이가 있다. 이어령과 김수영 사이의 논쟁에서 첨예화된 '불온성'의 개념은 오규원의 시론집 『언어와 삶』에도 중요하게 수용되었다. 김수영은 대중·언론사·정치인 모두에게 침묵이 강요된 독재 정권하에서, "아무 거리낌 없이 발표될 수 있는 사회가 되어야만 현대 사회라고 할 수 있을 것"이라고 주장하며,[90] "불온하지 않은 작품을 불온하다고 오해를 받을까 보아 무서워서 발표를 하지 못하게 하는 것이 과연 무엇이냐" 되묻는 것이야말로 시인의 요건이 되는 성찰적 태도라고 생각했다.[91] 마찬가지로 오규원은 「시와 변증법적 상상력」이라는 글에서 사회의 계몽을 거부하고 '불온해지는 것'이야말로 시인이 적극적 자유를 획득하는 방편임을 역설한다.

그러나 김수영이 강조한 바가 삶에 '온몸'을 내던지는 실천이라면, 오규원이 강조한 것은 '언어'로 세상뿐만 아니라 자기 자신마저도 거리를 두는 아이러니한 성찰이었다. 무엇보다 오규원은 후기로 갈수록 삶의 차원보다 텍스트의 차원에서 실현되는 자유로 경도되어간다. 전병준이 지적하듯 "김수영에게 문화란 항상 정치와 함께 생각되고 실천되어야 하는 어떤 것으로 받아들여졌던" 것이었다.[92] 이는

---

90 김수영, 위의 글, 301쪽

91 김수영, 「불온성'에 대한 비과학적인 억측」, 『김수영 전집 2 — 산문』(제3판), 민음사, 2018, 309쪽.

92 전병준, 「김수영 시론의 형성 과정 — 불온시 논쟁을 중심으로」, 『한민족문화연구』

1968년 4월에 발표된 김수영의 시론 「詩여, 침을 뱉어라」에 잘 드러
난다. 그가 비유적으로 "시작(詩作)은 '머리'로 하는 것이 아니고 '심
장'으로 하는 것도 아니며 '몸'으로 하는 것이다. '온몸'으로 밀고 나
가는 것이다"라고 주장한 것은 잘 알려져 있다.[93] 한편 오규원은 1980
년대 초까지 김수영의 '불온성'에 대한 사유에 큰 영향을 받았지만,
그 이후 날이미지 시론을 전개하며 현실뿐만 아니라 자기 신념마저도
회의하고 부정하는 아이러니 주체로 이행해간다는 점에서 차이가 있
다. 무엇보다 오규원에게 투쟁의 수단은 삶이 아니라 언어였다. 시론
「수사적 인간」과 인터뷰 「무릉, 수사적 인간, 날이미지」에서 강조하
듯, 오규원에게 인간은 "호모 레토리쿠스(Homo rhetoricus, 수사적 동
물)"이며,[94] 그는 이성·창조·경제 등 그 모든 것을 가능케 하는 조건
이 언어라는 생각을 개진하고 있다. 무엇보다 삶에서는 불가능한 자
기 극복이 언어를 통해서 가능하다는 것이 오규원의 생각이었다. 두
사람의 미묘한 차이는 하이데거 철학을 수용하는 방식에서도 확인할
수 있다. 김수영이 볼 때 "시에 있어서의 모험이란 말은 세계의 개진,
하이데거가 말한 '대지의 은폐'의 반대되는 말이다."[95] 즉 시 쓰기란
이 세계의 진리를 드러내는 방식이다. 반면 앞서 분석했듯 오규원은
시론 「문화의 불온성」에서 하이데거가 '언어의 활물성'을 드러낸 사
상가라고 설명하고 있다. 여기서도 그가 초점화하는 것은 언어다.

50, 한민족문화학회, 2015, 378쪽.

93 김수영, 「시여, 침을 뱉어라」, 『김수영 전집 2 ― 산문』(제3판), 민음사, 2018, 498쪽.

94 오규원, 「무릉, 수사적 인간, 날이미지」, 위의 책, 2005, 180쪽.

95 김수영, 「시여, 침을 뱉어라」, 『김수영 전집 2 ― 산문』(제3판), 민음사, 2018,
498~499쪽.

'내가 존재한다'라는 자명한 사실부터 세계의 숭고한 진리까지도 오규원에게는 언어와 떼어놓고 생각할 수 없는 것이었다.

지금까지 시론을 비교한 바에 따라서 김춘수·김수영·오규원 세 시인은 다음과 같이 서술될 수 있어 보인다. 김춘수는 시를 규정하는 모든 관습적·형식적 틀을 벗어나 하나의 순수한 형식으로서 시를 사유하고자 했다. 요컨대 그는 모더니스트의 관점에서 근대적 현실에 맞서는 미적 세계를 건축하고자 한다. 반면 김수영은 끊임없는 해체와 부정으로 영구 혁명의 '불온한' 자세를 취하는 역사적인 아방가르드였다고 볼 수 있다. 한편 오규원은 참여와 순수, 그 이분법의 경계에 놓이는 아이러니스트로 판단된다. 오규원은 과학적 이성이든, 예술적 창조이든, 자본주의적 경제이든 그 모든 것은 단지 하나의 언어를 다른 언어로 교체하는 재서술 과정에 불과하다고 생각했다. 따라서 그러한 재서술의 순환을 멈추는 숭고한 언어로서 그는 날이미지 시를 추구했으나 그러한 자기 신념을 보편적인 이론으로 승격할 수 있다거나 심지어 그 자체가 완수될 것이라고 확신하지는 않았다.

오규원의 시론집 『現實과 克己』와 『언어의 삶』에 전개된 시적 자유나 불온성에 대한 논의가 김수영의 시론에 빚지고 있다면, 후기 시론집인 『가슴이 붉은 딱새』와 『날이미지와 시』에는 김춘수의 무의미 시론과 유사한 날이미지 시론이 전개된다. 따라서 오규원 시론 전체는 주제 면에서 '김수영으로부터 김춘수로의 이행'이라고 부를 수 있는 어떤 정신적 여정으로 요약될 수도 있다. 하지만 근본적으로 네 권의 시론집을 관통하는 것은 아이러니스트적인 태도이다. 시인은 현실을 부정하여 '시적 자유'를 획득한 뒤, 자기 자신까지 부정하여 진정한 아이러니스트로서 나아간다. 따라서 언어를 통해 현실을 성찰할 뿐만 아니라 현실을 성찰하는 자기 신념마저도 극복하려는 이중 부정의 '극기' 정신이야말로 오규원 시론의 핵심인 셈이다.

  지금까지 오규원 시인의 시론집을 살펴보며, 우리는 그의 사유가 지닌 의의와 연구 가치에 관해서 확인할 수 있었다. 아이러니스트로서 오규원의 태도는 유년기·청소년기의 삶에서 비롯한 것이다. 그런데 그는 아이러니를 세상·타자의 다면성을 이해하는 미학적 태도로 승화시킨다. 더 나아가 그는 '자기 신념마저도 부정할 수 있는 자기'라는 존재론적 아이러니로까지 이행해나간다. 그의 사유는 현재의 우리에게도 유효한 미학적·정치적 사유의 틀을 제시한다. 그것을 요약하면 다음과 같다.

  첫째, 오규원의 사유는 현대 민주주의 사회에서도 유의미한 실존적·정치적 가치를 지닌다. 그는 "규범이나 율법이 존재할 수 없는 곳에서의 삶을 어떻게 소화할 것인가"라는 질문을 던지며, 독재 정권이라는 시대를 넘어서 민주화 사회에서도 유효한 심리학적·적극적 자유의 개념을 사유한 시인이다. 시인은 공동체적 이데올로기와 언어가 존재하지 않는 공동체, 그리고 그러한 공간에서 실현될 수 있는 아이러니 주체의 가능성을 탐색하는 아이러니스트로 간주된다.

  둘째, 오규원의 아이러니 수사학은 지배적 담론에 대한 항구적인 대항담론으로 기능한다. 아이러니란 단일한 의미로 포장되어 있는 언표에 대한 의심의 태도이다. 시인은 항상 모든 언표와 사물로부터 다의성을 발견한다. 그것은 그의 시선이 항상 타자의 다면성과 세계의 다의성을 향해 있다는 것을 뜻한다. 다시 말해 그는 시 쓰기가 사회적 언어 이면에 감춰진 목적을 폭로하고, 사회 질서나 규범의 필연성을 해체함으로써 대항담론으로 기능할 수 있다고 믿는다.

셋째, 오규원은 2000년대 이래 인간이 처한 실존적 딜레마를 앞서 탐구한 이다. 즉 그는 인본주의로부터 물본주의 사회로 이행해가는 과정에서, 인간에게 인간으로서 세상을 인식할 수밖에 없다는 실존적 상태 자체가 극복의 대상이 되었다는 역설을 기민하게 인식한다.[96] 그것은 디지털 매체와 인공지능에 의해 잠식되어가는 현대 사회 속에서 인간 정체성에 대해 반문하는 중요한 방식이 될 수 있다. 오규원은 초기시·시론부터 후기시·시론까지 '극기'를 과제로 삼으면서 어떻게 인간이 '자기의식 또는 자기 신념까지' 철저히 성찰할 수 있는가를 탐구했다.

---

96 오규원은 「수사적 인간」에서 다양한 현대 예술과 철학을 분석하며 '인본주의'로부터 '물본주의'로 이행하는 우리 사회에서 "휴머니즘(인본주의)을 비판하고 거부하는 실존적 가치와 그 철학과 미학"이 대두되었다고 지적한다(오규원, 「수사적 인간」, 위의 책, 2005, 50쪽). 덧붙여 랜섬의 사물시와 김춘수의 무의미 시 같은 예를 들면서 자신 또한 인본주의를 극복하는 하나의 방편으로 날이미지 시를 염두하고 있다고 밝힌다.

제 5 장

결 론

  이 글은 오규원 시에서 지속하는 미적 형식인 아이러니를 오규원 시인의 언어관과 세계 인식을 이해할 수 있는 하나의 표지로 간주하고, 그로부터 오규원 시를 심도 있게 이해할 수 있는 하나의 관점을 마련하는 것을 목적으로 삼은 연구서이다. 오규원 시를 정치하게 이해하기 위해서 이 책은 그의 시론집과 산문집, 그리고 인터뷰와 대담 등까지도 주요한 연구 대상으로 삼았다. 이때 선행연구를 검토하면서 오규원 시와 산문에 대한 상당한 수의 연구가 누적되어왔음에도 불구하고, 또한 오규원 시인의 시 정신을 아이러니로 규정하는 연구를 다수 발견할 수 있었음에도 불구하고, 오규원 시인의 시 전반에 걸쳐 그러한 논의를 확장하고자 한 예가 거의 존재하지 않으며, 특히 오규원의 삶과 그의 시 작품 사이의 연관성을 논의한 연구가 전무하다는 사실을 확인했다. 따라서 본 연구의 목적은 아이러니라는 개념에 기대고 있는 기존의 논의를 보다 치밀한 방식으로 종합하는 한편, 아이러니스트로서 오규원의 정신과 그의 시 작품을 바라볼 수 있는 이론적 틀을 제시하는 데 있었다.

본 연구는 연구방법으로서 아이러니에 대한 개념을 명확히 하기 위해서 동서양의 아이러니와 반어 개념의 역사를 정리한 뒤, 바르트의 기호학과 텍스트 이론에 기대어 문학 작품을 분석할 수 있는 아이러니 이론의 모델을 제안해보고자 하였다. 제2장에서는 오규원 시에서 반복적으로 나타나는 모성의 표상과 부성의 표상을 중점적으로 논의하면서, 오규원이 유년기에 겪은 트라우마적 체험과 시 작품 사이에서 아이러니가 기능하는 방식에 대해서 살폈다. 제3장에서는 오규원의 아이러니한 언어관이라는 인식 틀이 현실에 적용되었을 때 그것이 어떠한 양상으로 나타나게 되었는지 정리하였다. 마지막으로 제4장에서는 오규원이 자아 성찰과 현실 비판을 거쳐 이룩하고자 한 고유한 미적 형식에서 아이러니한 언어관과 아이러니한 세계관이 어떠한 방식으로 실현되는지 확인하기 위하여 그의 시와 산문을 고루 탐구해보았다.

아이러니의 개념사를 탐구하면서 이 책이 규명하고자 한 것은 아이러니가 단순히 수사법이나 풍자의 표현에 그치는 것이 아니라 현대시에서 언어를 다루는 하나의 중요한 인식론적 관점이자 현대성을 재현하는 하나의 방식이라는 점이었다. 고대에 아이러니 개념이 탄생할 수 있었던 것은 그리스 사회의 민주정이 일시적으로 실현되었다는 역사적 배경과 무관하지 않았다. 고대부터 아이러니는 한 공동체의 자명한 사실들을 의심하고 풍자하는 수사법으로 기능했으며, 그것이 가능했던 것은 대등한 말의 권리(이세고리아)를 나눌 수 있는 공동체가 성립했었기 때문이었다. 민주정의 몰락과 함께 아이러니를 비롯한 수사학 전반은 쇠퇴하게 되었고, 다시금 낭만주의 시대에 부활하였다. 현대적 의미의 아이러니, 특히 미적 모더니티의 한 국면으로 이해할 수 있는 아이러니는 역사나 현실을 더 이상 총체성(totality)에 기대어 재현할 수 없다는 믿음에 기초하는 존재론이자 인식론으로 나타난다. 그것은 어떤 의미로 현실을 증언할 수 있는 말의 권리가 소수의 엘리트에게만 주어지지 않는 사회가 실현되었다는 사실을 암시한다. 이때 이 책은 광범한 현대 사상을 다소의 축약을 무릅쓰고 세 가지 계보로 정리하였다. 아이러니를 극복해야 하는 하나의 단계로 간주하고 다시금 부르주아적 모더니티와는 별개인 '대안적 총체성'이 회복되기를 소망하는 '아날로지화된 아이러니'의 계보, 아이러니한 세계관을 전면화하여 모든 총체성의 기획을 파괴하기를 꿈꾸는 '아이러니의 아이러니'의 계보, 마지막으로 인간과 별개로 자율적인 미적 형식 안에서 아이러니한 인식론과 세계관을 실현하고자 하는 '수사학적 아이러니'의 계보가 그것이다. 최종적으로 집필의 목적 중 하나는 오규원 시가 이러한 아이러니의 계보 중 어느 쪽에 가장 가까운지 판단할 수 있을 만큼 정밀하게 그의 시를 분석하는 데 있었다.

이때 시적 아이러니에 대한 구체화된 개념을 주창하기 위해서 롤랑 바르트의 기호학과 텍스트 이론을 인용하였다. 앞서 계보화한 흐름에서 바르트의 사유는 '수사학적 아이러니'에 가장 가까운 이로 판단되는데, 무엇보다 그의 사유는 평생 '언어'에 대한 물음을 반복하고 시 언어를 갱신하고자 했던 오규원의 시적 여정과 비교했을 때 의미 있는 유사성을 발견할 수 있으리라고 추정되었다. 후기의 저술로 갈수록 역사적·사회학적 총체성을 해체하는 데 주력했던 롤랑 바르트의 사유 속에서 '아이러니'는 이데올로기의 해체 과정에서 일시적으로 인지되는 기호의 이중성이거나 자칫 다시금 총체성을 지향하는 변증법으로 회귀할지도 모르는 이항대립적 상태를 뜻한다. 바르트는 작가가 고유한 '글쓰기(에크리튀르)'를 실현하기 위해서는 자명한 것으로 간주되는 모든 관념들을 의심하고 부정할 수 있어야 한다고 믿었는데, 그것은 사회적 이데올로기에 대한 거부일 뿐만 아니라 자기 스스로 자신을 규정하는 데 사용하는 이성적 기호들에 대한 거부를 뜻했다. 자아로부터 기원한 언어(스타일)와 사회에서 기인한 언어(랑그)를 모두 부정하려 할 때 눈앞에 놓인 기호가 아이러니한 의미를 지닌 것처럼 보이게 된다고 바르트는 설명한다. 따라서 바르트 이론에서 아이러니를 발견하는 자는 필연적으로 모든 사회적·자의식적 언어를 추궁하며 자신의 고유한 미적 언어를 실현해가는 아이러니스트이기도 하다.

제2장에서는 오규원이 소년기에 겪은 가족사적 비극과 그의 시 사이에서 아이러니 형식이 어떠한 기능을 하는지 논의하였다. 오규원 자신이 술회하듯 그가 열두 살 무렵 불시에 어머니를 잃게 되고 가세가 몰락하면서 아버지로부터 버려지다시피 했다는 경험은 큰 트라우마로 남았던 것으로 보인다. 이에 따라 오규원 시에 나타난 모성과 부성의 표상을 귀납적으로 살피면서 그의 시 작품에서 두 가지 구조적 아이러니가 반복한다는 사실을 확인하였다. 첫째로 몇 편의 작품에서 오규원은 자신의 과거가 쉽게 말할 수 없는 무게를 지닌 것으로 표현하면서, '말할 수 없음에 대해서는 말하는' 역설적 진술을 행하고 있다. 둘째로 그는 여러 시편에서 모성을 떠올리게 하는 포근한 대상이나 공간을 환상적·동화적으로 만들어내는데, 그러한 포근한 환상에 만족하는 대신 그것이 환각에 지나지 않음을 스스로 진술하면서 내면의 불안의식을 드러내고 있다. 여기서 구조적 아이러니는 트라

우마적 고통을 감추고 완화하는 한편 자칫 자신이 만들어낸 포근한 환상 속으로 퇴행할 수 있는 정신을 스스로 반성하는 방식으로 작용한다.

흥미로운 것은 오규원 시에서 모성과 부성의 표상이 줄곧 시어나 언어 자체에 대한 메타적 진술 혹은 인식과 밀접한 연관을 지닌다는 사실이다. 이를테면 오규원 시인의 시에서 세상의 양가성을 총체적으로 인식한다는 것은 여성·어머니의 신체와 접촉하는 이미지로 표현되곤 한다. 어머니의 '자궁'이나 '손' 등은 세상의 양면성을 포괄하거나 그것과 화해할 수 있는 매개로 상징화된다. 한편 아버지 표상의 경우는 이와 달리 대개 부정적인 의미만을 지니는 것처럼 보인다. 무엇보다 그것은 오규원 자신이 끊어내고 싶어 하는 '아버지와의 관계'를 표상하는 동시에 그가 비판하고자 하는 부정적인 사회 현실이나 인간 전형을 가리키기 위한 위상으로 자리매김한다.

오규원 시 전반에서 구조적 아이러니는 줄곧 그러한 두 계열의 표상에 대한 메타적이고 성찰적인 의식으로서 기능한다. 특히 모성 표상 혹은 어머니 자체를 이상화하고 미화하려는 충동에 대한 반대급부로서, 또한 순진하게 언어 행위와 여성적 품·자궁을 동일시하는 충동에 대한 성찰의식으로서 아이러니는 기능한다. 오규원은 시 쓰기의 불완전함과 불가능성에 대해서, 그리고 좀처럼 자아의 편이 되지 못하고 세상의 순수한 투영이 되지 못하는 언어의 한계에 대해서 추궁할 때 반어법이나 시 전체의 의미를 반전시키는 구조적 아이러니를 활용하고 있다. 오규원 시가 반복하는 관능적 언어관과 아이러니는 매우 밀접히 관계하는 것처럼 보인다. 무엇보다 그의 아이러니는 어머니·여성에 관한 표상들과 언어에 대한 서술들을 긴밀한 관계로 연결한다. 오규원 시에서 '쓰거나' '인식한다는' 것은 곧 여성의 신체 혹은 어머니의 손을 통해 세상과 접촉한다는 이미지에 가깝다. 그리하여 언어의 표상과 어머니·여성 표상이라는 이 두 가지 상이한 범주가 오규원 시에서는 상호적인 것이거나 서로 환기하는 것처럼 읽힌다.

제3장에서는 오규원의 아이러니 수사학이 지닌 사회학적 비판의 양상을 두 가지 관점에서 논의하였다. 우선 오규원 시가 자본주의에 대한 비판을 위해서 아이러니적 풍자를 행하고 있다는 것은 이미 많은 선행연구에서 논의된 주지의 사실이다. 하지만 오규원 시인이 지니고 있는 정치적·역사적 의식에 초점을 맞추고 분석한 연구는 극히 드물다. 따라서 본 연구는 오규원 시인이 정치적 이데올로기를 어떠한 방식으로 비판하는지 초점화하여 그의 시를 분석하였다. 3장에서 확인했듯 오규원 시인은 줄곧 '역사', '자유', '민족', '통일'과 같은 어휘들에 깃든 이데올로기적 맥락을 아이러니적 풍자의 형식으로 비판하려 한다. 기본적으로 오규원 시인은 살아있는 존재를 단순한 기호로 치환해버리는 이데올로기적 호명을 부정한다. 좀 더 세심하게 이러한 비판의 맥락을 구분하자면, 오규원은 역사적 기록의 방식을 곧 개별 존재의 구체성을 묵살해버린 채 추상화하는 억압적인 관념화의 방식으로 간주한다. 따라서 그는 어떤 주요한 사건들의 집합으로 이루어진 총체적 '역사'에 기록되지 않는 미시적인 고통과 삶의 흔적에 관심을 기울이려 한다. 한편 '자유'에 대한 오규원의 시는 좀 더 복잡한 양상을 보인다. 때로 오규원은 이상적 자유에 대한 시를 남기기도 했지만, 대다수의 시에서 그는 자유가 현실상에서는 제각기 다른 계급적 입장을 합리화하는 수단에 지나지 않음을 보이려 했다. '자유'는 때론 속물적 삶을 정당화하는 어휘가 되고 때론 권력자의 억압에 순

응하도록 만드는 기만적 어휘가 된다. 이러한 맥락에서 그는 '역사'와 '자유'와 같은 관념에 대한 아이러니한 비판 의식을 보여주었다. 민족의 통일이라는 관념 역시 오규원에게는 여전히 현존하는 역사적 갈등을 묵살하면서 이데올로기적 목표로 하고 있음이 암시된다. 오규원 시에서는 이러한 관념들이 도리어 내적 규율의 수단으로 전유되고, 그것이 지닌 기호적 추상성이 시민들에게 구속구가 된다는 측면이 강조된다.

그렇다면 오규원의 정치적 비판의식에서 아이러니 형식은 어떠한 역할을 하는가. 3장에서는 기존에 연구되지 않은 오규원 시의 정치성을 논의하는 데 초점을 맞췄기 때문에, 오규원이 풍자를 위한 반어와 역설과 같은 수사법을 활용하고 있다는 사실을 주로 논의하였다. 한편 좀 더 나아가 오규원의 아이러니 수사적 형식에 내포된 정치적 함의를 좀 더 면밀하게 살피고자 했다. 1970년대 말부터 오규원이 신중하게 고찰한 것은 어쩌면 시인이 독자를 계몽하려고 하는 태도가 폭력이 될지도 모른다는 생각이었다. 이러한 생각은 그의 시론에서 시 쓰기란 일방적으로 말할 권리를 독점하는 독재자와 다름없다는 비유로 표현되었다. 이에 따라서 오규원은 독자에게 공감이나 감동을 이끌어내는 카타르시스의 방식을 거부하고, 도리어 독자에게 불쾌감을 자아내는 비속어를 사용하거나 아예 독자에게 모욕을 가하는 희극적 형식(파라바시스)을 활용하기도 했다. 또한 소시민 화자나 속물적 지식인을 화자와 같은 신뢰할 수 없는 화자를 내세워 독자들이 자연스럽게 작품에 대한 비판적이고 이지적인 독서를 행하도록 유도했다. 어떤 의미로 오규원은 독자가 작품의 복합적이고 이중적인 맥락을 인식하는 아이러니스트의 입장에서 시를 해석하도록 유도한 셈이다.

마지막으로 이러한 형식적 실험은 1980년대 말에는 아예 현실의 광고 문안을 시에 그대로 인유하는 '방법적 인용'을 시도하기도 하는데, 이는 상품을 어떠한 조작 없이 그대로 미술관에 전시하는 레디 메이드 예술에서 영향을 받은 것이었다. 중요한 것은 이러한 '방법적 인용'이 단순히 미학적 차원의 의도만을 지닌 것이 아니라 '계몽하지 않고자 하는' 의도와 연속성을 지닌다는 점이다. 시인의 주관을 최대한 억제한 채 시의 내용을 제시하고자 하는 오규원의 '방법적 인용'은 다르게 표현하면 독자 스스로 그 작품의 의미를 채워나가는 열린 해석의 가능성을 지니게 된다.

　제4장에서는 오규원이 일생동안 추구했던 순수한 재현이라는 주제가 그의 시와 시론에서 어떤 방식으로 전개되었는지 살피고, 그것이 아이러니한 세계 인식과 비판정신과 어떻게 연관하는지 논의하였다. 어떤 의미로 오규원의 시 쓰기는 언어를 통해 순수한 재현을 실현하려는 목표의식과 그것이 불가능하다는 자의식을 드러내는 아이러니한 성찰이 혼재된 채 성립한다고 표현할 수 있다. 내면에 대하여든 현실에 대하여든 언어로서 대상을 투명하게 재현하지 못한다는 한계를 극복하기 위해서 평생 오규원은 시작법을 갱신하기를 거듭했다. 비교적 그의 첫 시집 『분명한 事件』은 이러한 갈등으로부터 자유로웠던 것처럼 보인다. 여기서는 어휘의 의미나 맥락을 무시한 채 비약적인 은유를 활용하는 형식적 유희가 두드러진다. 제1시집에서 선명한 것은 의미화를 지연시키며 오직 기표의 연쇄 자체를 향유하는 즐김의 태도이다. 이에 비해 비로소 언어에 대한 아이러니한 성찰과 한계 인식이 드러나는 것은 제2시집 『巡禮』를 기점으로 한다고 볼 수 있다. 이 무렵부터 오규원은 '언어'를 통해 어떤 대상을 재현한다는 사실의

불완전성에 대해 메타적으로 비유하는 작품들을 창작하기 시작했다. 그에게 어떤 대상에 의미를 부여한다는 것은 반대로 말해 그것이 지닌 풍부한 의미 중 하나만을 선택하는 것처럼 받아들여진다. 이때 아이러니 형식은 사물의 다면성을 변증과 역설의 사고를 통해서 폭넓게 이해하려는 관점으로 볼 수 있다. 언어에 현실을 투영하려는 노력은 현실을 날 것 그대로 재현하는 '날이미지 시'를 목표로 삼으면서 더욱 뚜렷해진다. 말년까지 오규원은 언어를 조작하는 인위적 개입을 최소화하는 것을 목적으로 삼고 수사와 자의식의 반영을 최대한 억누르는 시를 창작하기를 반복했으며, 어떤 의미로 이것은 자아를 비우기 위한 하나의 수행의 과정에 가깝다는 인상을 남긴다.

  그런데 다수의 선행연구가 이미 제기했듯 어떤 사람도 어떠한 의도도 포함하지 않은 순수한 시를 창작할 수는 없는 것이다. 오히려 오규원이 날이미지 시를 통해 획득하는 것은 '순수한 시'가 아니라 '순수한 주체', 더 정확히 말해서 타인이나 현실을 배제한 채 언어행위에만 몰두할 수 있는 주체의 자유일지도 모른다. 언어의 한계를 극복해야 한다는 의식은 어쩌면 다르게 말하자면 언어의 한계를 직시하는 '나'만은 바로 세우는 방식, 그렇게 언어로서 현실을 조작하는 주체인 '나'만은 공고히 하는 과정일 수도 있다. 이와 함께 생각해볼 흥미로운 논점은 오규원이 줄곧 사물을 인식하는 자신의 태도를 '사랑'이라고 표현하거나 사랑에 가까운 방식으로 묘사한다는 데 있다. 이를테면 사물의 복합성과 다의성을 역설적 표현으로 드러내면서, 시인은 그러한 인식론을 '사랑'이라고 표현한다. 이 사랑이라는 표현은 연인을 사랑하듯 모든 사물의 전존재를 심려하고자 할 때, 다르게 말하면 언어로서 모든 사물을 사랑하듯 대할 때 비로소 사물을 온전히 '인식할 수 있다'라는 의식을 드러낸다. 마찬가지로 날이미지 시 전반에서도 오규원은 자연과 포옹하는 인간의 모습, 다시 말해 자연 속으로 자신을 내던지는 인간과 인간을 끌어안는 정경을 그린다. 이것은 어떤 의미로 오규원에게 '인식한다는' 것은 자아와 현실을 화해시키는 하나의 방편이었던 것처럼 보이기도 한다.

마지막으로 본 연구는 지금까지 오규원 시의 아이러니를 탐구하여 얻은 성찰을 오규원의 시론과 함께 재론하였다. 여기서 우리는 오규원의 아이러니 정신이 사회·타인·자아에 대하여 광범하게 수행하는 질문들을 확인할 수 있었다. 그의 시론 속에서 발견할 수 있는 질문들은 다음과 같다. 우선 사회 일반에 대하여 오규원은 어떠한 규범이나 율법도 존재하지 않는 공동체에서 인간이 실현할 수 있는 삶의 가능성에 대해서 묻고 있다. 이것은 그가 현대를 더 이상 초월적인 윤리나 보편적인 규범이 존재하지 않는 아이러니한 시대로 인식하고 있음을 보여준다. 여기서 그는 시를 쓰는 행위를 통해 국가나 제도에 의해 주어지는 소극적 자유가 아닌 적극적 자유를 어떻게 획득할 수 있을지 모색하려 한다. 두 번째로 그는 동시대의 현대인을 방향 지침이 될 어떠한 가치도 소유하지 못한 채 방황하는 존재로 묘사하는 한편, 시인은 스스로 자기 존재의 가치를 탐색하고 정초할 수 있는 능력을 지닌 탁월한 존재로 묘사하고 있다. 중요한 것은 그러한 가치가 누구에게나 보편적인 것으로 공유될 수 있는 가치가 아닌, 자기 자신에게 유의미한 가치를 창안할 수 있을 뿐이며, 이것은 시인의 한계가 아니라 아이러니한 시대를 살아가는 현대인 모두의 운명이라는 것이다. 마지막으로 오규원은 자기 존재에 대해서도 근본적인 회의의 시선을 보낸다. 어떤 의미로 자아를 구속하는 진정한 굴레는 자기 자신이 아닌가. '나'가 '나'일 수밖에 없다는 자명한 한계를 극복해야 한다는 '극기'라는 주제는 이후에는 자의식을 완전히 배제하는 시 쓰기라는 '날이미지 시'라는 목표로 이어지게 된다. 이러한 모색을 통해 오규원이 얻고자 했던 것은 자기 자신을 초월하는 것이었지만, 실질적으로 그가 행했던 것은 끊임없이 시 쓰기를 변혁하며 자신의 자아를 파괴하고 다시 정립하는 아이러니한 자아의 운동이었다고 볼 수도 있다.

아이러니 시사(詩史)라는 측면에서 오규원 시를 이해하는 것은 이 연구의 최종적인 목표였다. 이러한 추적의 방편으로 오규원의 산문 속에서 그의 창작에 영향을 미친 것으로 판단되는 시인들을 유추해낼 수 있었다. 특히 오규원의 산문 속에서 반복적으로 언급되는 이상, 김춘수, 김수영 등의 모더니스트 시인들은 오규원의 창작의식과 시 형식을 형성하는 데 있어서 주요한 영향을 주었다고 추정할 수 있으며, 오규원은 그들의 시와 시론에 대한 비평 또한 수행한 바 있다. 오규원은 이상의 경우 여러 저서를 통해 논의한 바 있다. 오규원은 특히 이상의 삶에 매료되었으며, 이상의 시를 이해하려면 반드시 전기적 관점에서 그의 시를 읽어야 한다고 주장했다. 오규원은 어린 시절 부모와 동떨어진 채 백부에게 입양되었던 이상의 상처를 주목하는데, 그것은 어쩌면 열두 살 때 친척의 집을 전전하며 살아갈 수밖에 없었던 오규원 자신의 삶을 포개어보는 과정처럼 느껴지기도 한다. 한편 김춘수와 김수영 시인의 경우 오규원은 그들과 자신의 시를 비교하는 데 그치지 않고, 그들의 창작의식이나 시를 비평하면서 자신의 고유한 시 세계를 구축하는 데 주력했다. 세 시인의 사유의 궤적에는 공통점과 차이점이 고려하면서 아이러니 시사 안에서 오규원의 위치를 변별해본다면 다음과 같이 오규원 시의 특징을 요약할 수 있을 듯하다.

첫째, 오규원은 언어의 순수성 혹은 언어를 통한 순수 재현이라는 과제에 몰두하면서 현대 아이러니 사상을 기호학적 혹은 수사학적 관점에서 받아들이고 실현하고자 한 미적 아이러니스트이다. 아이러니한 세계관은 변증법적이고 총체적인 현실 인식이나 역사 인식의 불가능성을 전제한다. 오규원은 그러한 아이러니한 세계관을 전제하면서 그 한계를 언어적 실천을 통해 극복하고자 목표한다.

둘째, 강박적이고 징후를 반복하며 인간 본연의 실재를 드러내는 주체의 아이러니와 달리, 오규원의 기호학적 아이러니는 주체의 분열증이나 공동체 규범의 상실을 메타적으로 인식하고 극복하게 만드는 성찰의 형식으로 기능하고 있다. 이 점에서 그의 아이러니는 성숙의 양식에 더 가깝다. 그리고 이는 그가 소년기에 겪었던 트라우마적 사건에 대한 재현 양상을 살펴볼 때도 부모에 대한 기억을 상징화하는 방식으로 자리매김한다.

셋째, 사회적이고 이데올로기적 호명에 대한 거부라는 주제는 오규원 시에서 이데올로기적인 기호에 대한 거부로 좀 더 국지화된다. 오규원은 1970년대 이후의 현대사회에서 아이러니한 역사관을 자명한 것으로 간주하며, 그가 제기하는 시·산문의 문제의식은 인간 공동체가 단일한 전체로 환원될 수 없다는 사고에 기초한다. 기호를 중심으로 한 그의 사고는 이는 말의 평등한 주고받음을 전제하는 커뮤니케이션 방식에 대한 치밀한 구상으로도 이어진다. 그는 독자 스스로 현실의 의미를 재구성하도록 유도하는 시의 모델을 제시한다. 이러한 맥락에서 오규원의 시 쓰기는 정치적·역사적 측면에서 단지 이상론에 그치지 않고 실천적이고 실험적인 측면을 지닌다.

결론적으로 오규원의 시는 현실에 대한 총체적이거나 초월적인 인식이 불가능하다고 믿으면서도, 세계를 날 것 그대로 재현하는 언어라는 미적 주제를 지속한다. 역설적인 것은 언어를 중점으로 한 그의 사유가 자아와 현실, 또한 형식미학적 논리와 사회참여적인 논리 양자에 대한 심문을 지속하게 만든 원동력이 될 수 있었다는 점이다. 따라서 그의 기호학적 사유가 언어의 근본적인 아이러니를 극복하지 못했다는 것은 한계가 아니라 오히려 현대 사회와 인간 주체의 관계를 탐구하는 언어적 실천의 실례를 제기하는 것으로 받아들일 수 있다.

참고문헌

기본자료

제1시집 『분명한 事件』, 한림출판사, 1971.

제2시집 『巡禮』, 민음사, 1973.

제3시집 『王子가 아닌 한 아이에게』, 문학과지성사, 1978.

제4시집 『이 땅에 씌어지는 抒情詩』, 문학과지성사, 1981.

제5시집 『가끔은 주목받는 生이고 싶다』, 문학과지성사, 1987.

제6시집 『사랑의 감옥』, 문학과지성사, 1991.

제7시집 『길, 골목, 호텔 그리고 강물소리』, 문학과지성사, 1995.

제8시집 『토마토는 붉다 아니 달콤하다』, 문학과지성사, 1999.

제9시집 『새와 나무와 새똥 그리고 돌멩이』, 문학과지성사, 2005.

유고시집 『두두』, 문학과지성사, 2008.

공동시집 『소꿉동무』, 신구문화사, 1963.

동시집 『나무 속의 자동차』, 민음사, 1995.

제1시론집 『현실과 극기』, 문학과지성사, 1976.

산문집 『볼펜을 발꾸락에 끼고』, 문예출판사, 1981.

만화 비평집 『한국만화의 현실』, 열화당, 1982.

제2시론집 『언어와 삶』, 문학과지성사, 1983.

산문집 『아름다운 것은 지상에 잠시만 머문다』, 문학사상사, 1987.

창작이론서 『현대시작법』, 문학과지성사, 1990.

제3시론집 『가슴이 붉은 딱새』, 문학동네, 1996.

제4시론집 『날이미지와 시』, 문학과지성사, 2005.

시선집 『사랑의 기교』, 민음사, 1975.

시선집 『희망 만들며 살기』, 지식산업사, 1985.

시선집 『한 잎의 여자』, 문학과지성사, 1998.

오규원·김동원·박혜경 대담, 「타락한 말, 혹은 시대를 헤쳐나가는 해방의 이미
지」, 『문학정신』 1991년 3월호.

오규원·이재훈 대담, 「날이미지시와 무의미시 그리고 예술」, 『시와세계』 7, 2004.

단행본

가라타니 고진, 권기돈 역, 『탐구』, 새물결, 1998.

고봉준, 『모더니티의 이면』, 소명출판, 2007.

구모룡, 『제유』, 모악, 2016.

_____, 『제유의 시학』, 좋은날, 2000.

권혁웅, 『시론』, 문학동네, 2010.

_____, 『입술에 묻은 이름』, 문학동네, 2012.

그레이엄 앨런, 송은영 역, 『문제적 텍스트 롤랑/바르트』, 앨피, 2006.

기다 겐 외, 이신철 역, 『현상학 사전』, 도서출판b, 2011.

김대행, 『한국현대시연구』, 민음사, 1989.

김수영, 『김수영 전집 2─산문』(제3판), 민음사, 2018.

김승희, 『외로운 영혼의 소금밭』, 문학사상사, 1980.

김영철, 『현대시론』, 건국대학교출판부, 1993.

김욱동, 『은유와 환유』, 민음사, 1999.

김윤식, 『문학비평용어사전』, 일지사, 1988.

김주연, 김태환 엮음, 『예감의 실현』, 문학과지성사, 2016.

김주연, 『變動社會와 作家』, 문학과지성사, 1979.

_____, 『그리운 문학들 그리운 이름들』, 문학과지성사, 2020.

김준오, 『시론』, 삼지원, 1996.

_____, 『현대시의 환유성과 메타성』, 살림, 1997.

김학동·조용훈, 『현대시론』, 새문사, 2005.

김현 편역, 『수사학』, 문학과지성사, 1985.

김현, 『문학과 유토피아』, 문학과지성사, 1992.

____, 『상상력과 인간』, 일지사, 1973.

나카가와 다카, 양기봉 역, 『육조단경』, 김영사, 1993.

노드롭 프라이, 임철규 역, 『비평의 해부』, 한길사, 2000.

롤랑 바르트, 정현 역, 『신화론』, 현대미학사, 1995.

롤랑 바르트, 김희영 역, 『텍스트의 즐거움』, 동문선, 1997.

롤랑 바르트, 김웅권 역, 『글쓰기의 영도』, 동문선, 2007.

롤랑 바르트, 이상빈 역, 『롤랑 바르트가 쓴 롤랑 바르트』, 동녘, 2013.

롤랑 바르트, 김웅권 역, 『S/Z』, 연암서가, 2015.

루이 알튀세르, 이진수 역, 『레닌과 철학』, 백의, 1992.

루트비히 비트겐슈타인, 이영철 역, 『철학적 탐구』, 책세상, 2006.

류시원, 「오규원 시 연구」, 대구가톨릭대 박사학위논문, 2007.

르네 데카르트, 이현복 역, 『성찰』, 문예출판사, 1997.

리처드 로티, 김동선·이유선 역, 『우연성, 아이러니, 연대』, 사월의책, 2020.

마르틴 하이데거, 이기상 역, 『존재와 시간』, 까치, 1998.

맹정현, 『트라우마 이후의 삶』, 책담, 2015.

문덕수, 『시론』, 시문학사, 1996.

미셸 푸코, 이규현 역, 『성의 역사 1 : 지식의 의지』(제3판), 나남, 2011.

_____, 『말과 사물』, 민음사, 2012.

베르톨트 브레히트, 김기선 역, 『브레히트, 연극에 대한 글들』, 지만지드라마, 2020.

사이토 준이치, 이혜진·김수영·송미정 옮김, 『자유란 무엇인가』, 한울, 2011.

샤를 르 블랑, 이창실 역, 『키에르케고르』, 동문선, 2004, 23쪽.

서준섭, 『감각의 뒤편』, 문학과지성사, 1995.

아리스토텔레스, 이상섭 역, 『시학』, 문학과지성사, 2005.

아리스토텔레스, 천병희 역, 『니코마코스 윤리학』(제2판), 도서출판 숲, 2018.

아리스토파네스, 천병희 역, 『아리스토파네스 희극 전집 1』, 도서출판 숲, 2010.

_____, 『아리스토파네스 희극 전집 2』, 도서출판 숲, 2010.

아서 단토, 이성훈, 김광우 역, 『예술의 종말 이후』, 미술문화, 2004.

아즈마 히로키, 안천 역, 『관광객의 철학』, 리시올, 2020.

앙리 르페브르, 이종민 역, 『모더니티 입문』, 동문선, 1999.

엄경희, 『현대시의 발견과 성찰』, 보고사, 2005.

_____, 『은유』, 모악, 2016

에드문트 후설, 이종훈 역, 『순수현상학과 현상학적 철학의 이념들 1』, 한길사, 2009.

에른스트 벨러, 이경훈·신주철 역, 『아이러니와 모더니티 담론』, 동문선, 2005.

에리히 프롬, 김석희 역, 『자유로부터의 도피』(제2판), 휴머니스트, 2020.

오세영 외, 『한국현대詩사』, 민음사, 2007.

오세영, 『시론』, 서정시학, 2013.

오형엽, 『환상과 실재』, 문학과지성사, 2012.

옥타비오 파스, 김은중 역, 『흙의 자식들 외』, 솔, 1999.

윤태일, 『방송광고의 미학원리』, 커뮤니케이션북스, 2017.

이경재, 『현장에서 바라본 문학의 의미』, 소명출판, 2013.

이경철, 『현대시에 나타난 불교』, 일송북, 2019.

이광호 외, 『오규원 깊이 읽기』, 문학과지성사, 2002.

이사야 벌린, 박동천 역, 『이사야 벌린의 자유론』, 아카넷, 2019.

이상섭, 『문학비평용어사전』, 민음사, 2001.

이승훈, 『작시법』, 문학과비평사, 1988.

_____, 『포스트모더니즘 시론』, 세계사, 1992.

_____, 『시론』(개정판), 태학사, 2005.

이신철 역, 『헤겔사전』 도서출판b, 2009.

이연승, 『오규원 시의 현대성』, 푸른사상, 2004.

이찬, 『한국현대시른의 담론과 계보학』, 한국연구원, 2011.

자크 라캉, 권택영·이미선·민승기 역, 『욕망 이론』, 문예출판사, 1994.

자크 랑시에르, 진태원 역, 『불화』, 도서출판 길, 2015.

정과리, 『문학, 존재의 변증법』, 문학과지성사, 1985.

정끝별, 『시론』, 문학동네, 2021.

제레미 M. 호손, 정정호 외 역, 『현대 문학이론 용어사전』, 동인, 2003.

조르주 바타유, 조한경 역, 『에로티즘』, 민음사, 2009.

조섭 칠더즈·게리 헨치, 황종연 역, 『현대문학 문화비평 용어사전』, 문학동네, 1999.

주디스 버틀러, 조현준 역, 『젠더 트러블』, 문학동네, 2008.

주량즈, 신원봉 역, 『미학으로 동양인문학을 꿰뚫다』, 알마, 2013.

줄리아 크리스테바, 김인환 역, 『검은 태양』, 동문선, 2004.

지그문트 프로이트, 박종대 역, 『농담과 무의식의 관계』, 열린책들, 2020.

지그문트 프로이트, 윤희기 역, 『정신분석학의 근본개념』, 열린책들, 2020.

질 들뢰즈, 이정훈 역, 『매저키즘』(제2판), 인간사랑, 2007.

최문규, 『독일 낭만주의』, 연세대학교 대학출판문화원, 2005.

츠베탕 토도로프, 이기우 역, 『상징의 이론』, 한국문화사, 1995.

카를 로젠크란츠, 조경식 역, 『추의 미학』, 나남, 2008.

클리언스 브룩스, 이경수 역, 『잘 빚어진 항아리』, 문예출판사, 1997.

테리 이글턴·매슈 보몬트, 문강형준 역, 『비평가의 임무』, 민음사, 2015.

테오도어 아도르노, 김유동 역, 『미니마 모랄리아』, 길, 2005.

프레데릭 제임슨, 정정호·강내희 편역, 『포스트모더니즘론』, 도서출판 터, 1989.

플라톤, 천병희 역, 『국가』(제2판), 도서출판 숲, 2017.

피터 버크, 조한욱 역, 『문화사란 무엇인가』, 도서출판 길, 2005.

한국문학평론가협회, 『인문학용어대사전』, 새미, 2018.

해롤드 블룸, 윤호병 역, 『시적 영향에 대한 불안』, 고려원, 1991.

헤이든 화이트, 천형균 역, 『메타 역사 2』, 지식을만드는지식, 2011.

홍준기, 『라캉, 클라인, 자아심리학』, 새물결, 2017.

Claire Colebrook, *Irony*, The New Critical, 2004.

D. C. Muecke, 문상득 역, 『아이러니』, 서울대학교 출판부, 1980

Linda Hutcheon, *Irony's Edge*, Routledge, 1994.

I. A. 리처즈, 박우수 역, 『수사학의 철학』, 고려대학교 출판부, 2001.

J. L. 오스틴, 김영진 역, 『말과 행위』, 서광사, 1992.

Jim Collins, *Uncommon Cultures—Popular Culture and Postmodernism*, Routledge, 1989.

Jonathan Lear, *Therapeutic Action—An Earnest Plea for Irony*, London:Karnac, 2003.

Keneth Burke, *A Grammer of Motives*, Prentice-Hall, 1945.

M. 칼리니스쿠, 이영욱 외 역, 『모더니티의 다섯 얼굴』, 시각과언어, 1994.

M. H. Abrams, 최동호 역, 『문학비평용어사전』, 새문사, 1985.

M. H. Abrams, 신희준·조성준 편저, 『문학용어사전』, 청어, 2001.

Paul de Man, *Aesthetic Ideology*, University of Minnesota Press, 1996.

Roland Greene·Stephen Cushman·Clare Cavanagh·Jahan Ramazani· Paul Rouzer, *The Princeton Encyclopedia of Poetry and Poetics Fourth Edition*, Princeton University press, 2012.

Wayne C. Booth, *A Rhetoric of Irony*, The University of Chicago Press,

1975.

학위논문 및 학술지논문

간호배, 「오규원 시에 나타난 데포르마시옹 시학」, 『비평문학』 67, 비평문학회, 2018.

강웅식, 「문화산업 시대의 글쓰기와 '날 이미지'의 시 — 오규원의 시를 중심으로」, 『돈암어문학』 15, 돈암어문학회, 2002.

고명수, 「한국에 있어서의 초현실주의 문학고찰」, 『동악어문논집』 22, 동악어문학회, 1987.

고봉준, 「한 아방가르디스트의 모험과 실패-조향론」, 『한국문학연구』 14, 한국문학연구학회, 1992.

_____, 「김춘수 시론에서 '무의미'와 '언어'의 관계」, 『한국시학연구』 51, 한국시학회, 2017.

구미리내, 「오규원 시의 해체성 연구」, 명지대학교 박사학위논문, 2011.

권혁웅, 「순수시의 계보와 한계」, 『어문논집』 71, 민족어문학회, 2014.

김동명, 「오규원 후기시에 나타난 심층생태주의의 특성 연구」, 『현대문학이론연구』 67, 현대문학이론학회, 2016.

김동원, 「물신시대에서 살아남기 위하여」, 『문학과 사회』 1988 겨울호.

김동훈, 「총체성에 저항하는 수단으로서의 아이러니와 웃음 1」, 『美學』 82(1), 2016.

김문주, 「오규원 후기시의 자연 형상 연구」, 『한국근대문학연구』 22, 한국근대문학회, 2010.

김상봉, 「칸트와 미학 : 칸트와 숭고의 개념」, 『칸트연구』 3, 한국칸트학회, 1997.

김성우, 「푸코와 생명정치」, 『시대와 철학』 100, 한국철학사상연구회, 2022.

김성택, 「문화지형체계 읽기를 위한 '토포스'의 새로운 정의와 방법론적 가능성」, 『한국프랑스논집』 81, 2013.

김영식, 「오규원 시의 알레고리적 의미 지평 연구」, 명지대학교 문예창작학과 박사학위논문, 2016.

김은숙, 「오규원의 수사적 특성에 관한 연구」, 『문예시학』 21, 문예시학회, 2009.

김인섭, 「한국현대시에 나타난 기독교의 구원의식」, 『문학과 종교』 9(1), 2004.

김재민, 「오규원의 시어 '높이'와 '깊이'의 의미_般若心經의 空 사상을 바탕으로」, 『한국시학연구』 59, 한국시학회, 2019.

김주연, 「시와 구원, 혹은 시의 구원」, 『문학과사회』 12(3), 1998, 1212쪽.

김지선, 「장르 해체적 서술과 자아 반영성 — 오규원, 김춘수 시를 중심으로」, 『인문학연구』 34(3), 충남대학교 인문과학연구소, 2007.

_____, 「오규원 시에 나타난 주체의식의 변모 양상」, 『한국어문학연구』 50, 동악어문학회, 2008.

_____, 「한국 모더니즘 시의 서술기법과 주체인식 연구」, 한양대학교 박사학위논문, 2009.

김지연, 「광고의 신화, 기호에서 텍스트로 — 롤랑 바르트의 '상호텍스트성'과 '회수'의 정치학을 중심으로」, 『커뮤니케이션 이론』 14(2), 한국언론학회, 2018.

김진석, 「외시로 돌아가는 언어, 자연으로 돌아가는 외시」, 〈작가세계〉 1999년 겨울호.

김철신, 「중국 고대철학사의 맥락에서 재조명한 『공손룡자』의 사유방식과 세계 이해」, 『東洋哲學』 33, 한국동양철학회, 2010.

김혜원, 「오규원의 '날이미지시'에 나타난 사진적 특성」, 『한국언어문학』 83, 한국언어문학회, 2012.

_____, 「오규원 시의 창작 방법 연구 — 포스트모더니즘 기법을 중심으로」, 전북대학교 대학원 박사학위논문, 2013.

김혜정, 「C. G. 융의 아니마/아니무스와 여성성」, 『정신분석심리상담』 4, 한국정신분석심리상담학회, 2020.

김홍진, 「오규원의 시적 방법론과 시세계」, 『한국문예비평연구』 28, 한국현대문예비평학회, 2009.

김휘택, 「관점으로서의 기호학과 일상에 대한 일고찰」, 『기호학 연구』 63, 한국기호학회, 2020.

류재국, 「아리스토파네스 희극에 나타난 현실비판의 철학적 의미에 관한 연구 — 아곤과 파라바시스를 중심으로」, 중앙대학교 박사학위논문, 2018.

문성기, 「오규원의 유고시집 『두두』의 연구—선사들의 임종게(臨終偈)에 관련하여」, 동국대학교 석사학위논문, 2020.

문혜원, 「오규원의 시론 연구」, 『한국문학이론과 비평』 25, 한국문학이론과 비평학회, 2004.

문혜원, 「오규원 후기 시와 시론의 현상학적 특징 연구」, 『국어국문학』 175, 국어국문학회, 2016.

_____, 「현대시에 나타난 영상적 표현 연구 ― 김기택, 오규원, 이성복을 중심으로」, 고려대학교 문예창작과 박사학위논문, 2016.

_____, 「오규원의 시와 세잔 회화의 연관성 연구」, 『국어국문학』 185, 국어국문학회, 2018.

_____, 「오규원 시에 나타나는 공간에 대한 이해 연구」, 『한국시학연구』 59, 한국시학회, 2019.

_____, 「날이미지시에 나타난 '사실'과 '시간' 연구」, 『한민족어문학』 84, 한민족어문학회, 2019.

_____, 「오규원 시론에 나타나는 인지시학적 특징 연구」, 『국어국문학』 192, 국어국문학회, 2020.

박남희, 「오규원 시의 영향관계 연구」, 『숭실어문』 19, 숭실어문학회, 2003.

박동억, 「현대시의 키치 전유 기법 : 1980년대~90년대 시를 중심으로」, 숭실대학교 석사학위논문, 2015.

박래은, 「오규원 시에 나타난 역사 인식 연구」, 『동아인문학』 56, 동아인문학회, 2021.

박령, 「텍스트로서의 자아: 『롤랑 바르트가 쓴 롤랑바르트』에 나타난 자서전적 전략과 자아 성찰」, 『인문학논총』 39, 경성대학교 인문과학연구소, 2015.

박선영, 「오규원 시의 아이러니와 실존성의 상관관계 연구」, 『국제어문』 32, 국제어문학회, 2004.

박철희, 「인식의 갱신과 유추의 자유로움」, 『문학과 비평』 1989년 겨울호.

박한라, 「현대시의 수사학과 영화적 표현의 유사성 연구」, 『비교문학』 65, 한국비교문학회, 2015.

박해현, 「물신시대의 산책」, 『현대시학』, 1990. 3.

박형준, 「시인 오규원의 생애와 문학적 연대기」, 『석당논총』 68, 동아대학교 석당학술원, 2017.

박혜경, 「도시 속에서의 풀뿌리 캐기」, 『민족과 문학』 1991.

박혜숙, 「『소설가(小說家) 구보씨(仇甫氏)의 일일(一日)』과 『시인(詩人) 구보씨(久甫氏)의 일일(一日)』의 패러디 연구」, 『어문연구』 29(4), 한국어문교육연구회, 2001.

서영애, 「김춘수와 오규원 시론의 해체 특성」, 『어문논총』 21, 전남대학교 한국어문학연구소, 2010.

서정혁, 「헤겔의 슐레겔 비판」, 『철학』 113, 한국철학회, 2012.

석성환, 「한국 현대시에 나타난 현상적 의미 연구」, 창원대학교 박사학위논문, 2010.

세스 챈들러, 「오규원 문학과 문예창작교육 시스템의 연관성 연구」, 서울대학교 석사학위논문, 2019.

손영식, 「『공손룡자』「백마론」 연구」, 『철학논집』 43, 서강대학교 철학연구소, 2015.

송기섭, 「이상의 소설과 아이러니」, 『韓國文學論叢』 64, 한국문학회, 2013.

송기한, 「오규원 시에서의 '언어'의 현실응전 방식 연구」, 『한민족어문학』 50, 한민족어문학회, 2007.

_____, 「오규원의 '날이미지'에 나타난 생태학적 상상력」, 『열린정신 인문학연구』 28, 원광대학교 인문학연구소, 2017.

송상일, 「자유를 뭐라고 명명할까」, 『현대문학』, 1980. 1.

송석랑, 「생태현상학 상징주의와 유물론적 기획」, 『동서철학연구』 74, 한국동서철학회, 2014.

송현지, 「오규원의 초기 시론시에 나타난 언어의식 연구」, 『한국문예비평연구』 59, 한국현대문예비평학회, 2018.

신덕룡, 「오규원 시의 풍경과 인식에 관한 연구」, 『한국문예창작』 18, 한국문예창작학회, 2010.

신범순, 「가벼운 언어의 폭풍 속에서 시적 글쓰기의 검은 구멍과 표류」, 『세계의 문학』, 1991.

신주철, 「한국현대시 연구자들의 아이러니 인식」, 『세계문학비교연구』 20, 세계문학비교학회, 2007.

_____, 「오규원과 비스와바 쉼보르스카의 시작품 비교 연구」, 『세계문학비교연구』 28, 세계문학비교학회. 2009.

안숭범, 「시와 영화의 방법론적 상관성 연구」, 경희대학교 박사학위논문, 2010.

양태종, 「다시 생각하는 수사학의 탄생 배경」, 『수사학』 17, 한국수사학회, 2009.

오연경, 「오규원 후기시의 탈원근법적 주체와 시각의 형이상학」, 『한국시학연구』 36, 한국시학회, 2013.

오연경, 「오규원 후기시의 윤리적 가능성 ─ 시적 방법으로서 잠재태와 경계 영
　　　역을 중심으로」, 『한국시학연구』 67, 한국시학회, 2021.

오윤정, 「오규원 시 연구 ─ 공간상징과 주체인식을 중심으로」, 한양대학교 박
　　　사학위논문, 2011.

유성호, 「황동규 시에 나타난 실존적 고독과 신성한 것의 지향」, 『현대문학이론
　　　연구』 73, 현대문학이론학회, 2018.

윤석정, 「오규원 시 연구 ─ 시어(명사)의 변모 양상을 중심으로」, 중앙대학교
　　　문예창작학과 석사학위논문, 2009.

윤지영, 「현대시 창작 방법론의 이데올로기 검토 ─ 시창작법 텍스트에 나타난
　　　시관(詩觀) 및 언어관을 중심으로」, 『語文硏究』 36(1), 한국어문교육연
　　　구회, 2008.

이광호, 「에이런의 정신과 시 쓰기」, 『작가세계』 23, 1994.

＿＿＿, 「투명성의 시학」, 『한국시학연구』 20, 한국시학회, 2007.

＿＿＿, 「오규원 시에 나타난 도시 공간의 이미지」, 『문학과환경』 8(2), 문학과
　　　환경학회, 2009.

이상진, 「한국 현대 소비문화에 대한 시적 대응양상 연구」, 대구대학교 박사학
　　　위논문, 2005.

이수명, 「프랑시스 퐁주의 「나비」와 오규원의 「나비」 비교 연구」, 『동서비교문
　　　학저널』 29, 한국동서비교문학학회, 2013.

이연승, 「오규원 초기시의 창작방법과 이미지 연구」, 『한국시학연구』 5, 한국시
　　　학회, 2001.

＿＿＿, 「해방의 언어, 날(生)이미지를 찾아가는 시적 여정」, 『경향신문』, 2001.

＿＿＿, 「두두물물(頭頭物物)과 현상에 대한 시적 탐구」, 『시와세계』 2004년
　　　가을호, 2004.

＿＿＿, 「산업 사회에서의 미적 성찰과 아이러니의 시쓰기: 오규원의 중기시
　　　연구」, 『한국시학연구』 22, 한국시학회, 2005.

＿＿＿, 「장르 해체 현상을 활용한 시교육 방법 연구」, 『한국시학연구』 16, 한국
　　　시학회, 2006.

＿＿＿, 「오규원 시의 기호학적 분석과 통화 모형: 중기시를 중심으로」, 『한국
　　　문학이론과 비평』 44, 한국문학이론과비평학회, 2009.

이연승, 「수용미학의 관점에서 본 오규원 시 연구」, 『어문연구』 81, 어문연구학회, 2014.

_____, 「박태원의 「小說家 仇甫氏의 一日」과 오규원의 「詩人 久甫氏의 一日」 비교 연구」, 『구보학보』 12, 구보학회, 2015.

이유경, 「오규원의 김씨의 마을」, 『현대시학』, 1971.

_____, 「오규원의 순례 시편」, 『현대시학』, 1974.

이윤정, 「오규원 초기시의 공간 인식과 시세계의 변모 양상 연구」, 『한국언어문화』 40, 한국언어문화학회, 2009.

이종성, 「장자철학에 있어서 마음 닦음의 해체적 성격」, 『철학논총』 21, 새한철학회, 2000.

이해운, 「오규원의 날이미지시 연구」, 숭실대학교 석사학위논문, 2009.

장동석, 「오규원 시의 사물 제시 방법 연구」, 『한국현대문학연구』 35, 한국현대문학회, 2011.

전병준, 「김수영 시론의 형성 과정 — 불온시 논쟁을 중심으로」, 『한민족문화연구』 50, 한민족문화학회, 2015.

전형철, 「오규원 시 연구 — 메타시와 광고시를 중심으로」, 『인문언어』 11(2), 국제언어인문학회, 2009.

정끝별, 「한국 현대시의 패러디 구조 연구」, 이화여자대학교 박사학위논문, 1995.

_____, 「한국 현대시의 포스트모더니즘 아이러니 양상」, 『한국시학연구』 55, 한국시학회, 2018.

_____, 「현대시 아이러니 교육에 관한 시학적 연구」, 『한국문학이론과 비평』 79, 한국문학이론과비평학회, 2018.

정진경, 「생물학적 존재성 회복과 에코토피아 시학」, 『한국문학이론과 비평』 22(4), 한국문학이론과 비평학회, 2018.

조동범, 「오규원 시의 현대성과 자연 인식 연구」, 중앙대학교 대학원 박사학위논문, 2010.

조연정, 「풍경을 그리는 시인의 허무, 그리고 최소한의 자기 증명」, 『쓺』 2017년 상반기호, 2017.

조정현, 「현대시의 영상 기법과 무의식 연구 — 김춘수, 오규원, 이승훈의 시를 중심으로」, 경희대학교 박사학위논문, 2015.

주영중, 「김춘수와 오규원의 이미지 시론 비교 연구」, 『한국시학연구』 48, 한국시학회, 2016.

지주현, 「오규원 시에 나타난 아이러니의 양상」, 『현대문학의 연구』 49, 한국문학연구학회, 2013.

최명표, 「오규원의 동시와 시론의 상관성 연구」, 『한국시학연구』 19, 한국시학회, 2007.

한명희, 「김수영 시 「전화이야기」의 기법과 그 수용 양상」, 『한국시학연구』 11, 한국시학회, 2004.

한주희, 「오규원 시의 시공간 의식 연구」, 충남대학교 박사학위논문, 2020.

한혜린 「오규원의 '날이미지시'에 나타난 여백의 리얼리티와 환유적 확장」, 『한국시학연구』 59, 한국시학회, 2019.

함돈균, 「이상 시의 아이러니와 미적 주체의 윤리학」, 고려대학교 박사학위논문, 2010.

황옥자, 「민주정치와 말의 자유, 그리고 진실의 철학」, 『철학논총』 108, 새한철학회, 2022.

황혜경, 「김수영 시의 아이러니 연구」, 이화여자대학교 박사학위논문, 1998.

Graham Dunstan Martin, *The Ironic Discourse 2 — The Bridge and the River Or the Ironies of Communication*, 『Poetics Today』 4, 3, 1983, pp.415~435.

인 명

용 어

박동억

숭실대학교 국어국문학과 박사졸업. 2016년 〈중앙일보〉 중앙신인문학상 평론 부문에 당선됨. 주요 평론으로 「황야는 어떻게 증언하는가: 2010년대 현대시의 동물 표상」, 공저로 『끝없이 투명해지는 언어』가 있음.

오규원 시의 아이러니 수사학

2023년 8월 28일 초판 1쇄 펴냄

지은이 박동억
펴낸이 김흥국
펴낸곳 보고사

책임편집 이소희
표지디자인 김규범

등록 1990년 12월 13일 제6-0429호
주소 경기도 파주시 회동길 337-15 보고사
전화 031-955-9797
팩스 02-922-6990
메일 bogosabooks@naver.com
http://www.bogosabooks.co.kr

ISBN 979-11-6587-528-2   93810
ⓒ 박동억, 2023

정가 25,000원